Kapitel 1 – Skye – Skyes Traum

Skye zog ihren vollbeladenen Handwagen durch die verdreckten Straßen und wollte nur noch in ihren kühlen, schattigen Unterschlupf. Der beißend-heiße Wüstenwind, der um die Ruinen und ihr kurzes Haar wirbelte, brachte Sand und noch mehr Hitze mit sich. Damit der Staub nicht in ihre Lunge drang, wickelte sie ihr dünnes Tuch fester um Mund und Nase. Unter der getönten Skibrille und der langen Kleidung schwitzte sie wie verrückt, aber der Stoff schützte sie vor den gnadenlosen Sonnenstrahlen, die innerhalb kurzer Zeit ihre Haut verbrennen würden. Die Vorfahren der überlebenden Menschen hatten schon vor dem Großen Krieg die Himmelshülle beschädigt, weshalb die Strahlung ungefiltert auf die Erde traf. Da nützten auch Skyes indianisches Blut und ihre etwas dunklere Haut nichts. Die Sonne war unerbittlich.

Vielleicht war es nur gerecht gewesen, dass sich die Bevölkerung vor fast einem Jahrhundert selbst nahezu ausgelöscht hatte. Wer diesen einzigartigen Planeten zerstörte, hatte es nicht verdient, darauf zu leben. Die Erde war einst ein Paradies gewesen, fruchtbar und voller Leben. Skye besaß dicke Fotobände, die ihr die frühere Schönheit dieser Welt zeigten: eine unglaubliche Vielfalt an Tieren, Pflanzen und Landschaftsformen. Bizarre Schluchten, weiße Strände, Urwälder, Vierbeiner mit meterlangen Hälsen … Und jetzt gab es nur noch totes Grau und staubiges Braun – zumindest auf dieser Seite des Flusses – und die Ruinen, die wie kariöse Zähne in den wolkenlosen Himmel ragten.

Auf die Westseite des Hudson River traute sich wegen der Reststrahlung so gut wie niemand. Die Bombe hatte New York um einige Meilen verfehlt und war hier draußen eingeschlagen. In der »verbotenen Randzone« nach Sachen zu suchen, war für Skye nichts Ungewöhnliches. Sie vertrat die Meinung, dass eine Meile näher am Unglücksort auch keinen Unterschied machte. Dort konnte sie sich wenigstens immer ungestört umschauen und fand die tollsten Gegenstände. Gestern hatte sie sogar ein ehemaliges Militärlager aufgespürt! Sie würde niemandem davon erzählen, denn da gab es jede Menge Medizin, Waffen und Konserven, die sie entweder selbst behielt oder in einer der friedlichen Siedlungen gegen andere Dinge, wie zum Beispiel frische Lebensmittel, eintauschen konnte. Die Orte, an denen gesetzlose Plünderer hausten, mied sie. Dort würde man sowieso nichts für ihre Funde zahlen, sondern sie bestehlen und sie vielleicht sogar verfolgen, um ihre Quellen zu enthüllen. Wenn sie vorsichtig war, konnte sie noch viele Male hierher zurückkommen, ohne dass jemand den Ort und seinen verborgenen Reichtum entdeckte.

Wenigstens verwischte dieser verdammte Glutwind sofort ihre Spuren, denn Skye war auf dem Weg zu einem ihrer geheimen Lager. Dort würde sie den Wagen sowie alle Schätze des Tages verstecken und sich anschließend zu ihrem Unterschlupf begeben. Sie wollte nur noch schlafen. Gerade fühlte sie sich nicht wie siebzehn, sondern wie siebzig. Aber in zwei Stunden ging die Sonne unter, dann wurde es endlich kühler. Manche Nächte waren hier draußen sogar so kalt, dass man sich den Arsch abfror.

Kurz bevor sie in eine engere, beinahe völlig verfallene Seitengasse abbiegen wollte, glaubte sie, einige Meter weiter im Schatten einer Ruine eine Bewegung wahrzunehmen. Sofort ließ sie den Griff des Leiterwagens los und holte ihren Hammer von der Ladefläche. Doch der würde ihr nichts nützen, falls jemand auf sie feuerte. Zwar hatte sie zu ihrer großen Freude in dem Militärlager eine gut erhaltene Armbrust mit jeder Menge Bolzen gefunden, leider fehlten ihr noch die Kenntnisse, wie sie diese Waffe bedienen sollte. Syke wollte sich später in ihrem Unterschlupf damit beschäftigen. Solange musste es der Hammer tun.

Die poröse Straße flimmerte, Staub wirbelte auf und erneut nahm Skye eine Bewegung im Schatten vor einer eingefallenen Mauer wahr. Vielleicht handelte es sich um ein Tier? Ein frisches Abendessen würde ihr gerade recht kommen. Doch sie musste vorsichtig sein, es gab gefährlich große Raubkatzen hier draußen. Diese waren nach dem alles vernichtenden Krieg aus den Zoos entkommen oder freigelassen worden – wer wusste das schon. Auf jeden Fall stellten wilde Tiere – neben Menschen – die größte Gefahr für Skye dar.

Langsam schlich sie mit dem Hammer in der Hand näher und traute ihren Augen kaum, als sie dort im Schatten der Mauer einen nackten Mann entdeckte, der auf dem Rücken lag. Skye konnte wegen des ganzen Staubs auf seinem Körper kaum einschätzen, wie alt er sein mochte. Achtzehn? Zwanzig?

Sofort schob sie sich die getönte Schutzbrille ins Haar, um ihn genauer betrachten zu können. Seine Haut an den Schultern und im Gesicht war so schlimm von der Sonne verbrannt, dass sich Blasen darauf gebildet hatten. Sogar sein Penis war knallrot!

Skyes Blick ruhte ein wenig länger auf diesem Körperteil, weil sie außer dem Penis ihres verstorbenen Bruders – mochten die Engel auf den kleinen Schatz aufpassen – noch nie einen aus der Nähe gesehen hatte. Vor allem noch nie einen so ... erwachsenen! Waren die immer so groß und behaart?

Unter halb geöffneten Lidern starrte der Mann sie an, wobei er sich keinen Millimeter bewegte. Selbst seine breite Brust hob sich nur noch leicht. Wahrscheinlich hatte er kaum mehr Kraft, zu atmen.

»Was ist passiert?«, fragte Skye, blieb jedoch auf Abstand. Der Mann sah nicht gerade gefährlich aus, und Waffen entdeckte sie auch keine. Doch das Leben hatte sie gelehrt, lieber vorsichtiger zu sein, als es die Situation auf den ersten Blick erforderte.

Seine aufgesprungenen Lippen teilten sich, als wollte er ihr etwas sagen, doch nur ein leises Krächzen verließ seinen Mund.

Skye wollte sofort zum Wagen eilen, um Wasser zu holen, aber etwas hielt sie zurück. Der Mann wirkte trotz seines Zustandes viel zu kräftig und gesund, als dass er von hier draußen stammen konnte. Viel zu ... perfekt! Ja, das beschrieb ihn noch am ehesten.

Shit! Was, wenn das nicht einfach bloß ein Mensch war? Die große Statur, die breiten Schultern und zahlreichen Muskeln ... Das musste ein Warrior sein! Ein halb toter Warrior zwar, aber unverkennbar einer dieser Superkrieger, die alle abschlachteten, die versuchten, in die Kuppelstadt zu gelangen.

Ihre Finger zogen sich fester um den Stiel des Hammers. Ein gezielter, kraftvoller Schlag auf den Kopf und er wäre erledigt. Oder? Diese Mistkerle sollten fast unbesiegbar sein, doch der hier war bereits geschwächt. Wehrlos.

In den Siedlungen würde Skye wahrscheinlich als Heldin gefeiert werden, wenn sie dort einen toten Warrior ablud. Vielleicht sollte sie seinen hübschen Kopf verschonen und ihm stattdessen lieber die Kehle aufschneiden. Genügend Messer lagen auf dem Wagen. Oder sie könnte an ihm auch die Armbrust ausprobieren.

Der Verletzte bewegte sich leicht, und Skye musste ein Entscheidung treffen. Entweder, sie ließ dem Schicksal seinen Lauf, oder sie nahm es in ihre eigenen Hände. Ein Bolzen mitten ins Herz wäre wohl die gnädigste und sauberste Lösung.

Gerade, als sie sich von ihm abwenden wollte, teilten sich seine Lippen erneut und er krächzte: »Hilf mir.«

Urplötzlich ergriff sie unbändige Wut. Sie trat dicht zu ihm, fasste in sein staubiges, rotblondes Haar und hob seinen Kopf ein Stück daran auf. »Warum sollte ich einem Mörder helfen?«, grollte sie. »Ihr lasst uns nicht in die Kuppel, sondern tötet uns vorher!«

»Bin keiner von … denen«, flüsterte er kaum hörbar. »Bitte …«

Ob das stimmte? Zumindest trug er keine der perfekten Uniformen und war auch nicht bis an die Zähne bewaffnet, wie die anderen Warrior, die sie bisher – aus großer Entfernung – gesehen hatte.

Seine Fußsohlen waren blutig und voller Dreck; er musste weit gelaufen sein. Ob er vielleicht gar nicht aus Richtung der Kuppeln kam, sondern sogar aus dem verstrahlten Gebiet? Aber was hatte er dort gesucht? Und warum trug er keine Kleidung?

Syke hielt sich fürs Erste an die Frage, die sie am meisten interessierte: »Warum hast du nichts an?«

Seine Lippen zuckten lediglich.

Langsam ließ sie seinen Kopf zurück in den Staub sinken. Hatte eine Rebellengruppe ihn überfallen?

Was aber, wenn er die Wahrheit sagte und er wirklich keiner der Kuppelkrieger war? Was, wenn sie einen Unschuldigen tötete? Außerdem hatte sie nie zuvor einen Menschen umgebracht! Konnte sie wirklich ein Leben auslöschen, wenn ihres nicht unmittelbar bedroht war?

Als er noch einmal »Bitte« wisperte und ihr einen flehentlichen Blick schenkte, der ihr Herz auf seltsame Art berührte, lief sie zurück zu ihrem Karren. Dort fegte sie den Großteil ihrer heutigen Ausbeute – gut erhaltene Konservendosen, Messer und Munitionskisten – von der Ladefläche auf die Straße, doch die Armbrust, die Decken und die Tabletten in den Pappschachteln behielt sie im Wagen. Es gab nichts Wertvolleres als Wasser und Medizin, und beides würde sie sicher nicht dem Wüstenwind und der Sonne überlassen. Zum Glück kam hier – normalerweise – nie jemand vorbei, deshalb würden die Sachen später auch noch auf dem staubigen Boden liegen. Trotzdem wunderte sie sich, warum sie ihre wertvolle Ausbeute für einen Warrior zurückließ.

War sie verrückt geworden? Hatte die Sonne ihr Hirn verbrannt?

Offenbar.

Skye hängte sich die Armbrust um und steckte den Hammer in ihren Gürtel. Anschließend schob sie die Medikamente zur Seite, stapelte die Decken in einer Ecke auf, deponierte ihre Wasserflaschen aus Stahl in der anderen, und zog den Wagen bis zu dem Mann. Dann zerrte sie ihn auf die Beine. Seine Haut glühte regelrecht!

Er schaffte es mit Müh und Not, auf die Ladefläche des Leiterwagens zu klettern, und krümmte sich dort wie ein Embryo zusammen. So passte er wenigstens ganz drauf. Danach schraubte sie eine ihrer Trinkflaschen auf und hielt ihm die Öffnung an die trockenen Lippen. Er machte ein paar gierige Schlucke, hustete und blieb reglos liegen.

Okay, wenn er starb, war das nicht ihr Problem. Doch sie wollte, dass er lebte. Verrückt! Hatte der Kerl sie verzaubert? Ihr eine Gehirnwäsche verpasst? Sie sollte doch alle Warrior hassen!

Womöglich hing ihre seltsame Einstellung mit dem Verlust ihrer Familie zusammen, die ein Virus vor neun Jahren dahingerafft hatte. Skye war selbst noch ein kleines Mädchen von acht Jahren gewesen und hatte die unbekannte Krankheit gerade so überlebt.

Seitdem sah sie vieles mit anderen Augen.

Schnell breitete sie eine Decke über dem Mann aus, damit er einerseits vor den Sonnenstrahlen geschützt war und sie andererseits niemand zusammen mit ihm sah – sollte sie beobachtet werden. Dann zog sie den Karren in die Seitengasse, in der sich ein kleines Einfamilienhaus an das andere reihte, bis es nach etwa einer Meile nicht mehr weiterging. Schutt eines eingestürzten Gebäudes versperrte den Weg.

»So, wir sind da, Sonnenschein«, murmelte sie, als sie die Decke zurückschlug.

Der Warrior blickte sie aus glasigen Augen an. Gut, wenn er wach war, konnte er die letzten Meter wenigstens laufen. Skye würde ihn auf keinen Fall tragen können, dazu war der Kerl zu groß und schwer und sie zu klein. Wahrscheinlich wog sie gerade einmal halb so viel wie er!

Sie zog an seiner rauen Hand, und der Krieger setzte sich auf. Danach rutschte er vom Wagen, Skye legte einen Arm um seine Taille und dirigierte ihn durch den türlosen Hauseingang zu ihrer Linken.

Er humpelte auf seinen blutigen Füßen hinein und gab keinen Laut von sich. Hart im Nehmen war der Kerl, das musste sie ihm lassen.

Mit dem Fuß stieß sie die Tür zu einer Treppe auf, die in das stockdunkle Untergeschoss führte. Dort unten hatte sich Skye häuslich eingerichtet, denn es gab nicht viele Keller, in denen es angenehm kühl war und die eine weitere Fluchtmöglichkeit nach draußen besaßen. Durch eine Luke an der Decke konnte man zu einem Schuppen im Hinterhof des Hauses gelangen. Außerdem ließ sich die Treppentür verriegeln. Perfekte Bedingungen für sie.

Nachdem sie den Warrior die Stufen hinab in die Finsternis geführt hatte, lehnte sie ihn gegen die gemauerte Wand und befahl ihm, dort stehen zu bleiben. Er machte keinen Mucks, während sie im Regal vor sich herumtastete, um die Streichhölzer zu finden. Sie zündete eins an und setzte damit den Docht einer Kerze in Brand. Diese stellte sie schnell auf einen klappigen Hocker und eilte zu dem Krieger zurück.

Konservendosen stapelten sich neben zwei brusthohen, quadratischen Geräten aus einer dünnen Metallhülle, die an der Oberseite eine Klappe besaßen. In ihrem Inneren befand sich eine Trommel; darin bewahrte Skye Dinge auf, die keine Mäuse anknabbern sollten, wie zum Beispiel Kleidung oder ihre heißgeliebten Bücher. Immer, wenn sie auf ihren Streifzügen eine interessante Lektüre fand, nahm sie diese mit und deponierte sie in einem ihrer zahlreichen Unterschlupfe. Lesen gehörte neben dem Sammeln von Sachen zu ihrer Hauptbeschäftigung. Überall verteilten sich Kerzenstummel zwischen leeren Gaskartuschen, die sie ebenfalls aus der Militärbasis hatte. Und mitten auf dem Boden lag eine gut erhaltene, breite Matratze, auf der sie mehrere Decken ausgebreitet hatte. Alles in allem wirkte ihr vorübergehendes Zuhause nicht sehr heimelig, aber zweckdienlich. Na gut, sie hätte vielleicht einmal aufräumen sollen, doch mit einem Gast hatte sie nicht gerechnet, und länger als ein paar Tage hielt sie sich ohnehin nie in ihren Verstecken auf.

Der erschöpfte Krieger hatte nur Augen für ihr Schlaflager. Er taumelte darauf zu, ließ sich mit ihrer Hilfe darauf sinken und blieb bäuchlings liegen. Weil nur die eine Kerze brannte, nahm sie lediglich die Umrisse des Mannes wahr. Außerdem mussten sich ihre Augen erst an die schlechten Lichtverhältnisse gewöhnen. Vor lauter Aufregung hatte sie vergessen, draußen ihre getönte Brille wieder aufzusetzen.

»Okay«, sagte sie, wobei ihre Stimme in ihren Ohren seltsam laut klang. Sie war es nicht gewohnt zu reden, solange sie allein unterwegs war. »Ich hole noch meine Sachen vom Wagen.«

Warum sprach sie überhaupt mit dem Kerl? Wahrscheinlich war er schon wieder bewusstlos und hörte sie ohnehin nicht.

Skye machte auf dem Absatz kehrt und sprintete nach oben. Normalerweise ging sie niemals das Risiko ein, ihren Wagen irgendwo öffentlich stehen zu lassen, aber diesmal hatte sie keine Wahl gehabt. Sie wusste zwar, wo es noch solche Leiterwagen zu holen gab, doch der Ort befand sich nicht auf dieser Seite des Flusses.

Sie warf alle Medikamentenschachteln auf eine Decke und packte diese an den Ecken, um einen provisorischen Beutel zu formen. Mit einer zweiten Decke und den Flaschen machte sie dasselbe und kehrte damit zurück in den Keller. Der Krieger lag noch genauso da wie zuvor.

Mit Bedauern dachte sie kurz an ihre auf der Straße zurückgelassenen Schätze und hoffte, sie würden tatsächlich später noch da sein. Wo einer dieser Kerle herkam, gab es womöglich noch mehrere, die hier durch die Gegend streiften.

Schnell verstaute sie die Medikamente in einer Metallbox und reihte die Flaschen neben dem Bett auf. Danach stellte sie die Armbrust möglichst weit entfernt von dem Krieger ab und zündete weitere Kerzen an. Bevor sie sich an die Bergung ihrer Hinterlassenschaften machen konnte, sollte sie sich die zahlreichen Wunden des Mannes genauer ansehen und sie versorgen. Skye kramte alles an sauberen Tüchern und Verbandsmaterial zusammen, was sie besaß, und kochte über einem kleinen Gaskocher in einem zerbeulten Topf Wasser ab. Anschließend hockte sie sich neben dem Krieger auf die Matratze.

Da streckte er den Arm nach einer der Flaschen aus und krächzte: »Durst.«

Skye schraubte sofort den Verschluss ab und reichte sie ihm. Der Mann setzte sich mühsam auf, danach trank er alles in einem Zug aus. Es schien ihm jetzt schon besser zu gehen, zumindest machte er den Eindruck.

Nachdem er ihr die Flasche zurückgegeben hatte, sank er wieder auf den Bauch. Skye wusste auch, warum. Nicht weil er sich wegen seiner Nacktheit schämte, sondern weil sein Rücken weitaus schlimmer verbrannt war als seine Brust. Er musste am ganzen Körper höllische Schmerzen haben.

An seinem Nacken fielen ihr getrocknete Blutspuren auf, die an seiner Wirbelsäule heruntergelaufen waren. Skye nahm eine Kerze in die Hand, um sich die Stelle genauer zu betrachten. Es sah aus, als hätte ihm jemand direkt unterhalb des Schädelknochens ein Messer hineingerammt! Der etwa vier Zentimeter lange Längsschnitt klaffte leicht auf und nässte.

»Ach, du Scheiße! Was ist dir passiert?« Eine offene Wunde so nah am Kopf stellte ein enormes Risiko dar. Keime konnten schneller ins Gehirn gelangen, und diese Verletzung sah gar nicht gut aus. Die Wundränder glänzten rötlich. »Ich muss das versorgen!«

Plötzlich kehrte Leben in den Mann. Erneut setzte er sich auf und starrte sie erschrocken an. »Du hast das nicht gesehen«, krächzte er. »Vergiss, dass du mich getroffen hast.«

Ein leichter Schwindel erfasste sie und ein seltsames Pochen hinter der Stirn machte sich bemerkbar. Für einen Moment fiel ihr das Konzentrieren schwer. Was war denn heute nur mit ihr los?

Schnell schüttelte sie die Trägheit ab und grinste schief. »Du redest wirres Zeug. Bestimmt hast du Fieber.«

Sie legte eine Hand auf seine feuerrote Stirn, doch Skye wusste nicht, ob sie wegen der verbrannten Haut so heiß war oder ob der Mann wirklich Fieber hatte.

Immer noch starrte er sie an, als hätte er große Angst vor ihr.

Sanft fuhr sie über seine bartschattige Wange. »Du bist hier in Sicherheit.«

»Sicherheit«, murmelte er, bevor er die Augen schloss und sich abermals auf dem Bauch ausstreckte. Dabei stieß er ein kehliges Stöhnen aus und krallte die Finger in die Decken.

Skye schielte zu der Metallbox mit den Medikamenten. Dort drin lagen auch Schmerzmittel, die fiebersenkend wirkten. Eine Tablette würde sie für ihn entbehren können.

Nachdem sie die Schachtel geholt und eine Tablette herausgedrückt hatte, strich sie dem Mann über den Kopf. Sein Haar fühlte sich trotz Staub weich an. »Ich habe Medizin für dich. Sie lindert deine Schmerzen.«

Träge öffnete er die Lider. »Willst du mich vergiften?«

Warum war er nur so misstrauisch? »Haben dir Rebellen das angetan?«

»Nein«, hauchte er. »Ärzte.«

Ärzte?

Skye beäugte die weiße Tablette zwischen ihren Fingern. »Ich bin keine Ärztin, bloß eine Sammlerin, die dir helfen will.«

Nachdem er nichts erwiderte, schob sie ihm die Tablette behutsam zwischen die trockenen Lippen. Sie wirkten streng, als würde er selten lachen.

Skye fragte sich, wie sein Mund normalerweise aussehen mochte. Sanft geschwungen?

Rasch verbat sie sich diese absurden Gedanken und reichte ihm eine neue Flasche Wasser. Sie wusste, dass sie noch für Nachschub sorgen musste, bevor die Sonne unterging. Der Mann sollte viel trinken, und Skye musste sich dringend waschen. Der Wüstenstaub klebte in jeder ihrer Poren.

Aber eins nach dem anderen. Zuerst säuberte sie mit einem Tuch und dem abgekochten Wasser die Wunde an seinem Nacken. Dabei redete sie mit dem Krieger, um ihn von den Schmerzen abzulenken. »Verrätst du mir deinen Namen?«

»Hab keinen«, murmelte er.

»Aber … Du musst doch irgendwie heißen?«

»Nummer drei.«

Das sollte sie ihm glauben? Besser sie wartete, bis das Fieber gesunken war, und fragte ihn dann noch einmal.

Verdammt, die Wunde an seinem Nacken gefiel ihr gar nicht!

»Ich bin Skye.« Sie zog eine Nadel aus einem zusammengerollten Verband und hielt sie über die Kerzenflamme. Danach fädelte sie den Faden ein.

»Skye … klingt schön«, raunte er.

»Das wird jetzt wehtun«, erklärte sie. »Aber die Wunde muss geschlossen werden.«

»Tu es«, befahl er flüsternd und machte den Eindruck, als würde er einschlafen.

Bestimmt war er gleich hellwach.

Skye beeilte sich mit der Naht und wunderte sich erneut über die Härte des Kriegers. Selbst in seinem geschwächten Zustand ließ er alles tapfer über sich ergehen. Ab und zu stöhnte er verhalten oder zuckte leicht, ansonsten schien es ihn kaum zu berühren.

Einmal hatte Skye ihrer Mutter dabei zugesehen, wie sie bei ihrem Vater einen Schnitt am Arm genäht hatte. Dad war ohnmächtig geworden vor Schmerzen. Doch Dad war auch kein Warrior.

Über diese Kämpfer hatte Skye viele Schauergeschichten gehört, dass sie unbeugsam, brutal und unmenschlich sein sollten. Dieser Mann kam ihr jedoch alles andere als das vor. Na gut, im Moment konnte er sich nicht wehren, doch die Angst in seinen Augen passte nicht zu einer unmenschlichen Kampfmaschine.

Rasch befeuchtete sie ein weiteres Tuch mit Wasser aus einer der Flaschen und legte es über seine Schultern. Danach betrachtete sie seine Füße. Zum Glück sahen sie weniger schlimm aus, als erwartet. In der Sohle befanden sich ein paar kleinere Schnitte, die nicht sehr tief waren. Sie reinigte auch diese, und als der Schmutz entfernt war, entdeckte sie noch zwei Dornen, die sich tief ins Fleisch gebohrt hatten. Mit einer Pinzette bekam sie diese zu fassen und holte sie heraus. Danach wickelte sie locker zwei saubere Verbände darum.

»Bist du sonst noch irgendwo verletzt?«, wollte sie wissen, aber der Krieger antwortete ihr nicht. Er hatte sich auf die Seite gedreht und atmete schwerfällig. Sein Gesicht glühte und dicke Schweißtropfen perlten über seine Stirn. Das gefiel ihr alles überhaupt nicht.

Als er auch noch zu zittern begann, nahm Skye eine Decke aus einer ihrer Kisten und breitete sie über ihm aus. Dann tupfte sie mit dem restlichen abgekochten Wasser, das inzwischen nur noch lauwarm war, sein verbranntes Gesicht ab. Der Mann besaß eine gerade Nase und hohe Wangenknochen, wie sie, aber er schien keine indianischen Wurzeln zu haben. Sein rotblondes Haar sprach dagegen. Unter all der verbrannten Haut steckte ein wunderschöner, junger Mann, der genau ihrem Geschmack entsprach: groß, kräftig, ein Beschützertyp.

Bisher hatte sie noch keine richtige Beziehung geführt, weil ihr kein Junge wirklich gefallen hatte … und weil sie eine Einzelgängerin war. Niemand wollte freiwillig mit ihr durch die zerfallenen Städte ziehen; die anderen blieben lieber im Schutz einer Gemeinschaft.

Schon als kleines Mädchen war Skye mit ihren Eltern umhergezogen und mit dem Nomadenleben vertraut. Sie hatten Sachen gesucht und in den Siedlungen Tauschhandel betrieben. Nach dem Verlust ihrer Familie hatte Skye versucht, in einer der friedlichen Siedlungen am Hudson River so etwas wie eine Heimat zu finden. June – eine junge Frau, die gerade einmal neun Jahre älter war als sie – hatte sich gut um sie gekümmert. Skye war umsorgt worden und hatte von June Lesen sowie viele andere Dinge gelernt. Ein paar Jahre hatte Skye in der Fluss-Siedlung gelebt, bevor sie mit 13 Jahren wieder losgezogen war, nachdem sich June für kurze Zeit einer Rebellengruppe angeschlossen hatte. Skye hatte während dieser Wochen schreckliche Angst um June gehabt, denn sie war von Kriegern aus Royal City gefangen genommen worden. Doch June hatte fliehen können und viele feierten sie seitdem als Heldin. Für Skye war sie die beste Freundin und so etwas wie eine Ersatzmutter.

Und obwohl Skye eine neue Familie hatte, trieb es sie immer wieder nach draußen. Sie liebte es, Sachen zu suchen, und genoss ihre Freiheit. Nur das Alleinsein fühlte sich nicht immer gut an. Manchmal sehnte sie sich danach, einfach nur im Arm gehalten zu werden. Doch dann dachte sie sofort an ihre Mutter und fühlte sich den Tränen nahe. Ihre Familie war ihr Ein und Alles gewesen. Ihr Schutz, ihre Festung. Sie wollte nie wieder einen geliebten Menschen verlieren.

Sie wusste, das war ein Widerspruch: Sie wollte nicht allein sein, aber binden wollte sie sich auch nicht. Noch nicht.

Ob dieser Krieger eine Familie hatte, zu der er zurückkehren konnte, sobald es ihm besser ging?

Als der Warrior plötzlich rief: »Nein … nicht!«, fuhr sie vor Schreck zusammen. Seine Augen bewegten sich hektisch hinter den geschlossenen Lidern. Er träumte.

»Scht«, machte Skye und strich mit den Fingerspitzen über seine Wange. Immer noch glühte sie.

Wahrscheinlich würde er ohnehin sterben. Dann hatte sie wenigstens keinen Mord auf dem Gewissen und die Welt war dennoch um einen Warrior ärmer. Bestimmt hatte er getötet, auch wenn er bestritt, einer von den Kuppelkriegern zu sein. Vielleicht hatten sie in der Wüste eine Übung abgehalten, dann waren sie von Rebellen überfallen worden und ... Womöglich stimmte ihre Version überhaupt nicht. Warum auch immer – dieser Mann berührte etwas tief in ihrem Herzen, was ihren Beschützerinstinkt aktivierte. Sie erinnerte sich an dieses Gefühl, denn sie hatte es bei Sunny verspürt, ihrem kleinen Bruder. Skye hatte ihn nie aus den Augen gelassen und seinen Tod bis heute nicht verwunden.

Der Krieger brauchte Antibiotika, oder er würde sterben. Für ihre Familie hatte sie keine Medizin gehabt, aber jetzt konnte sie helfen. Deshalb durchsuchte sie ihre Kiste, dankte im Stillen ihrer Freundin June, die ihr das Lesen beigebracht hatte, und überflog hektisch die Packungsbeilagen, bis sie das passende Medikament gefunden hatte. Sie wollte diese wertvolle Medizin trotzdem ungern an einen Warrior verschwenden, der ihresgleichen auf dem Gewissen hatte oder sie vielleicht töten würde, sobald es ihm besser ging. Doch was, wenn er die Wahrheit sagte und wirklich anders war? Sie brauchte einfach noch mehr Informationen!

Fest rüttelte sie an seiner Schulter, bis er die Augen aufschlug. Er zitterte, setzte sich hin und blickte sich panisch um. Dann hielt sie ihm die Schachtel vor die Augen.

»Hör mir zu«, sagte sie scharf. »Ohne diese Medizin wirst du nicht überleben. Ich gebe sie dir aber nur, wenn du mir erzählst, wer du bist und was dir passiert ist.«

Er starrte sie für einen Moment schwer atmend an, bevor er nickte und mit rauer Stimme sagte: »Ich heiße Nummer drei und bin gestern aus einer Forschungseinrichtung geflohen.«

Er blieb also bei diesem seltsamen Namen, dann stimmte er vielleicht. »Ist diese Einrichtung in der Wüste?«, fragte sie.

Er nickte.

»Gibt es da noch mehr Warrior?«

Er nickte erneut.

»Und ihr bekommt dort keine richtigen Namen?«

»Nein.« Matt schüttelte er den Kopf. »Kennst du einen, der für mich passen würde?«

»Flynn«, antwortete sie wie aus der Pistole geschossen.

»Klingt schön.« Zum ersten Mal lächelte er, sodass Skyes Herz wilde Hüpfer in ihrer Brust vollführte. »Dann heiße ich jetzt Flynn.«

Er schwankte leicht im Sitzen und griff nach einer Flasche. »Was bedeutet der Name?«

»Keine Ahnung.« Während sie ihn beim Trinken beobachtete, überlegte sie unentwegt, warum der Kerl sie faszinierte. »Ich finde einfach, Flynn passt zu dir.«

Nun brannten ihre Wangen ebenfalls, denn das Gespräch machte sie irgendwie verlegen, vor allem, weil Flynn nichts anhatte. »Erzähl mir mehr über diese Forschungseinrichtung.«

»Das kann ich nicht. Das bringt mich in Gefahr und dich auch. Am besten, du vergisst alles, was ich dir gesagt habe.« Intensiv starrte er sie an, sie fühlte ein leichtes Pochen hinter ihrer Stirn und machte nur: »Hmm.«

»Ich bin nicht gefährlich für dich und auch kein Warrior, der Royal City verteidigt. Das ist die Wahrheit.«

Sie verlor sich in seinen Augen, deren Pupillen so groß waren, dass sie fast schwarz wirkten.

Hastig unterbrach sie den Blickkontakt. Der Kerl brachte sie völlig durcheinander! »Wie war noch mal dein Name?«

»Flynn.«

Skye überreichte ihm die Schachtel mit dem Antibiotikum. »Du musst zwei Mal täglich eine Tablette nehmen.«

»Danke für dein Vertrauen.«

Ja, sie vertraute ihm. Einem Warrior! Verrückt …

Hatte sie genau das vorhin nicht schon mal gedacht?

»Ähm …« Sie räusperte sich, kratzte sich am Nacken und stand auf. »Ich muss noch mal raus, die anderen Sachen einsammeln, meinen Wagen verstecken und Wasser holen. Ich bin in spätestens zwei Stunden wieder da.«

»Ich bin hier«, antwortete er, wobei er ihr erneut ein Lächeln schenkte.

Oh Mann, entwickelte sich gerade etwas zwischen ihnen?

Schnell wandte sie sich von ihm ab und warf einen Blick auf die Armbrust. Ob sie diese mitnehmen sollte? Die Bolzen lagen hoffentlich noch auf der Straße. Skye hatte vorhin nicht daran gedacht, wenigstens sie zu behalten. Die Waffe war im Grunde nutzlos.

Da Flynn nichts damit anstellen konnte und Skye noch nicht wusste, wie sie genau bedient wurde, ließ sie die Armbrust an Ort und Stelle, nahm jedoch frische Kleidung für sich mit. Dann kehrte sie zu den heißen Temperaturen und ihrem Leiterwagen zurück.

Die Sonne stand bereits tiefer, die Hitze hatte ein wenig nachgelassen. Zügig schob sie den Wagen die ganze Meile zurück zu der Stelle, an der sie Flynn gefunden hatte. Glücklicherweise lagen ihre Schätze noch an Ort und Stelle. Rasch sammelte sie die Konservendosen, Messer, Bolzen und Munitionskisten ein, die sie vorher rausgeworfen hatte, und schleppte die Sachen zum nächstgelegenen Zwischenlager, das bloß ein paar hundert Meter entfernt lag. Dabei handelte es sich um einen weiteren Keller, der nur noch über die Außenluke betreten werden konnte. Diese verbarg Skye unter Trümmerteilen und Gestrüpp. Das Praktische an diesem Ort war, dass es hier keine Treppen gab, sondern eine Rampe, über die sie den Wagen in das Versteck ziehen konnte. Sie hatte zuvor kurz überlegt, Flynn hierher zu bringen, doch das Risiko war für Skye zu groß, weil der Unterschlupf über keinen zweiten Fluchtweg verfügte. Sie würde hier unten in der Falle sitzen, sollte jemand eindringen. Außerdem konnte man sich hier nicht mehr umdrehen, sobald der Wagen auch noch im Keller stand, denn wirklich jeder Zentimeter war bereits bis an die Decke ausgefüllt.

Nachdem Skye alles abgeladen hatte, kramte sie zwei größere Trinkwasserkanister aus ihrem Sammelsurium hervor und suchte noch Anziehsachen für Flynn heraus. Aus der Militärbasis hatte sie schon bei ihrem vorletzten Besuch alles an Kleidung mitgenommen, das noch nicht von Ungeziefer zerfressen oder zu Staub zerfallen war. Zum Glück hatte das Militär viele Dinge in luftdichten Kisten gelagert, weshalb die meisten Sachen noch hervorragend erhalten waren. Sie nahm eine Hose, ein T-Shirt und das größte Paar Stiefel, das sie finden konnte, und stopfte alles in einen Rucksack.

Die Bolzen ließ sie wiederum im Versteck. Skye fühlte sich wohler, wenn keine funktionsfähige Waffe in der Reichweite eines Warrior lag.

Mit dem ganzen Gepäck marschierte sie zu einem nahe gelegenen Fluss. Das Wasser musste sie später, bevor sie es in die Trinkflaschen füllte, noch abkochen. Sie wollte kein Risiko eingehen. Dann konnte sie auch gleich einen Tee zubereiten. Von der Heilerin aus der Nord-Siedlung besaß Skye noch ein paar getrocknete, aromatische Kräuter, die sie bei der Frau gegen ein scharfes Messer getauscht hatte. Die würden bestimmt auch Flynn guttun, denn sie sollten beruhigend wirken.

Am Ufer legte sie ihre Kleidung an einer schattigen Stelle ab und watete nackt in den niedrigen Fluss. Er führte nur wenig Wasser, und Skye musste mit den Kanistern bis ganz zur Mitte gehen, um sie untertauchen zu können. Anschließend wusch sie sich schnell, damit sie nicht zu viel Sonne abbekam, und schlüpfte in ein einigermaßen sauberes Shirt sowie eine legere Stoffhose und ihre Stiefel.

Vom Wegesrand schnitt sie noch ein paar dieser seltsamen grünen Pflanzen mit den lanzenförmigen, dicken Blättern ab. Aloe Dingsbums oder so ähnlich. Skye wusste nur, dass der Saft sehr gut bei Verbrennungen aller Art half.

***

Zurück in ihrem Versteck, schien Flynn tief und fest zu schlafen. Er machte keinen Mucks, als sie die gel-haltigen Blätter aufschnitt und den Saft auf seine schlimmsten Verbrennungen an den Schultern und seinem Rücken schmierte. Er glühte immer noch wie ein Backofen!

Behutsam strich sie auch etwas Gel auf seine knackigen Pobacken und muskulösen Schenkel, bevor sie ihn wieder zudeckte. Danach kochte sie das Wasser ab, bereitete den Tee zu und … fragte sich, wo sie schlafen sollte. Der Kerl beanspruchte fast den ganzen Platz auf der Matratze. Ansonsten gab es zwischen all ihren aufgehäuften Schätzen nicht mehr viel Raum. Außerdem würde sie so schnell auch keine gut erhaltenen Polster mehr auftreiben können und draußen war es ohnehin längst dunkel.

Während Skye den heißen Tee aus einem zerbeulten Becher schlürfte, kochte sie ein undefinierbares Gericht aus einer Dose, die sie ebenfalls in der Militärbasis gefunden hatte. Weil die Beschriftung fehlte, wusste sie nicht, was es war. Doch es roch köstlich und schien Fleisch zu beinhalten.

Da machte Flynn plötzlich einen tiefen Atemzug und schlug die Augen auf. Sie sahen nicht mehr ganz so glasig aus wie am Nachmittag.

»Möchtest du Tee? Etwas zu essen?«, fragte sie sofort.

Als er nur nickte, beschloss sie, ihm beides zu geben.

Nachdem er sich hingesetzt hatte und die Zudecke in seinen Schoß rutschte, reichte sie ihm einen Becher. Mit zitternden Händen nahm er ihn entgegen und leerte ihn mit einem Zug. Danach füllte sie die Hälfte des Gerichtes in eine Schale; Skye würde aus der Dose essen, die auf dem Kocher stand.

Als Flynn Anstalten machte, aufzustehen, erhob sie sich. »Wo willst du denn hin?«

»Muss mal …«, murmelte er. Zitternd richtete er sich auf und wickelte sich die Decke um die Hüften. Allerdings kam er nur einen Schritt weit, denn er sackte gleich wieder auf der Matratze zusammen.

»Du gehst nirgendwohin!« Skye schraubte von einem der leeren Wasserkanister den Deckel ab und gab Flynn den Behälter. »Du kannst da reinmachen.«

Respektvoll drehte sie ihm den Rücken zu, lauschte mit hochroten Wangen, wie er sich erleichterte, und nahm ihm anschließend den Kanister ab, um ihn zuzuschrauben und wegzustellen.

»Danke.« Flynn streckte sich wieder auf der Matratze aus, diesmal jedoch auf dem Rücken. Aber er rutschte ganz an den Rand, sodass ein Arm auf dem Boden lag. Die Decke hatte er immer noch um seinen Unterkörper geschlungen, nur ein Bein ragte heraus. »Will dir nicht dein Lager wegnehmen. Kann auch auf dem Boden schlafen.«

»Quatsch. Alles gut.« Sie freute sich, dass er trotz seines Zustandes an ihr Wohl dachte. »Ich habe noch genug Decken da, mit denen ich mir ein Schlaflager herrichten kann.«

Genau, warum war sie nicht eher darauf gekommen? Sie suchte alle Decken zusammen, die sie in ihren Kisten fand, und stopfte zwei davon unter Flynns Kopf, damit er höher lag. »Du musst zuerst was essen.« Sie nahm seine Schale, setzte sich dicht neben ihn und begann, ihm einen Löffel nach dem anderen an den Mund zu führen.

Während sie Flynn fütterte, fielen ihm ständig die Augen zu. Doch immer, wenn er sie für ein paar Sekunden offenhalten konnte, las sie Dankbarkeit in seinem Blick und noch etwas anderes: Verwunderung. Als hätte ihm nie jemand zuvor etwas Gutes getan, sich nie um ihn gekümmert.

Erneut verkrampfte sich ihr Herz. Ob er auch einsam war? Vielleicht könnten sie sich zusammentun und er würde sie beim Sachensuchen begleiten. Allein kam Skye immer wieder in Situationen, in denen sie ein paar zusätzliche Arme gut gebrauchen könnte. Sobald es Flynn besser ging, würde sie ihm den Vorschlag unterbreiten. Oder würde er gerne in einer der Siedlungen leben wollen?

Utopisch. Er war ein Warrior. Die Siedler würden ihn hassen.

Dann wäre die Option, mit ihr zu kommen, für alle die beste. Aber vielleicht wartete jemand auf ihn?

»Hast du ein Zuhause?«, fragte sie, als sie ihm den letzten Löffel in den Mund schob. Er hatte trotz Erschöpfung alles regelrecht verschlungen. »Eine Familie, die dich vermisst?«

»Niemanden«, murmelte er.

Das freute sie einerseits – aus rein egoistischen Gründen –, andererseits tat Flynn ihr leid.

»Ich habe dir etwas zum Anziehen mitgebracht.« Sie deutete auf den Rucksack, der neben der Treppe stand. »Die Sachen müssten dir passen.«

»Danke«, sagte er erneut, bevor seine Zunge über die aufgesprungenen Lippen huschte, um einen Soßenrest aufzulecken.

Skye hatte noch etwas von der Aloe-Pflanze übrig. Schnell stellte sie die leere Schüssel weg und nahm einen feuchten Lappen, um noch einmal sein Gesicht damit abzutupfen. Dann fuhr sie mit der aufgeschnittenen Blattseite über seinen Mund.

»Das fühlt sich gut an«, flüsterte er und schloss die Augen.

Skye tupfte den Pflanzensaft auch auf seinen verbrannten Nasenrücken, die Stirn und seine Wangen. Danach nahm sie wieder den Lappen, um seinen Oberkörper zu waschen. Im flackernden Kerzenschein wirkte Flynns breite Brust wie gemeißelt. Sie strich über seine Nippel, die sich sofort zusammenzogen, danach über die Hügel und Täler seines muskulösen Bauches. Flynn schien kein Gramm Fett zu besitzen und wirkte vollkommen durchtrainiert. Solch einen Körper hatte sie nie zuvor gesehen.

Sie wusch auch seine Arme und trug danach das kühlende Pflanzen-Gel auf. Dann überlegte sie, ob sie sich auch die untere Hälfte seines Körpers vornehmen sollte.

»Flynn?«, wisperte Skye, und als er nicht reagierte, sondern nur gleichmäßige Atemzüge von sich gab, zupfte sie unterhalb seines Bauchnabels an der Decke. Doch die saß zu fest und er lag genau auf dem einen Ende. Also schob sie die Decke kurzerhand an seinem Knie auseinander, das zwischen dem Stoff hervorschaute, und legte beide Beine bis zum Oberschenkel frei.

Behutsam, um Flynn nicht zu wecken, strich sie mit dem feuchten Lappen über seine Haut, um auch dort den Wüstenstaub abzuwaschen. Als sie zwischen seine Schenkel fahren wollte, schoss auf einmal sein Arm hervor und seine Finger legten sich um ihr Handgelenk.

»Nicht«, knurrte er. Schwer atmend starrte er sie an.

Oh Himmel, was musste er von ihr denken! Sie wollte ihn wirklich nur waschen und nicht noch einmal dieses interessante Stück Männlichkeit bewundern. Bestimmt nicht!

»Was hast du denn?«, fragte sie, wobei ihre Stimme zitterte. »Ich kümmere mich nur um deine verbrannte Haut.«

»Ich weiß genau, was du wolltest«, grollte er. »Fass mich an und du bist tot.«

»Was?« Skye erstarrte. Sie hatte ihm doch wirklich nichts Böses tun wollen!

Völlig unvermittelt ließ er sie wieder los und sackte zurück, seine Gesichtszüge entspannten sich.

Skye war alles andere als entspannt. Ihr Herz raste wie verrückt und ihre Hand zitterte. Sie legte den Lappen weg, deckte hastig Flynns Beine zu und aß ihr mittlerweile lauwarmes Gericht auf, obwohl ihr der Appetit vergangen war.

Was stimmte mit diesem Mann nicht? Er schien vom Scheitel bis zur Zehenspitze ein einziges Mysterium zu sein.

Kurz ging sie nach oben vor die Tür, um das Geschirr sauber zu machen, und überprüfte, ob sich auch alles Essbare in gut verschlossenen Behältern befand, damit nachts kein Ungeziefer über sie herfiel. Anschließend breitete sie die restlichen Decken neben der Matratze aus. Die zwei Decken, die sie Flynn unter den Kopf geschoben hatte, traute sie sich jetzt nicht mehr zu nehmen. Nachher brachte er sie im Fieberwahn wirklich noch um.

Sie zog sich die Stiefel sowie die Hose aus, löschte alle Kerzen, streckte sich neben der Matratze auf ihrem ungemütlichen, harten Behelfslager aus und … fand keine Ruhe.

Skye schlief allgemein schlecht und meist nur sehr oberflächlich, immer bereit, sich zu verteidigen, falls sie angegriffen wurde. Drei Mal war ihr das bereits passiert und jedes Mal waren sie und ihr Angreifer mit dem Schrecken davongekommen. Skye verscheuchte diese Plünderer und Lustmolche mit ihrem Hammer, der immer neben ihr bereitlag.

Angestrengt starrte sie in die Dunkelheit und lauschte Flynns unregelmäßigen Atemzügen. Er wälzte sich ständig hin und her, was ihr erst recht nicht beim Einschlafen half.

Als er plötzlich »Nein!« rief, setzte sie sich auf und presste sich die Hand auf ihr rasendes Herz. So wurde das wirklich nichts!

»Nein …«, wimmerte er abermals. »Töte mich nicht.«

Flynn hatte fliehen müssen, oder? Träumte er davon? Von welchem Ort war er noch einmal weggelaufen? Warum konnte sie sich nicht mehr erinnern, was er ihr erzählt hatte? Wahrscheinlich war sie einfach zu müde. Der Tag war lang und aufregend gewesen.

Sie beugte sich zu ihm, tastete im Dunkeln nach seiner Schulter und strich darüber. »Scht, alles gut. Du bist in Sicherheit.«

»Skye?«, fragte er leise.

»Ja, ich bin hier.«

»Geh nicht weg.«

»Das werde ich nicht.«

Als sie seine Hand fühlte, die nach ihr suchte, rutschte sie zu ihm auf die Matratze und kuschelte sich in seine Armbeuge – einfach so, als hätte sie das schon hundert Mal gemacht. Es fühlte sich in diesem Moment irgendwie richtig an.

Und als er sie leise seufzend an sich zog, glitt auch sie endlich ins Reich der Träume.

***

Gähnend streckte sich Skye auf der Matratze aus und wunderte sich über das Licht, das durch ihre halb geschlossenen Lider drang. Wo war sie?

Schnell öffnete sie die Augen ganz und starrte in eine brennende Kerze, die in einem Glas neben der Matratze stand.

Flynn!

Sofort war sie hellwach. Sie hatte geschlafen wie ein Baby! Das war ihr schon ewig nicht mehr passiert. Ob das an Flynn lag? Weil sie wusste, er würde jeden Angreifer in die Flucht schlagen? Nun ja, nicht in seinem Zustand. Aber in seinen Armen hatte sie sich herrlich geborgen gefühlt.

Sie blickte neben sich, aber der Platz auf der Matratze war leer. Wo steckte der Kerl? Oder hatte sie alles nur geträumt?

Nachdem sie sich aufgesetzt hatte, entdeckte sie am Kopfende die Medikamentenschachtel. Eine weitere Tablette fehlte.

Nein, kein Traum!

Gerade als sie nach ihm rufen wollte, hörte sie jemanden die Treppe herunterkommen. Ihre Hand lag sofort auf dem Hammerstiel, doch als sie Flynn erkannte, nahm sie die Finger von der Waffe.

Wow! Flynn war kaum wiederzuerkennen, denn er machte einen sehr viel besseren Eindruck als gestern. Er trug die Militärhose sowie die Stiefel, die sie ihm mitgebracht hatte, bloß sein Oberkörper war nackt. Breite Schultern, schmale Hüften, und dazu diese ganzen Muskeln …

Himmel, sah er heiß aus!

Seine Haut hatte sich über Nacht erstaunlich schnell regeneriert. Die Blasen waren verschwunden und sie schien nur noch leicht gerötet zu sein, soweit Skye das im Kerzenschein erkennen konnte. Auch seine Augen schimmerten nicht mehr fiebrig. »Wie kann es dir schon wieder so gut gehen? Gestern wärst du fast gestorben!«

»Wir Warrior verfügen über außergewöhnliche Selbstheilungskräfte«, erklärte er, und seine tiefe, sonore Stimme schickte ein wohliges Kribbeln über ihren Körper. »Aber ohne deine Hilfe und Medizin hätte ich es nicht geschafft.«

»Du musst dich trotzdem noch ausruhen.«

»Da will ich nicht widersprechen.« Er setzte sich neben sie und zog seine Stiefel aus, bevor er sich auf der Matratze ausstreckte.

Skye kam sich plötzlich nackt vor, denn sie trug nur ein T-Shirt und einen Slip!

Schnell stand sie auf und schlüpfte in ihre Hose. »Warst du draußen?«

»Hm«, brummte er, wobei er die Arme hinter dem Kopf verschränkte – was diese sexy Muskeln in seinen Oberarmen auf doppelte Größe anschwellen ließ – und starrte sie weiterhin an. »Ich wollte nicht wieder in den Kanister pinkeln.«

Themawechsel! »Lust auf Frühstück?«

Er lächelte frech. »Gerne.«

Wow, diese Grübchen in seinen Wangen! Waren die echt? Existierte der Kerl wirklich? Und lag er in ihrem Versteck in *ihrem* Bett?

Skye räusperte sich leise, weil sie erst ihre Stimme wiederfinden musste. »Lass mich mal die Naht kontrollieren.«

Flynn drehte sich zur Seite, sodass sie die Wunde an seinem Nacken betrachten konnte. Die Ränder wirkten nicht mehr entzündet, nichts nässte oder eiterte. Das war unglaublich!

Ihr Blick fiel auf seine breiten Schultern und die Muskelstränge an seinem Rücken. Die zerstörte Hautschicht blätterte ab und darunter kam frische rosa Haut zum Vorschein. »Sieht gut aus«, murmelte sie, wobei sie sich nur mit Mühe zurückhalten konnte, nicht über seinen Körper zu streichen.

Als plötzlich ein lautes Knurren ertönte, drehte sich Flynn grinsend um. »Ich befürchte, das war meiner.« Er drückte die Hand auf seinen perfekten Bauch und streichelte darüber. Das würde sie jetzt auch zu gerne machen.

Frühstück ... Das hatte sie beinahe vergessen! Was ja auch kein Wunder war, wenn man einen Typen wie aus einem Halbgötterjournal vor sich liegen hatte.

Schnell kramte sie aus einer ihrer Truhen ein eingeschweißtes Päckchen hervor, riss es auf und streute das Trockenfutter in einen Topf. Dann gab sie Wasser dazu, rührte so lange um, bis eine undefinierbare Masse entstand, und stellte es auf den Kocher.

Flynn setzte sich auf und spähte neugierig zu ihr. »Was ist das?«

Sie zuckte mit den Schultern. »Keine Ahnung, hab ich gefunden.« In der Militärbasis. »Kann man essen und macht satt. Schmeckt ein bisschen wie Bohnen mit Tomatensauce.« Aus einer anderen Dose, die einen Deckel besaß, holte sie getrocknete Fleischstreifen und reichte Flynn ein paar.

»Und was ist das?«, fragte er und roch daran.

»Ratte.«

»Hab ich noch nie probiert.«

»Getrocknet schmecken sie nicht so lecker, aber du solltest mal das Rattenragout probieren, das Zina aus der Siedlung am Fluss zubereitet. Das ist göttlich.«

Flynns Brauen hoben sich. »Siedlung?«

»Ja, es gibt mehrere in New York.« Sie deutete mit dem Daumen hinter sich. »Die liegen gleich da drüben, auf der anderen Seite des Hudson.«

Vielleicht sollte sie das einem Warrior nicht unbedingt erzählen?

Flynn beugte sich weiter zu ihr und schaute ihr fest in die Augen. »Wie kommt man da rüber, wenn man nicht schwimmen will?«

Skye überlegte einen Moment, während sie dem sanften Pochen hinter ihrer Stirn nachspürte. Plötzlich war ihr ein bisschen schwindelig, doch eines wusste sie: Sie vertraute Flynn. Deshalb antwortete sie: »Ich habe am Ufer ein kleines Boot versteckt, nicht weit von hier. Ich nehme dich gerne mit, wenn du auf die andere Seite willst. Wenn du besonders mutig bist, kannst du auch durch den stockfinsteren Lincoln Tunnel gehen. Die Südröhre ist noch intakt. Aber glaube mir, das machst du ein Mal und nie wieder. Mann, ist das gruselig da drin. Du denkst, jede Sekunde könnte die Decke einstürzen und der Hudson flutet den Tunnel. Und überall stehen Fahrzeuge herum, über die man teilweise klettern muss. In einigen sitzen sogar noch Skelette!«

»Das hört sich wirklich unheimlich an.«

Resolut nickte sie bei den schaurigen Erinnerungen, wobei ihr eine Eiseskälte über das Rückgrat kroch. »Ja, das waren die längsten eineinhalb Meilen meines Lebens.« Für ihn als abgebrühten Krieger würde das wahrscheinlich ein Spaziergang sein.

Flynn schob sich einen Fleischstreifen in den Mund, kaute angestrengt und spülte den Bissen mit einem Schluck Wasser hinunter. »Wieso bist du überhaupt da durchgegangen?«

»Das Boot, das ich damals hatte, war schon ziemlich marode. Als ich es beladen habe, ist der Boden durchgebrochen. Ich war ausgerechnet auf dieser Seite des Flusses und habe hier nichts gefunden, mit dem ich zurückrudern konnte.« Sie reichte ihm das frisch gekochte Frühstück in einer Schüssel, und Flynn schlang es regelrecht herunter. So ein großer, muskulöser Kerl brauchte sicher mehr als nur zwei Mahlzeiten am Tag. »Soll ich dir noch was zum Essen machen?«, fragte sie deshalb.

»Nein, danke. Du tust schon so viel für mich.«

Als er herzhaft gähnte, sagte sie schnell: »Ruh dich aus und schlaf noch ein bisschen. Ich gehe solange Sachen suchen.«

»Okay.« Ohne zu murren streckte er sich wieder aus und schloss die Augen.

Skye betrachtete ihn ein paar Sekunden lang nachdenklich. Waren Warrior immer so freundlich und kooperativ, oder war Flynn eine Ausnahme? Womöglich heckte er aber auch etwas aus?

Verdammt, sie konnte die Vorbehalte gegen seine Art nicht so einfach ablegen.

Skye hatte ihr Leben lang nur Schlechtes über die Krieger gehört. Und auch wenn Flynn keiner der Kuppelkrieger war, so war er dennoch ein Warrior. Einer mit Geheimnissen, das spürte sie instinktiv. Sie fühlte jedoch auch, dass er ihr nichts tun würde.

Ach, der Mann verwirrte sie!

Schnell räumte sie das Geschirr zusammen, machte es sauber und brach dann zu ihrem Lager auf, um den Leiterwagen zu holen. Während des ganzen Vormittages konnte sie sich nicht wirklich auf das Sachensuchen konzentrieren und entfernte sich nicht allzu weit. Deshalb kehrte sie mittags kurz zurück, um nach Flynn zu sehen.

Er hockte auf der Matratze und bereitete über dem kleinen Kocher ein Dosengericht zu. Essensdüfte waberten durch den Keller und Skye lief das Wasser im Mund zusammen. Er trug nur die Hose und wirkte erneut unglaublich sexy auf sie.

»Mein Patient ist schon wieder munter?«, fragte sie, als sie sich neben ihm niederließ.

Schief grinsend blickte er sie an. »Ich hoffe, es ist okay, dass ich mir etwas zu essen mache.«

»Klar.« Normalerweise würde sie jeden töten, der sich an ihren Sachen vergriff. Nicht Flynn, wie sie überrascht feststellte. Skye mochte ihn.

»Du kommst gerade rechtzeitig.« Diesmal füllte er ihr etwas in eine Schüssel und reichte sie ihr.

»Hmmm.« Skye verschlang genüsslich den ersten Bissen und murmelte: »Daran könnte ich mich gewöhnen.«

»Woran?« Frech hob er eine Braue. »An das Trockenfutter?«

Sie gab ihm einen Stups mit dem Ellbogen in die Seite. »Dass zu Hause jemand mit dem Essen auf mich wartet.« Erst als sie das letzte Wort ausgesprochen hatte, wusste sie, wie sich ihre Aussage anhörte. Ihr Gesicht brannte, und schnell schob sie sich einen weiteren Bissen in den Mund, um nicht noch mehr Unfug von sich zu geben.

Außerdem … Flynn und Hausmütterchen spielen? Er war ein Krieger! Sobald es ihm besser ging, würde er … was tun? Leute umbringen?

Sie wollte ihn unbedingt fragen, ob er schon einmal jemanden getötet hatte, doch sie traute sich nicht. Das würde das perfekte Bild, das sie von ihm hatte, zerstören. Natürlich hatte er bereits getötet. Aber das musste sie wohl akzeptieren. Er hatte seinen Job erledigt und sie war … eine Sammlerin.

Himmel, sie passten ja mal so gar nicht zusammen!

Egal – hier und jetzt bildeten sie eine kleine Gemeinschaft und alles war gut, so wie es war. Skye würde es genießen, solange es dauerte.

Im stillen Einvernehmen aßen sie, und anschließend übernahm Skye den Abwasch sowie das Aufräumen, damit sich Flynn schonen konnte. Er wirkte jedoch kein bisschen mehr erschöpft und begann, die Verbände an den Füßen abzuwickeln.

»Lass mich das machen«, sagte sie sofort.

Er grinste schief. »Lieber nicht. Ich stinke.«

»Allerdings.« Genauso frech wie er grinste sie zurück. »Aber das ist ja auch kein Wunder, so schlecht wie es dir ging. Es macht mir aber nichts aus, ich bin an Gestank gewöhnt.«

»Das beruhigt mich jetzt ungemein.« Er lachte, und das klang so schön und ehrlich, dass es Skye ganz warm ums Herz wurde.

»Hey, du solltest mich mal riechen, wenn ich nach einem anstrengenden Tag in der Wüstenhitze in meinen Unterschlupf zurückkehre.« Oh Mann, das wollte bestimmt kein Kerl wissen. *Halte doch endlich deine Klappe, Skye!*

Flynn blickte sie intensiv an, wobei ein Schmunzeln seine Lippen umspielte. »Gestern hast du gut gerochen.«

»Da habe ich mich auch gewaschen«, murmelte sie.

Erneut lachte er laut auf. »Du gefällst mir, Wüstenprinzessin.«

Wüstenprinzessin? So hatte sie noch niemand genannt. Irgendwie mochte sie diesen Namen. »Und jetzt her mit deinen Füßen«, befahl sie grinsend und kniete sich einfach vor Flynn, um beide Verbände abzuwickeln. Die kleinen Wunden an seinen Fußsohlen hatten sich ebenfalls geschlossen, aber sie starrten vor Schmutz und getrocknetem Blut.

Flynn kratzte sich am Kopf. »Ich wünschte, ich könnte mich auch frischmachen. Aber ich will dein Wasser nicht verschwenden.«

»In der Nähe gibt es einen Fluss. Kannst du so weit laufen?«

Sofort sprang er auf. »Ich fühle mich schon fast wieder wie neu.« Als er leicht schwankte, stellte sich Skye sofort neben ihn, um ihn am Arm festzuhalten.

»Nicht so übermütig, Krieger.« Herrje, diese ganzen Muskeln machten sie total schwach. »Auch du bist nur ein Sterblicher.«

»Jetzt ja«, murmelte er, und Skye wusste nicht, was genau er damit meinte. Wahrscheinlich war er immer noch ein bisschen verwirrt.

Er warf einen Blick zur Armbrust. »Wirst du die mitnehmen?«

»Die nützt leider nichts. Hab hier keine Bolzen.«

War das jetzt gut oder schlecht?

Sie wartete, bis er sich die Stiefel sowie das T-Shirt angezogen hatte, danach brachen sie auf. Die Nachmittagssonne brannte grell und unerbittlich auf sie herunter, doch Skye hatte für Flynn einen breitkrempigen Strohhut aus dem Keller mitgenommen, den ihr letztes Jahr eine alte Frau aus der Hudson-Siedlung gebastelt hatte. Er stand ihm ausgezeichnet.

Sie selbst wickelte sich ihr dünnes Tuch um das Gesicht, sodass nur noch die Augen einen Spalt herauslugten, doch auf die Skibrille verzichtete sie jetzt. Damit sah sie lächerlich aus und das wollte sie vor Flynn nicht.

Während sie zwischen den Häusern hindurchgingen, blickte sich Flynn ständig um. »Du hast nicht zufällig Schusswaffen gefunden?«

»Ich habe zwei in einem meiner Lager, aber die funktionieren nicht mehr … glaube ich. Messer habe ich jedoch genügend.« Seine Unsicherheit machte sie ganz nervös. Beinahe glaubte sie selbst, dass jede Sekunde jemand von Flynns Feinden auftauchen würde. Hatte er deswegen die Armbrust mitnehmen wollen? Um sich zu verteidigen? »Bevor ich dich hier getroffen habe, bin ich so weit weg von den Siedlungen noch nie jemandem begegnet. Du bist hier sicher.«

Sein Gesicht spiegelte eine Menge Skepsis wider. »Können wir einen Abstecher zu deinem Lager machen?«

Als sie nicht wusste, was sie ihm darauf antworten sollte, weil sie ihm unmöglich eins ihrer Geheimverstecke zeigen konnte, sagte er mit einem schiefen Lächeln: »Du vertraust mir nicht. Das ist okay.«

»Ich vertraue dir, Flynn«, antwortete sie prompt. »Doch ich erzähle nie jemandem, wo meine Verstecke liegen. Wirklich nie. Das hat nichts mit dir zu tun.« Und das stimmte.

Er blieb stehen und fasste an ihre Schultern. »Du kannst mir dein Versteck zeigen. Ich werde es niemandem verraten.«

Warum drehte sich denn ständig alles vor ihren Augen, wenn Flynn sie so intensiv anstarrte wie jetzt? Und seine Stimme nahm dann einen völlig anderen Klang an. Sie wurde weicher, leiser, und durchdrang jede Pore ihres Körpers.

Während sie sich wie ferngesteuert fühlte und es hinter ihrer Stirn schon wieder pochte, nahm sie im Tageslicht zum ersten Mal die genaue Farbe seiner Augen wahr: In einem Moment schienen sie grün wie ein saftiges Blatt zu sein, im nächsten braun wie feuchte Erde – als könnten sie die Farbe wechseln.

»Okay«, murmelte Skye und riss mühsam den Blick von ihm los. »Da geht es lang.«

***

Eine halbe Stunde später war er mit zwei Messern, einer Pistole sowie der passenden Munition ausgerüstet. Sie befanden sich auf dem Weg zum Fluss, in dem auch Skye gestern schon gebadet hatte. Während Flynn unterwegs die Waffe zerlegte, musste sie ständig zu ihm blicken. Sie bewunderte seine routinierten Handgriffe, aber diese erinnerten sie auch stets an seine wahre Natur. Er war und blieb ein Warrior. Trotzdem wünschte sie, Flynn würde bei ihr bleiben. Sie würden sich fantastisch ergänzen.

Erneut wunderte sie sich über ihre Gedanken. Sie hatte nach dem Tod ihrer Eltern keine Begleitung mehr gewollt. Warum jetzt? Wieso Flynn?

Weil sie sich ein wenig in ihn verguckt hatte?

Skye wusste ganz genau, was dieses Ziehen hinter ihrem Brustbein bedeutete. Sie hatte es schon ein paar Mal bei süßen Jungs aus einer der Siedlungen gefühlt, die ihr ständig schöne Augen machten, wenn sie dort vorbeikam, um ihre Sachen zu tauschen.

Sie atmete auf, als der Fluss vor ihnen auftauchte. Gemächlich floss er zwischen mehreren zerstörten Gebäuden hindurch, und die Wasseroberfläche reflektierte die grelle Sonne.

»Lass uns dort hingehen.« Skye deutete auf einen schattigen Platz am Ufer, an dem sogar etwas Gras wuchs. Ein besonders großes, relativ gut erhaltenes Haus spendete Schatten. Zum Glück bewegte sich die Sonne langsam auf den Horizont zu. In drei Stunden würde es dunkel werden. Sie hatten doch mehr Zeit im Lager verbracht, als gedacht. Flynn hatten all die Dinge, die sie in den letzten Wochen zusammengetragen hatte, sehr fasziniert.

»Das Wasser sieht wirklich einladend aus.« Flynn legte seinen Hut ins Gras und schlüpfte aus den Stiefeln.

»Ja, das hier ist meine Lieblingsstelle. Hier sind die Steine im Flussbett schön glatt und man schneidet sich nicht die Füße a…« Das letzte Wort blieb ihr im Hals stecken, weil Flynn im Begriff war, seine Sachen auszuziehen. Alle.

Kurz bevor er sich die Hose abstreifte, wandte sie sich schnell ab und drehte ihm den Rücken zu. Doch zu spät, er hatte ihr verblüfftes Starren wohl bemerkt, denn er sagte: »Du hast mich ja eh schon nackt gesehen. Warum jetzt so verklemmt?«

»Da warst du schwach und verletzt. Das war eine völlig andere Situation!«

»Nackt ist nackt«, murmelte er und schritt anscheinend völlig ungeniert an ihr vorbei. Deshalb blieb ihr nichts anderes übrig, als seine knackigen Pobacken zu bewundern, über denen sich abwechselnd bei jedem Schritt, den er ins Wasser machte, ein kleines Grübchen bildete.

»Eigentlich …«, vernahm sie seine Stimme, bevor er sich grinsend umdrehte und ihr seine verboten heiße Vorderansicht gewährte, »… wäre es nur gerecht, wenn du auch nackt …«

»Vergiss es!« Sie hob einen kleinen Stein vom Ufer auf und schleuderte ihn lachend auf Flynn.

Geschickt fing er ihn auf, bevor er seinen Arm treffen konnte, und warf ihn zurück ans Ufer. Er landete genau in seinem Hut.

»Angeber!«, rief Skye.

Ohne sie weiter zu beachten, setzte er sich ins knietiefe Wasser. »Tut das gut!« Langsam legte er sich hinein und ließ sich von der sanften Strömung ein paar Schritte flussabwärts treiben, bevor er sich wieder hinsetzte und sein Gesicht wusch.

»Ich und auch nackt, pft, das hätte er wohl so gerne«, murmelte sie vor sich hin, während sie sich ebenfalls auszog. Aber das T-Shirt und den Slip behielt sie an. Dann kramte sie ihr letztes Stück Seife aus der Hosentasche. Skye musste dringend wieder eines eintauschen.

Sie watete ebenfalls in das angenehm kühle Nass und begann, die Hände und anschließend ihre verstaubten Arme einzuseifen. Der weiße Schaum vermischte sich mit dem Wasser und floss gemächlich an Flynn vorbei.

Der drehte sich schnuppernd auf den Bauch, wobei seine Nase fast das Wasser streifte. »Was ist das? Seife?« Sofort sprang er auf und lief auf sie zu. »Wann wolltest du mir davon erzählen?«

Grinsend nahm sie vor ihm Reißaus. »Das ist meine Seife!« Und die hütete sie wie einen Schatz.

»Ertausche dir deine eigene!« Skye blieb an einem größeren Stein hängen, stolperte und machte eine Bauchlandung in den Fluss. Dabei fiel ihr die Seife aus der Hand.

Panisch drehte sie sich um. »Flynn!« Das kleine Stück tauchte unter und trieb auf ihn zu. Flynn hechtete ihm hinterher und landete platschend mit dem Bauch auf dem Wasser, genau wie sie zuvor, bloß ein wenig eleganter.

»Hab sie!« Triumphierend schloss er das kleine Stück in seiner Faust ein, setzte sich hin und hielt es in die Höhe. »Wer es rettet, darf's behalten!«

»Hey!« Sofort rannte sie auf ihn zu und warf sich auf ihn, sodass er kurz mit dem Kopf ins knietiefe Wasser tauchte. »Wenn es danach geht, darf ich dich behalten!«

Prustend kam er nach oben und schaute sie schwer atmend an. Skye saß auf seinem Schoß und war sich nur allzu bewusst, dass ihr nasses T-Shirt fast durchsichtig war und sich Flynns Penis gefährlich nah an ihrer Körpermitte befand. Sie versuchte jedoch, zu ignorieren, dass sie auf einem nackten Mann saß, und sagte möglichst ruhig: »Darf ich bitte meine Seife wiederhaben?«

»Aber nur, weil du so nett gefragt hast.« Schmunzelnd reichte er ihr das Stück, wobei sein Blick von ihrem Gesicht abwärts zu den Brüsten schweifte, die quasi direkt vor seinen Augen lagen und sich überdeutlich durch den nassen Stoff abzeichneten.

»Danke!« Schnell produzierte sie Schaum zwischen ihren Handflächen und verteilte ihn auf Flynns Haar. »Dann will ich mal nicht so sein und meinem Seifenretter etwas Gutes tun. Halte mal.« Sie gab ihm das Stück zurück und er schloss es wieder in seiner Faust ein, während sie seine Kopfhaut massierte.

»Oh, mein Gott, fühlt sich das gut an«, murmelte er, legte den Kopf leicht in den Nacken und schloss die Augen. Er genoss die Massage sichtlich, denn allerlei Emotionen spielten sich in seinem Gesicht ab. Als er sich kurz auf die Unterlippe biss, schoss ein Stromschlag zwischen ihre Beine.

Verdammt, der Kerl strahlte Sex pur aus, bloß weil er so war, wie er war! Sie wünschte, er würde sie berühren, stattdessen stützte er sich mit einer Hand im Flussbett ab, während er die andere mit der Seife über das Wasser hielt.

»So, und jetzt ausspülen«, sagte sie sanft. »Lehn dich mal zurück.«

Er legte sich hin und tauchte mit dem Kopf unter. Schnell wuschelte Skye ihm durchs Haar, damit sich die Lauge schneller ausspülte, und konnte nicht widerstehen, ihre Hände über seinen Hals nach unten gleiten zu lassen, bis auf seine Brust.

Himmel, waren seine Muskeln hart! Und etwas anderes wurde gerade ebenfalls hart.

Prustend tauchte er auf und starrte sie an wie ein Tier, kurz bevor es seine Beute auffraß.

Verflucht, sogar das war sexy!

In ihrem Bauch kribbelte es so stark, dass sie befürchtete, eine Handvoll Käfer verschluckt zu haben. Sie hatte dieses Gefühl noch nie so intensiv gespürt.

Oh je, sie war ja wirklich verliebt!

Plötzlich verschwand sein Raubtierblick und so etwas wie Angst huschte über sein Gesicht. Oder war es Abscheu?

Flynn drückte sie von sich herunter und sprang auf.

»Was hast du?«, rief ihm Skye hinterher, während er aufs Ufer zumarschierte.

»Wir sollten zurück gehen«, sagte er mit einem Blick über seine Schulter.

»Fühlst du dich nicht gut?«

Er legte die Seife neben ihrer Kleidung ins Gras und stieg hastig in seine Hose. Dabei drehte er ihr permanent den Rücken zu.

War seine Angst, entdeckt zu werden, zurückgekehrt? Oder fühlte er sich auf einmal schwach und wollte es nicht zugeben? Wobei er nicht den Eindruck machte. Oder … lag es an ihrer aufkeimenden Nähe? Sie glaubte, er hatte sich davor gefürchtet.

Skye watete ebenfalls ans Ufer, schlüpfte schnell aus ihrem nassen Slip, solange ihr Flynn noch den Rücken zukehrte, und zog sich ebenfalls die Hose an. Das nasse T-Shirt ließ sie an, denn die Wüstenluft würde es im Nu getrocknet haben.

***

Den ganzen Weg zurück zum Unterschlupf sprachen sie kein Wort. Ab und zu warf ihr Flynn einen Blick zu, doch da Skye es mied, ihn anzusehen, wusste sie nicht, auf welche Weise er sie anschaute. Sie sollte wahrscheinlich froh sein, dass er lediglich schwieg und sie nicht tötete. Die Krieger sollten gefühlskalt und grausam sein. Sicher war er nicht viel anders als alle anderen Warrior und riss sich lediglich am Riemen, weil sie ihn gerettet hatte.

Die Zusammenarbeit mit ihm kannst du abhaken, sagte sie sich und atmete hinter ihrem Tuch zitternd ein, als ihr Unterschlupf in Sicht kam. Na toll, jetzt würden sie gleich wieder im Keller zusammenhocken und sich dort weiter anschweigen. Das konnte ja heiter werden.

Gestern Nacht hatte sie noch in seinen Armen gelegen! Da hatte sie gedacht, er wäre anders.

Hastig verdrängte sie alle Gedanken und Erinnerungen an Flynn so gut sie konnte, stieg vor ihm die Kellertreppe hinab und hörte, wie er hinter ihnen absperrte. Dann zündete sie ein paar Kerzen an und zerrte die vollgeschwitzten Decken von der Matratze, um die anderen Decken darauf auszubreiten, mit denen sie gestern für sich ein provisorisches Schlaflager errichtet hatte.

Wieso machte sie ihm das Bett? War sie verrückt geworden? Sie war sicher nicht seine Dienerin, und außerdem schien es ihm bereits ziemlich gut zu gehen. *Er* würde heute Nacht auf dem Boden schlafen, nicht sie!

Als es hinter ihr klapperte, drehte sie sich um. Flynn hatte den Gaskocher aufgestellt und suchte eine Konservendose heraus.

Er machte Essen? Das beschwichtigte sie ein bisschen.

Skye ließ sich mit dem Bettenmachen sehr viel Zeit und hockte sich dann auf die Matratze, als ihr ein leckerer Soßenduft in die Nase stieg. Flynn füllte ihr etwas davon in eine Schüssel und reichte sie ihr zusammen mit einem Löffel.

»Danke«, murmelte sie und starrte lieber auf das undefinierbare Gericht als auf Flynn, der sich ihr gegenüber hinsetzte.

Schweigend aßen sie, und als Skye schon befürchtete, er würde nie wieder ein Wort sagen, begann er leise zu sprechen. »Vorhin am Fluss … Das lag nicht an dir.«

Überrascht schaute sie zu ihm. Flynn studierte ihr Gesicht, als könne er davon etwas ablesen, wandte dann jedoch schnell den Blick ab. Sie wusste nicht, was er gesehen hatte, doch Skye glaubte, anhand seiner Gesten seine Emotionen zu erkennen. Er kaute auf seiner Unterlippe herum, ließ den Kopf hängen und starrte in sein Essen.

Er war gar nicht so selbstsicher, wie er sich zuvor gegeben hatte, als er nackt an ihr vorbei spaziert war. Tatsächlich schien er eher der unsichere Typ zu sein, jemand, der noch nicht viel Erfahrung gesammelt hatte, zumindest auf zwischenmenschlicher Ebene.

»Du hattest bisher nicht viel Spaß im Leben, oder?«, fragte sie behutsam.

»Nein.« Hastig kratzte er seine Schüssel aus. »Herumzualbern ist neu für mich. Ich musste bisher immer nur funktionieren und Befehle ausführen, mehr nicht.«

»Bedrückt dich noch etwas anderes?« Skye bemerkte sehr wohl, wie es in ihm arbeitete. Als ob er ihr am liebsten alles gestehen wollte, was ihn beschäftigte.

Er stellte die Schüssel weg, stand auf, sodass seine große Gestalt für einen Moment vor ihr aufragte, und setzte sich neben sie auf die Matratze. Tief blickte er ihr in die Augen, sodass Skyes Magen kitzelte.

Was kam nun? Wollte er ihr gestehen, dass er Gefühle für sie hatte, so wie sie für ihn? Himmel, ihr Herz machte beinahe einen Purzelbaum, so wild schlug es in ihrer Brust!

»Ich …« Er stieß einen kaum hörbaren Fluch aus und sagte schnell: »Ich muss dich jetzt verlassen.«

»Was … Wieso?« Mit dieser Antwort hatte sie nicht gerechnet.

»Ich befinde mich noch zu nah an der Kommandozentrale. Das ist zu gefährlich für mich und dich. Falls sie erfahren, dass ich noch lebe und sie dich bei mir finden …« Er wandte das Gesicht ab und kratzte sich am Kopf.

»Hier findet dich ganz bestimmt niemand!« Vorsichtig legte sie eine Hand auf sein Knie. »Hier bist du wirklich sicher.«

Flynn legte seine Hand auf ihre und drückte sie. »Du weißt nicht, wozu diese Leute fähig sind. Sobald sie erfahren, dass ich am

Leben bin, finden sie mich auch.«

»Dann warte wenigstens bis morgen.« Vielleicht konnte sie ihn doch noch überzeugen, bei ihr zu bleiben. »Es ist längst dunkel draußen.«

»Perfekte Bedingungen für mich«, murmelte er, wobei er seine Hand zurückzog.

Als er sich plötzlich zu ihr beugte, machte ihr Herz, das sich gerade ein wenig beruhigt hatte, einen Satz. Wollte er sie küssen?

Stattdessen drückte er sie zurück auf die Matratze, blickte ihr tief in die Augen und raunte: »Schlaf jetzt, Skye.«

Wie willenlos lag sie auf ihrem Lager und konnte sich nicht bewegen. Ihre Muskeln fühlten sich auf einmal viel zu schwer an und dieses seltsame Pochen hinter ihrer Stirn war schlagartig wieder präsent.

Flynn beugte sich erneut über sie, hielt ihr Kinn fest und starrte sie ununterbrochen an. »Schlaf jetzt.«

Sie wollte aber nicht schlafen! Stattdessen fragte sie träge: »Wo wirst du hingehen?« Shit, selbst ihre Zunge lag wie ein Stein in ihrem Mund! Was war denn nur los mit ihr?

»Ich weiß es noch nicht.« Flynn strich hauchzart über ihre Wange. Keine Sekunde ließ sein Blick sie los. Im flackernden Licht der Kerze konnte sie die Farbe seiner Iriden gerade noch erkennen. Mal wirkten sie grün, dann wieder braun. »Lebe wohl und vergiss mich.«

Der ganze Keller drehte sich um Flynn herum, nur er blieb an Ort und Stelle. Verdammt, hatte er ihr ein Schlafmittel ins Essen getan? Wollte er sie ausrauben?

»Scht, hab keine Angst, du bist in Sicherheit«, flüsterte er und fuhr sanft über ihr Haar. »Schlaf jetzt und vergiss mich.«

»Ich … werde dich nie vergessen können, Flynn«, murmelte sie kraftlos und müde. Sie war so unendlich erschöpft.

»Doch, das wirst du. Aber ich werde *dich* niemals vergessen, meine Retterin, denn ich verdanke dir mein Leben. Schlaf jetzt. Wenn du aufwachst, wirst du dich nicht mehr an mich erinnern.«

»Aber …«

»Pst.« Sanft legte er den Zeigefinger auf ihre Lippen und lächelte schwach, während er ihren Blick gefangen hielt. »Du bist unglaublich willensstark. So etwas habe ich noch nie erlebt. Trotzdem wirst du jetzt einschlafen, Skye.«

Nein! Sie wollte Flynn festhalten und ihn vor allem auf diesen schönen Mund küssen, der tatsächlich richtig sexy aussah, wenn er mal nicht so ernst schaute.

Das unangenehme Pochen hinter ihrer Stirn nahm rapide zu, genau wie diese unsagbare Müdigkeit. *Bleib bei mir, Flynn!*, wollte sie rufen, konnte aber nicht einmal mehr die Lippen bewegen.

»Gleich morgen wirst du beginnen, mit der Armbrust zu trainieren«, befahl er mit ruhiger Stimme. »Pass auf dich auf, meine kleine Wüstenprinzessin, und lass dir von niemandem etwas gefallen. Danke für alles.« Er strich ihr noch einmal über das Haar, dann küsste er sie auf die Wange.

Verdammt, was war mit seinen Augen los? Wechselten sie die Farbe?

Nein, das war unmöglich. Ihr war nur so schrecklich schwindelig!

Als sie den Kampf aufgab und sich ihre bleischweren Lider schlossen, hörte sie nur noch, wie er flüsterte: »Vergiss mich …« Danach sank sie in tiefen Schlaf.

Kapitel 2 – Skye – Alles real

Skye riss die Augen auf und setzte sich so abrupt in ihrem Bett hin, dass ihre zahlreichen Zöpfchen um ihr Gesicht schwangen. Ihr Herz raste. Seit Jahren hatte sie nun diesen merkwürdig realistischen Traum. Normalerweise konnte sie sich kaum noch an Details erinnern, sobald sie daraus erwacht war. Heute dagegen stand jede Einzelheit glasklar vor ihrem inneren Auge. Die tragische Geschichte von Flame, dem geheimnisvollen Warrior, den ihre beste Freundin June nun schon so lange liebte, hatte sofort etwas in ihr berührt, eine Glocke zum Klingen gebracht, die sie zunächst nicht recht zuordnen konnte. In Verbindung mit ihrem Traum, wusste sie plötzlich, was genau es war:

»Flame hieß früher Nummer sieben«, wisperte sie in die nachtschwarze Dunkelheit ihres Zimmers, »und Flynn nannte sich Nummer drei!«

Die Forschungseinrichtung in der Wüste, die Namen, die nur aus Zahlen bestanden, der Schnitt in Flynns Nacken ... Was, wenn dort das Implantat eingepflanzt gewesen war, über das ihn dieselben Ärzte kontrolliert hatten wie Flame? Konnte es sein ...

Sie schluckte schwer und schüttelte verwundert den Kopf. Es gab mehr als nur eine Parallele zwischen ihrem Traum und Junes herzzerreißendem Bericht. In Skyes Kopf fiel ein Puzzleteil nach dem anderen an seinen Platz. Vieles von dem, was ihre Freundin über den Ex-Krieger Flame erzählt hatte, mit dem sie seit Kurzem zusammen war, ähnelte verblüffend dem, was sie selbst vor Jahren von Flynn erfahren hatte.

June hatte erwähnt, dass die PSI-Warrior, zu denen Flame zählte, besondere Kräfte besaßen. Allein durch Gedankenkraft konnte er Feuer entfachen.

Welche Gabe Flynn wohl hatte? Skye dachte angestrengt darüber nach. Falls er irgendwelche ungewöhnlichen Fähigkeiten gezeigt hatte, erinnerte sie sich nicht mehr. Sie wusste nur noch, wie die Farbe seiner Augen ab und zu zwischen Grün und Braun gewechselt hatte. Allerdings erinnerte sie sich an ein dumpfes Pochen hinter der Stirn und daran, Dinge getan zu haben, die nicht zu ihr zu passen schienen. Sie hatte ihm eines ihrer geheimen Lager gezeigt, damit er sich eine Waffe aussuchen konnte!

Moment mal ... Was, wenn Flynn die Gabe hatte, Erinnerungen zu manipulieren oder jemanden etwas komplett vergessen zu lassen? Dann war ihr Traum gar kein Traum, sondern sie hatte Flynn vor vielen Jahren wirklich gerettet! Er existierte tatsächlich. Flynn musste ebenfalls ein PSI-Krieger sein. Skye sollte sofort zu June gehen, um ihr davon zu berichten!

Nein, nein, Flame und sie waren erst vor einem halben Tag aus Resur zurückgekehrt. Dort hatte er geholfen, einen Staudamm zu reparieren. Die beiden waren sicher erschöpft von den Anstrengungen vor Ort und der Reise; außerdem war es mitten in der Nacht. Auf ein paar Stunden mehr oder weniger kam es jetzt auch nicht mehr an. Bis zum Morgen konnte Skye deshalb noch warten. An Schlaf war jedoch nicht mehr zu denken.

Sie tastete nach den Streichhölzern, die neben ihrem Bett auf einem Tischchen lagen, und entzündete eine Kerze. Sofort erhellte sich ihr winziges Zimmer, das bis zur Decke mit Errungenschaften vollgestopft war, von denen sie sich nicht trennen konnte. Das Fenster hatte sie weitgehend ausgespart, genau wie die Tür. Nur ein schmaler Weg, der von dort bis zu ihrem Bett führte, war noch begehbar. Es grenzte an ein Wunder, dass das Baumhaus, das sie sich mit Liv, einer älteren Siedlerin, teilte und die im Zimmer nebenan schlief, noch nicht herabgestürzt war.

Skye legte sich wieder hin, trommelte mit den Fingern auf die Matratze und starrte an die Holzdecke. In einer Ecke webte eine kleine Spinne ein Netz, und Skye beobachtete sie eine Weile bei ihrem Tun. Sie mochte Spinnen, die erwiesen sich als ungemein nützlich im Kampf gegen die lästigen Mücken, die sich in den klebrigen Fäden verfingen. Als das Krabbeltier aber schon wenige Minuten später beschloss, sich auszuruhen, stieß Skye einen resignierten Seufzer aus.

Es half nichts, sich abzulenken. Die letzten Sekunden ihres

Traumes waren weiterhin viel zu präsent. Sie sah immer noch alles genau vor sich: Flynn hatte sich über sie gebeugt, als wollte er sie küssen, und sie ganz seltsam angeblickt. Irgendwie ... hypnotisierend. Dann hatte er »Danke für alles« geraunt und sie wusste nicht mehr, was danach passiert war. Ihre Erinnerungen setzten erst am nächsten Morgen wieder ein.

Skye versuchte, sich den Tag nach Flynns Verschwinden ins Gedächtnis zu rufen. »Nichts hat darauf hingedeutet, dass er wirklich bei mir war«, erklärte sie der Spinne. »Keine leere Medikamentenschachtel, keine gebrauchten Verbände, selbst das Geschirr war sauber und lag genau dort, wo ich es immer aufbewahrt habe.« Mögliche Spuren vor dem Haus hatte sowieso längst der Wind zerstreut.

Na ja, etwas war doch seltsam gewesen ... Als sie aufgewacht war, hatte sie ihre Hose noch getragen. Sie schlief nie in ihrer langen Hose, sondern immer nur mit T-Shirt und Slip, genau wie jetzt. »Meine Stiefel standen allerdings neben der Matratze.« Sehr merkwürdig.

Sie hatte an den Decken gerochen, die zusammengelegt und aufgeräumt waren, als hätte sie diese nie benutzt. Oder er. »Ich bin mir aber sicher, dass ich seinen Duft unter all den seltsamen Gerüchen, die den Decken ohnehin anhafteten, wahrgenommen habe«, flüsterte sie. »Das weiß ich noch genau! Außerdem war nur noch ein Wasserkanister da.«

Die Spinne verschwand in einer Ritze, was Skye als ein Zeichen von Desinteresse wertete. Sie seufzte und verzichtete darauf, ihre Gedanken weiter laut auszusprechen.

Also, was hatte sie damals nach dem Aufwachen noch gemacht? Sie war sofort zum Ufer gelaufen, an dem sie ihr Boot versteckt hatte. Auch das war noch da gewesen. Ebenso ihr Leiterwagen und auf den ersten Blick auch alle ihre Schätze. Damals hatte sie gedacht: *Ich hab wohl zu viel Sonne abbekommen und mir das alles nur zusammenfantasiert.*

Seitdem suchte sie bestimmt ein Mal im Monat dieser immer gleich ablaufende, sehr detaillierte Traum heim. Früher war es sogar noch öfter gewesen. Ewig fragte sie sich schon, warum sie seit acht Jahren immer wieder von Flynn träumte. Nun war plötzlich alles sonnenklar!

Sie wälzte sich im Bett hin und her und beschloss schließlich, aufzustehen. Sie musste raus, den Kopf freibekommen. Auch wenn der Siedlerrat eine Warnung ausgesprochen hatte, dass niemand allein in Oasis herumwandern sollte, weil die Plünderer aktuell sehr aktiv waren und auch vor Gewalt nicht zurückschreckten, hielt sie nichts länger im Baumhaus. Sie war ein großes Mädchen und würde sich von den Slashern nicht noch einmal überrumpeln lassen, nachdem diese Mistkerle ihr auf der letzten Tour die ganze Ladung gestohlen hatten. Das war ihr eine Lehre gewesen!

Schnell zog sie sich ihr bauchfreies Top und die Wildlederhose mit den Fransen an, schnappte sich Bessy, ihre Armbrust, die immer neben ihrem Bett stand, schlüpfte in ihre bequemen, ausgetretenen Stiefel und schlich aus dem Zimmer. Sie wollte Liv nicht wecken, doch die schlief ohnehin wie ein Murmeltier und würde sich nicht wundern, wenn sie am nächsten Morgen allein wäre. Sie waren einander keine Rechenschaft schuldig, und Liv kannte Skye gut genug, um sich keine Sorgen zu machen, wenn diese wieder einmal urplötzlich zu einer ihrer Touren aufbrach.

Das Baumhaus besaß neben den zwei Zimmern noch einen kleinen Aufenthaltsraum, in dem ein Tisch mit zwei Stühlen stand. Skye goss sich schnell etwas Wasser aus einem Krug in einen Becher und stürzte den Inhalt hinunter. Die Wärme hing selbst nachts im Haus fest und machte sie durstig. Da lobte sie sich die kühlen Keller, in denen sie auf ihren Sammeltouren Unterschlupf fand. Dort war es nur leider meistens ein bisschen einsam.

Leise stahl sie sich zur Tür hinaus und umrundete im Dunkeln ihre Unterkunft auf der hölzernen Plattform, die es um jedes Haus gab, wobei sie sich am Geländer festhielt. Skye hatte keine Lampe mitgenommen, weil sie den Weg auswendig kannte und es ohnehin heller wurde, sobald sich das Blätterdach ein wenig lichtete. Hier und da spitzte bereits der Mond hindurch.

Über die nächste Hängebrücke ging sie zum angrenzenden Gebäude. Fast alle waren miteinander verbunden, sodass sie eine richtige kleine Stadt in den Bäumen bildeten. Für den Notfall gab es in jedem Haus eine Strickleiter, an der man sofort nach unten klettern konnte, doch da aktuell niemand wach war, um sie hochzuziehen, durfte Skye diese nicht benutzen. Das Risiko war zu groß. Sie traute den Slashern zu, dass sie nachts heimlich in ihre Hütten eindrangen, um sie alle zu töten.

Skye schlich bis zu einem der Hauptaufgänge, an der Tag und Nacht jemand Wachdienst hatte. Hier war auch eine Glocke befestigt, die im Notfall geläutet werden konnte. Von der Wache erkannte sie nur die Silhouette, wie diese im Dunkeln an der hochgezogenen Treppe auf einem Stuhl saß.

»Wer da?«, fragte der Wachposten sofort und stellte sich hin. Seine Hand lag auf der Waffe am Gürtel.

Skye erkannte die Stimme. Sie gehörte zu Tristan. Weil er relativ jung war, vielleicht neunzehn, arbeitete er noch nicht so lange beim Wachdienst. »Ich bin es, Skye.«

»Wo willst du denn um diese gottverdammte Zeit hin?«, wollte er wissen und nahm die Hand von der Waffe.

»Ich muss mir die Beine vertreten.«

Als sie direkt bei ihm stand, erblickte sie im schwachen Schein des Mondlichts, das durch die Blätter drang, sein Gesicht und das pechschwarze Haar.

Tristan schmunzelte. »Du hast immer Hummeln im Hintern, oder?«

»Hm.«

»Oder hast du ein heimliches Stelldichein?«, fragte er süffisant.

»Nein!«, antwortete sie wie aus der Pistole geschossen und grinste. »Doch falls es so wäre, würde ich es dir nicht sagen.«

Sie wusste, dass er – zumindest früher einmal – ein Auge auf sie geworfen hatte, doch er war ihr definitiv zu jung. Er sah allerdings nicht schlecht aus und besaß einige Verehrerinnen, wie Skye mitbekommen hatte. Die Auswahl an hübschen Kerlen in Oasis war auch leider nicht allzu groß. Wirkliches Interesse hatte bei ihr noch keiner von ihnen wecken können.

»Wann brichst du wieder auf?«, fragte Tristan, während er an der Kurbel drehte, damit sich die große Treppe hinabsenkte.

»Weiß noch nicht.« Aktuell wusste sie das wirklich nicht; im Moment wollte sie nur mit June reden. »Brauchst du wieder was?« Das letzte Mal hatte sie ihm eine halb zerfallene und sehr vergilbte Zeitschrift mitgebracht, in der verschiedene Kampfsportarten vorgestellt wurden. Etwas Besseres hatte sie leider nicht gefunden. Er wollte unbedingt der beste Kämpfer in der Wachmannschaft werden, was jetzt, seit hier auch ehemalige Warrior mitmischten, wohl eher schwer bis unmöglich werden würde.

Tristan schuldete ihr für das Heft noch einen Gefallen, und sie rechnete es ihm hoch an, dass er keinen Versuch machte, den Handel mit dem Herunterlassen der Stufen auszugleichen. Er durfte sich später gerne um das undichte Dach über ihrem Bett kümmern, dann wären sie quitt.

»Ähm …« Als die Treppe auf dem Boden aufsetzte, kratzte er sich am Kopf. »Irgendwas Hübsches wäre nett. So … Mädchenkram. Davon hast du bestimmt mehr Ahnung als ich.«

Skye grinste. »Kenne ich sie?« Allem Anschein nach hatte er nun eine Freundin.

»Es ist Enja.«

Ah, das war die junge Schnitzerin, die für die Siedlung Trinkgefäße und Schüsseln aus Holz fertigte. Skye kannte sie flüchtig.

»Aber sag es keinem«, erklärte Tristan flüsternd. »Ihr Vater ist sehr streng, und ich will den passenden Zeitpunkt abwarten, um mich vorzustellen.«

»Von mir erfährt niemand etwas«, antwortete sie lächelnd und genauso leise.

Sie verabschiedete sich von ihm und lief die Stufen hinunter. Kaum hatten ihre Füße den Boden berührt, zog Tristan die Treppe wieder hoch.

Wohin sollte sie nun gehen?

Mondlicht, das vereinzelt zwischen den Bäumen hindurch fiel, erhellte den Siedlerwald schemenhaft. Baumstämme sahen aus wie Männer, die sich im Halbdunkel verbargen, oder warfen unheimliche Schatten, doch Skye fürchtete sich nicht. Sie marschierte einfach drauf los, in Gedanken längst wieder bei Flynn. Er war auch einer der Gründe, warum sie seit Jahren in der Gegend herumstreifte und nach brauchbaren Sachen suchte. Sie hatte immer gehofft, dass ihre Begegnung nicht nur ein Traum gewesen war und sie ihn eines Tages erneut treffen würde.

Was, wenn er noch irgendwo dort draußen lebte? All die lange Zeit hatte sie nichts von ihm gehört. Vielleicht hatten ihn seine Verfolger doch aufgespürt?

Ihr Herz wurde ein wenig schwer, wenn sie sich vorstellte, dass sie ihn geschnappt hatten. Flynn war einer von den Guten gewesen, genau wie Flame.

Wie würde er reagieren, wenn er erfuhr, dass einer seiner Kampfgefährten möglicherweise noch lebte? Flame musste seine Brüder eliminieren. Verbrennen. Das hatte ihr June erzählt. Vielleicht hatte Flynn ja entkommen können! Es wäre denkbar, dass er Flame mental befohlen hatte, ihn laufen zu lassen. Und dann war Flynn durch die Wüste geirrt und Skye hatte ihn gefunden.

Als sie ein leises Knacken hörte, griff sie nach ihrer Armbrust, legte einen Aluminiumpfeil ein und verharrte in der Dunkelheit. Skye liebte ihre hochmoderne Waffe, die sie erst vor zwei Jahren gefunden und gegen ihre alte eingetauscht hatte. Bei dieser befand sich der Köcher mit den Bolzen vorne unterhalb des Bogens, sodass sie diese sofort griffbereit hatte.

»Keine Panik«, drang eine Männerstimme an ihr Ohr. »Wir sind es, Acid und Enzo.«

Aufatmend ließ sie die Armbrust sinken. »Jagt mir doch nicht so einen Schrecken ein!«

»*Du* hast uns einen Schrecken eingejagt. Wir dachten, du wärst ein Slasher«, sagte Enzo, der hinter dem Warrior Acid aus dem Schatten der Bäume trat. Enzo war ungefähr in Tristans Alter und sah ihm sogar ein bisschen ähnlich. Normalerweise steckten die beiden auch immer zusammen, genau wie Acid meist gemeinsam mit Pyro anzutreffen war. Die neue Aufteilung war jedoch für alle eindeutig besser, denn Acid und Pyro waren aktuell ihre stärksten

Verteidiger, solange der Nachschub aus Royal City noch nicht eingetroffen war. In Kürze sollten mehrere Ex-Warrior von dort zu ihnen stoßen, um Oasis vor den Plünderern zu beschützen.

»Habt ihr heute Nacht Slasher gesehen?«, fragte Skye und hängte sich Bessy wieder über die Schulter.

»Bisher nicht.« Acid fuhr sich durch sein helles Haar, wobei sein Blick weiterhin wachsam durch die Gegend huschte. »Alles ruhig.«

Enzo nickte. »Viel zu ruhig, wenn du mich fragst.« Er stellte sich dicht vor Skye, um sie von oben bis unten zu mustern. »Was machst du um diese Zeit überhaupt hier draußen?«

»Ich konnte nicht schlafen.« Schnaubend rollte sie mit den Augen. »Warum seid ihr Typen denn so verdammt neugierig? Darf eine Frau nachts nicht einfach mal einen Spaziergang machen, wenn ihr danach ist?«

»War ja nur 'ne Frage«, murmelte Enzo und wich einen Schritt zurück.

Skye seufzte innerlich. Sie verstand es meisterlich, mit Männern umzugehen. Auf diese Weise würde das nie mit einem Partner klappen, aber sie wollte sich eben nichts gefallen lassen, schon gar nicht von einem halben Kind.

»Bleib wenigstens im Zentrum«, bat Acid sie. »Hier am Rand der Siedlung ist es aktuell zu gefährlich.«

Skye blickte sich um und bemerkte erstaunt, dass nur ein paar Schritte weiter die Straße lag, die an dem ehemaligen Park entlang führte. Es dämmerte bereits, und die Hochhäuser ragten wie abgeschnittene Riesenfinger in den trüben Himmel. Sie hatte gar nicht bemerkt, dass sie so weit gegangen war. »Wie spät ist es denn?«

Acid warf einen Blick auf seinen kleinen Computer am Handgelenk, dessen Displaylicht für einen Moment sein Gesicht erhellte. »Kurz vor fünf.«

Sonnenaufgang war um sechs. Dann begann in Oasis das Leben. »Okay, ich … gehe mal zurück. Passt auf euch auf!«

Anstatt auf dem Absatz kehrt zu machen, marschierte sie am Rand der Siedlung weiter. Auf diese Weise konnte sie den Weg über eine Querstraße abkürzen, auf die sie bald treffen würde.

Skye hatte beschlossen, doch schon jetzt zu June zu gehen und an ihre Tür zu klopfen. Als Siedlungsoberhaupt lebte sie in einer kleinen Burg mitten in Oasis, nicht weit weg vom Wäldchen mit den Baumhäusern. Skye konnte und wollte nicht mehr länger warten. Ihre Freundin sowie Flame würden die Dringlichkeit ihres Anliegens sicher verstehen, sobald sie ihnen alles erzählt hatte.

Tief holte sie Luft und genoss die kühle Luft in ihren Lungen. Noch war von der Hitze des bevorstehenden Tages nichts zu spüren und keine Sonne verbrannte ihre Haut. Skye liebte die Dunkelheit und würde in hellen Mondscheinnächten auch gerne einmal zu später Stunde durch die Straßen wandern, doch das war viel zu gefährlich. Sie musste nicht nur vor Plünderern auf der Hut sein, auch Raubtiere gingen nachts auf Beutezug. Sollte ein Rudel Großkatzen sie erwischen, wäre sie erledigt.

Plötzlich spürte sie ein eisiges Kribbeln im Nacken und fühlte sich beobachtet. Es fehlte nur noch, dass sie ein Paar glühende Augen sah … oder mehrere.

Skye versuchte, nicht in den Laufschritt zu verfallen, sondern blieb stattdessen abrupt stehen, nahm erneut Bessy von der Schulter und legte einen Bolzen ein. Wahrscheinlich musterten sie bloß wieder Wachleute und keine wilden Tiere – die neben den gefürchteten Plünderern der Hauptgrund waren, warum die meisten Siedler ihre Häuser in die Baumkronen bauten. Erst letztes Jahr hatte ein kleineres Rudel einige Wochen lang Oasis terrorisiert und mehrere Menschen angefallen. Zwei waren an Bissverletzungen gestorben. Daraufhin mussten die Wachleuchte fast alle Tiere des Rudels töten; die anderen waren nie wieder zurückgekommen. Bestimmt lauerten sie dort zwischen den Häusern und warteten auf eine Chance, es ihnen heimzuzahlen.

Egal ob Mensch oder Tier sie im Visier hatte: Skye würde schießen, sollte es jemand auf sie abgesehen haben.

Kapitel 3 – Verox – Nächtliche Begegnung

Zwanzig Minuten lang joggte Verox durch die zugewucherten Straßen der nachtschwarzen Geisterstadt, vorbei an eingestürzten Häusern und Fahrzeuggerippen, bis er die Ausläufer des ehemaligen Central Parks erreichte. Inmitten der Anlage befand sich sein Ziel: die Siedlung »Oasis«.

Früher hatte Verox hier mit seinen Leuten gewohnt, während die anderen Outsider zerstreut in diversen Siedlungen gelebt hatten. Nach dem Sturz des Regimes in Royal City vor zwei Jahren war es ihm an diesem Ort allerdings zu unsicher geworden; deshalb war er mit seinen Leuten in den Untergrund gegangen. Sofort hatten sich hier die übrigen zerstreuten Siedlungen zusammengeschlossen, was ihn nicht wunderte. Die gesamte Anlage bot hervorragende Lebensbedingungen: große Grünflächen, um Obst sowie Getreide anzubauen, schattige Plätze zwischen den Bäumen und mehrere Seen. Außerdem hielten die Hochhäuser, die den Park eingrenzten, heißen Wüstenwind und Sandstaub zurück.

Es hatte Verox sehr geärgert, diesen Standort aufgeben zu müssen, aber es war nicht anders gegangen. Ständig hatten Shuttles das Gebiet überflogen, und das Risiko, von seinen ehemaligen Peinigern entdeckt zu werden, war zu groß gewesen. Sie würden ihn auf der Stelle töten oder – was wahrscheinlicher war – ihn rekrutieren, um Royal City zurückzuerobern.

Möglichst geräuschlos bahnte sich Verox einen Weg durch das Gestrüpp am Rande des Parks. Er wollte einen seiner Männer befreien, der von den Siedlern gefangen gehalten wurde. Tyron war wichtig für ihn, er war einer der besten Sammler in Verox' Team.

Außerdem wollte er sich mit eigenen Augen überzeugen, ob es hier nun wirklich eine ganze Armee von Warrior geben sollte, wie ihm zwei seiner Leute berichtet hatten. Denn dann mussten sie in Zukunft noch vorsichtiger sein. Doch bis jetzt hatte er nur zwei Männer gesehen, die von der Statur her Krieger sein könnten: einen blonden und einen dunkelhaarigen. Sie trugen die Kleidung der Siedlerwachen, ein weißes Hemd und eine blaue Hose. Die meisten anderen Wachen waren noch halbe Kinder.

Verox musste näher an die Baumzone heran, um sich ins Zentrum der Siedlung zu schleichen, doch sein Herz pulsierte immer noch wild von der Anstrengung des Weges und sein Atem raste. Die beiden Warrior würden ihn bemerken, sollten sie sich in der Nähe befinden.

Fuck! Wenn er nicht bald die so dringend benötigte Medizin bekam, würde sich sein Zustand nicht ändern. Er hasste es, sich ständig schwach, unkonzentriert und müde zu fühlen, doch solange er unter der Erde lebte, musste er sich wohl damit abfinden.

Es war für ihn eine große Umstellung gewesen, ohne Naniten klarzukommen. Damals, vor acht Jahren, hatte er sich unverwundbar gefühlt, ja, unsterblich, weil die winzigen Roboter in seinem Körper sofort alle Verletzungen geheilt hatten. Er war auch niemals krank gewesen. Natürlich war er den gewöhnlichen Menschen jetzt immer noch in Kraft und Ausdauer überlegen, aber für einen ehemaligen PSI-Krieger fühlte er sich verdammt scheiße. Trotzdem würde er um nichts auf der Welt mit seinem alten Leben tauschen wollen. Er war frei und Herr über seine Sinne – mehr wollte er nicht.

Nun ja, ein oder zwei Dinge würde es schon geben: nicht mehr im Verborgenen leben zu müssen und jemanden zu finden, der sein abgestumpftes Herz berührte. Verox sehnte sich danach, eine Familie zu gründen – etwas, das er nie wirklich besessen hatte. Doch die Frau, die er dazu brauchte, war ihm bisher noch nicht begegnet oder … nicht mehr. Es gab da ein Mädchen, das er nicht vergessen hatte.

Er ging hinter einem umgestürzten Fahrzeuggerippe in Deckung, als er eine Bewegung zwischen den Bäumen ausmachte. Seine an die Dunkelheit gewöhnten Augen erkannten in etwa fünfzig Metern Entfernung eine kleinere Person, die dort reglos stand, verborgen in den Schatten. Um einen Warrior handelte es sich dabei auf keinen Fall. Dennoch überprüfte Verox kurz, ob sich seine gesamte Ausrüstung an den richtigen Stellen befand, denn der Unbekannte war mit einer Armbrust bewaffnet. An seinem Gürtel führte Verox eine Vielzahl von Messern mit sich und im Bund der ehemaligen Militärhose steckte ein alter Revolver. Doch einen Schuss abzugeben, wäre viel zu riskant. Ein Messer würde reichen. Dieses verpasste niemals sein Ziel.

Während er an dem Fahrzeug vorbei spähte, kratzte er sich an der nackten Brust. Diese vermaledeiten Moskitos versuchten schon wieder, ihn aufzufressen. Die gab es in seinem Unterschlupf zum Glück nicht, was wenigstens ein Vorteil war. Doch zu der langen Hose auch noch ein Oberteil zu tragen, wäre ihm zu heiß geworden. Zwischen den Häusern kühlte es nachts kaum ab, und er war diese Temperaturen nicht mehr gewohnt. Kälte und Dunkelheit beherrschten nun sein Leben.

Als die Person plötzlich rief: »Wer ist da?«, erstarrte er.

Diese Stimme! Er kannte sie genau, obwohl er sie seit vielen Jahren nicht mehr vernommen hatte. Manchmal hörte er sie immer noch in seinen Träumen und zwar in den guten, nicht in den schrecklichen Albträumen, die ihn bisweilen plagten. Sie gehörte dem ersten Menschen, der jemals freundlich zu ihm gewesen war.

Eine Wolke, die sich vor den Mond geschoben hatte, wanderte weiter, und nun sah er die kleine Gestalt genauer: kinnlange Zöpfchen rahmten ihr herzförmiges Gesicht ein, und sie trug ein bauchfreies Top sowie lange Wildlederhosen mit Fransen. Der Blick aus ihren leicht schräg gestellten Augen ruhte auf ihm.

Ja, sie war es: Skye, seine kleine Wüstenprinzessin! Und anscheinend war sie immer noch so taff wie früher.

Verox fühlte unendliche Erleichterung, dass sie lebte. Es war für ihn beinahe unerträglich gewesen, als er sie damals mental betäubt in ihrem Versteck zurückgelassen hatte. Aber er hatte gehen müssen, um ihrer beider Leben zu schützen.

Vor Kurzem hatten seine Leute eine Sammlerin überfallen und ihm davon berichtet, wie sie ihr jede Menge wertvoller Medikamente abgenommen hatten. Bei der Beschreibung der Frau hatte er sofort gewusst, dass es sich dabei um Skye handelte, seine Wüstenprinzessin mit den exotischen Zügen einer Indianerin. Eine

Sammlerin mit ihren Fähigkeiten wäre eine unglaubliche Bereicherung für ihre Gemeinschaft, doch er wollte sie auf keinen Fall aus ihrem gewohnten Umfeld reißen. Sie würde ihn dafür hassen.

Jeden Tag rang Verox seit dem Überfall mit sich, ob er nachsehen sollte, ob es sich wirklich um sie handelte. Und hier befand sie sich nun, bloß ein paar Meter von ihm entfernt.

Skye würde ihn sicher nicht erkennen, ja, sie würde sich wahrscheinlich nicht einmal an ihn erinnern, dafür hatte er gesorgt. Doch er wollte sie noch einmal aus der Nähe sehen, ob sie immer noch so wunderschön war wie in seinen Träumen. Danach würde er ihr erneut die Erinnerung an ihn nehmen und jeder würde seiner Wege gehen.

Wie ferngesteuert verließ Verox die Deckung und schritt, ohne eine Waffe in der Hand, langsam auf sie zu. Er wollte wirklich nicht, dass sie sich vor ihm fürchtete. Sollte sie abdrücken, blieb ihm aus dieser Entfernung immer noch die Möglichkeit, dem Bolzen auszuweichen. Etwas in seinem Inneren trieb ihn geradezu an, schneller zu gehen, doch er beherrschte sich.

Skye zielte weiterhin mit der Armbrust auf ihn. »Du bist ein Warrior, oder? Jemand von den neuen Wachleuten?«

»Nein. Ich bin ein Freund«, antwortete er gerade so laut, dass sie ihn verstehen konnte. Hoffentlich wurde niemand auf sie aufmerksam. »Lass die Waffe fallen. Dir wird nichts geschehen.«

Er musste näher an sie heran, um sie manipulieren zu können. Am besten bis auf einen Meter, denn sie war schon damals schwer zu beeinflussen gewesen.

Als sie wisperte: »Flynn?«, wummerte sein Herz heftig gegen seinen Brustkorb.

Den Namen hatte er nicht mehr gehört, seit Skye ihn zuletzt ausgesprochen hatte. Sie hatte ihm diesen Namen gegeben. Doch sie konnte nichts von ihm wissen!

»Du bist es!«, rief sie und ließ die Waffe sinken. »Flynn!«

Sein Herz stolperte und er verharrte abrupt. Flynn … Diesen Namen hatte er nur für einen winzigen Augenblick getragen, nur während seiner Zeit bei Skye. Danach hatte er sich in Verox umbenannt, damit ihn niemand fand, sollte sich Skye, für den höchst unwahrscheinlichen Fall, doch an ihn erinnern – was sie tat, verdammt! Aber sie konnte ihn unmöglich erkennen! Er hatte sich lange Haare und einen genauso langen Bart wachsen lassen und beides zu vielen Zöpfchen geflochten.

Genau wie ihre Haare …

Er sah aus wie ein Wilder, völlig anders! Er hatte sein Erscheinungsbild komplett verändert, um es seinen früheren Peinigern schwer zu machen, falls sie nach ihm suchten.

»Du lebst!« Die letzten Meter lief sie lächelnd auf ihn zu. »Du bist hier!« Als sie in seine Arme flog und sich fest an ihn schmiegte – wobei sich ein Teil ihrer Armbrust leicht in seinen Rücken drückte –, murmelte sie: »Ich würde dich immer erkennen, Flynn.« Dann rückte sie ein Stück von ihm ab, ohne die Umarmung zu lösen, und ihr Lächeln schwand. »Allerdings bin ich ein bisschen sauer, weil du unsere gemeinsamen Erlebnisse löschen wolltest.«

Löschen … wolltest? Verflucht, was ging hier vor? Wieso wusste sie das alles?

»All die Jahre dachte ich, unsere Begegnung wäre nur ein Traum gewesen, doch heute wurde mir klar, dass du verdammt real warst … bist!«

Angst schnürte seine Kehle ein. »Wer weiß von mir?«

»Bisher niemand. Ich wollte gerade zu meiner Freundin und ihrem Partner gehen, um ihnen von dir zu erzählen.«

Nein … Das durfte sie nicht! Niemand durfte wissen, dass er lebte!

Er wollte sie packen und mit ihr davonlaufen, stattdessen bemerkte er, dass sich seine Arme längst auch um ihren Körper geschlungen hatten. Ihre kleine, warme Gestalt lag verteufelt gut in seinem Griff. Seine eine Hand ruhte an ihrer Taille, und er fühlte ihre samtweiche Haut sowie die angespannten Muskeln darunter. Ihm gefiel ihre drahtige Figur mit den weiblichen Rundungen an den perfekten Stellen. Ihre großen, festen Brüste drückten sich gegen ihn, woraufhin seine andere Hand wie von allein auf ihren kleinen runden Hintern glitt.

Ihre Lippen öffneten sich leicht und ihre Zunge huschte darüber. Als sie sich fester an ihn schmiegte, zuckte sein Schwanz.

Oh Gott, wie sehr er sie wollte! Plötzlich wusste er, dass sie die Frau war, auf die er so lange gewartet hatte. Nein, sein Tier wusste es, seine Bestie, die er damals vor ihr versteckt hatte. Doch nun regte sie sich, brüllte auf und wollte die Fänge in ihren Nacken schlagen.

Das hier war der falsche Ort, um sich näherzukommen, denn überall lauerten Gefahren, und er durfte sich nicht ablenken lassen! Doch Verox konnte sie nicht loslassen. Er nahm einen tiefen Atemzug, um ihren Duft nach Holz und Blumen zu inhalieren, der zwischen ihren Brüsten aufzusteigen schien. Skye roch nach Natur und ihrem eigenen, angenehmen Aroma, das ihn an ihre erste Begegnung mit ihr erinnerte.

Noch heute verfluchte er sich, dass er damals, als sie im Fluss zusammen gebadet hatten, zu feige gewesen war, um sie zu küssen. Mit ihr hatte er einen Moment lang erlebt, wie es zwischen Mann und Frau sein konnte: einfühlsam, zärtlich, liebevoll. Doch dann waren ihm die schrecklichen Stunden in den Sinn gekommen, in denen er sich in Dr. Alice Montgomerys »Obhut« befunden hatte, und der wunderbare Moment war auf einen Schlag zerstört gewesen. Was wohl auch besser war, sonst hätte er Skye vielleicht nie verlassen. Er hatte sie jedoch niemals vergessen können.

Immer noch hielten sie sich, und er blickte ihr tief in die leicht schräg gestellten Augen, die im Mondschein schwarz wirkten. »Du wirst niemandem von mir erzählen, Skye. Vergiss, dass du mich gesehen hast. Vergiss meinen Namen und unsere frühere Begegnung.«

Verdammt, er wollte sie nicht ziehen lassen! Aber sein Leben konnte er ihr nicht zumuten. Skye war eine Nomadin, sie liebte ihre Freiheit. Sie würde eingehen wie eine Blume, die kein Sonnenlicht mehr sah.

Sie löste eine Hand und rieb sich über die Stirn. »Ich weiß, was du machst. Du willst schon wieder meine Gedanken beeinflussen.«

Sie merkte es? »Wieso funktioniert das bei dir nicht?«

»Es hat funktioniert, aber wohl nicht richtig. Ich dachte immer, ich hätte nur von dir geträumt. Deine PSI-Krieger-Fähigkeit kann mir vielleicht nicht wirklich etwas anhaben.«

»Woher …« Fuck, sie wusste, *was* er war?

Abrupt löste sie den Körperkontakt und griff nach seiner Hand. »Lass uns zusammen zu meiner Freundin gehen. Ihr Partner ist …«

»Ich kann nicht mit dir kommen«, unterbrach er sie und konzentrierte sich hart, um einen mentalen Befehl in ihren Kopf zu schicken. »Lass deine Waffe fallen, Skye.«

Sie kniff die Lider zusammen und runzelte die Stirn. Leicht ungehalten sagte sie: »Ich tu dir doch nichts, Flynn!«

Überrascht bemerkte Verox, wie gerne er ihr glauben wollte, wie sehr er sich danach sehnte, jemanden – nein, *ihr* – bedingungslos zu vertrauen. Gerade, als er der Versuchung nachgeben und die mentalen Fesseln lösen wollte, stürzten in wirrer Folge alte Erinnerungen auf ihn ein. Seine Muskeln zuckten leicht bei dem Gedanken an die erlittenen Qualen. Geisterhaft ertönten harte Worte und höhnisches Gelächter, das seine Ohren zum Klingeln brachten. Ein stechender Schmerz im Nacken ermahnte ihn, niemals zu vergessen, wie es gewesen war, ein willenloser Sklave zu sein.

Deshalb konzentrierte er sich erneut, diesmal noch mehr als zuvor, und wiederholte seine Worte langsam und grollend: »Lass … die Waffe … fallen.«

Ihre Faust öffnete sich und die Armbrust landete auf dem Boden. »Gut so?«, fragte Skye trotzig, und ihr kühler Blick fuhr direkt in sein Herz.

Hatte sie die Waffe jetzt absichtlich fallen gelassen oder hatte er ihren eisernen Willen durchbrochen?

Es geschah nur selten, dass jemand nicht gleich beim ersten mentalen Befehl reagierte, aber Skye war eine harte Nuss. Warum funktionierte seine Fähigkeit bei ihr nicht richtig?

Doch noch viel wichtiger war die Frage: Arbeitete Skye für seine Schöpfer, diese kranken Schweine? Wieso wusste sie, dass er ein PSI-Krieger war?

Schlagartig stand ihm ein wahres Schreckensszenarium vor Augen: Commander Hallgreen hatte Skye aufgespürt, kurz nachdem Verox sie verlassen hatte, ihr eine Gehirnwäsche verpasst und ihr befohlen, dass sie die Augen nach »Flynn« offen halten und der Zentrale Bericht erstatten sollte, sobald sie ihn fand.

Verox durfte sie nicht zurückgehen lassen; er hatte zu lange im Verborgenen gelebt und sich stets in den Schatten bewegt, um zu überleben. Er würde jetzt nichts riskieren.

»Und nun?«, fragte Skye, immer noch ungehalten. »Willst du mich so lange mit deinen PSI-Kräften bombardieren, bis mein Hirn explodiert?«

Er wollte ihr gerade antworten, dass er nie etwas tun würde, das ihr schadete, als er in der Ferne Stimmen hörte. Eine Frau kicherte und ein Mann sagte: »Wir sollten das Piratenschiff zu unserem geheimen Liebesnest auserwählen, June.«

Skye würde die beiden sicher nicht hören können, dazu waren sie zu weit weg, doch sollte sie schreien, würden die anderen Alarm schlagen. Zu viele Wachen streiften durch die Gegend. Er musste Skye von hier wegbringen, damit er sich in Ruhe mit ihr unterhalten und das Problem mit ihren Erinnerungen lösen konnte. Da seine Fähigkeit bei ihr kaum Wirkung zeigte, musste er leider einen anderen Trick anwenden, um sie ruhig zu stellen. Darum griff er in ihren Nacken, drückte dort auf ein paar bestimmte Nervenpunkte, und sofort sackte Skye gegen ihn. Ihr Körper würde für kurze Zeit gelähmt sein, doch sie konnte noch selbstständig atmen.

Verox warf einen hastigen Blick zu Boden. Er würde ihre Waffe gerne mitnehmen, leider hörte er neue Schritte in der Nähe und das leise Knacken von Zweigen unter Schuhsohlen. Vielleicht war das ein weiterer Wachposten. Deshalb warf er sich seine reglose Wüstenprinzessin über die Schulter und sprintete mit ihr davon.

Vorbei waren die Gedanken an seine Mission, Oasis auszuspionieren und Tyron zu befreien. Er musste zuerst Skye von hier wegbringen! Danach würde er sich wieder um seine eigentliche Aufgabe kümmern.

Kapitel 4 – Skye – Im Tunnel

Was war eben geschehen? Gerade hatte sie noch mit Flynn gesprochen und jetzt war ihre Welt in schwarzen Nebel getaucht. Skye bekam mit, wie sie durchgeschüttelt wurde, und etwas drückte sich in ihren Bauch. Sie wollte nachsehen, doch ihre Lider fühlten sich viel zu schwer an, um sie auch nur einen Millimeter zu bewegen. Ihre Arme und Beine schienen ebenfalls gelähmt zu sein.

Shit ... Das hatte sie dann wohl Flynn zu verdanken!

Stück für Stück kehrte die Erinnerung zurück und dass er sie irgendwie mit dem Druck seiner Finger betäubt hatte. Sie hörte jemanden hart atmen, vernahm den Schall von schnellen Schritten.

Flynn rannte mit ihr davon!

Sie hatte ihm vertraut und sich gefreut, ihn zu sehen. Und er hatte nichts Besseres vor, als sie zu entführen, verflucht!

Mit eiserner Willenskraft kämpfte sie gegen ihre Betäubung an. Als sie es schließlich schaffte, wenigstens die Lider ein Stück zu öffnen, erkannte sie bloß verschwommene Schatten. Ihre Augen ließen sich nicht scharfstellen. Doch sie vermutete, dass Flynn mit ihr durch die Straßen von New York lief.

Sie wollte schreien und ihn beschimpfen, aber ihre Zunge lag wie ein Stein im Mund. Niemals zuvor hatte sie sich derart hilflos gefühlt! Wie eine Puppe hing sie über Flynns Schulter, während er sie immer weiter von ihrem Zuhause wegtrug. Und eine Hand von ihm befand sich verteufelt nah an ihrem Arsch!

Erneut sammelte sie all ihre mentalen Kräfte und wisperte: »Du Mistkerl.«

Sofort verlangsamte er seine Schritte. »Hab keine Angst, Skye. Dir wird nichts geschehen.«

Ach, und das sollte sie ihm glauben? Er verschleppte sie gerade!

Wenigstens wurde ihr Blick endlich klarer und der hereinbrechende Morgen spendete ein wenig graues Licht, um genug zu erkennen. Sie befand sich in einer Straße, die sie bisher noch nie auf ihren Erkundungszügen durchsucht hatte, ansonsten würde sie sich an sie erinnern. Teilweise war der Weg so stark mit Gestrüpp und Bäumen zugewuchert, dass Flynn mit ihr über Schuttberge und Fahrzeuggerippe ausweichen musste.

Als es plötzlich abwärts ging, blieb vor Überraschung fast ihr Herz stehen! Wo brachte er sie bloß hin?

Flynn joggte mit ihr ein paar Stufen nach unten, bevor er sie auf einer alten, verrosteten Sitzbank ablegte. Sie mussten sich in einer ehemaligen Subway-Station befinden. Die alten U-Bahn-Tunnel betrat Skye nicht freiwillig, weil sie als stark einsturzgefährdet galten.

Mit in die Hüften gestemmten Händen stand Flynn vor ihr und atmete schwer. Sie konnte in dem dunklen Untergeschoss gerade noch seine große Gestalt ausmachen. Schweiß glitzerte auf seiner breiten nackten Brust und auch in seinem Gesicht, das sie unter dem wilden, zu zahlreichen Zöpfchen geflochtenen Bart und der genauso frisierten Haarmähne kaum erkannte. Er wirkte wie ein Barbar aus grauer Vorzeit.

Ein Schauer lief Skye den Rücken hinunter, und sie war nicht sicher, ob sie Wut, Furcht oder Lust fühlte. Wahrscheinlich eine Mischung aus allen dreien.

Bevor die Anziehung, die er immer noch auf sie ausübte, überhandnahm, fauchte sie: »Soll dein Look auf andere Furcht einflößend wirken?« Angriff war immer noch die beste Verteidigung, oder?

Allmählich kehrte Leben in ihren Körper zurück und sie konnte sogar schon wieder ihre Finger bewegen – was sie sich nicht anmerken ließ.

»Von meinen alten Feinden darf mich niemand erkennen!«, spie er ihr entgegen und wandte schnell den Blick ab. Mit dem Unterarm wischte er sich über die Stirn, wobei er immer noch nach Luft rang. Der Herr Superkrieger war wohl gerade nicht so gut in Form.

»Meinst du die Ärzte oder Wissenschaftler, die einen willenlosen Soldaten aus dir gemacht haben?«, fragte sie so behutsam, wie sie es in ihrem Zustand vermochte.

Er riss die Augen auf und beugte sich zu ihr herunter. »Woher weißt du das?«

»Von meiner Freundin.«

Schlagartig wirkte Flynn sehr aufgebracht. »Arbeitet sie für Commander Hallgreen?«

Den Namen hatte sie noch nie gehört. »June ist das Oberhaupt von Oasis. Sie lebt und arbeitet nur für die Siedler.«

»Woher weiß sie das dann alles? Dass ich ein PSI-Krieger bin und all die anderen Dinge?«

»Das wollte ich dir vorhin erzählen, aber du musstest mich ja entführen!« Mit voller Wucht rammte sie ihm die Faust in den Magen, doch er krümmte sich nicht einmal zusammen.

Verdammt! Sie kam hier nicht weg.

»Hör auf, gegen mich zu kämpfen«, knurrte er. »Ich bin nicht dein Feind!«

»Jeder, der mich verschleppt, gehört zu meinen Feinden.« Sie setzte sich auf und schnaubte trotzig. »Ich gehe jetzt zurück.« Sie musste zu Bessy, bevor sie ihr jemand wegnahm. Die Armbrust war ihr sehr wichtig. Mit dieser Waffe vermochte sie perfekt umzugehen. Skye wünschte, sie hätte sie dabei.

»Leider kann ich dich nicht gehen lassen.« Immer noch stand er dicht vor ihr, senkte den Kopf und fuhr sich durch seine geflochtenen Haare. »Erst muss ich wissen, ob ich dir vertrauen kann.«

»Vertrauen!«, rief sie und sprang auf. »Dass du es überhaupt wagst, das Wort in den Mund zu nehmen!« Ihre Stimme hallte laut durch die düstere Gewölbehalle, die ein unheimliches Echo fabrizierte. »Du hast mein Vertrauen schon einmal missbraucht. Ich habe dir damals mein geheimes Lager gezeigt, dich verarztet, meine Vorräte mit dir geteilt – und dann bist du einfach abgehauen!«

Er verschränkte die Arme vor der Brust und presste die Lippen zusammen.

Keine Antwort war auch eine Antwort.

Mühsam hielt Skye einen weiteren Zornausbruch zurück und versuchte, sich in seine Lage zu versetzen. Zum Glück wusste sie einiges aus Flames Leben von June, denn Flynn machte es ihr nicht gerade leicht. Dennoch verstand sie seine Bedenken. »Du glaubst also, ich würde dich an deine Feinde verraten?«

Er nickte bloß.

»An wen denn? Von den Ärzten lebt keiner mehr.« Sie schritt vor der Bank auf und ab, um einerseits ihre betäubten Muskeln zu lockern und andererseits, um ihre Nervosität zu überspielen. »Alle, die mit dem PSI-Projekt zu tun hatten, sind tot, bis auf Flame. Er hat außerdem diesen Forschungskomplex in der Wüste in die Luft gesprengt und somit alle Unterlagen vernichtet.«

Flynns Brauen zogen sich zusammen. »Wer ist Flame? Und woher weißt du von der Anlage?«

»Auch von meiner Freundin June, und die weiß es von Flame. Er ist ihr Freund, ein PSI-Krieger, genau wie du. Früher hieß er *Nummer sieben* und dachte, er wäre der einzige Überlebende.«

»Sieben?« Keuchend packte Flynn sie an den Schultern und zwang sie zum Stehen. Zuerst gruben sich zwei tiefe Furchen zwischen seine Brauen und er starrte Skye an, als wäre sie der Teufel persönlich. Doch dann hellte sich seine Miene ein wenig auf und er ließ sie los. Skye las in dem Wirrwarr von Emotionen Zweifel und Unglauben, aber auch Hoffnung heraus.

»Er war derjenige, der dich töten sollte, nicht wahr?«, fragte sie behutsam.

»Ja«, krächzte er. »Sieben wurde dazu gezwungen. Er hat jeden von uns eliminieren müssen, der … Widerstand leistete.«

Offenbar erinnerte sich Flynn an diese schrecklichen Momente, denn sein Gesicht wirkte schmerzverzerrt. Nun war er derjenige, der unruhig vor ihr auf und ab schritt.

Urplötzlich wollte Skye nicht mehr davonlaufen, sondern Flynn helfen, die schrecklichen Dinge aus seiner Vergangenheit zu verarbeiten. Aber sie musste auch zu June, um ihr zu sagen, wo sie steckte. Ihre Freundin würde sich große Sorgen machen, wenn sie merkte, dass sie nicht zu ihrer Verabredung kam. Am Abend wollten sie gemeinsam essen. Doch bis dahin dauerte es noch viele Stunden. Womöglich war Skye dann schon wieder zurück. Sie musste Flynn nur klar machen, dass sie nicht seine Feindin war und es auch niemanden mehr gab, der ihm schaden wollte.

Vielleicht half es ihm, wenn er über seine Vergangenheit redete.

Deshalb fragte sie vorsichtig: »Was hast du getan, um den Unmut deiner Erschaffer auf dich zu ziehen?«

Sofort versteifte er sich und verschloss seine Gefühle vor ihr. Sein Gesicht wirkte wie eine versteinerte Maske. »Erzähl mir alles, was du von Flame und June weißt.«

Sehnsüchtig blickte sie die verwitterten Treppen nach oben. Der Morgen war angebrochen und mehr Helligkeit drang in das Untergeschoss. »Lass uns zu ihnen in die Siedlung gehen und dort reden.«

»Damit ich in eine Falle laufe?«

»Ich sage die Wahrheit, Flynn. Ich weiß von June ungefähr, was dir widerfahren ist.«

Flynn schnaubte ungehalten. »Wir reden in Ruhe in meinem Versteck. Danach entscheide ich, wie es weitergeht. Du hast auf jeden Fall nichts vor mir zu befürchten.«

Oh, Mister Oberkrieger entscheidet, wie es weitergeht, welch Überraschung, dachte sie sarkastisch, versuchte aber erneut, sich in seine Lage zu versetzen. Er hatte sich seit seiner Flucht ununterbrochen versteckt, aus Angst, erneut seinen Erschaffern willenlos ausgeliefert zu sein. Skye wollte sich nicht vorstellen, was diese Wissenschaftler alles mit ihm angestellt, wozu sie ihn gezwungen hatten. June hatte ihr von einer grausamen Übung erzählt, bei der sich die PSI-Krieger an Gefangenen ausgetobt hatten – auf Anordnung ihrer Erschaffer. Diesen Warrior war befohlen worden, die schrecklichsten Dinge zu tun. Mord und Folter waren zwei davon.

Wie veränderte ein Dasein als lebendiger, einem fremden Willen unterworfener Kriegsroboter einen Menschen? Machte ihn das zu jemandem, der auch in Zukunft vor Mord und Folter nicht zurückschreckte? Oder bewirkten diese Ereignisse das genaue Gegenteil? Skye konnte Flynn nicht genau einschätzen.

Eines glaubte sie ihm trotz seiner grauenvollen Vergangenheit jedoch uneingeschränkt: dass er ihr kein Leid antun würde. Er hätte schließlich bereits genug Gelegenheiten dazu gehabt, auch früher schon. Deshalb beschloss sie, mit ihm zu kommen. Er würde sie ja doch nicht eher gehen lassen.

»Na gut, lass uns reden«, sagte sie. Aber sie würde sich nicht noch einmal von ihm verarschen lassen! Sollte er erneut versuchen wollen, sie mental zu manipulieren, würde sie sofort nach Hause marschieren. Mit oder ohne seine Erlaubnis!

Als er ihr dankbar zunickte und ihr seine Hand hinstreckte, ergriff sie diese.

»Ich vermute, unser Weg führt hier unten weiter?« Skye warf einen skeptischen Blick in die vor ihr liegende Dunkelheit.

»Keine Sorge.« Flynn drückte ihre Hand und lächelte sie sanft an. »Ich lass dich nicht los.«

Skyes Herz machte einen aufgeregten Hüpfer, und sie musste auf seine sinnlichen Lippen starren, die durch die Umrahmung des Bartes besonders gut zur Geltung kamen. »Ich fürchte mich nicht im Dunkeln, aber diese alten Tunnel sind zum Teil schon sehr marode.«

»Auch darüber musst du dir keine Gedanken machen. Bevor der Tunnel einstürzt, höre ich das rechtzeitig. Es kündigt sich an, durch leise Geräusche und Vibrationen. Uns bleibt dann genug Zeit, um nach oben zu kommen.«

Sehr beruhigend, dachte sie wenig überzeugt und ließ sich von Flynn in die absolute Finsternis führen.

***

Im Zickzack lotste Flynn sie durch die Dunkelheit und über Treppen weiter in die Tiefe. Seine große, leicht raue Hand war das Einzige, das Skye vor einer Panik bewahrte, während die Schwärze des U-Bahn-Schachts sie verschluckte. Sie wunderte sich allerdings, wie er sich hier zurechtfand. »Siehst du überhaupt was? Oder kennst du den Weg auswendig?«

»Mir reichen kleinste Lichtspuren, die über alte Schächte, Mauerrisse oder Kanaldeckel nach unten dringen, um die Umgebung zu erkennen.«

»Wow, das ist wirklich praktisch.« Sie wusste, dass Warrior sensiblere Sinne besaßen, aber nicht, dass sie derart scharf waren. Also stimmte es wohl: Flynn würde hören, bevor die Decke nachgab.

Als Skye zu ihrer Linken ein Rascheln und Fiepen vernahm, atmete sie auf. Solange sich die Ratten hier wohlfühlten, hatte sie wohl wirklich keinen Grund, sich Sorgen zu machen. Doch als sie in der Nähe ein Tropfen hörte, hüpfte ihr Herz hart gegen die Rippen. Plötzlich roch es feucht, nach Moder und etwas Undefinierbarem. »Befinden wir uns unter dem East River?«

»Ja, so hieß der Fluss früher.« Flynns Stimme hallte kräftig durch die Finsternis. Seit ihrer ersten Begegnung hatte sie sich ein wenig verändert, war noch dunkler, rauer und männlicher geworden. Skye liebte dieses kehlige Timbre. »Ich habe ein paar alte Karten studiert.«

Sie schluckte hart und klammerte sich regelrecht an seiner Hand fest. Skye hasste die Vorstellung, sich unter Abermillionen Liter Wasser zu befinden. Dieser Weg erinnerte sie daran, wie sie früher allein durch den Lincoln Tunnel gehen musste, nachdem ihr Boot gesunken war. Sie hatte Todesängste ausgestanden, weil sie befürchtet hatte, jede Sekunde könnte die Decke einstürzen und der Hudson den Tunnel fluten.

Flynn zog sie näher zu sich und raunte: »Du fürchtest dich doch.«

Verdammt, er merkte aber auch alles! »Nur vor dem Gedanken, hier unten zu ertrinken.«

»Mein Versteck liegt nicht unter dem Fluss. Aber um dorthin zu gelangen, müssen wir diesen Weg nehmen.«

Skye wusste, dass es eine Brücke über den East River gab, die noch nicht eingestürzt war und begehbar aussah. Aber dort oben wären sie für alle ein leichtes Ziel und würden Aufmerksamkeit erregen. Und … Skye würde sehen, wo Flynn lebte. Solange er sie unterirdisch herumführte, hatte sie keine Ahnung, wo sie sich befanden. Sehr schlau von ihm. Hoffentlich machte sie nicht gerade den größten Fehler ihres Lebens, weil sie ihm vertraute. Allmählich beschlichen sie Zweifel, und diese elende, nach Moder und Algen stinkende Dunkelheit kroch langsam in ihr Herz.

»Wir müssen jetzt auf den alten Gleisen weitergehen«, erklärte Flynn. »Der Weg wird nun ziemlich uneben. Am besten, ich trage dich.«

Noch bevor sie zustimmen – oder ablehnen – konnte, zog er sie bereits an seinen Körper und hob sie an ihrem Po hoch. Sie konnte gerade noch einen Überraschungsschrei unterdrücken.

»Klammer dich an mir fest«, befahl er rau.

Das würde sie bestimmt nicht machen! Wenn ihr Herr Entführer unbedingt in seinem Versteck mit ihr reden wollte und ausgerechnet diesen dämlichen Weg wählte, durfte er sich gefälligst selbst anstrengen! Deshalb ließ sie alle Muskeln möglichst locker, sodass sie wie ein Sack in seinem Griff hing. Mit Genugtuung merkte sie, wie Flynn bald schnaufte und schwitzte. Und noch etwas anderes entging ihr nicht: dass es sich verflucht gut anfühlte, gegen seinen gestählten Körper gepresst zu werden. Skye konnte gerade noch der Versuchung widerstehen, mit den Händen seine kräftigen Arme und Schultern zu erforschen.

»Du bist eine richtige Rebellin«, knurrte er.

»Das nehme ich als Kompliment.«

»Ich käme wesentlich schneller voran, wenn du dich an mir festhalten würdest.«

Sie hörte, wie er mit den Zähnen knirschte, und musste fast lachen. Stattdessen schlang sie die Arme um seinen Hals und legte die Beine um seinen muskulösen Körper. Vielleicht war sie zu hart zu ihm.

»Danke, Prinzessin«, murmelte er mit einem sarkastischen Unterton, der ihr ein weiteres Grinsen entlockte. Immerhin besaß Flynn ein paar Manieren. Und Humor!

Er beschleunigte seinen Schritt und joggte mit ihr durch die Dunkelheit. Skye schloss die Augen, weil irgendwelche ekligen Dinge ab und zu ihren Kopf sowie die Arme streiften und darauf kleben blieben. Hoffentlich waren das nur Spinnweben, doch sie bezweifelte, dass es sich allein darum handelte, denn solch dicke Spinnweben hatte sie noch nie gesehen. Oder gefühlt. Wahrscheinlich hingen dünne Wurzeln von der Tunneldecke oder Algen oder … Ach, sie wollte es lieber nicht wissen.

Flynn hielt sie weiterhin fest an seinen Körper gedrückt, und

Skye befühlte möglichst unauffällig sein zu vielen Zöpfchen geflochtenes Haar. Der Look passte zu ihm, nur der Bart gefiel ihr nicht wirklich, auch wenn er ihm ausgezeichnet stand. Doch sie mochte es nicht, bärtige Männer zu küssen.

Himmel, warum dachte sie überhaupt darüber nach? Vielleicht, weil der Kerl ihr immer noch gefiel? Ja, er sah sogar noch besser aus als in ihren Erinnerungen. Männlicher, drahtiger. Möglicherweise besaß er nicht mehr ganz so viele Muskeln wie früher, aber das störte sie nicht, im Gegenteil. Nun wirkte sein Körper natürlicher, von den harten Lebensbedingungen gestählt.

Skye hielt sich an seiner breiten Schulter fest und befühlte dort Flynns Haut. Diese erinnerte sie an das weichste Blatt, das sie je berührt hatte.

Nur eines passte nicht ins Bild eines perfekten Supersoldaten: seine kaum vorhandene Ausdauer. Obwohl Skye bei ihrer geringen Größe sicher nicht viel wog, schnaufte Flynn so hart, als würde er mehrere Tonnen durch die Gegend bewegen. Außerdem lief ihm kalter Schweiß am Rücken herunter.

Die Anstrengung lenkte ihn bestimmt ab. Wenn sie schnell war, könnte sie eins der zahlreichen Messer aus seinem Gürtel ziehen und die Klinge an seinen Hals drücken, oder gleich den Revolver an sich nehmen, der in seinem Hosenbund steckte. Ob er geladen war? Damit könnte sie Flynn zwingen, umzudrehen und mit ihr nach Oasis zu kommen.

Nein, sie konnte ihn unmöglich verletzen!

Aber war er überhaupt verletzbar? Wenn er einer der PSI-Krieger war, müssten doch Naniten in seinem Blut schwimmen, genau wie bei Flame? June hatte ihr das anvertraut. Skye war eine der wenigen, die das Geheimnis kannten.

Flynn konnte jedoch keine Naniten haben, denn als sie ihn in der Wüste gefunden hatte, war er dem Tode nahe gewesen. Der Schnitt in seinem Nacken … Seine Verletzungen waren nicht in Sekundenschnelle verschwunden gewesen. Flynn war verwundbar wie jeder andere Mensch auch.

Vielleicht würde er ihr verraten, was ihm fehlte, wenn sie ihn ein bisschen reizte. Irgendwie machte es ihr Spaß, ihn zu ärgern, und plötzlich erinnerte sie sich an seine Abschiedsworte: *Lass dir von niemandem etwas gefallen.*

Sie führte also nur seine mentalen Befehle aus, wenn sie ihn ein bisschen neckte. Deshalb sagte sie: »Deine Kondition lässt zu wünschen übrig, Krieger.«

»Das weiß ich selbst«, knurrte er. »Und ich bin kein Krieger mehr.« Leiser setzte er hinzu: »Die leben nicht im Verborgenen.«

»Wie lange versteckst du dich schon hier unten?«

»Seit zwei Jahren.«

»Und wie oft bist du an der Sonne?«

»So gut wie nie. Meistens gehe ich nur nachts raus.«

Plötzlich ahnte Skye, was ihm fehlen könnte. »Wahrscheinlich hast du die Bunkerkrankheit!«

»Was ist das?«

»Davon waren die Überlebenden, die nach dem Großen Krieg Zuflucht in unterirdischen Anlagen oder Bunkern suchten, betroffen. Ohne Sonne fehlt dem Körper etwas; man ist ständig müde, hat kaum noch Kraft.«

Sie fühlte, dass er nickte. »Ich weiß, was du meinst. Das nennt sich Vitamin-D-Mangel. Den habe ich garantiert.«

Skye brummte nur und hoffte, es hörte sich wie eine Zustimmung an, denn in Wahrheit hatte sie keine Ahnung von Vitaminen. Dafür wusste sie ganz genau, was sich gerade in ihrem verräterischen Körper abspielte. Der reagierte auf Flynns geschmeidige Haut, seinen gestählten Körper und sogar seinen frischen Schweiß! Sein animalischer Duft nach Mann erregte sie. Außerdem rieb bei jedem seiner Schritte ihre gespreizte Scham an ihm. Wenn sie keine Hose tragen würde, befände sich auf seinem Bauch jetzt sicher …

Ablenken, Skye!, ermahnte sie sich, leider gab es um sie herum nur Dunkelheit, weshalb sich all ihre Sinne auf Flynn konzentrierten. Seine Nähe brachte ihren Körper zum Prickeln und ihren Schoß zum Pochen. Ihre Brustwarzen standen mittlerweile so hart ab, dass sie sich bestimmt durch das Top abzeichneten.

Als Flynn plötzlich spürbar Schwung holte und einen Satz nach oben machte, krallte sie sich vor Überraschung in seinen Haaren fest. »Was ist jetzt los?«

»Wir verlassen den Tunnel über eine ehemalige U-Bahn-Station«, erklärte er schwer atmend. »Ich bin auf den Bahnsteig gesprungen.«

Natürlich, das Gleisbett lag viel tiefer! Und egal, wie sehr Flynn keuchte – offensichtlich verfügte er nach wie vor über die Stärke eines Warriors.

Ein Schauer lief Skye den Rücken hinunter. Sie war sich nicht sicher, ob sie den Mann fürchtete, bewunderte oder begehrte. Sie wünschte, sie könnte etwas sehen, um zu wissen, wo sie war! Aber noch immer herrschte um sie herum nichts als Finsternis. Immerhin ging es weiter hinauf, was Skye ungemein erleichterte. Anscheinend hatten sie den Fluss hinter sich gelassen. Also befanden sie sich nun in einem völlig anderen Teil der Ruinenstadt, weit weg von Oasis. Nur wo? Es kamen lediglich Long Island City und Roosevelt Island in Frage. Da sie in der Dunkelheit völlig das Zeitgefühl verloren hatte, konnte sie nicht abschätzen, welche Entfernung sie zurückgelegt hatten.

Kapitel 5 – Skye – Im Versteck

Es klang nach Metall, als Flynn mit ihr steil nach oben schritt. Skye wusste, worauf er marschierte: auf einer fahrenden Treppe! Nur dass sich diese seit hundert Jahren nicht mehr bewegte. Skye hatte solch ein Konstrukt in einer vergilbten Zeitschrift gesehen und sich gewundert, auf was für verrückte Ideen die Menschen früher gekommen waren. Mit Elektrizität schien wohl fast alles möglich zu sein, zum Beispiel, sich ohne Anstrengung in den kuriosesten Gefährten fortzubewegen, lebendige Bilder in flimmernden Kisten zu betrachten oder Maschinen zu erschaffen, die selbstständig Arbeit erledigten, wie Wäsche zu waschen, Geschirr zu spülen oder sogar Essen zu kochen!

Welch fantastische Welt musste das gewesen sein – und die Menschen hatten sie eigenhändig zerstört. Doch womöglich war dieser letzte große Krieg aller Nationen unumkehrbar gewesen. Hätte die Weltbevölkerung mit ihren Ressourcen weiterhin Schindluder getrieben, wäre jetzt vielleicht überhaupt kein Leben mehr möglich.

Als Flynn sie plötzlich absetzte, war sie fast ein bisschen enttäuscht. Wenigstens nahm er wieder ihre Hand und führte sie geradeaus weiter. Immer noch hatten sie die Oberfläche nicht erreicht, und das würden sie wohl auch nicht. Flynn lebte schließlich in ewiger Dunkelheit.

»Wir sind gleich da«, erklärte er. »Bleib kurz hier stehen.«

Er ließ sie los, und sie hörte ein schabendes Geräusch, als würde er etwas nicht allzu Schweres auf die Seite schieben. Urplötzlich drang Helligkeit zu ihnen. Skye erkannte vor sich eine Öffnung in der Mauer, die dort jemand hineingeschlagen haben musste. Es gab keine Tür, nur ein Loch im Beton, hinter dem ein weiterer, schwach beleuchteter Gang lag. Eine große Plakatwand hatte das Loch verborgen.

Ein älterer Mann tauchte auf, der zwar keine Haare mehr auf dem Kopf hatte, dafür jede Menge in seinem Gesicht. Sein grauer Bart reichte ihm bis zur Brust. In einer Hand hielt er einen Hammer. Das war früher auch mal die Waffe ihrer Wahl gewesen. Skye vermisste Bessy höllisch!

Da Flynn keine Anstalten machte, seine Pistole zu ziehen, gehörte der Typ wohl zu ihm. Er trug so eine Art Poncho über seinen Schultern, darunter eine löchrige Hose und Stiefel.

Während sich die beiden leise unterhielten, nutzte sie den Moment und warf einen schnellen Blick über ihre Schulter. Auf der gefliesten Wand hinter ihr stand in verwitterten, teils abgebröckelten Großbuchstaben: *Roosevelt Island Subway Station.*

Nun wusste sie wenigstens endlich, wo sie sich befand! Auf der großen Insel, die im East River lag!

Skye war einmal zu dem Eiland hinüber gerudert, hatte sich jedoch nicht lange dort aufgehalten, weil es nichts zu holen gab. Die Insel glich einem Trümmerfeld, fast alle Gebäude waren eingestürzt und die Natur hatte sich ihren Platz zurückerobert. Ein Durchkommen war fast unmöglich. Keiner würde vermuten, dass jemand freiwillig hier lebte.

»Komm.« Als Flynn ihr winkte, stieg sie hinter ihm durch das Loch und warf einen skeptischen Blick auf den Fremden. Doch der beachtete sie nicht, sondern schob von ihrer Seite aus die Plakatwand wieder vor den Eingang.

»Ist das ein Freund von dir?«, wollte Skye wissen und folgte Flynn durch diverse Gänge. »Lebt ihr zusammen hier?«

»Hier leben mehrere Menschen«, murmelte er vor sich hin.

Wie immer war Flynn sehr auskunftsfreudig. »Wo sind wir *hier*?« Sie liefen durch einen kahlen Flur, der von seltsamen Lichtröhren erhellt wurde, die an der Decke befestigt waren.

»Das waren mal Luxusapartments«, antwortete Flynn. »Das Haus über uns ist halb eingestürzt, aber die unterirdischen Stockwerke sind alle bewohnbar und stabil.«

So genau hatte sie das nicht wissen wollen. Jetzt fühlte sie sich von den Tonnen Schutt über ihrem Kopf wieder bedroht.

Um sich abzulenken, fragte sie ihn: »Woher kommt der Strom?« Sie wusste natürlich, dass es sich bei den Leuchtquellen nicht um Feuer handelte, denn es gab keinerlei Flammen, kein Rauch. Funktionierende Lichter hatte sie zwar noch nie in Häusern gesehen, aber an Shuttles.

Flynn schaute kurz über seine Schulter. »Wir haben an der Oberfläche Solarkollektoren aufgestellt.«

»Wir? Du meinst: dein bärtiger Freund im Poncho und du?«

»Alle, die hier leben und mit anpacken können.«

Langsam wurde sie neugierig. Und wonach roch es hier? Leicht erdig und irgendwie nach … Essen!

Als sie einen Blick in eines der offenen Kellerabteile warf, wusste sie, woher sie den Geruch kannte. »Ihr züchtet Pilze!« Fast der ganze Boden war übersät mit dicken weißen und braunen Pilzköpfen.

Flynn nickte mit stolz geschwellter Brust. »Ja, vor allem die Champignons wachsen hier unten verdammt gut.« Er öffnete eine weitere Tür, und sofort drangen Rascheln und Zirpen an Skyes Ohren. »Hier findest du unsere lebendigen Proteinquellen.«

Große, schief zusammengezimmerte Holzkisten mit geräumigen Schubladen, über die feine Netze gespannt waren, enthielten Grillen, Mehlwürmer und Käfer.

Das waren Insektenfarmen! Die Krabbler gehörten nicht gerade zu ihren bevorzugten Nahrungsmitteln, aber von denen hatte sie sich auch schon öfter ernährt, wenn auf ihren Streifzügen die Vorräte knapp geworden waren.

Lächelnd wandte sie sich an Flynn. »Ich bin beeindruckt. Hattest du die Idee?«

Lässig zuckte er mit einer Schulter und vergrub die Hände in den Hosentaschen. »Die habe ich aus Büchern.«

»Du liest?«

»Alles, was ich zwischen die Finger bekomme.«

Sofort schlug ihr Herz wieder schneller. Lesende Männer – und Krieger – fand Skye irgendwie sexy. Die unerwartete Kombination machte einen gewissen Jemand … einfach unwiderstehlich.

Sie schlenderten weiter durch den Keller, und Flynn öffnete noch eine Tür. »Die hier liefern uns Eier und Fleisch.«

Kurz kniff Skye wegen der grellen Deckenlichter die Lider zusammen. Der ganze Raum war voller Hühner, und das roch man auch! »Hier sollte mal jemand ausmisten«, murmelte sie und warf einen Seitenblick auf Flynn. Ob er sich hier die Hände schmutzig machte oder eher Poncho-Mann für die Dreckarbeit verantwortlich war?

Bevor er antworten konnte, drückte sich eine hübsche junge Frau an ihnen vorbei, die einen Eimer sowie eine Mistgabel in der Hand hielt. Sie nickte Flynn kurz zu, sodass ihre schwarzen Locken um ihr fein geschnittenes Gesicht schwangen, grüßte ihn mit »Verox« und machte sich daran, die Eier aus den grob gezimmerten, künstlichen Nestern entlang der Wand einzusammeln.

Schnell schloss Flynn die Tür und ging weiter.

Skye, die kaum mit seinen Schritten mithalten konnte, blickte ihn verwundert an. »Verox?«

»Hab mich umbenannt«, murmelte er.

»Was hast du gegen Flynn?«

»Nichts«, antwortete er knapp, ohne sie anzusehen.

Er vertraute ihr nicht oder hatte es damals nicht. Das tat weh, auch wenn sie es ihm nicht verübeln konnte. Und was war das für eine Frau? Sie hatte weder Flynn noch sie sonderlich beachtet, und er hatte auch kaum Interesse an der Schönheit gezeigt, was Skye irgendwie erleichterte.

Moment, war sie etwa eifersüchtig? Flynn-Verox hatte bestimmt einige Beziehungen hinter sich, genau wie sie. Vielleicht lebte er sogar in einer festen Partnerschaft?

Ihr Magen verkrampfte sich. Das würde ihr definitiv nicht gefallen. Aber schließlich war er keine der Sachen, die sie sonst sammelte und mit dem Hinweis »Ich hab's gefunden, also ist es meins« zu ihrem Eigentum erklären durfte.

Nachdem sie über ein Treppenhaus und zwei Stahltüren in den nächsten Stock gelangt waren, wusste Skye, wen Flynn zuvor mit »wir« gemeint hatte: Hier lebten richtig viele Menschen! Im Flur wuselte es regelrecht; ein paar Kinder liefen durch die Gänge und spielten mit Holzschwertern, eine alte Frau schlich gebückt und auf einen Stock gestützt an ihnen vorbei und beschwerte sich krächzend über den Lärm.

Flynn beugte sich kurz zu ihr hinunter, legte eine Hand auf ihre Schulter und sagte mit tiefer, sonorer Stimme: »Kinderlachen stört dich nicht, Maple. Du liebst es sogar.«

Sofort hellte sich die grimmige Miene der Alten auf und sie schlurfte weiter, ohne Skye oder Flynn zu beachten.

Hatte er sie gerade mental manipuliert, um für Frieden zu sorgen?

Skye war zu überrascht von all den Eindrücken hier, um ihn zu fragen. Wo hatte er sie bloß hingebracht?

Fast jede Tür, an der sie durch den breiten Flur vorbeigingen, stand offen, sodass sie einen Blick hineinwerfen konnte. Mehrere Betten befanden sich je nach Zimmergröße in einem Raum oder die Matratzen lagen auf dem Boden. Sonst sah Skye nur wenig andere Einrichtungsgegenstände, weil schlichtweg kaum Platz existierte. Zwischen den Matratzen gab es meist nur schmale Gänge.

Anscheinend waren das einmal großzügig geschnittene Wohnungen gewesen, die jetzt alle zusammenhingen. An einigen Stellen war die Mauer durchbrochen und ein neuer Durchgang geschaffen worden. Die Böden bestanden aus Steinfliesen oder alten Holzdielen, die unter ihren Schritten knirschten. Leider gab es auch hier keine Fenster, bloß mit Platten abgedeckte Kellerschächte, die keinen einzigen Sonnenstrahl hereinließen. Wahrscheinlich waren sie voller Schutt.

Und von wegen: Flynn lebte in ewiger Dunkelheit. Hier war alles hell erleuchtet, und zwar durchgehend mit elektrischem Licht! Es strahlte aus kugelrunden Gläsern oder langen Röhren. Es gab sogar bunte Lichter in seltsam anmutenden Gebilden. In jedem Raum stand eine andere Lampe. Außerdem spürte sie einen schwachen Luftzug in ihrem Gesicht. Von irgendwoher drang Frischluft nach innen.

»Faszinierend«, flüsterte sie, konzentrierte sich dann aber wieder auf die Bewohner. Die meisten schauten kurz zu ihnen, schenkten ihnen aber kaum Beachtung.

Die Nahrungsmittel im Keller reichten niemals für alle. Hier lebten mit Sicherheit Dutzende! Und das waren bloß die, die sie bis jetzt gesehen hatte.

Als sie durch eine Art Halle marschierten, in der es viele Sitzgelegenheiten und auch Tische gab, an denen ein paar Leute beim Essen zusammensaßen, blieb ihr Blick an einer Gruppe Jugendlicher hängen. Skye erkannte sie sofort und rief: »Das darf doch wohl nicht wahr sein!«

Schnell drehte sich Flynn zu ihr. »Was ist los?«

»Die kenne ich!« Resolut deutete sie auf die kleine Gruppe. »Die haben mich vor ein paar Wochen überfallen und mir all meine gesammelten Sachen geklaut!«

Flynn packte sie am Unterarm und zog sie schnell weiter. Die Jugendlichen hingegen warfen ihr einen düsteren Blick zu, blieben aber ansonsten stumm und rührten sich nicht von ihren Plätzen.

»Hey!« Sie wollte sich von ihm losreißen, aber sein Griff lag wie eine Stahlmanschette um ihren Arm. »Mit denen habe ich noch ein Hühnchen zu rupfen!«

»Haben sie dich verletzt?«

»Nicht wirklich«, antwortete sie.

»Dann komm weiter.«

Als sie einen neuen Fluchtversuch unternehmen wollte, packte er sie einfach an der Taille und trug sie unter dem Arm in den nächsten Flur, als wäre sie ein zusammengerollter Teppich.

»Was soll das?« Mit aller Kraft zappelte sie in seinem äußerst unangenehmen Griff, doch da er sie mit ihrem Rücken seitlich gegen seinen breiten Brustkorb drückte, bot er ihr kaum Angriffsfläche. »Au, du tust mir weh!«

Sofort ließ er sie los und presste sie im Flur gegen die Wand. Mit seinem großen Körper schloss er sie ein und knurrte: »Du erregst zu viel Aufmerksamkeit.«

»Denkst du, ich habe Angst vor diesen Rotznasen?«

»Das ist es nicht«, grollte er, wobei seine Augen die Farbe zu wechseln schienen. »Fall hier einfach nicht auf.«

»Wage es bloß nicht, mich noch mal zu manipulieren«, sagte sie gefährlich leise. Skye wusste, dass sie einen Warrior besser nicht provozieren sollte, doch vor Flynn hatte sie keine Angst, obwohl er ihr kaum Raum zum Atmen ließ. Ja, irgendwie genoss sie diese Nähe sogar, und das machte sie noch rasender!

Er kniff die Lider so weit zusammen, bis sie schmale Schlitze bildeten. Damit erinnerte er sie gerade an ein Raubtier. Ihr Herz pulsierte heftig und in ihrem Kopf wirbelten tausend Fragen auf einmal herum. Doch eine Antwort lag ihr auf der Zunge, seit sie die Jugendlichen gesehen hatte: »Du lebst bei den Slashern! Das hier ist ihr Unterschlupf!«

Heilige Scheiße, sie hatte ja lange gebraucht, um das zu kapieren! Wollte Flynn sie vor den Slashern schützen? Sollte sie sich deshalb bedeckt halten? Ob er ihr Anführer war?

Nein, vermutlich nicht, so wie er sich verhielt. Keiner der anderen hatte ihn besonders beachtet, weder der Poncho-Mann noch die Hühnerfrau oder einer der Bewohner der vielen Zimmer.

Flynn konnte nicht der Anführer sein. Niemals!

Doch warum brachte er sie überhaupt her? In ihrem Gehirn formte sich noch ein anderer Gedanke, den sie schnell wieder verdrängen wollte. Aber sie musste Gewissheit haben.

Tief atmete sie durch, um ihren wilden Puls zu beruhigen. »Bringst du mich jetzt zum Kopf dieser Bande?«

Flynn mied ihren Blick. »Ich bringe dich in mein Zimmer, damit wir in Ruhe reden können.« Er griff nach ihrer Hand und zog sie weiter, vorbei an neuen Türen und noch mehr Menschen. Doch die hier sahen anders aus. In diesem Bereich schienen sich überwiegend Krüppel und Kranke, darunter viele Leute, die an der Strahlenkrankheit litten, aufzuhalten. Ihre Körper waren überzogen mit dunklen Schwären, viele husteten oder wälzten sich auf ihren Matratzen mit schmerzverzerrtem Gesicht hin und her.

Skye hatte auf ihren Streifzügen den einen oder anderen »Aussätzigen« gesehen, aber nie so viele an einem Fleck! Die meisten Siedlungen, die vor Oasis existierten, hatten diese Menschen vertrieben. Sie konnten nur selten etwas für die Gemeinschaft beisteuern und waren deshalb eine Last. Hier schienen sie alle an einem Ort versammelt zu sein.

Über ein schmaleres Treppenhaus, das nicht durch Türen abgetrennt war, zog Flynn sie ein Stockwerk nach oben. Dabei sah er sie unentwegt an. »Was hast du gerade gemeint, als du gesagt hast, dass ich dich nicht noch mal manipulieren soll?«

»Na, wie in Oasis, als du mich gezwungen hast, meine Armbrust fallen zu lassen.« Sie konnte es nicht ausstehen, wenn sich jemand absichtlich dumm stellte. »Wenn ich Bessy nicht wiederbekomme, kann ich für nichts garantieren!«

Zuckten seine Mundwinkel? Fand er es lustig, dass er sie mental entwaffnet hatte? Oder amüsierte er sich über den Namen ihrer Armbrust?

Ruhig bleiben, wiederholte sie innerlich gebetsmühlenartig. *Gaaaanz ruhig.*

Sie würde sich nun anhören, was er ihr zu sagen hatte, und dann verschwinden. Mit den Slashern wollte sie nichts zu tun haben!

Im nächsten Stock befanden sich nur zwei Türen; der Rest des Ganges war durch Geröll versperrt. Eine einzelne Lampe flackerte an der Decke schwach auf, der Rest lag in Düsternis.

Skye schluckte. »Das Haus oder das, was davon noch steht, ist wirklich stabil?«

Tief blickte Flynn ihr in die Augen. »Dir wird hier nichts geschehen. Hier oben sind bloß nicht mehr alle Stromleitungen intakt, deshalb habe ich in meinem Zimmer kein elektrisches Licht.«

Sie konzentrierte sich auf ein Druckgefühl hinter der Stirn, doch das blieb aus. Flynn schien sie nicht mental zu manipulieren, um ihre Ängste zu nehmen. Womöglich sagte er die Wahrheit.

Er zog einen Schlüsselbund aus der Hosentasche, sperrte die erste Tür auf und bat Skye mit einer Handbewegung nach innen.

Sie blieb jedoch im Türrahmen stehen und starrte skeptisch in den stockdunklen Raum. »Was ist das? Ein Verlies?«

»Sei nicht albern«, murmelte Flynn.

Er schritt in die Finsternis, und kurze Zeit später erhellte eine Gaslampe, die auf einem kleinen Tisch an der Wand stand, das Zimmer. Es wirkte nicht besonders groß und war kaum geräumiger als der Keller, in dem sie beide damals kurz gelebt hatten.

Skyes erster Blick fiel auf eine breite Matratze am Boden, um die sich viele Bücherstapel verteilten, dann auf einen großen Spiegel an der linken Wand. »Ich sehe aus wie eine Vogelscheuche!« Sie zupfte sich etwas aus dem Haar, das einem feinen Zweig ähnelte, und fühlte dabei auch klebrige Spinnweben. Igitt, hoffentlich lebte nichts auf ihrem Kopf. Sie spürte beinahe, wie es überall juckte. Skye mochte Spinnen, aber alle Krabbeltiere waren nur so lange ihre Freunde, wie diese in ihrem eigenen Territorium blieben. Als Kind hatten sie einmal Läuse befallen und Mum hatte ihr kurzerhand alle Haare abrasiert. Darauf konnte sie verzichten. Sie liebte ihre Haare!

»Ich muss noch kurz was erledigen«, murmelte Flynn hinter ihr, und plötzlich fühlte sie seine intensiven Blicke auf ihrem Rücken. »Bin gleich wieder da. Dann reden wir und danach kannst du dich frischmachen, wenn du willst.«

Er wirbelte auf dem Absatz herum, verließ den Raum und zog die Tür zu.

Skye rannte sofort zu ihr, aus Angst, er würde sie einsperren, aber sie hörte nicht, dass sich das Schloss drehte. Dafür vernahm sie, wie sich seine Schritte entfernten. Sie könnte ihn allerdings aussperren, denn innen an der Tür war ein dicker Metallriegel angebracht worden, den sie nur vorschieben müsste.

Vorsichtig drehte sie am Knauf und öffnete die Tür, sodass das Licht vom Flur ins Zimmer gelangte. Anschließend blickte sie sich hastig um. Sie konnte sich kaum vorstellen, dass ein Ex-Krieger wie Flynn, der immer noch an Verfolgungswahn litt, gerade diesen Raum als Unterschlupf auserkoren hatte. Es musste einen zweiten Ausgang geben! Er saß hier sonst in der Falle. Bloß wo?

Skye spürte einen schwachen Luftzug, der von rechts kam. Dort lehnte ein riesiges, fast deckenhohes Bild schräg an der Wand, das einen lebensechten Apfelbaum zeigte. Es wirkte nur ein bisschen verblasst. Dabei musste es sich um eine Fotografie handeln. Skye hatte darüber gelesen, aber so ein großes Foto hatte sie bisher nicht gesehen.

Als sie hinter das Bild blickte, wusste sie, warum es dort stand. Es verdeckte das ehemalige Fenster. Anstatt einer Scheibe gab es dort leider nur Bauschutt und zwischendrin ragte ein großes Rohr hervor. Vielleicht konnte sie die Sauerstoffzufuhr als Ausgang nutzen!

Sofort schob Skye das Bild zur Seite – und fluchte. Das Rohr war etwas zu schmal; sie würde niemals durchkriechen können. Außerdem war ein engmaschiges Gitter davor angeschweißt, wahrscheinlich, damit keine Ratten eindringen konnten. Skye spähte hindurch und erkannte am Ende der etwa zwei Meter langen Röhre grelles Tageslicht. Okay, nun wusste sie wenigstens, dass sich dieses Stockwerk nicht mehr unter der Erde befand. Das erleichterte sie ein wenig.

Seufzend ging sie zurück zum Spiegel, um sich noch ein paar seltsame Halme aus dem Haar zu zupfen. Wo blieb Flynn? Was musste er so dringend ohne sie erledigen? Berichtete er dem Anführer, dass er sie ins Versteck gebracht hatte?

Immerhin hatte er sie nicht eingesperrt. Vielleicht sollte sie gleich die Chance zur Flucht nutzen.

Sie verließ den Raum und probierte die zweite Tür aus, die sich noch im Gang befand. Leider war sie abgeschlossen. Also blieb ihr nur die Flucht nach unten. Und dann?

Es schüttelte sie, als sie an den unendlich langen und pechschwarzen Tunnel dachte, durch den sie hergekommen waren. Sie verspürte nicht die geringste Lust, diesen Weg zurück nach Oasis zu nehmen, aber ihr blieb wohl keine andere Wahl. Deshalb schnappte sie sich das Gaslicht vom Tisch und schlich die Stufen nach unten. Hoffentlich schenkten ihr die Slasher genauso wenig Beachtung wie zuvor.

Leider lehnte am Ende der Treppe ein kräftiger Mann an der Wand und warf ihr einen abschätzenden Blick zu. Flynn hatte also dafür gesorgt, dass sie nicht abhaute. Mist! An diesem muskelbepackten Typ kam sie nicht vorbei, auch wenn er kein Warrior war.

Zähneknirschend machte sie sich wieder an den Aufstieg. Hatte sie ernsthaft geglaubt, Flynn würde sie gehen lassen? Anscheinend war sie jetzt doch seine Gefangene!

Wütend stellte sie das Licht zurück auf den Tisch und schritt murmelnd in seinem Zimmer auf und ab. »Er hat gewusst, dass mir nicht gefallen wird, wohin er mich bringt. Deshalb hat er keine Details erwähnt!«

Einerseits war sie ziemlich sauer auf ihn, andererseits auch verwirrt. Was erhoffte er sich von ihr? Warum besaß er sein eigenes Zimmer und lebte nicht bei den anderen?

Erneut keimte in ihr ein Verdacht, den sie nicht bestätigt wissen wollte. Gewiss würde sich gleich alles aufklären.

Sie dachte an die vielen kranken Menschen, die eine Etage tiefer lebten. Skye hatte sich die Mehrzahl der Plünderer anders vorgestellt. Geschätzt die Hälfte von ihnen war nicht fähig, für sich selbst zu sorgen. Hatten ihr deshalb die Jugendlichen die Medizin gestohlen?

Skye konnte sich nach wie vor keinen Reim auf die seltsame Situation hier machen, und Flynn alias Verox befand sich mittendrin in diesem Chaos. Sie hatte viele Fragen und war trotz ihres Zornes zu gespannt auf seine Antworten. Hoffentlich ließ er sie nicht zu lange warten.

Kapitel 6 – Verox – In seinem Reich

Verox lächelte siegessicher, als er durch die Flure schritt, um Marisa zu suchen. Er konnte Skye also doch manipulieren; er musste sich bei ihr bloß mehr anstrengen und seine mentalen Befehle wiederholen. Es gab nur einen Haken: Sie bemerkte es, wenn er in ihren Geist eindrang. Er wollte sie jedoch nicht noch mehr gegen sich aufbringen. Verox wünschte sich das »Verhältnis« aus ihrer gemeinsamen Vergangenheit zurück, die unbeschwerten Stunden in ihrem Versteck, in denen Skye ihn als Mensch und nicht als Versuchsobjekt behandelt hatte. Trotzdem fürchtete er noch immer, sie könnte ihn verraten, deshalb musste er das Problem mit ihren Erinnerungen lösen. Oder seine kleine Wüstenprinzessin musste auf ewig bei ihm bleiben.

Ist es nicht das, was du in Wirklichkeit willst?, sprach eine leise Stimme in seinem Kopf.

Im Moment wusste er nicht, wie er weiter vorgehen sollte. Zuvor im Tunnel hatte er Skyes Erregung gerochen und hätte sie am liebsten unter sich geworfen; jetzt sprühte sie Funken und hasste ihn wahrscheinlich. Sie derart wütend zu sehen, rief ein unangenehmes Stechen in seinem Magen hervor. Aber vielleicht musste er einfach nur etwas essen.

Er schnappte sich beim Vorbeigehen in der Halle ein Stück Brot von der Essensausgabe und biss ein großes Stück davon ab, dann marschierte er weiter nach hinten, in die Küche. Kaum jemand interessierte sich für ihn, solange er nicht sprach oder sich auffällig verhielt.

Verox hatte eine Weile gebraucht, um alle Mitbewohner mental »einzustellen«, sie zu »programmieren«, wie er es nannte, damit er für sie weitgehend unsichtbar blieb. Mit jedem einzelnen hatte er geredet und dabei mit seiner PSI-Kraft nachgeholfen, damit sie ihm keine Beachtung schenkten, außer, er unterhielt sich mit ihnen.

Zu Beginn war das sein Schutz vor Verrat gewesen, allerdings hatte sich das geändert, nachdem er gesehen hatte, mit welcher Brutalität der alte Boss diese Menschen behandelte. Nun zog Verox hier die Fäden und sendete zwischendurch immer wieder Signale aus, damit alle friedlich blieben. Aber die Leute wussten es nicht und hielten stattdessen Keith für ihren Anführer.

Keiner ahnte auch nur ansatzweise, über welche Fähigkeiten er verfügte.

Bis auf Skye.

Es hatte ihr schon nicht gefallen, dass er sich umbenannt hatte. Dann würden ihr all die anderen Dinge erst recht nicht zusagen, die er vor ihr verheimlichte. Er musste Skyes Erinnerungen löschen und sie anschließend ziehen lassen! Ansonsten würde sie früher oder später sein wahres Ich sehen – und sie würde es hassen. Sie würde *ihn* hassen.

Fuck!

Nicht umsonst hatte er sich den Namen Verox gegeben. Er bedeutete: wild, ungestüm. Dieses Wort hatte er in ähnlicher Schreibweise in einem Lateinbuch gefunden: ferox. Es hatte ihm gefallen und es passte zu dem Biest in ihm, das Skye bisher nicht zu Gesicht bekommen hatte. Verox hielt es unentwegt im Zaum, Tag und Nacht, tief in sich gefangen.

Sein Tier begehrte sie so sehr, wollte sie besitzen, sich in ihr verbeißen und sie nie wieder gehen lassen. Er musste Skye davor beschützen!

Fuck, er wollte nicht, dass sie ihn verließ, und er wollte dieses Leben im Verborgenen nicht mehr! Wütend stapfte er weiter, zügelte aber seinen Zorn sofort, als er Marisa, wie erhofft, in der Küche fand. Er vertraute der zierlichen, stillen Frau mit den blonden

Haaren, die ungefähr in seinem Alter war. Sie enttäuschte ihn nie. Marisa brauchte er nicht zu manipulieren, damit sie seine Wünsche ausführte. Sie war dankbar, hier leben zu dürfen und unter seinem Schutz zu stehen. Der alte Anführer dieses Haufens hatte sie und viele andere schlecht behandelt – was nicht gut für den Mistkerl ausgegangen war. Verox tötete ihn noch in der alten Siedlung, nachdem der Mann ihn mit einem Messer angegriffen hatte. Marisa hatte alles gesehen und niemandem etwas verraten.

Keith, ein ehemaliger Handlanger des alten Bosses, hatte sich selbst zum neuen Anführer ernannt – oder zumindest ließ ihn Verox in diesem Glauben. Unauffällig lenkte er ihn so gut er konnte, damit in ihrer großen Gruppe Frieden herrschte.

Damals hatte Verox gedacht, er wäre in Marisa verliebt und sie würde seine Zuneigung erwidern, bis sie ihm gestanden hatte, dass sie sich nur zu Frauen hingezogen fühlte. Seitdem näherte er sich ihr nicht weiter und betrachtete sie eher als seine Schwester oder platonische Freundin, denn er wollte natürlich nicht, dass sie mit ihm schlief, damit er ihr Schutz gewährte.

Außerdem sollte das Intimste und Innigste, das zwei Menschen miteinander teilen konnten, niemals erzwungen werden. Wer wusste das besser als er.

Es war ihm immer noch ein wenig peinlich, dass Marisa seine Gefühle bemerkt hatte. Natürlich hätte er sie vergessen lassen können, doch er hatte sich einst geschworen, seine Gabe nur einzusetzen, um Frieden zu schaffen und … damit sich die Slasher nicht sonderlich für ihn interessierten. Seine Schöpfer und ehemaligen Kommandeure hatten es ihm als PSI-Warrior immer verboten, seinem Instinkt zu folgen und anderen helfen zu dürfen. Stattdessen hatte er unschuldige Seelen töten müssen. Nun gab ihm keiner mehr verquere Befehle.

»Marisa«, sagte er leise, als er sich ihr von hinten näherte. Sie half dem Koch Lasi beim Schneiden der Pilze. Der alte Inder, der kaum noch Zähne im Mund hatte, konnte mit den wenigen Nahrungsmitteln, die sie besaßen, die köstlichsten Gerichte zubereiten.

»Ver.« Lächelnd drehte sie sich zu ihm um, sodass ihr dicker Zopf von ihrer Schulter rutschte. »Was kann ich für dich tun?«

Meistens brachte sie ihm die Mahlzeiten auf sein Zimmer, damit er so wenig Berührungspunkte wie möglich mit den anderen hatte. Sie half ihm auch immer, die Haare zu flechten.

»Ich habe Besuch«, antwortete er ihr. »Könntest du bitte das Bad herrichten und Essen für zwei Personen dorthin bringen lassen?«

»Natürlich.« Sie wischte sich die Hände an einem Tuch ab und verließ die Küche.

Das liebte er an Marisa. Sie stellte niemals Fragen und tat ihm gerne einen Gefallen.

Verox schob sich das restliche Stück Brot in den Mund und musste sich beherrschen, nicht zu Skye zurück zu joggen. Die Wache an der Treppe entließ er mit einem Nicken und fand im nächsten Stockwerk seine Tür offen vor.

Einen Herzschlag lang dachte er, Skye hätte ihn verlassen, aber dann sah er sie zwischen all seinen Büchern auf dem Bett sitzen, die Lampe neben ihren Füßen, und seine aktuelle Lektüre durchblättern: *On the Road* von Jack Kerouac. Darin markierte er ab und zu ein paar Stellen, die ihm besonders gut gefielen und die er noch einmal lesen wollte. Es war ihm fast ein bisschen peinlich, dass sie diese jetzt kannte. Oder ein paar davon.

»Interessantes Buch«, sagte Skye und legte es auf die Matratze. »Aber es tut mir in der Seele weh, dass du die Ecken der Seiten umknickst.«

Sie klang ein bisschen streng, doch er hörte leichten Spott heraus.

Schulterzuckend antwortete er: »Darin geht es um einen verrückten Trip quer durch das Land.« Hoffentlich hatte sie nicht die Absätze entdeckt, die sich um Sex drehten. »Mich fasziniert das Leben, wie es früher war. Du kannst mir gerne ein paar Einleger basteln, dann muss ich die Seiten nicht mehr beschädigen.«

»Das nennt sich Lesezeichen«, murmelte sie schmunzelnd.

Zum Glück schien sie sich beruhigt zu haben.

Okay, sie wollten sich ja unterhalten. Doch wie fing er am besten an?

Tief durchatmend schob er die Hände in die Hosentaschen und überlegte, sich neben Skye auf die Matratze zu setzen. Da fiel sein Blick auf das große Bild mit dem Apfelbaum. Es stand nicht mehr genau an seinem alten Platz. Hatte sie einen Fluchtweg gesucht?

Er verkniff sich einen dummen Spruch, wie: *Wolltest du umdekorieren?*, und ignorierte sein Magengrummeln. Skye wollte nicht hier bleiben. Dabei würde ihm der Gedanke gefallen, dass sie ihr gemeinsames Heim einrichtete. Doch irgendwie passte diese Vorstellung auch wieder nicht. Viel lieber würde er mit ihr durch die Gegend streifen. Sie war ein Nomadenkind, das sich nicht einsperren ließ, und er sehnte sich ebenfalls unendlich nach der großen weiten Welt. Dort draußen gab es noch so viel zu entdecken.

Anstatt sich neben sie zu setzen, blieb er stehen und wippte leicht mit den Füßen. Wo sollte er bloß beginnen? Sollte er ihr alles erzählen, in der Hoffnung, dass sie ihn so nehmen würde, wie er war?

Du musst sie gehen lassen, verflucht!

Skye stand auf und stellte sich vor ihn, wobei der Blick aus ihren wunderschönen dunklen Augen musternd über ihn glitt. »Wieso versteckst du dich ausgerechnet bei den Slashern?«

»Hier ist es den Leuten egal, wer ich bin.«

Skeptisch kniff sie die Lider zusammen. »Du würdest sie ohnehin vergessen lassen, sollten sie es herausfinden, oder?«

Suchte sie schon wieder Streit?

»Hier gibt es ein paar ziemlich üble Leute, Skye«, erwiderte er leise, aber mit einem warnenden Unterton. »Ich halte lediglich ihr Temperament im Zaum.« Sie hatte keine Ahnung, auf was er alles verzichten musste, nur damit sich diese Wilden nicht gegenseitig zerfleischten. Er durfte keinem näherkommen, konnte niemandem seine Geschichte anvertrauen, keinen wirklich an sich heranlassen. Außerdem zerrte es ihn körperlich und geistig aus, die Leute zu programmieren und seine Regeln immer wieder aufzufrischen. Er war Teil dieser Gemeinschaft, hielt sie zusammen und … profitierte von ihr, das wollte er nicht leugnen. Müsste er sich da draußen allein herumschlagen, hätte er bestimmt ein weniger angenehmes Leben.

Skye ging zur Tür, lehnte sich an den Rahmen und warf einen Blick in den düsteren Flur, bevor sie ihn wieder anschaute. »Ich habe gesehen, dass hier viele Aussätzige wohnen.«

»Ja, weil sie in Oasis niemand haben will.«

Schuldbewusst senkte Skye den Kopf.

»Hier ist nicht alles schlecht, Prinzessin.« Verox musste aufpassen, selbst ruhig zu bleiben. »Diese Menschen können sonst nirgendwohin.« Er hatte den Kundschaftern befohlen, sie alle aufzusammeln und hierher zu bringen. Die Gemeinschaft sorgte für sie. So sollte es sein, das wusste er genau, auch wenn seine Erschaffer mit grausamer Härte versucht hatten, ihm sein angeborenes Mitgefühl auszutreiben. Außerdem: Wenn er etwas Gutes tat, würde auch ihm eines Tages etwas Gutes geschehen. Daran glaubte er fest.

»Braucht ihr die Medikamente für die Aussätzigen?«

Er nickte. »Und für die anderen natürlich auch. Die Leute sterben hier weg wie die Fliegen, vor allem Kinder und alte Menschen.«

»Sie könnten nach Oasis kommen. Wir haben dort einen Arzt und außerdem unterstützt uns die Regierung von Royal City.«

»Niemand will diese Menschen in Oasis, Skye.« Wollte sie ihn schon wieder dorthin locken? »Keiner würde Kranke und ehemalige Plünderer aufnehmen wollen.«

»Ehemalige?«, rief sie und riss die Augen auf. »Sie schrecken nicht vor Gewalt zurück, wenn sie Oasis überfallen. Siedler sind ihretwegen ums Leben gekommen!«

Verox knurrte leise vor Zorn. Offenbar hatte er seine Leute doch nicht so gut im Griff, wie er dachte. »Sie haben den Befehl erhalten, keinem zu schaden. Vielleicht war es niemand von hier.«

Als sie nicht antwortete, sondern ihn nur nachdenklich anstarrte, überlegte er, wie er sie weiterhin milde stimmen konnte. Vielleicht sollte er ihr erst das Bad und Essen anbieten. Reden konnten sie später immer noch. »Hast du Hunger?«

»Ein bisschen.«

»Dann komm mit.« Er wartete, bis sie den Raum verlassen hatte, und sperrte ihn ab. Anschließend ging er voran, ohne zu schauen, ob Skye ihm folgte. Als er ihre leichten Schritte hinter sich hörte, atmete er auf.

***

Im ehemaligen Schwimmbad der Wohnanlage gab es ebenfalls keinen Strom. Deshalb nahm Verox Skye an der Hand und manövrierte sie durch den geräumigen, gefliesten Badebereich, vorbei an dem großen leeren Becken und weiter nach hinten. Dort bog er mit ihr um die Ecke, und der alte Whirlpool wurde sichtbar. Marisa stellte gerade Kerzen auf den breiten Rand, während sich die runde Wanne schnell mit Wasser füllte. Das Rohr ragte über dem Becken aus der Mauer, und die Wasserzufuhr ließ sich mit einem Hebel regulieren.

Verox war sehr stolz auf seine Konstruktion. Er und ein paar kräftige Leute hatten vor einem Jahr dicke Rohre vom East River bis zum Gebäude verlegt. Zum Glück befand sich der Fluss in direkter Nähe. Schwarze Leitungen führten das Wasser ein Stück an der Oberfläche entlang, damit die Sonne es erwärmen konnte.

Schaum bildete sich auf der Oberfläche des Beckens und es roch nach Blumen. Marisa hatte seinen Lieblingsduft ins Bad geschüttet, eine Essenz, die sie selbst aus Blüten und Seife herstellte.

Mit großen Augen drehte sie sich zu ihnen um. »Ihr seid schon da! Ich hatte noch keine Zeit, das Essen zu holen.« Lächelnd streckte sie Skye die Hand hin. »Mein Name ist Marisa.«

»Skye …«

Die beiden begrüßten sich, wobei ihm Skye schon wieder einen leicht vorwurfsvollen Blick zuwarf.

Damit sie nicht dachte, Marisa wäre seine Sklavin, sagte er schnell: »Ich hole das Essen.«

Sichtlich überrascht hob Marisa die Brauen, erwiderte jedoch nichts.

Verox räusperte sich und deutete auf das Wasser. »Du kannst ja solange ein Bad nehmen, Skye.«

»So, kann ich das?«, erwiderte sie leicht schnippisch, wobei sie die Arme vor der Brust verschränkte und ihn provozierend musterte. »Willst du mir dabei zusehen?«

»Ich werde dafür sorgen, dass dich keiner stört«, knurrte er und marschierte davon.

Diese Frau schaffte es innerhalb einer Sekunde, ihn auf die Palme zu bringen. Natürlich würde er sie zu gerne beim Baden beobachten, er war schließlich ein Mann, der bereits zu viele Jahre allein lebte und Bedürfnisse hatte, die er sich nur selten zu stillen erlaubte – vor allem wegen seines Biestes. Danach ließ er die Frauen jedes Mal vergessen, dass sie bei ihm gelegen hatten. Wenn er sich nicht unauffällig verhalten müsste und seine Energien nicht benötigen würde, um den wilden Haufen zu kontrollieren, könnte er jede Nacht eine andere in seinem Bett haben; schließlich mangelte es ihm hier unten nicht an Partnerinnen. Er spürte die Blicke vieler Frauen auf sich – trotz seiner »Programmierung«. Wahrscheinlich, weil er ihrem Ideal entsprach: groß, stark und mit ziemlich ebenmäßigen Gesichtszügen. Dafür sorgten die Warrior-Gene in ihm.

Es war ihm zwar peinlich, aber seine scharfen Ohren hatten mehr als einmal ein Seufzen oder die Worte »gutaussehend« und »sexy« aufgefangen, wenn er an anderen vorbei ging. Sogar ein paar der Männer folgten ihm mehr oder weniger heimlich mit Blicken.

Anonymer Sex war aber nicht das, was er wollte. Er sehnte sich nach einer Partnerin, mit der er dauerhaft zusammenlebte, mit der er all seine Geheimnisse teilen konnte und die ihn so akzeptierte, wie er war.

Ein Mal, wirklich nur *ein einziges Mal*, hatte er daran gedacht, eine Frau zu manipulieren, damit sie mit ihm schlief, weil er sie wirklich gewollt hatte: Marisa. Mit ihrer hilfsbereiten Art hatte sie ihn ein wenig an Skye erinnert. Sie kümmerte sich um ihn, versorgte ihn mit allem Nötigen – und er hatte sich in sie verliebt.

Als sie seine Gefühle nicht erwiderte, wollte er seine Gabe benutzen, war aber rechtzeitig über sich selbst erschrocken. Dann wäre er nicht besser gewesen als Dr. Alice Montgomery.

Was die Beziehung zu Frauen betraf, hatte ihn dieses Miststück völlig zerstört. Er fragte sich, ob er jemals normalen Sex haben könnte, ohne an die geisteskranke Ärztin zu denken.

Auch wenn aus seiner Verliebtheit zu Marisa längst Freundschaft geworden war, kannte sie keines seiner Geheimnisse. Im Grunde wusste sie nichts über ihn. Die Angst, von seinen ehemaligen Peinigern aufgespürt zu werden, saß auch heute noch tief. Doch dank Skye züngelte ein kleiner Hoffnungsschimmer in ihm. Was, wenn seine Schöpfer wirklich vernichtet waren? Er musste es herausfinden!

Während er durch das dunkle Schwimmbad ging, vernahm er hinter seinem Rücken, wie Skye leise zugab: »Das Wasser sieht tatsächlich verlockend aus.«

»Es ist auch wirklich herrlich«, pflichtete ihr Marisa bei. »Und du bist hier sicher. Verox passt auf uns auf, und ich werde nicht von deiner Seite weichen, wenn du willst ...«

Es hörte sich an, als würden die beiden Frauen eine Weile ohne ihn auskommen. Deshalb verließ er den Badebereich und machte sich auf den Weg in die Küche, um für Skye die besten Lebensmittel zu suchen, die er auftreiben konnte.

Schon beim Betreten des Raumes spürte Verox instinktiv, dass etwas nicht stimmte. Ärger lag in der Luft und es herrschte eine ungewöhnliche Stille. Keith, der offizielle Anführer der Slasher, stand mit dem Rücken zu ihm vor der Kochstelle und warf ein Bündel toter Ratten vor Lasis Füße. Zwei von Keith' Lakaien hatten den alten Mann eingekreist. Sonst war niemand hier.

»Ich will nicht wieder so eine Wassersuppe wie beim letzten Mal vorgesetzt bekommen!«, rief Keith ungehalten, während er Lasi am Kragen packte. »Heute Mittag will ich eine richtige Mahlzeit, oder ich verarbeite dich zu Brei!«

Der Koch starrte Keith bloß erschrocken an und hing wie versteinert in dessen Griff; Keith' Speichellecker, die täglich mit ihm draußen herumstreunten, grinsten nur blöd.

Alle drei Männer waren kaum voneinander zu unterscheiden,

rasierten sich das Kopfhaar, sodass ihre Glatzen im grellen Deckenlicht glänzten, und trugen ärmellose Shirts sowie durchlöcherte Armeehosen. Keith war der größte und kräftigste von ihnen. An seinem Gürtel baumelten eine Machete, diverse kleinere Messer und eine Zwille, die die Durchschlagskraft einer Schusswaffe besaß. Eine Pistole oder einen Revolver hatte Verox ihm nicht »erlaubt«, genau wie seinen Schoßhündchen.

»Wir reißen uns da draußen jeden Tag und sogar nachts den Arsch auf, damit ihr was zum Fressen habt«, knurrte Keith und nickte dem Lakaien zu seiner Linken zu. »Eine Raubkatze hat heute Morgen fast Trevor angefallen. Wir setzen unser Leben aufs Spiel, während ihr es euch hier gemütlich macht!«

Wut sammelte sich in Verox' Bauch. Er wusste, was Keith wirklich mit seinen Leuten trieb: Anstatt auf die Jagd zu gehen, suchten sie überwiegend nach Alkohol und anderen berauschenden Genussmitteln, mit denen sie sich die Birne aufweichten. Die meiste Nahrung fanden die Sammler: alte Konservendosen, herumstreunende Tiere, genießbare Pflanzen und Früchte.

Mit ein bisschen Wehmut dachte er an Tyron, seinen besten Sachensucher und Jäger, den die Siedler gefangen hielten. Verox musste ihn dringend befreien! Aber dazu müsste er zurück nach Oasis, und er wollte Skye nicht allein hier lassen.

»Alle beruhigen sich jetzt.« Verox legte von hinten eine Hand auf Keith' Schulter und konzentrierte sich hart, um seine mentalen Befehle an alle drei Männer zu schicken. Dabei durchforstete er auch Keith' Gedächtnis nach Informationen über die Raubkatze. Verox ging Nacht für Nacht nach draußen, um nach großen Tieren zu suchen, die sie alle für mehrere Tage ernähren konnten. Raubkatzen hatte er jedoch schon länger keine mehr gesehen, ihre Präsenz aber gespürt. Es war, als würden die Tiere ihn und die Gefahr, die er für sie bedeutete, wittern.

Verox konzentrierte sich weiter auf Keith und fand in ihm tatsächlich die Information, die er brauchte: Ein humpelnder Löwe mit struppigem Fell hatte die Männer müde angeknurrt, woraufhin sie das Weite gesucht hatten. Das an der Flanke verletzte Tier, das kaum noch laufen konnte, wäre für Keith und seine Leute ein leichtes Ziel gewesen. Und für den Löwen wäre es einer Erlösung gleichgekommen, wenn sie seinem Leiden ein Ende bereitet hätten. Wahrscheinlich hatten sich seine Artgenossen oder die Aasgeier längst über ihn hergemacht.

Verox redete ruhig und leise auf die Männer ein, wobei er sie weiterhin mental befeuerte. »Lasi macht seinen Job so gut er kann. Sein Essen wird euch in Zukunft hervorragend schmecken.«

Keith ließ den Koch los und nickte mechanisch, die anderen murmelten ihre Zustimmung.

Verox lächelte Lasi an und sagte: »Ist es nicht nett von Keith und seinen Männern, sich bei dir für das gute Essen zu bedanken?«

Der alte Inder schaute ein wenig zweifelnd, nickte aber dann zufrieden und machte sich mit Eifer wieder an die Arbeit.

Keith brummte noch etwas Unverständliches und verzog sich mit seinen Handlangern aus der Küche.

Verox mochte den Kerl nicht, aber die Leute hörten auf ihn und er koordinierte diesen Haufen ansonsten nicht schlecht. Solange Verox ihn im Zaum halten konnte, gab es auch keine Veranlassung, etwas an der Situation zu ändern. Außerdem konnte er Keith auf diese Weise am besten im Auge behalten, denn an der Spitze machte er am wenigsten Ärger. Es steckte leider nur so viel Wut in Keith, dass Verox dem Kerl regelmäßig ins Gewissen reden musste.

Das alles nervte ihn. Er wünschte, dieser Zustand würde bald ein Ende nehmen. Er fühlte sich nur noch müde und ausgelaugt.

***

In einem kleinen Korb trug Verox etwas von Lasis selbstgemachter Rattenwurst bei sich, frisch gebackenes Brot, eine Flasche Orangensaft und zwei Äpfel, die ihre Sammler gestern in einem verwilderten Park geerntet hatten. Als er den Badebereich betrat und neben dem leeren Schwimmbecken durch den dunklen Teil marschierte, hörte er Skye und Marisa miteinander reden.

»Warum bist du hier?«, fragte Marisa. »Hat Ver dich draußen aufgesammelt?«

»So würde ich es nicht unbedingt bezeichnen«, antwortete Skye murmelnd.

Verox verharrte in der Dunkelheit. Er wollte nicht lauschen, doch er war zu gespannt, was Skye von ihm hielt und was sie über ihn erzählte. Sie erwähnte allerdings nicht, dass er sie mehr oder weniger entführt hatte.

»Wieso lebt ihr hier unten?«, fragte Skye. »In ewiger Dunkelheit, ohne Sonnenlicht? Ich würde verrückt werden.«

Ein Stich durchzuckte seine Brust. Verox wusste genau: Er konnte eine Frau wie Skye nicht einsperren. Plötzlich stand ihm wieder vor Augen, dass er sie alles vergessen lassen und sie zurück nach Oasis bringen musste. Hier würde sie niemals glücklich werden.

»Ich mag die Dunkelheit und diese drückende Enge auch nicht«, erklärte Marisa. »Aber wir sind hier am sichersten. Außerdem müssen wir kaum noch Hunger leiden, wir haben Wasser und elektrisches Licht. Ver hat tolle Ideen.«

Er wusste, dass er viel von diesen Menschen verlangte. Sie könnten sich an der Oberfläche in einem ehemaligen Park niederlassen, genau wie die Siedler in Oasis. Ja, die meisten hatten vorher unter dem alten Anführer und später unter ihm dort gelebt, bevor er mit ihnen den Ort verlassen hatte und untergetaucht war.

»Wer ist euer Feind?«, wollte Skye wissen. »Vor wem versteckt ihr euch?«

Marisa zögerte. Verox hatte den Slashern keinen genauen Grund genannt, warum sie ausgerechnet hier lebten, denn sie hörten ohnehin immer auf seine mentalen Befehle.

»Ich glaube«, begann Marisa, »wir verstecken uns vor gefährlichen Tieren und wilden Bestien. Dazu zählen auch böse Menschen, die uns ausrauben und töten würden, sollten sie erfahren, wie relativ gut wir hier leben.«

Verox hörte, wie Skye schnaubte. Die Siedler in Oasis hielten diese Gemeinschaft für die Bösen, für Plünderer und Mörder. Aber an diesem Ort gab es genauso gute oder schlechte Menschen wie woanders auch.

»Ihr lebt auf einer Insel!«, rief Skye. »Hier gibt es sicher keine Tiere mehr. Bestimmt habt ihr sie längst alle gegessen.«

Fuck, sie wusste, wo sie sich befanden! Natürlich, Skye war ein schlaues Mädchen und sie kannte als Sammlerin die ehemalige Stadt New York wie kaum ein anderer. Sie verhielt sich auch viel zu neugierig, doch er wollte nicht einschreiten. Noch nicht.

Als er das Plätschern von Wasser vernahm, sprang sofort sein Kopfkino an. Saß Skye in der Wanne? Nackt?

Seine Füße setzten sich wie von allein in Bewegung. Während er mit einer Hand den Essenskorb an seine Brust presste, zog ihn das Plätschern geradezu magisch an. Er wollte nur einen klitzekleinen Blick auf Skye werfen.

Sein Biest, hingegen, wollte sie ausgiebig betrachten, sie zwischen den Beinen lecken und …

Er unterdrückte ein Knurren, rückte durch den Stoff der Hose seine beginnende Erektion zurecht und bog langsam um die Ecke. Allerdings hielt er sich weiterhin in den Schatten verborgen. Keine der Frauen würde ihn bemerken.

Kerzen standen neben einem niedrigen Stapel Handtücher um den Rand des kleinen Pools und warfen flackernde Silhouetten an die gefliesten Wände. Skye saß bis zu ihren Brüsten im schäumenden Wasser, während Marisa am Rand hockte und die zahlreichen Zöpfchen löste.

Verox hatte jedoch nur Augen für Skye, oder besser gesagt: für ihre leicht mit Schaum bedeckten weiblichen Rundungen.

Verflucht, er hatte nie etwas Schöneres gesehen! Ihre Haut ähnelte der Farbe von Milchkaffee, und Verox stellte sich vor, Skye würde in einer großen Tasse davon sitzen, umflossen von Milchschaum. Kaffee war das Einzige, das er aus seinem alten Leben vermisste, gerade jetzt, wenn er sich unendlich müde und erschöpft fühlte.

Fuck, er brauchte endlich Vitamine!

Früher hatte er von den Ärzten seinen täglichen Vitamin- und Mineralstoffcocktail bekommen; damals hatte er schließlich auch die meiste Zeit im Untergrund oder in der Einrichtung unter der

Kuppel gelebt und keine Sonne gesehen. Vielleicht konnte ihm Skye bei der Beschaffung helfen? Sie wusste vielleicht auch, in welcher Ruine es noch Medizin gab, die seine Leute dringend benötigten.

Verox konnte sich nicht dazu überwinden, Skye vergessen zu lassen – nicht jetzt, während er sie so sah. Er begehrte sie nur noch mehr.

Das Biest in ihm knurrte leise, bäumte sich auf und wollte sich zu ihr in die Wanne stürzen, um Skye zu ficken, doch Verox hielt es eisern zurück. Er würde nie etwas tun, was seiner Wüstenprinzessin schadete. Niemals! Von seinem Posten aus beobachtete er sie und musste sich mit dem herrlichen Anblick zufriedengeben.

Marisa löste einen Zopf nach dem anderen und kämmte die Strähnen mit einem feinzinkigen Kamm durch.

»Ich habe wirklich kein Ungeziefer?«, fragte Skye.

»Nein, nur ein paar Spinnweben und Schmutz. Ver ist der sauberste Mann, den ich kenne.«

Verox' Mund klappte auf. Glaubte sie, er hätte ihr Läuse übertragen? Jetzt fühlte er sich ernsthaft gekränkt! Wieso dachte sie das von ihm?

Weil du aussiehst wie ein Wilder, du Idiot!, antwortete seine innere Stimme.

Oder wollte sie ihn bloß ärgern?

Als sie den Kopf hob und das Gesicht genau in seine Richtung drehte, hielt er die Luft an. Spürte sie seine Nähe? Sehen konnte sie ihn unmöglich!

Als sie Marisa erklärte: »Wir sind durch einen Tunnel gegangen, in dem lauter ekliges Zeug von den Wänden hing«, entspannte er sich.

Nachdenklich rieb er sich über den Bart. Vielleicht wurde es Zeit, das Gestrüpp aus seinem Gesicht zu entfernen. Es nervte ihn ohnehin.

»Du hast wundervolles Haar.« Lächelnd kämmte Marisa die nächste Strähne durch. »Noch weicher als das von Ver. Ich muss es ihm auch ab und zu flechten. Dir mache ich ebenfalls gerne neue

Zöpfchen, wenn du möchtest.«

»Du nennst ihn ständig *Ver*.« Skye klang nicht sehr erfreut darüber. »Ihr müsst euch sehr nahe stehen.«

Ihre Eifersucht gefiel ihm außerordentlich gut. Aber nicht so gut wie ihre Brüste, die im Moment ganz aus dem Schaum spitzten. Sie besaßen die perfekte Form. Prall. Wunderschön.

Marisa lächelte wissend und lugte kurz über Skyes Schulter. »Wir sind bloß Freunde. In meinem Leben gibt es schon jemanden.«

Dannika, wusste Verox. Marisas Geliebte lag auf der Krankenstation, weil sie sich das Bein gebrochen hatte. Doch es heilte bisher ohne Komplikationen. Schon bald würde sie wieder laufen können.

Es gefiel Verox nicht, wie Marisa Skye betrachtete. Er wollte plötzlich, dass sie ging!

Doch die dachte natürlich nicht daran. Nachdem sie alle Zöpfe aufgelöst hatte, wusch sie Skye das Haar, und beide genossen es sichtlich.

Das Biest in ihm knurrte erneut, während sich Verox nicht an Skye sattsehen konnte. Losgelöst und mit geschlossenen Augen ließ sie sich die Kopfhaut massieren und anschließend unter dem Wasserrohr die Seife aus dem Haar spülen. Es wirkte nun länger und bedeckte ihre Schultern. Verox wollte die Finger darin vergraben, ihren Kopf zurückdrücken und sie auf ihren schlanken Hals küssen. Sein Schwanz pochte mittlerweile so hart, dass er ihn dringend aus der Enge seiner Hose befreien musste.

Nein, du musst dich abkühlen!

Tief atmete er durch, bezwang sein Biest so gut er konnte und straffte sich.

Gerade, als er sich zeigen wollte, fragte Skye: »Was hältst du von Verox?«, und drehte sich zu Marisa um.

Lächelnd antwortete sie: »Ich mag ihn sehr. Er spricht ruhig mit den Leuten und hat großen Einfluss auf sie, besonders auf Keith, unseren Boss. Ver hat eine ganz besondere Art, mit den Menschen hier umzugehen.«

Fuck! Er hätte Marisa doch die eine oder andere Gehirnwäsche verpassen sollen.

»Weißt du … was er ist?«, hakte Skye nach.

Marisas Stirn legte sich in Falten. »Wie meinst du das?«

Verox betete, dass Skye nichts sagte. Die Slasher ahnten nicht einmal, dass er ein Warrior war.

Als Marisa nicht antwortete, fragte Skye: »Weißt du, woher er kommt?«

»Er ist ein Wanderer, stammt von weit her aus einer fremden Siedlung, die hinter der Wüste liegt. Er spricht nicht viel darüber und wirkt unglücklich, wenn man das Thema anschneidet. Deswegen mache ich das nicht mehr. Ich glaube, seine ganze Familie wurde ausgelöscht. Nur Eines weiß ich sicher: Für mich ist er unser wahrer Anführer.«

Kapitel 7 – Skye – Badetag

Wahrer Anführer? In Skye klingelten alle Alarmglocken. Sie hatte es die ganze Zeit geahnt!

Sofort drehte sie sich um und starrte in die Dunkelheit. Sie bildete sich ein, in der Schwärze des Raumes ein glühendes Augenpaar zu erkennen und Flynns Anwesenheit zu spüren. Bestimmt lauerte er irgendwo in der Nähe. Außerdem glaubte sie, seine Blicke auf ihren Brüsten zu fühlen.

Schnell rutschte sie tiefer ins lauwarme Wasser, das sie wohl bald zum Kochen bringen würde – und zwar vor Wut.

Flynn alias Verox war der Anführer der Slasher!

So viel zum Thema: Er war nicht ihr Feind.

Er war ihrer aller Feind!

Skye hörte einen Moment lang kaum noch, was Marisa erzählte, denn die Umgebung drehte sich vor ihren Augen. Flynn hielt diese Menschen also alle hier unten fest, damit ihn niemand aufspürte und die Slasher für ihn sorgten. Oder? So war das doch?

Sie wusste plötzlich nicht mehr, wem oder was sie noch glauben sollte und konnte.

Als Marisa sagte: »Er ist ein guter Mann«, kehrte Skye langsam wieder in die Realität zurück. »Die Kerle, die uns früher unterdrückt haben, hören auf ihn. Er braucht nur in Ruhe mit ihnen zu reden, und sie folgen seinem Rat.«

Skye ahnte, wie dieses »Reden« aussah, sagte aber nichts. Anscheinend wusste hier keiner, über welche Fähigkeit Flynn verfügte. Mehr denn je glaubte sie, seine brennenden Blicke auf ihrer nackten Haut zu fühlen.

»Er wird dich gut behandeln«, erklärte Marisa. »Zu uns Frauen ist er immer rücksichtsvoll.«

Rücksichts…voll? Alarmiert starrte sie erneut in die Schwärze, wandte jedoch schnell den Blick ab.

Nahm Marisa an, dass sie sein neues Betthäschen wäre? Hatte Flynn sie deshalb hergebracht?

Ich habe gespürt, wie es zwischen uns geknistert hat, dachte sie und erinnerte sich an ihre Erregung, als er sie durch den Tunnel getragen hatte. Waren ihre Gefühle echt gewesen oder war sie ein Opfer seiner Manipulationen geworden?

»Hattet ihr mal was miteinander?«, platzte es aus ihr heraus.

Marisa wischte sich die feuchten Hände an ihrer Schürze ab und mied Skyes Blick. »Nicht auf sexueller Ebene, falls du das meinst.«

»Aber er hatte andere Frauen in seinem Bett?« Sofort biss sie sich auf die Zunge. Was, wenn Flynn wirklich zuhörte? Sie klang wie seine eifersüchtige Freundin!

Marisa kaute auf ihrer Unterlippe herum, doch schließlich öffnete sie den Mund. »Also …«

»Bin wieder da!« Flynn kam aus der Schwärze des Raumes geschossen und stellte einen Korb auf den Rand der Wanne. »Hab das Essen«, raunte er. Sein dunkler, raubtierhafter Blick brannte sich in Skyes Haut.

Er war da gewesen, die ganze Zeit!

Mehr denn je sah er aus wie ein Wilder. Er atmete schwer, als wäre er erregt, und diese enorme Beule in seiner Hose verriet Skye, dass sie richtig lag.

Oh Gott, was hatte er vor? Und warum reagierte ihr verräterischer Körper mit Lust auf sein ungezähmtes Äußeres? Zwischen ihren Schenkeln pochte es sanft.

Sofort rutschte sie noch tiefer ins Wasser, sodass ihr Kinn die Schaumreste an der Oberfläche berührte, die sich leider schon fast alle aufgelöst hatten. Bald würde er alles sehen können!

Marisa hob Skyes Kleidung vom Boden auf und drückte sie an ihre Brust. Dann nahm sie eine Kerze in die andere Hand. »Ich lasse euch nun allein.« Zu Skye sagte sie lächelnd: »Ich mache deine Sachen für dich sauber.«

Das musst du nicht, wollte sie erwidern, aber da war Marisa schon verschwunden und sie allein mit Flynn. Dem Boss der Slasher.

Verdammt, und sie saß hier splitternackt in einer Wanne!

Flynn starrte sie immer noch an, als wollte er sie auffressen. Ein leises Knurren vibrierte in seiner Kehle, und er stand einfach nur da und ballte die Hände zu Fäusten.

Skye konnte nicht den Blick von ihm abwenden. Er wirkte auf sie wie ein stolzer Krieger aus einer längst vergangenen Zeit und strahlte mit dem nackten, muskulösen Oberkörper und den zahlreichen Zöpfchen eine raue Wildheit aus, die ihr gefiel. Bloß der Bart störte sie. Wie Flynn wohl jetzt darunter aussah?

Die Stille, in der nur ab und zu Flynns leises, erregtes Knurren zu vernehmen war, zog sich in die Länge. Keiner von ihnen schien zu wissen, was er sagen sollte.

Als er plötzlich an seiner Hose herumnestelte, schluckte Skye schwer. »Was hast du vor?«

»Ich will mich auch waschen.«

Schnell zog sie ein Handtuch vom Rand und hielt es vor ihre Brüste. »Dreh dich um!« Falls er glaubte, sie würde mit ihm in der Wanne bleiben, hatte er sich geschnitten.

Er drehte ihr tatsächlich den Rücken zu, hörte aber nicht auf, sich zu entkleiden. Gemächlich schlüpfte er aus seinen Stiefeln; danach glitt die Hose über seinen knackigen, verdammt lecker aussehenden und perfekt geformten Männerhintern.

Skye saß wie gelähmt im Wasser und konnte nur auf diesen makellosen Körper starren. Mühsam schüttelte sie die Lethargie ab, die sie plötzlich befallen hatte, und stellte sich hin. Dann schlang sie sich das Tuch um den Leib, sodass es gerade ihre Brüste sowie ihre Scham verbarg, und stieg aus der Wanne.

Als sie an Flynn vorbeischlich, schoss seine Hand hervor und packte sie am Arm. »Wo willst du hin?« Seine Stimme hallte dunkel und ein wenig bedrohlich durch den Badebereich.

»In dein Zimmer«, antwortete sie kleinlaut, ohne ihn anzuschauen. Seine Blicke spürte sie allerdings überall auf sich und sie schienen Löcher in ihr Handtuch zu brennen.

»Du bleibst hier«, befahl er rau. »Iss was, solange ich mich frischmache. Bei mir bist du in Sicherheit.«

»Ach ja?«, erwiderte sie aufmüpfig und wagte es endlich, ihn anzusehen. Großer Fehler! Denn ihr blieben sämtliche Beschimpfungen im Hals stecken.

Oh Himmel, sah er heiß aus! Sein breiter Oberkörper verjüngte sich an den Hüften, sodass er fast dem Buchstaben V ähnelte, und sämtliche Muskeln schienen in seiner Körpermitte zusammenzulaufen. Skye erwartete, dass er dort noch genauso behaart war wie früher, als sie ihn nackt und halb verbrannt am Rand der Wüste gefunden hatte. Doch seine Schamgegend wirkte ausgesprochen gepflegt mit den gestutzten Haaren und … Hilfe, was für ein Gerät! Sein Penis stand hart von seinem Unterleib ab und ragte leicht schräg nach oben. Seine Eichel glänzte prall, und ein durchsichtiger Tropfen funkelte darauf.

Natürlich hatte sie schon die eine oder andere Erektion gesehen und diese hier erschien ihr auch nicht länger als gewöhnlich. Na gut, ein bisschen, vielleicht, aber mit solch einem beachtlichen Umfang und großen Gehänge hatte keiner ihrer Liebhaber dienen können. Flynns Gesamtpaket war wirklich beeindruckend.

Du grüne Neune, warum philosophierte sie denn über seinen Schniedel?

Abrupt wandte sie den Blick von seiner Leistenregion ab und wurde mit Flynns teuflischem Lächeln konfrontiert. Er wusste genau, worüber sie sich in den letzten Sekunden den Kopf zerbrochen hatte.

Peinlich! Verdammt, verdammt, oberpeinlich!

Ihr Gesicht stand in Flammen, genau wie der Rest ihres Körpers. Oh Gott, ihr war nie heißer gewesen als jetzt! Die Wüstensonne war ein Eisball gegen die Hitze in ihrem Inneren, und ihr Schoß pochte heftig.

Skye glaubte, Flynn würde jede Sekunde über sie herfallen, denn immer noch wirkte er beinahe wie ein wildes Tier. Sie bildete sich sogar ein, kurz das Antlitz eines Löwen auf seinem Gesicht zu sehen. Er starrte sie an, atmete schnell und schien jeden Muskel anzuspannen. Doch schließlich drehte er sich um und stieg in die Wanne.

Skye stieß den angehaltenen Atem aus und merkte erst jetzt, wie stark ihre Beine zitterten. Am liebsten hätte sie sich auf den Beckenrand gesetzt, doch sie zog es vor, Sicherheitsabstand zu halten. Deshalb schnappte sie sich schnell den Korb und wich gute zwei Meter in den Schatten zurück. Dort befand sich eine Steinbank, auf die sie sich niederließ.

Okay, sie würde jetzt den Inhalt des Korbes inspizieren und Flynn nicht weiter beachten – was schwer war, weil er sie ununterbrochen anstarrte. Er hatte die Arme auf dem Rand abgelegt, sich gemütlich zurückgelehnt und grinste selbstgefällig. Sicher konnte er sie hier im Dunklen sitzen sehen.

Als ein Schwall Feuchtigkeit drohte, aus ihr herauszulaufen, schlug sie die Schenkel zusammen, doch das sorgte nur dafür, dass der angenehme Druck auf ihre Klit das Pochen verstärkte.

Verflixter Kerl!

Blindlings griff sie in den Korb, holte ein Stück Brot hervor und biss hinein. Mmm, der leicht salzige Teig war herrlich weich und löste sich fast von allein in ihrem Mund auf. Erst jetzt merkte sie, welchen Hunger sie hatte, und verschlang das Brötchen mit wenigen Bissen.

»Kannst du mir bitte mal ein Messer geben?« Flynn deutete auf die Hose, die neben seinen Stiefeln auf dem Boden lag. »Das große auf der rechten Seite.«

Ein Messer?

Sofort spannten sich wieder all ihre Muskeln an. »Wozu brauchst du das?«, fragte sie und verfluchte sich, weil ihre Stimme leicht zitterte.

Eine seiner perfekt geschwungenen Brauen hob sich, bevor er leicht amüsiert antwortete: »Ich würde mich gerne rasieren, Wüstenprinzessin.«

Skye zögerte kurz. Das kleinere Übel wäre tatsächlich, ihm die Klinge zu bringen. Ansonsten würde er sich garantiert wieder mit seiner vollen Pracht vor ihr präsentieren.

Sie stellte den Korb neben sich auf die Bank, ignorierte die Creme, die an der Innenseite ihrer Oberschenkel nach unten lief, und zog das passende Messer aus seinem Gürtel. Dann hielt sie es ihm so hin, dass die funkelnde Spitze fast sein Auge berührte. »Hier, bitte.«

Er nahm es ihr ab, ohne mit der Wimper zu zucken und ohne auch nur für einen Moment den Blick von ihr zu nehmen. »Ich kann deine Lust riechen, Skye«, raunte er. »Macht es dich an, mich nackt zu sehen?«

Er öffnete unter Wasser die Schenkel, woraufhin sich Skye abrupt umdrehte und zu ihrem Platz zurück stapfte. Dabei murmelte sie wütend: »Bilde dir bloß nichts darauf ein.«

Als Antwort erhielt sie ein kehliges Lachen, das wie ein Gewitter durch den gefliesten Raum hallte.

Barbar, durch und durch!

Schwungvoll holte sie eine Glasflasche aus dem Korb, sodass ihr diese beinahe aus den Fingern glitt, und zog den Korken heraus. Dann schnüffelte sie an dem Inhalt. Es war Orangensaft!

Die süß-saure Flüssigkeit perlte ihre Kehle hinab und stillte ihren Durst, zumindest eine Art davon. Ihren Hunger auf Flynn konnte nur er selbst stillen. Doch sollte sie ihm diese Genugtuung geben? Lieber quälte sie sich.

Nicht.

Verdammt!

Aus den Augenwinkeln beobachtete sie, wie er sich mit der scharfen Klinge den Bart abschnitt und die restlichen Stoppeln von der Haut schabte. Er wirkte konzentriert und hatte endlich aufgehört, sie anzustarren.

Schade, eigentlich, denn irgendwie hatte es ihr gefallen, das Objekt seiner Begierde zu sein. Immerhin konnte sie ihn jetzt ausgiebig betrachten; außerdem nutzte sie die Gelegenheit, um sich mit dem Handtuch ihren Lustsaft von den Schenkeln zu wischen.

Nachdem er sich rasiert und das Messer auf dem Rand abgelegt hatte, ähnelte er mehr dem Flynn, den sie gekannt hatte. Bloß ein wenig mehr Fältchen zierten sein männliches Gesicht. Die machten ihn aber nur noch sexyer.

Er wusch sich die langen, geflochtenen Haare, schüttelte sie aus und band sie anschließend mit einer Lederschnur, die er um sein Handgelenk getragen hatte, im Nacken zusammen. Nun sah er wenigstens ein bisschen zivilisierter aus.

»Der Saft ist köstlich«, sagte sie, um die Stille zu unterbrechen.

Sofort blickte er zu ihr. »Das war die letzte Flasche. Aktuell haben wir keine Orangen mehr.«

»In Oasis wachsen welche«, konterte sie, biss sich jedoch sofort wieder auf die Zunge. So einen Mann wie Flynn … Verox sollte sie wohl nicht reizen. »Möchtest du auch etwas?«

Als er nickte, ging sie mit der Flasche zu ihm und reichte ihm diese. Er setzte die Öffnung an seine sinnlichen Lippen und legte leicht den Kopf zurück, während er trank. Skye erlaubte sich einen längeren Blick auf seinen gestreckten Hals, den Kehlkopf, die Kuhle darunter und auf die ausgeprägten Brustmuskeln. Ein Tropfen Saft lief an seinem Mundwinkel herunter, und Skye hätte ihn am liebsten aufgeleckt.

Wie würde Flynn aussehen, wenn er immer noch ein Warrior wäre, dessen Körper durch tägliches Training zusätzlich gestählt würde?

Wahrscheinlich wie ein halber Schrank, der vor lauter Muskeln kaum laufen konnte.

So gefiel er ihr auf jeden Fall besser. Er wirkte ein wenig schmaler und sehniger als die Warrior, die sie bisher zu Gesicht bekommen hatte. Ein bisschen erinnerte er sie an eine gefährliche, schlanke Raubkatze.

Flynn stellte die Flasche auf den Rand und blickte Skye ruhig an. Offensichtlich hatte er sich ein bisschen abgekühlt. Zumindest sah das, was durch das Wasser schimmerte, nicht mehr gar so groß aus.

Möglichst gefasst sagte sie: »Du hast mit keinem Wort erwähnt, dass du der wahre Anführer der Slasher bist.«

»Du hast nicht danach gefragt,« antwortete er leise. Dann schnappte er sich das Messer vom Rand und säuberte damit seine Fingernägel.

Sie schluckte eine spitze Bemerkung und dachte über ihre Lage nach. Vielleicht war es doch ganz gut gewesen, dass sie nicht gleich mit ihm zu June gegangen war. Die Siedler würden ihn wohl lynchen, sollten sie erfahren, dass er die Plünderer anführte. Und ihre Freundin wäre auch nicht begeistert davon. Bloß Flame würde sich vermutlich freuen, einen seiner Brüder wiederzusehen.

Skye setzte sich auf den Rand des kleinen Pools und drehte ihren Oberkörper Flynn zu. »Du hast nicht vor, mich gehen zu lassen. Sonst hättest du mir niemals euer Versteck gezeigt.«

Als er darauf nichts sagte, sondern sich erhob, sprach sie weiter. »Hast du mich mitgenommen, damit ich Medikamente für euch suche? Oder für dich?«

Verflucht, musste der Kerl so nah vor ihr stehen? Feine Rinnsale liefen über seinen gestählten Körper und tropften von seinem Penis – der jetzt entspannt zwischen seinen Beinen hing. Oder *halb* entspannt. Er wirkte immer noch ein bisschen vergrö… *Augen nach oben, Skye!*

Flynn nahm das Messer zwischen die Zähne, während er sich das letzte Handtuch um die Hüften wickelte. Weil er immer noch nicht mit ihr reden wollte, fragte sie frei heraus: »Oder wolltest du eine Frau, die dein Bett wärmt?«

Seine Brauen schoben sich zusammen. Er beugte sich zu ihr herunter und nuschelte, immer noch das Messer zwischen den

Zähnen: »Von denen hätte ich genug zur Auswahl hier.«

»Na ja, dann … Weiß ich nicht, was ich hier soll!«

Als er plötzlich aus dem Becken sprang und sie auf die Arme hob, schrie sie überrascht auf. »Was wird das?«

»Ich trage dich in mein Zimmer. In meinen Armen bist du unsichtbar.«

Ja, weil sicher alle nur auf seinen knackigen Hintern starren würden!

Ihr Herz raste. »Und was hast du dann vor?« Um ihn besser zu verstehen, nahm sie ihm die Klinge aus dem Mund.

»Dort reden wir in Ruhe über alles, was zwischen uns steht.« Er ging kurz in die Knie, um seine Hose aufzuheben, an der seine ganzen Waffen baumelten, und trug Skye durch die Dunkelheit.

Das Messer hielt sie weiterhin in der Hand. Sie bräuchte es nur in seinen Hals zu rammen und Flynn wäre Geschichte. Doch sie wollte ihn nicht verletzen. Sie vertraute ihm auf sonderbare Weise ihr Leben an und er schien ihr nun auch ein bisschen zu vertrauen, andererseits hätte er ihr die Klinge längst weggenommen, oder?

»Ich behalte das Messer als Ersatz, bis ich Bessy zurück habe«, erklärte sie und fuchtelte mit der Schneide vor seinem Gesicht herum.

Er brummte, sichtlich unbeeindruckt von ihrer Drohung, nur etwas Unverständliches, wobei er sie fester an seine Brust drückte, als würde er sie nie mehr hergeben wollen.

Skye gefiel seine besitzergreifende Geste und studierte sein angespanntes Gesicht, als er sie vorbei an den anderen Leuten zu seinem Zimmer trug. Vor der Tür stellte er sie ab, kramte den Schlüsselbund aus seiner Hose und ließ sie ein.

Während sie das Gaslicht entzündete – ohne dabei das Messer loszulassen –, zog er sich die Hose an.

Sie hätte jetzt auch zu gerne ihre Sachen wieder. »Wo ist meine Kleidung?«

»Die bekommst du später.«

»Damit ich bloß nicht abhaue? Ich laufe auch nackt nach Hause, damit habe ich keine Probleme!«

Flynn stand im Türrahmen, griff nach dem Knauf und knurrte: »Ich hole noch meine Stiefel und den Essenskorb.« Dann zog er die Tür zu, sperrte jedoch nicht ab.

Kapitel 8 – Skye – Das Biest in ihm

Oh Mann, was sollte sie jetzt tun?

Sie lugte auf den massiven Riegel vor ihrer Nase und schob ihn kurzerhand vor die Tür.

Warum sperrte sie sich ein? Um Flynns Anziehungskraft nicht zu erliegen? Sie wusste, was sonst kommen würde, doch sie brauchte nun einen kühlen Kopf. Wie sollte es weitergehen?

Als sich nur Momente später der Knauf drehte, zuckte sie zurück. Dann folgte ein Klopfen, und Flynn rief: »Lass mich rein, Skye!«

»Erst wenn du mir sagst, warum du mich hergebracht hast!«

Als er nichts erwiderte, presste sie ihr Ohr gegen die Tür, hörte jedoch nichts. »Du hast gesagt, wir wollten über alles reden!«

Immer noch herrschte draußen Stille.

Mit einem leisen Quietschen schwang plötzlich der Spiegel neben ihr wie eine Tür auf und eine große Gestalt betrat den Raum. Vor Schreck und aus einem Reflex heraus schleuderte sie das Messer auf ihn, noch bevor ihr überrumpeltes Gehirn realisierte, dass es sich bei dem Mann mit dem Korb in den Armen um Flynn handelte. Er konnte gerade noch zur Seite ausweichen, anderenfalls hätte die Klinge seine Brust durchbohrt. So streifte sie seinen Oberarm und blieb in der Wand stecken.

Flynn kniff die Lider zusammen und betrachtete den feinen Schnitt auf seiner Haut, über die ein feines Rinnsal Blut lief. Danach warf er Skye einen bitterbösen Blick zu, schloss die Spiegeltür und blieb einfach an Ort und Stelle stehen.

»Verdammt!« Der Schock saß so tief, dass sie mehrere Sekunden brauchte, um sich zu bewegen. Erst dann lief sie mit weichen Knien die wenigen Schritte auf ihn zu und begutachtete die Wunde. Zum Glück war sie nicht so tief, dass sie genäht werden musste. »Du dummer Kerl! Warum musst du mich so erschrecken?«

»Ich habe nicht erwartet, dass du mich angreifst«, antwortete er ruhig, während ihr beinahe das Herz aus der Brust sprang.

»Ich wollte das wirklich nicht!« Sie nahm seine Hand, um ihn zur Matratze zu führen. Dort drückte sie ihn nach unten und riss ihm den Korb aus den Armen. »Setz dich!«

Während er sich tatsächlich niederließ, suchte sie im Korb nach einem Tuch, fand aber keines und stellte ihn ab. Anschließend joggte sie zurück zur Wand, riss das Messer heraus und hoffte, im Raum ein sauberes Stück Stoff zu finden. Doch hier schien es keines zu geben, und Flynn trug auch nicht mehr das Handtuch, sondern seine Hose und die Stiefel.

»Hast du denn hier nichts, womit ich dich verbinden kann?«

»Das heilt schon wieder.«

Verzweifelt sackte sie neben ihm in die Knie. »Aber es tut sich nichts. Nun heile dich schon!«

»Wie sollte ich das machen, Skye?«, fragte er, wobei er die Stirn runzelte und sie eindringlich anblickte.

Sie dachte an Flame, seine Naniten und … da begriff sie. Flynn besaß ja keinen einzigen dieser winzigen Roboter in seinem Blut! Ansonsten hätte er damals ihre Hilfe nicht gebraucht. Sie erinnerte sich an seine Verletzung im Nacken. Dort hatten ihm die Ärzte den Steuerungschip herausgeschnitten! Ohne den gab es auch keine Nanobots.

Shit! In all dem Trubel hatte sie nicht mehr daran gedacht, dass Flynn genauso verwundbar war wie sie.

Okay, also musste sie ihr Handtuch opfern.

»Augen zu!«, befahl sie und stand auf.

»Damit du mir das Messer nun richtig reinrammen kannst?«

»Sei nicht albern.« Augenrollend drehte sie ihm den Rücken zu, zog sich das Handtuch vom Körper und schnitt mit der Klinge hinein, sodass sie einen Streifen abreißen konnte. Danach legte sie das Messer zur Seite, damit nicht wirklich noch ein Unglück geschah. Dabei spürte sie unentwegt Flynns Blicke auf ihrem nackten Hintern.

Schnell wickelte sie sich das Handtuch wieder um, bloß bedeckte es jetzt kaum noch ihren Unterleib. Deshalb kniete sie sich mit zusammengepressten Schenkeln neben Flynn, begutachtete noch einmal den Schnitt und band den Stoffstreifen behutsam um seinen Arm.

»Ich mag es, wenn du dich um mich kümmerst«, raunte er und hob sie auf seinen Bauch, während er sich zurücklegte. Dann stützte er die Ellenbogen hinter sich ab, sodass er fast vor ihr lag. »Jetzt hast du dich wenigstens beruhigt.«

»Habe ich kein bisschen!« Ihr Herz wummerte weiterhin so heftig, dass es wohl gleich ihre Rippen brechen würde. »Und wir haben immer noch nicht alles geklärt!«

Mit geöffneten Beinen saß sie auf ihm und erlaubte ihm, seelenruhig ihre Scham zu betrachten. Lasziv glitt seine Zunge über die Unterlippe, seine Nasenflügel blähten sich.

Zu ihrem Leidwesen pochte ihr Schoß wieder wie verrückt und sie konnte ihre eigene Erregung riechen. Verdammt!

»Glaubst du, du darfst dir einfach alles nehmen?« Wütend drückte sie ihn an den Schultern ganz zurück auf die Matratze. Am liebsten wollte sie ihn ohrfeigen, weil er so widersprüchliche Gefühle in ihr auslöste. Sie könnte ihn jetzt aber auch einfach küssen – oder hinter sich greifen und eine Waffe aus seinem Gürtel ziehen. Das würde ihm sicher nicht gefallen. »Du beauftragst deine Leute, Oasis zu plündern, und dann entführst du mich auch noch!«

»Wenn du mich für so fies hältst«, knurrte er, wobei es eher erregt als bedrohlich klang, »sollte ich dir eine kleine Demonstration meiner Bösartigkeit geben. Ich sollte dich auf den Rücken werfen, dich auslecken, bis du vor Lust schreist, und dich ficken. Langsam und tief, bis du unter mir wimmerst und nach noch mehr bettelst.« Er fuhr an ihren Oberschenkeln nach oben und legte die Hände auf ihren nackten Hintern. Ihre Haut kribbelte überall, und seine direkten Worte raubten ihr den Atem.

Er tat es schon wieder! Machte sie mit seinem rauen Warrior-oder-was-auch-immer-Charme heiß und brachte jede Zelle in ihr zum Glühen. Dabei sollte sie einen kühlen Kopf bewahren!

Möglichst unauffällig spähte sie zum Spiegel. Hatte sie doch richtig gelegen, dass es noch einen Ausgang geben musste. Die zweite Tür im Flur führte bestimmt zu einem Nebenraum, der sich hinter dem Spiegel befand. Ob es dort einen Weg nach draußen gab?

» … und dennoch bleibst du auf mir sitzen«, sagte er, wobei er von ihr abließ und die Arme neben seinem Kopf anwinkelte, als würde er sich ihr ergeben.

Mist, worüber hatte er gerade geredet? Sie hatte nicht aufgepasst! Außerdem turnte es sie extrem an, wie er sich so wehrlos unter ihr ausstreckte – und das weckte ihren Zorn erst recht! »Ich würde dir wirklich gerne vertrauen, aber du machst es mir immer wieder schwer!«

Sie beugte sich nach vorn, um die Finger um seine Handgelenke zu krallen und seine Arme neben dem Kopf fest in die Matratze zu drücken. »Du bist noch genauso undurchsichtig wie damals, als ich dir das Leben gerettet habe und du einfach abgehauen bist!«

Flynn ballte die Hände zu Fäusten, brach abrupt den Augenkontakt ab und warf einen kurzen, beinahe verzweifelten Blick auf ihren Klammergriff. Ein Muskel zuckte in seiner Wange, und er wirkte für einen Moment sogar ein wenig verunsichert oder als würde er sich extrem unwohl fühlen. Sicher gefiel es ihm nicht, dass sie den Ton angab. Dennoch rührte er sich nicht, sondern spie ihr stattdessen entgegen: »Du solltest nicht den Leuten in die Hände fallen, die mich töten wollten!«

»Das würde bedeuten, ich wäre dir wichtig gewesen. Aber dafür hast du mich viel zu kurz gekannt!« Besser, sie war zornig auf ihn. Ihre Wut würde hoffentlich bald diese verdammte Erregung abklingen lassen! Ihr Körper gehorchte ihr nicht mehr, denn sie rutschte wie von allein auf seinem Waschbrettbauch vor und zurück, um ihre feuchten Schamlippen an seinen stahlharten Muskeln zu reiben. Ihr Schoß pochte, ihre Brustwarzen kribbelten. Wenn sie nicht bald Erlösung fand, würde sie noch durchdrehen!

»Du wolltest nicht, dass ich dich verlasse«, grollte er mit tiefer Stimme. »Also habe auch ich dir etwas bedeutet.«

Was sollte sie darauf antworten? Dass sie sich damals verzweifelt nach einem Kuss von ihm gesehnt hatte? Stattdessen fauchte sie: »Ich brauchte da draußen bloß einen Beschützer!«

»Einen Beschützer, ja?«, knurrte er, drehte sich plötzlich mit ihr herum und warf sie unter sich. Sofort bedeckte sein großer, kräftiger Körper ihre zierliche Gestalt.

Halbherzig drückte sie die Hände gegen seine Schultern, konnte aber nur in sein erzürntes Gesicht blicken, das auf eine wilde Weise wunderschön aussah.

»Willst du mit mir kämpfen, kleine Raubkatze?«, fragte er gefährlich leise. »Dann ziehe ich mich lieber aus, bevor du dich an meinen Waffen verletzt.« Er sprang auf, riss sich die Stiefel von den Füßen und schlüpfte aus seiner Hose, sodass die daran befestigten Messer klirrten, als er sie auf den Boden warf.

Statt die Gelegenheit zur Flucht zu nutzen, blieb Skye reglos liegen und rückte nicht einmal das verrutschte Handtuch zurecht, weshalb sich ihm ihr entblößter Unterkörper präsentierte. Sie hatte aufgegeben, gegen Flynn anzukämpfen, und unterwarf sich ihm freiwillig, weil sie nichts anderes mehr wollte, als von diesem starken Mann genommen zu werden. Ihre Wut wurde von den Flammen ihrer Erregung verschlungen; ihr Schoß pochte wie verrückt und ein leiser, hilfloser Stöhnlaut huschte über ihre Lippen.

Erneut warf er sich auf sie, wobei er sich rechtzeitig mit den Armen neben ihr abstützte, um sie nicht zu erdrücken, und grollte: »Ich wäre damals wirklich gerne bei dir geblieben, das musst du mir glauben!«

Seine heiseren Worte und vor allem sein verzweifelter Blick raubten ihr die letzte Kraft, weshalb sie völlig wehrlos unter ihm lag. »Du wolltest bei mir bleiben?«, wisperte sie.

Sofort entspannte sich sein Gesicht, und er sagte sanfter: »Du warst die erste Person, die freundlich zu mir gewesen ist und sich um mich gekümmert hat. Die kurze Zeit mit dir war die schönste meines Lebens; ich habe mich normal gefühlt, wie ein Mensch und nicht wie ein willenloser Roboter. Außerdem …« Er kniff kurz die Lider zusammen, und als er sie aufschlug, traf sie sein glühendheißer Blick. »Ich habe seitdem jeden Tag an dich gedacht.«

»Warum?«, flüsterte sie und hob schwerfällig einen Arm, um ihre Finger zärtlich über Flynns frisch rasierte Wange gleiten zu lassen.

Leise keuchend schmiegte er den Unterkiefer in ihre Handfläche. »Weil ich mich geärgert habe, damals etwas nicht getan zu haben.«

»Was?« Sie hörte kaum noch ihre Stimme, so laut donnerte der Puls in ihren Ohren.

»Das!« Als er seine Lippen auf ihre presste, bäumte sich ihm ihr Körper wie von allein entgegen. Ihre Finger gruben sich in sein Haar, ihre Zunge suchte nach seiner.

Gott, wie sehr hatte sie sich all die Jahre nach diesem Kuss gesehnt! Seinen heißen, gierigen Mund zu spüren, sprengte all die Vorstellungen von ihrem ersten gemeinsamen Kuss, den sie sich unzählige Male ausgemalt hatte. Er löste auch das letzte bisschen Zorn in Luft auf, ihre Zurückhaltung war auf einen Schlag verflogen. Sie wollte Flynn, wie sie noch nie einen Mann gewollt hatte, und spürte einen nie gekannten Hunger auf Sex!

Lasziv züngelte er mit ihr, wobei er kehlig in ihren Mund stöhnte und ihren Körper zum Vibrieren brachte. Flynn schmeckte nach Orange und Leidenschaft; sie musste ihn überall berühren, seine weiche Haut streicheln und die festen Muskeln darunter erfühlen.

Als er den Kopf hob und ihren Kuss unterbrach, traf sie erneut sein heißhungriger Blick. Dann riss er an ihrem Handtuch und entblößte den Rest ihres bebenden Körpers. Ihre Brustwarzen pochten und reckten sich Flynn verlangend entgegen. Zum Glück zögerte er nicht und saugte sofort eine davon in seinen warmen Mund. Er züngelte über die empfindliche Knospe, woraufhin ein süßer Lustimpuls zwischen ihre Schenkel schoss und für noch mehr Feuchtigkeit in ihrem Inneren sorgte. So viel Leidenschaft hatte sie nie zuvor erlebt.

Als er ein weiteres Mal den Kopf hob und ihr das Gesicht zuwandte, stockte ihr der Atem. Direkt über seinem Antlitz schwebte ein Löwengesicht wie eine halb durchsichtige Maske. Also hatte sie sich das vorhin nicht eingebildet!

»Das bin *ich*, Skye«, knurrte er, und Wut und Frustration schwangen in seiner kehligen Stimme mit. »Ich kann verstehen, wenn du dich vor mir ängstigst oder ich dich anekele.«

»Spinnst du?«, rief sie und drückte beide Hände an seine Wangen. Das Löwengesicht schwebte nun knapp über ihren Fingern und flackerte leicht, wurde noch durchsichtiger. Sie konnte es nicht spüren, nur sehen. Es musste sich dabei um eine Art mentale Projektion handeln. »Das bist *du*, Flynn. Dein wahres Ich. Und ich finde es unglaublich heiß.«

Er schnappte sichtlich überrascht nach Luft und riss die Augen auf. Mit dieser Antwort hatte er wohl nicht gerechnet.

Es folgte ein neuer, heftigerer Kuss, der sich viel intensiver anfühlte als der erste. Als Flynn kurz den Kopf hob, erschien sein Löwengesicht noch deutlicher. Er war wirklich etwas ganz Besonderes.

Seine Erektion rieb über ihren Schoß, und Skye wollte ihn unbedingt in sich spüren, aber eine Schwangerschaft mochte sie nicht riskieren. Noch nicht. Bloß mit einem festen Partner, irgendwann einmal, könnte sie sich ein Kind vorstellen, selbst in der rauen Welt, in der sie lebten.

Als ob er ihre Gedanken lesen könnte – konnte er? – rutschte er tiefer und leckte über ihre Brustwarzen. Skye krallte die Finger in sein noch feuchtes Haar und ließ sich von seiner Zunge verwöhnen, was mindestens genauso gut war, als wenn sie ihn in sich spüren würde. Das fühlte sich unglaublich an! Er küsste und streichelte sie überall, knabberte an ihrem Bauch und vergrub schließlich die Nase zwischen ihren Schenkeln, um einen tiefen Atemzug zu nehmen.

»Flynn!« Sofort brannte ihr ganzer Körper vor Scham und sie wollte die Beine zusammenkneifen, doch er drückte sie auseinander und betrachtete sie gierig.

»Ich will dich ansehen«, sagte er dunkel. »Jedes Detail.«

Seine Inspektion sorgte einerseits für noch mehr Hitze in ihrem

Gesicht, andererseits kontrahierte ihr Inneres allein von seiner Betrachtung wie verrückt. Himmel, beinahe kam sie nur davon zum Höhepunkt!

»So schön«, raunte er, bevor er seinen Mund auf ihren wild pochenden Kitzler drückte.

»Flynn!« Hilflos zappelte sie unter ihm, während er sie hart ausleckte. Dann tauchte er mit der Zunge in sie ein, um ihre Creme herauszuholen. Sekunden später neckte seine leicht raue Zunge schon wieder ihre empfindliche Knospe.

Oh ... Himmel!

Niemals zuvor hatte sie dort jemand geleckt! Sie hatte ja keine Ahnung gehabt, dass es sich so fantastisch anfühlte!

Als er sich mit einem Finger vorsichtig in sie hinein tastete, konnte sie dem Orgasmus nicht länger widerstehen. Heiße Glutwellen zogen durch ihren Körper und ihr Schoß pulsierte, während Flynn nicht aufhörte, sie zu lecken und zu fingern. Ein köstliches Beben ergriff von ihr Besitz, das nur langsam abebbte und sie in himmlischen Sphären zurückließ. Wohlig seufzend schloss sie die Augen und blieb schwer atmend liegen.

Wow, das war ihr bisher bester Höhepunkt!

Träge öffnete sie die Lider und schaute in Flynns angespanntes Gesicht. Er schob sich auf sie und betrachtete sie wie ein lauerndes Tier. Seine Löwenmaske war immer noch zu sehen, und mit einer Stimme, die mehr einem Knurren glich, sagte er: »Ich will dich, Skye. Ich will dich so sehr.«

Wie sehr sie ihn auch wollte!

Zärtlich strich sie über seine Stirn und klemmte eine geflochtene Strähne hinter sein Ohr. »Ich habe keinen Schwamm hier.«

»Schwamm?«

»Zur Verhütung.« Irit, die Heilerin von Oasis, stellte die kleinen Schwämme her, die man zusätzlich in eine Flüssigkeit tunken konnte, die Sperma abtöten sollte.

Sein Gesicht erhellte sich. »Du kannst nicht schwanger werden. Nicht heute. Ich kann es riechen und schmecken, wenn du deine fruchtbaren Tage hast.«

»Ernsthaft?« Erneut erhitzte sich ihr Gesicht, aber sie vertraute seinen Worten und vor allem seinen Fähigkeiten, schließlich war er kein gewöhnlicher Mann. »Das ist ja praktisch.«

Er rieb seine stahlharte Erektion zwischen ihren feuchten Schamlippen, sodass ihre Lust aufs Neue angestachelt wurde, drang jedoch nicht in sie ein. Warum zögerte er? Wartete er auf ein Zeichen?

Erst als sie wisperte: »Ich will dich, Flynn«, und sie ihn zu einem weiteren Kuss heranzog, durchbrach seine Eichel ihre erste Enge.

Während er lustvoll an ihrem Mund knurrte, stöhnte sie losgelöst, drückte jedoch schnell ihre Lippen auf die von Flynn, um das ungewohnte Geräusch einzudämmen. Sie war normalerweise keine, die beim Sex hemmungslose Laute von sich gab, eher genoss sie leise. Aber unter Flynn schien ihr Körper völlig anders zu funktionieren und auch etwas anderes zu wollen. Überhaupt lag sie meist oben und hatte bisher die Männer dominiert – was ihnen gefiel. Flynn hingegen schien lieber selbst den Ton angeben zu wollen, und Skye hatte absolut nichts dagegen. Sie liebte es, von ihm regelrecht auf die Matratze gepinnt zu werden. Immer tiefer drang er in sie ein, wobei seine Miene wirkte, als würde er Qualen leiden, und sein Löwe die Fänge fletschte. Offenbar hielt sich Flynn zurück, aus Angst, ihr wehzutun. Sie spürte aber lediglich berauschende Lust.

Mit einem Stoß ihres Beckens gab sie ihm zu verstehen, dass er nicht so behutsam sein musste, was er mit einem weiteren Knurren quittierte. Er drang noch tiefer in sie, verharrte kurz, einen genussvollen Ausdruck im Gesicht, und bewegte sich endlich richtig in ihr. Rein und raus.

Oh wow, fühlte sich das herrlich an! Flynns gesamte Länge und vor allem sein Umfang dehnten sanft ihr Inneres und schienen auf viele neue Lustpunkte zu drücken, von denen sie bis jetzt nicht gewusst hatte, dass sie diese besaß. Während er sie küsste, hielt er nun ihre Arme neben ihrem Kopf gefangen, sodass sie wie wehrlos unter ihm lag. In ihren Träumen hatte sie sich auch ausgemalt, mit Flynn zu schlafen, doch auch hier übertraf die Realität ihre Vorstellungen. Skye ließ sich von Flynn verwöhnen, ließ sich fallen, einfach auf der Welle der Ekstase treiben und unterwarf sich ihm völlig.

Er nahm sie, wie es ihm gefiel, drehte sie auf den Bauch, zog sie auf alle viere und leckte sie – sogar zwischen den Pobacken! –, bevor er sie von hinten nahm und wie ein Tier in sie stieß.

Gott, sie sah nur noch Sternchen!

Für gewöhnlich liebte Skye ihre Unabhängigkeit und Selbstbestimmung. Verdammt, warum machte es sie dann an, wenn sich Flynn einfach nahm, was er wollte? Normalerweise hätte sie längst die Krallen ausgefahren!

Doch für ihn opferte sie in diesem lustvollen Moment ein Stück ihres Freiheitsdranges, weil es sich verflixt gut anfühlte, sich einfach treiben zu lassen und sich seiner Führung hinzugeben. Ja, irgendwie fühlte sie sich sogar geborgen.

Als er sie wieder auf den Rücken warf und erneut ihre Beine spreizte, um sein Gesicht dazwischen zu vergraben, bahnte sich bei ihr ein weiterer Orgasmus an.

»Flynn!«, rief sie und krallte die Finger in sein Haar. »Ich … komme … schon wieder!«

»Nicht ohne mich«, knurrte er, legte sich abermals auf sie und stieß zu.

Aus den Sternchen wurde ein wahres Feuerwerk, das in jeder ihrer Zellen explodierte. Fest zog sich ihr Inneres um seine Härte und massierte sie, während sie um ihn herum pulsierte, bebte und selbst beinahe in tausend Stücke sprang. Himmel, was für ein Gefühl!

Flynns animalisches Brüllen hallte durch den Raum und schien die Wände vibrieren zu lassen. Auch sein Löwe brüllte auf und verschwand erst, nachdem ihre Höhepunkte abgeklungen waren. Schwer atmend starrte Flynn zu ihr herab, und ein wenig Verunsicherung spiegelte sich in seinen unergründlichen Pupillen.

Zärtlich strich sie über sein feuchtes Gesicht und grinste. »Alles gut?«

»Alles ist verdammt perfekt«, murmelte er, bevor ein unwiderstehliches Lächeln sein Gesicht erhellte, weshalb sie ihn schon wieder küssen musste.

Kapitel 9 – Skye – Gespräche

War das gerade wirklich passiert? Hatte sie mit Flynn geschlafen?

Skye schwebte immer noch wie auf Wolken. Sie kuschelten sich nebeneinander, streichelten sich träge und schauten sich selig an, ohne etwas zu sagen.

Erst Minuten später murmelte Flynn: »Normalerweise würde ich dich jetzt alles vergessen lassen.«

»Unterstehe dich.« Warnend zwickte sie ihm leicht in die Brustwarze. »Ich will nichts davon vergessen.« Aber sie wusste, warum er es sonst tat. »Es ist wegen deines Löwengesichtes, oder?«

»Auch.«

»Haben sich andere Frauen deshalb erschrocken?«

Er nickte, und seine Brauen schoben sich zusammen. »Alle. Ich musste ihnen vorgaukeln, dass es nicht sichtbar ist.«

Skyes Herz verkrampfte sich. Es musste schrecklich sein, sich nicht einmal in den intimsten Momenten ganz fallen lassen zu können, weil man sich darauf konzentrieren musste, etwas zu verbergen. Bestimmt hatte Flynn das Liebesspiel aus diesem Grund nur halb genießen können.

Vorsichtig fragte sie: »Hast du mir etwas vorgespielt?«

»Nein.« Fest blickte er sie an. »Du bist die Erste, die mich so gesehen und genommen hat, wie ich bin.«

»*Du* hast *mich* genommen, Tiger«, sagte sie grinsend, woraufhin er sie mit einem gemurmelten »Löwe« an seine Brust zog.

»Ich bin wirklich froh, dass ich dich einfach hierher gebracht habe«, flüsterte er.

»Darüber reden wir noch.« Sie konnte ihm jedoch nicht mehr wirklich böse sein. Vor allem jetzt nicht, als sie an seiner nackten Brust lag und sein Herz darin kraftvoll schlagen hörte. Flynn war real, kein Traumgespinst. Sie konnte kaum glauben, dass sie ihn wiedergetroffen hatte.

Skye musste ihn nur noch überzeugen, sie zurück nach Oasis gehen zu lassen. »Zuerst will ich wissen, warum ein Löwengesicht vor deinem Gesicht geschwebt ist. Ist das so eine Art mentale Projektion?«

»Das hast du perfekt erkannt.« Er zog sie noch ein bisschen fester zu sich, und sie fühlte sich unendlich geborgen. »Ich weiß nicht viel darüber, schätze aber, dass es sich in Kombination mit meiner PSI-Kraft zeigt, weil ich Raubtiergene in mir habe.«

»Ein Teil deiner wahren Natur kommt dann vermutlich zum Vorschein.«

»Hmm«, brummte er. »Ich kann das kaum steuern, nur versuchen, es zu unterdrücken. Mein inneres Biest erscheint, wenn ich sehr erregt oder wütend bin.«

Skye schmunzelte. Sein *inneres Biest*? »Dann hoffe ich, dass es sich gerade aus Lust erhoben hat.«

»Darauf kannst du wetten.« Er gähnte herzhaft und atmete lange aus. Er schien müde zu sein. Darin unterschied er sich wohl nicht von anderen Männern. Die waren nach dem Sex immer alle sofort eingeschlafen.

Skye fühlte sich hellwach und hatte noch so viele Fragen!

»Mit deinen Fähigkeiten …«, begann sie zögerlich, »könntest du jede Frau haben.«

»Ich würde nie eine Frau dazu zwingen, Skye. Niemals!« Er drückte sie ein Stück von sich und sah plötzlich so erschrocken aus, als würde er genau wissen, wie es sich anfühlte, gegen seinen Willen genommen zu werden. Im matten Schein der Gaslampe wirkte sein Gesicht schneeweiß.

Ihr Herz verkrampfte sich erneut, und sie streichelte sanft seinen Arm. »Was haben sie dir bloß angetan?«

Sofort brach er den Blickkontakt ab und drehte sich auf den Rücken. »Darüber will ich nicht reden.«

»Das musst du auch nicht.« Sie würde nicht drängeln, sondern warten, bis er es ihr von allein erzählte.

Sie überlegte, welches unverfänglichere Thema sie anschneiden könnte, und kuschelte sich wieder an ihn. »Du kannst also wirklich riechen, wann eine Frau ihre fruchtbaren Tage hat?«

»Wenn man mit so vielen Menschen zusammenlebt, lernt man,

gewisse Gerüche zu unterscheiden und zu deuten.«

»Dann hattest du sicher viele andere Frauen?«

»Nicht wirklich«, murmelte er, »und keine, die mir etwas bedeutet hat.«

Er bemerkte wohl ihren schockierten Blick, denn seine Gesichtsfarbe wechselte von dem ungesunden Weiß zu einem leichten Rot. »Also ich meine, bis jetzt. Vor dir. Keine hat mir je so viel bedeutet wie du.« Seine Stimme verlor sich zu einem leisen Murmeln, während er nach den richtigen Worten suchte.

Was hatte er gesagt?

Skye stockte der Atem, ihr Herz machte einen aufgeregten Hüpfer, und sie schaute ihn erwartungsvoll an. Vielleicht gab er noch etwas in der Art von sich? Ihr gefiel es, wenn er solche Dinge sagte.

Als wäre ihm dieses Thema peinlich oder zu intim, fragte er schnell: »Warum kannst du spüren, wenn ich dich mental beeinflussen will?«

»Vielleicht, weil ich meine Freiheit liebe?«, antwortete sie spontan. Oder weil sie Flynn liebte?

Ja, es könnte sein, dass aus der einstigen Verliebtheit zu dem jungen Krieger im Laufe der Jahre und wegen der Begegnungen mit ihm in ihren Träumen wahre Liebe entstanden war. Und offenbar schien sie ihm auch wichtig zu sein. Ein warmes Kribbeln kitzelte ihren Magen.

»Das Streben nach Freiheit und Unabhängigkeit ist bei dir vermutlich wirklich groß«, murmelte er und schaute sie fragend an. »Streifst du immer noch so viel durch die Gegend wie früher?«

»Hm. Ich brauche das einfach. Ich kann nie lange an einem Ort bleiben.«

Ob er den Wink verstand?

Offensichtlich, denn er sah sie gequält an. Sie würde niemals hier mit ihm leben können. Nie! Die Decke fiel ihr jetzt schon auf den Kopf – und sie hoffte, dass sich dieses Sprichwort nicht bewahrheitete. Das halb eingestürzte Haus machte sie immer noch nervös.

Flynn gähnte erneut, wobei ihm die Lider schwer über den Augen hingen. Kein Wunder, wenn er immer nur nachts aktiv war. Sie würde ihn jedoch so lange mit Fragen löchern, bis er einschlief.

»Wieso hast du damals nicht einfach mein Boot geklaut?«

Als er darauf nicht antwortete, vermutete sie: »Du wolltest nicht, dass ich durch den grusligen Tunnel zurückgehen muss. Stimmt's?«

Er drehte ihr den Kopf zu und blickte sie wieder mit diesem gequälten Ausdruck an. »Ich wollte dich wirklich nicht verlassen, Skye. Ich tat es rein zu deinem Schutz.«

Ihr Herz vollführte einen wilden Sprung. »Das weiß ich jetzt. Ich finde es nur schade, dass es so viele Jahre gebraucht hat, bis wir wieder zusammen finden.«

Oh Gott, kam das einer Liebeserklärung gleich? Würde sie mit Flynn eine Beziehung führen können? Er war der Anführer der Slasher! Und sie stand auf der anderen Seite.

Schnell setzte sie hinzu: »Ich wünschte nur, du würdest mir glauben. Deine alten Feinde sind wirklich alle tot.«

»Ich würde dir so gerne glauben! Aber …« Schwermütig seufzend presste er die Lider zusammen. »Ich stehe das nicht noch einmal durch, Skye. Wenn sie mich bekommen, dann …« Sofort riss er die Augen auf, als wollte er die Bilder aus seiner Vergangenheit nicht sehen. »Ich habe dich entführt, um das Problem mit deinen Erinnerungen zu lösen, weil ich wirklich Panik hatte, du könntest mich an meine Erschaffer ausliefern. Es tut mir leid.«

Auch wenn es schmerzte, dass er ihr das zutraute, fühlte sich Skye in diesem Moment nur noch mehr zu ihm hingezogen. Er offenbarte ihr seine größte Schwäche und erzählte ihr die Wahrheit – und das machte ihn für sie wahnsinnig stark. Es ärgerte sie nur ein bisschen, dass er sie nicht deshalb gekidnappt hatte, weil er auf sie stand.

Oder doch?

Keine hat mir je so viel bedeutet wie du, hallten seine Worte durch ihren Kopf.

In diesem Augenblick spürte sie, dass er sich ihr anvertraute, weil sie ihm wichtig war … schon immer gewesen war!

Schnell zwinkerte sie sich die aufsteigende Feuchtigkeit aus den Augen und streichelte mit den Fingerspitzen seine glattrasierte Wange. Mitfühlend beschloss sie: »Zwing mich mit deiner Gabe, dir die Wahrheit zu sagen, damit du mir endlich glaubst. Deine Erschaffer sind alle tot und ich würde dich niemals verraten.«

Seine Brauen hoben sich. »Du möchtest wirklich, dass ich das tue?«

Resolut nickend antwortete sie: »Ich vertraue dir.«

Er keuchte, sichtlich überrascht, stützte sich auf einem Ellenbogen ab und gab ihr einen tiefen, fast schon verzweifelten Kuss, der sie schwindelig auf der Matratze zurückließ.

»Fängst du schon an?«, fragte sie grinsend. »Mir ist ganz schwummrig.«

Sie fühlte sein Lächeln an ihren Lippen. »Meine Küsse haben eine berauschende Wirkung.«

»Eingebildet bist du aber gar nicht, oder?«

»Nur ein bisschen.« Er schmunzelte, und es tat so verdammt gut, ihn glücklich zu sehen.

»Kannst du denn meine Gedanken lesen?«, fragte sie.

»Ja, so ähnlich. Ich kann in deinem Kopf herumstöbern und nach Informationen suchen. Doch dazu muss ich mich stark konzentrieren.«

Also hatte er beim Sex wohl nicht in ihren Kopf geschaut. »Warum hast du das nicht schon eher bei mir gemacht?«

Erst glaubte sie, keine Antwort zu bekommen, aber dann sagte er schließlich: »Ich hatte Angst, was ich sehen könnte.«

Dass sie nicht auf seiner Seite stand …

»Dann tu es.« Sie versuchte, sich so gut es ging, zu entspannen, was nicht leicht war, weil ihr Herz aufgeregt pochte. »Ich werde mich auch nicht dagegen wehren.« Sie wollte unbedingt, dass er die Informationen fand, die er brauchte. Ansonsten hatte sie vor ihm ohnehin nichts zu verbergen. Bis auf …

Verdammt, was wenn er entdeckte, wie sie für ihn fühlte? Das Risiko musste sie wohl eingehen. Dann war es wenigstens raus und stand nicht mehr zwischen ihnen.

»Okay, was muss ich tun?«, wollte sie wissen, während er sich noch ein Stück über sie beugte.

»Nur still daliegen, das macht es für mich einfacher. Und je näher ich jemandem bin, desto weniger muss ich mich anstrengen.«

»Dann komm mir so nah, wie es geht.« Sie schlang die Arme um seinen Nacken und zog ihn so dicht heran, dass sich ihre Stirnen berührten.

Ein bisschen seltsam war ihr schon zumute. »Hast du das früher schon bei mir gemacht?«

»Nein. Diese spezielle Fähigkeit habe ich mir erst in den letzten Jahren beigebracht.«

»Du hast wohl viel trainiert?«

Er hob ein bisschen den Kopf, um sie anzusehen. »Das musste ich, um diesen Haufen zusammenzuhalten.«

»Es gibt keine Nebenwirkungen?«

»Keine«, antwortete er sanft lächelnd.

»Okay, nicht dass du mir da drin alles durcheinander bringst.«

»Ich passe auf«, flüsterte er und küsste ihre Nasenspitze.

Du wunderschöner, wilder Mann, dachte sie. *Du hast ja keine Ahnung, wie viel Überwindung mich das kostet. Aber damit du deinen Seelenfrieden findest, würde ich alles auf mich nehmen.*

Skye schenkte Flynn noch einen innigen Blick, dann schloss sie die Augen und zog ihn wieder zu sich, bis sie sich erneut an der Stirn berührten.

Woran sollte sie denken? An nichts? Niemand konnte an nichts denken, zumindest nicht sie! In ihrem Gehirn ging es immer rund. Deshalb wiederholte sie ununterbrochen folgende Sätze: *Ich vertraue ihm, will mich ihm öffnen, begebe mich in seine Hände …*

Als sie ein leichtes Pochen hinter der Stirn fühlte, wusste sie, dass er in ihren Kopf eindrang. Sie hatte bloß keine Ahnung, was er da drinnen trieb, denn sie fühlte sich wie immer und konnte auch ganz normal denken.

Nach wenigen Sekunden zog er scharf die Luft ein, löste sich von ihr und rollte sich schwer atmend neben ihr auf den Rücken.

»Mein Bruder lebt«, flüsterte er und legte einen Arm über seine

Augen. »Er nennt sich nun Flame.«

Das habe ich dir doch gesagt!, dachte sie, blieb jedoch ruhig. Sicher musste er das Gesehene erst sortieren und verarbeiten.

»Er lebt tatsächlich …« Als er den Arm wegnahm, schimmerten seine Wimpern feucht. »Er scheint frei zu sein.«

»Das ist er!« Skye nickte resolut und ihr Herz vollführte wilde Sprünge. Am liebsten würde sie Flynn am Arm packen und sofort mit ihm zurück nach Oasis laufen! Möglichst ruhig sagte sie: »Du willst jetzt bestimmt gleich zu ihm.«

Anstatt euphorisch zuzustimmen, murmelte er lediglich: »Fuck, ich bin völlig am Ende«, und drehte ihr den Rücken zu. »Ich muss mich ausruhen.«

»Was?!«

»In anderen Gehirnen herumzukramen, kostet ziemlich viel Energie.« Er gähnte geräuschvoll, als wollte er seine Behauptung damit unterstreichen, und blieb seitlich liegen.

Okay, Sex plus mentale Verausgabung plus Vitaminmangel konnten anscheinend selbst einen Warrior umhauen. Skye wollte aber augenblicklich mit ihm zurückgehen! Deshalb holte sie den Essenskorb, stellte ihn zwischen ihnen ab und hielt Flynn resolut das letzte Stück Brot vor die Nase. »Dann musst du was essen.« Sein Zustand gefiel ihr überhaupt nicht. Er brauchte dringend die nötigen Vitamine. Die würde June bestimmt beschaffen können, denn sie hatte einflussreiche Freunde in Royal City: Kathryn und Clint.

Flynn setzte sich auf und verschlang das Brot mit wenigen Bissen. Danach reichte sie ihm einen Apfel und verspeiste selbst den anderen.

Kauend fragte sie ihn: »Was hast du noch gesehen?«

»Dass du mir die Wahrheit gesagt hast.« Er aß den Apfel samt Kernen und ließ nur den Stängel zurück, den er in den Korb schmiss. Anschließend legte er sich wieder hin und gähnte abermals. »Erzähle mir mehr über die Kooperation zwischen Oasis und Royal City.«

Skye zögerte und wusste nicht genau, was sie ihm berichten

sollte. Im Grunde war er immer noch ihr Feind und sie wollte keinen in Oasis in Gefahr bringen. Andererseits spürte sie, dass er niemandem schaden wollte. »Komm doch einfach mit mir zurück«, bat sie ihn deshalb. »Du kannst June und Flame alles selbst fragen, die haben auch mehr Ahnung als ich. June kann dir außerdem deine Vitamine besorgen.«

Er sah sie an, als wäre das ein erneuter Versuch, ihn in die Falle zu locken.

Sanft legte sie ihm eine Hand auf den Arm. »Wir könnten gemeinsam zu Flame gehen. Es hat ihn schwer getroffen, dass er gezwungen wurde, seine Brüder zu töten. Er wird sich wahnsinnig freuen, dich zu sehen.«

Als er schwieg, sagte sie vorsichtig: »Ich will meine Armbrust zurück haben, Flynn.«

»Du kannst auch von mir eine Armbrust haben.« Kurz huschte sein Blick zur Spiegeltür, dann schloss er gähnend die Augen und drehte ihr erneut den Rücken zu.

Okay, sie hatte verstanden. Er wollte nicht, dass sie ging, und er würde auch bleiben. Das enttäuschte sie sehr. Er hatte doch gerade in ihren Kopf gesehen! Erkannte er nicht, dass seine Sicherheit nicht in Gefahr war, wenn er sie begleitete? Oder wollte er es nicht erkennen?

Es brodelte in ihr. Warum war er nur so verflucht stur? Sie hatte ihm vertraut, er vertraute ihr aber offenbar kein bisschen. Skye würde auf jeden Fall nach Oasis zurück gehen, ob er es erlaubte, oder nicht! Allerdings wagte sie nicht zu fragen, ob sie immer noch seine Gefangene war. Sie wollte die Illusion behalten, dass es zwischen ihnen mehr gab als nur eine heiße Nummer. Zum Beispiel romantische Gefühle, gegenseitige Zuneigung.

Was war ihm denn nur zugestoßen, dass er weiterhin Vorbehalte hatte? Sie musste bei ihm wohl einfach noch behutsamer vorgehen. Mit ihm reden. Mehr über ihn herausfinden.

Als Flynn plötzlich in die Stille fragte: »Hat er noch seine Naniten?«, zuckte Skye leicht zusammen.

Er sprach natürlich von Flame. Diese Antwort konnte sie ihm jedoch unmöglich geben. Sie hatte June versprochen, das Geheimnis um Flames Naniten zu wahren.

Weil sie schwieg, murmelte er: »Also hat er. Du hast vorhin gedacht, ich hätte auch welche.«

»Ich war kurz verwirrt. Natürlich hast du keine mehr.« Sanft strich sie über die feine Narbe an seinem Nacken, woraufhin sich Flynn auf die andere Seite drehte. Die Augen ließ er weiterhin geschlossen.

»Ich bin auch verwirrt«, flüsterte er.

»Warum?«

»Ich habe noch nie so viel am Stück mit einer Frau gesprochen, mit der ich im Bett war. Oder überhaupt mit jemandem geredet.«

Sie lachte. »Normalerweise reden Männer nach dem Sex auch nicht mehr viel.«

Nun huschte ebenfalls ein Schmunzeln über seine Lippen. Er öffnete ein Auge und sagte: »Ich finde es schön, mich mit dir zu unterhalten. Das wirkt so … normal.«

Plötzlich schien er wieder etwas munterer zu sein. Hatte er es sich überlegt? Würden sie zurückkehren?

Skye schaute an sich herunter. Sie war immer noch splitternackt, doch vor Flynn schämte sie sich nicht. Er lag genauso entblößt neben ihr, weshalb sie kaum den Blick von seinem gestählten Körper abwenden konnte.

»Wann bekomme ich eigentlich meine Kleidung zurück?«, fragte sie vorsichtig. Nackt wollte sie nicht gerade nach Oasis zurückkehren.

»Marisa hat sie längst vor die Tür gelegt«, murmelte er. Das hatten ihm bestimmt seine Warrior-Sinne verraten.

Skye erhob sich, um zur Tür zu gehen. »Hat sie uns … gehört?«

»Vermutlich schon. Deshalb hat sie wohl nicht geklopft.«

Oh Mann, jetzt dachte Marisa erst recht, dass Flynn ein neues Betthäschen hatte.

Schnell zog sie den Riegel zur Seite, spähte in den düsteren Gang, und als sie niemanden erblickte, schnappte sie sich schnell das Bündel zu ihren Füßen. Es war alles da, ihre Schuhe, die Hosen und ihr Top.

Anschließend schob sie den Riegel wieder vor, legte ihre Kleidung vor das Bett und kuschelte sich nackt in Flynns Armbeuge.

»Lass uns ein bisschen rausgehen, Flynn.« Hoffentlich konnte sie ihn wenigstens zu einem Spaziergang überreden. Sie musste endlich den Himmel sehen. »Die Sonne wird dir gut tun.«

»Später«, flüsterte er matt und zog sie an seine Brust. »Erst ausruhen.«

Okay, sollte er erst ausschlafen, danach würde sie einen weiteren Versuch starten, ihn mit nach Oasis zu nehmen.

»Ich habe noch eine letzte Frage«, wisperte sie. »Warum hast du dir ausgerechnet die Slasher ausgesucht, um bei ihnen zu leben?«

»Ich hatte schnell herausgefunden, dass alle anderen Siedler die Gruppe im Park mieden. Viele von den Plünderern waren auch wirklich üble Gesellen.«

»Waren?«, fragte sie.

»Der alte Anführer war ein Arschloch.«

Skye grinste an seiner Brust und malte mit dem Zeigefinger Muster auf seine Haut. »Der neue ist bestimmt besser.«

»Hmm«, brummte Flynn. »Und weil die anderen Siedlungen mit den Slashern nichts zu tun haben wollten, konnte ich mich hervorragend unter ihnen verstecken und musste nur ein paar Leute manipulieren.«

»Hast du ihnen den Namen Slasher – Messerstecher – verpasst?«

»Ja, klingt doch schön gruselig und gefährlich, oder?«

Sie schmunzelte. »Allerdings.«

Gedankenversunken betrachtete sie sein entspanntes Gesicht, aus dem alle Härte gewichen war. Skye konnte kaum glauben, wie sich ihr Leben in den letzten Stunden verändert hatte. Endlich hatte sie den Mann aus ihren Träumen zurück. »Was hast du überhaupt in Oasis gewollt?«

»Keine Fragen mehr«, murmelte er.

»Flynn …« Leicht bohrte sie ihren Zeigefinger in seinen Bauchnabel, sodass seine Muskeln zuckten.

»Mädchen …«, knurrte er mit geschlossenen Augen, doch seine

Mundwinkel hoben sich. »Ich wollte nach meinem Mann sehen, den ihr gefangen haltet.«

»Er muss dir ja viel bedeuten«, sagte sie neckend.

»Er ist ein begnadeter Sammler. Aber nun habe ich ja dich.« Er nahm noch einen tiefen Atemzug, dann wich die restliche Spannung aus seinem Körper.

»Flynn?«, wisperte sie, aber sie erhielt keine Antwort mehr. Wenige Minuten später hörte sie ihn leise schnarchen.

Kapitel 10 – Skye – Zögerliche Flucht

Sie hätte ihm zu gerne noch weitere Fragen gestellt, vor allem wie genau ein Warrior zum heimlichen Anführer einer Bande von Plünderern und gleichzeitig zum Wohltäter für Alte, Kranke und Waisen werden konnte.

Was sollte sie jetzt machen? Zum Schlafen war sie viel zu aufgedreht. Deshalb schlüpfte sie behutsam aus Flynns Umarmung und wischte sich mit dem Handtuch sauber. Schließlich hatte er ordentlich Pulver verschossen.

Skye grinste. Das hieß dann wohl, er hatte wirklich schon länger keine Frau mehr beglückt. Oh Mann, diesen Liebesakt würde sie nie vergessen, und sie wollte noch ganz oft solche exorbitanten Höhepunkte erleben.

Leise zog sie sich an und schlich zum Spiegel. Sie musste wissen, was dahinter lag! So vorsichtig wie möglich zog sie die Geheimtür auf, schnappte sich die Gaslampe und betrat einen weiteren Raum. Leise schloss sie die Tür, damit Flynn nicht erwachte, und blickte sich um.

Holy Shit, das nannte sie ein astreines Waffenlager! Hier gab es wohl alles, was das Kämpferherz begehrte: hunderte Messer, die in Holzlatten steckten, Dutzende Pistolen sowie Revolver, die an den Wänden hingen, kistenweise Munition, und ja, sogar eine sehr gut erhaltene Sportarmbrust aus Carbon inklusive Bolzen. Außerdem entdeckte sie noch mehr Bücher, die sich bis unter die Decke stapelten, und allerlei Krimskrams, wie ein paar alte Musikinstrumente – überwiegend Gitarren. Eigentlich sah es hier fast genauso aus wie in ihrem kleinen Baumhauszimmer. Das gefiel ihr. Offenbar besaßen Flynn und sie noch mehr Gemeinsamkeiten als fantastischen Sex.

Während sie durch den schmalen Gang schritt, kam sie zur Tür, die in den Flur führte. Skye drehte am Knauf, doch es war abgeschlossen. Danach ging sie zur anderen Seite des Raumes und stieß auf eine Leiter.

Skye hielt die Gaslampe höher und entdeckte an der Zimmerdecke ein Loch, das mit einer einfachen Luke verschlossen war. Die aus Holzlatten gezimmerte Platte war mit einem Vorhängeschloss gesichert. Bestimmt besaß Flynn dazu den Schlüssel. Sonnenlicht schimmerte durch die Ritzen, woraufhin Skyes Herz flatterte. Hier gab es einen Ausgang!

Diese Entdeckung weckte ihren Fluchttrieb. Plötzlich wollte sie nichts anderes als nach Hause zu June und Bessy. Hoffentlich hatte sie jemand gefunden und passte gut auf sie auf. Die Armbrust war ihr sehr wichtig. Mit dieser Waffe vermochte sie perfekt umzugehen und sie hatte ihr schon mehrmals das Leben gerettet. Sie wollte sich aber auch nicht von Flynn trennen. Würde er sie nach dem Aufwachen überhaupt ziehen lassen?

Schweren Herzens schlich sie zurück zu ihm, kniete sich neben seine Hose und zog den Schlüsselbund hervor. Dabei ließ sie Flynn keine Sekunde aus den Augen. Wenn sie ihn so anblickte, tief schlafend und wunderschön, wollte sie ihn nicht verlassen. Doch ihr Drang nach Freiheit war stärker. Sie musste auf jeden Fall nachsehen, wohin die Luke führte. Vielleicht war es ja gar kein Ausgang.

Sie stahl sich zurück nach nebenan, kletterte die Leiter hoch und öffnete das Vorhängeschloss. Danach drückte sie die schwere Luke ein Stück auf.

Grelles Sonnenlicht und Hitze schlugen Skye entgegen. Sie blinzelte und brauchte einen Moment, sich an die Helligkeit zu gewöhnen. Dann blickte sie auf jede Menge Bauschutt des eingestürzten Hauses und … die riesige Stahlbrücke, die diese Insel mit dem Festland verband. Sie befand sich keine hundert Meter entfernt.

Ihr Herz raste. Dort lag der Weg nach Hause!

Jetzt hielt sie nichts mehr. Am liebsten wollte sie sofort losstürmen, aber unüberlegtes Handeln könnte alles zerstören: ihr frisch aufgebautes Vertrauen zu Flynn und … sicher gab es hier überall Späher, die das Versteck bewachten. Sie hatte keine Lust, erschossen zu werden. Außerdem konnte sie nicht einfach abhauen, ohne Flynn Bescheid zu geben. Deshalb ging sie zu ihm zurück, schob den Schlüsselbund in eine seiner Hosentaschen und suchte nach einem Stift, damit sie ihm eine Notiz zurücklassen konnte.

Ihr gefiel es, dass sie unterschiedlicher Meinung sein konnten und er sie trotzdem noch wollte. Zumindest hatte es den Eindruck gemacht. Dennoch würde er toben, sobald er ihre Abwesenheit bemerkte. Die Nachricht würde hoffentlich die Gründe für ihr Handeln nachvollziehbar machen, und dass sie bisher nur ehrliche Absichten gehegt hatte, wusste er schließlich aus ihren Gedanken.

Zwischen all den Buchbergen fand sie einen Bleistift und nahm den Roman »On the Road« zur Hand, den sie zuvor durchgeblättert hatte. Sie schlug den Deckel auf und schrieb gleich auf die erste Seite: »Flynn, ich gehe nach Oasis, damit meine Freundin nicht vor Sorge umkommt. Dich oder dieses Versteck werde ich niemals verraten. Noch vor Sonnenuntergang bin ich zurück, versprochen. Und dann wird alles gut. Vertrau mir.«

Skye überlegte, mit Flame zurückzukehren. Natürlich würde sie ihn nicht mit in den Unterschlupf nehmen, doch sie würde einen neutralen Ort in der Nähe vorschlagen, an dem sich die beiden aussprechen konnten.

Flynn rührte sich weiterhin nicht und schien sie nicht zu hören, sondern schnarchte leise. Ihr armer Warrior. Wenn er schon nicht mitbekam, was sie tat, musste er wirklich sehr erschöpft sein.

Wie er so vor ihr lag, erinnerte sie sich an den Tag, als sie ihm in einem ihrer Schutzräume Zuflucht gewährt und ihn versorgt hatte.

Damals hatte er mehr Muskeln besessen. Jetzt schienen sie nicht mehr so extrem definiert zu sein, weil ihn kein »Kriegerprogramm« zum täglichen Krafttraining zwang. Flynn sah nun ein bisschen mehr wie ein Mensch aus. Wie ein sehr starker, immer noch durchtrainierter und äußerst attraktiver Mensch. Doch seine Gene enthielten Raubtier-DNA und niemand wusste, was noch alles.

Verflucht, sie stand total auf sein inneres Biest.

Okay, nicht ablenken lassen!, ermahnte sie sich.

Passte ihre Notiz? Skye hielt sie lieber kurz und knackig, ausschweifende Formulierungen waren nicht ihre Art – wobei sie ohnehin schon mehr geschrieben hatte, als sie es sonst tun würde. Doch weil Flynn ihr sehr wichtig war, setzte sie noch »Deine Wüstenprinzessin« darunter. Kurz überlegte sie, ob sie ein Herzchen dazumalen sollte, ließ es aber bleiben. Das war genug Kitsch für heute.

Sie legte das aufgeschlagene Buch auf die leere Seite der Matratze und wollte sich gerade zum Gehen wenden, als sie Flynn flüstern hörte: »Skye?«

»Ich bin hier«, wisperte sie und kniete sich neben ihn.

Hatte er im Schlaf gesprochen oder mitbekommen, was sie vorhatte?

Er drehte ihr den Kopf zu, wobei er die Lider geschlossen hielt, und streckte die Hand nach ihr aus, die sie schnell ergriff. Kurz drückte er leicht zu, dann entspannten sich seine Muskeln wieder und er schlief ruhig weiter.

Skyes Puls klopfte wie verrückt. Verflucht, der Kerl machte es ihr wirklich schwer! Aber wenn er nicht mit ihr kommen wollte, musste sie eben allein gehen.

Ganz langsam zog sie ihren Arm zurück, auch wenn sie gerne noch länger seine große, warme Hand gehalten hätte, und sagte leise: »Alles wird gut.« Dann hauchte sie ihm einen Kuss auf die leicht geöffneten Lippen und betrachtete einen Moment sein schönes männliches Gesicht, bevor sie sich durch die Spiegeltür in den Nebenraum begab. Dort schnappte sie sich die Armbrust inklusive der Bolzen und kletterte die Leiter hoch.

Skye fühlte sich nicht gut dabei, ihn zurückzulassen, aber es ging schließlich nicht anders.

Erneut drückte sie vorsichtig die Luke auf, spähte durch den Spalt und zog sich nach draußen. Anschließend schloss sie die Tür so leise wie möglich. Büsche und größere Mauerreste sorgten für Sichtschutz, während sich Skye einen Überblick verschaffte.

Sie erwartete jederzeit, dass Flynn wie ein Berserker aus dem Boden geschossen kam, um sie zurückzuholen, und betete, dass er immer noch schlief. Sicher würde er nicht erfreut über ihre Nachricht sein, doch wenn sie erst mit seinen Vitaminen zurückkam, würde er bestimmt anders denken. Vielleicht konnte June ihre Beziehungen spielen lassen und sich mit Clint aus Royal City in Verbindung setzen. Als ehemaliger Warrior und Minister verfügte er garantiert über Kontakte, um an solch ein Präparat zu kommen.

Geduckt kletterte Skye den Geröllberg hinunter, wobei sie die Armbrust mit einem frisch eingespannten Bolzen in der Hand hielt. Ruinen ragten um sie herum auf, hinter deren hohlen Fenstern sie Flynns Männer vermutete. Wahrscheinlich würde gleich jemand auf sie schießen, doch es blieb überraschend ruhig. Vielleicht ließ er auch nur die wenigen Wege bewachen, die auf die Insel führten, und das waren, soweit sie wusste, bloß der U-Bahn-Tunnel und die gewaltige Stahlbrücke, die vor ihr aufragte und sich über den breiten Fluss spannte. Eine zweite, schmalere Brücke war längst durchgerostet und nicht mehr begehbar.

Sie rannte auf einer alten Straße zwischen baufälligen Gebäuden und überwucherten Grünstreifen weiter, bis sie einen der massiven, gemauerten Brückenpfeiler erreichte, der bestimmt vierzig Meter in den Himmel wuchs. Dort oben führten die ehemaligen Fahrbahnen auf zwei Etagen über den East River. Doch wie kam sie dort rauf?

Skye umrundete den Pfeiler und entdeckte auf der Innenseite des gemauerten Doppelbogens Leitern, die dort definitiv im Nachhinein angebracht worden waren. Sicher von den Slashern. Sie musste vorsichtig sein, bestimmt waren auf der Brücke Wachposten und Späher positioniert. Von dort oben hatte man einen hervorragenden Überblick und konnte sehen, wenn jemand über die Brücke oder den Fluss kam.

Skye schulterte die Armbrust und machte sich an den Aufstieg. Zum Glück war sie einigermaßen schwindelfrei, und bald hatte sie die unterste Fahrbahn durch einen Kabel- oder Regenwasserschacht erklommen. Massive Stahlträger führten über ihrem Kopf entlang, auf denen sich die obere Fahrbahn befand. Auch dort hinauf gab es eine Leiter.

Skye überlegte, auf welcher Etage sie zurück zum Festland laufen sollte. Hier unten standen ihr auf jeden Fall zu viele Fahrzeuggerippe herum, hinter denen sich jemand verbergen konnte. Also kletterte sie vorsichtig weiter nach oben und steckte den Kopf durch die Öffnung im Teer.

Schnell zuckte sie zurück. Dort saßen zwei Männer, angelehnt an die betonierten Fahrbahnteiler, im Schatten eines breiten Stahlträgers, und starrten in den Himmel.

»Hier kommt doch sowieso niemand vorbei«, hörte sie jemanden mit Fistelstimme sagen und riskierte einen zweiten Blick. Der eine Kerl war zaundürr und hatte eine Pistole in seinem Schoß liegen. Außerdem fehlten ihm mehrere Zähne.

Der andere – ein schwarzhaariger, breitschultriger Riese mit Bauchansatz und einer dicken runden Nase – sah mit seinem Dreitagebart aus wie ein Bär. Neben ihm lag ein alter Revolver und um seinen breiten Nacken hing ein Fernglas.

Bär … Skye kannte die beiden! Sie lebten zwar nicht in Oasis, suchten dort aber ab und zu den Doktor auf oder betrieben Tauschhandel. Wenn sie sich nicht irrte, hieß der Hüne tatsächlich Bär und der dünne Mann Maus. Normalerweise begleitete sie ein struppiger Hund. Arbeiteten die beiden jetzt für die Slasher? Für … Flynn?

»Ich weiß gar nicht so recht, was wir hier überhaupt machen«, murmelte Bär, während er sich am Bart kratzte. »Es ist doch gar nicht unsere Art, uns einer Gruppe anzuschließen, schon gar nicht diesen Plünderern.«

Maus zuckte mit den Schultern und polierte einen roten Apfel an seiner zerschlissenen Weste. »Bleiben wir einfach mal eine Weile. Hier gibt es wenigstens immer was zu essen und die Leute sind nicht so schlecht, wie wir dachten.«

»Da ist was dran«, brummte Bär.

Ob Flynn die beiden aufgesammelt und manipuliert hatte, damit sie für ihn arbeiteten?

Maus nickte resolut. »Und jetzt, wo Gringo nicht mehr auf uns aufpasst und vor Angreifern warnt, fühle ich mich hier sicher.«

Genau, Gringo hieß ihr Hund! Wahrscheinlich war er gestorben; er hatte die beiden lange Zeit begleitet und seine Schnauze war vom Alter bereits beinahe weiß gewesen, als sie ihn das letzte Mal gesehen hatte.

»Geh wieder runter, Maus«, befahl Bär, »du sollst doch nicht mit mir hier oben Wache halten.«

Schnell zog Skye den Kopf ein, kletterte nach unten und lief im Zickzack zwischen den Fahrzeugen in Richtung Festland. Dabei betete sie, dass es nicht noch mehr Wachen gab und sie Oasis wohlbehalten erreichte.

Kapitel 11 – Verox – Verox' Albtraum

Nummer drei stand aufgereiht neben seinen Brüdern im Kommandoraum und schwor sich: Sollte er jemals von hier wegkommen, würde er sich einen richtigen Namen geben. Aber in dieser Einheit waren sie alle nur Nummern in Overalls.

Neben ihm standen Zwei und Fünf. Vier fehlte seit letzter Woche, Neun schon seit einem Monat. Drei vermutete, dass sie eliminiert worden waren. Sicher wusste er es nicht, doch sein Gefühl täuschte ihn selten. Seine Emotionen waren auch das einzige, was ihn am Leben hielt, innerlich zumindest, denn sein Körper wurde von den Ärzten, Wissenschaftlern und Commander Hallgreen gesteuert. Dafür sorgte ein Implantat-Chip in seinem Nacken, der mit dem Gehirn verbunden war, sowie Hunderte winziger Mini-Roboter in seinem Blut.

Der Befehlshaber stolzierte in seiner schicken Uniform vor ihnen auf und ab und musterte sie aus kühlen grauen Augen, während Dr. Alice Montgomery in der Nähe stand und einen Tablet-Computer aus ihrem weißen Kittel zog, um darauf herumzutippen. Die anderen Wissenschaftler beobachteten hinter einer bruch-, schuss- und feuersicheren Scheibe den morgendlichen Check.

Diese Feiglinge! Sie hatten nicht vergessen, dass es Eins geschafft hatte, während einer Routineuntersuchung einen Eispfeil auf Dr. Wilkens zu schleudern. Trotzdem war er noch im Programm. Allerdings war in seinen hellblauen Augen nicht mal mehr der Hauch einer Seele zu erkennen. Was hatten sie bloß mit ihm gemacht?

»Sie wollen also Nummer drei aussortieren, Sir?«, fragte Montgomery und hob eine ihrer perfekt gezupften Augenbrauen.

Drei zuckte innerlich zusammen, zeigte äußerlich aber natürlich keine Regung. Er hatte mehrmals Befehle verweigert, nachdem er nicht mehr damit klargekommen war, für den Tod von so vielen Menschen verantwortlich zu sein. Schon in jungen Jahren hatte er helfen müssen, unschuldige Kinder aus Siedlungen zu entführen, an denen anschließend grausame Experimente durchgeführt worden waren, nur damit in Zukunft noch tödlichere Soldaten erschaffen werden konnten. Die PSI-Warrior durften niemals offen ihre Fähigkeiten zeigen, aber auf dem »Übungsplatz« in der Wüste mussten sie sich regelmäßig austoben, indem sie Rebellen töteten. Einigen von seinen Brüdern machte das sicher Spaß, Drei erkannte das an den Funkeln in ihren Pupillen. Für ihn war es jedoch die Hölle.

Jetzt, mit gerade einmal achtzehn Jahren, sah er auch vieles mit anderen Augen. Er wollte nicht mehr töten, keine Waffe mehr sein, wollte niemanden leiden lassen, sondern ein selbstbestimmtes Leben ohne Kampf und Folter führen. Deshalb hatte er während der letzten Übung notgedrungen einer jungen Rebellin befohlen, sich selbst in den Kopf zu schießen, anstatt ihr mental die grausamsten Dinge aufzutragen, wie zum Beispiel langsame Selbstverstümmelung. Ihr Tod war schnell und schmerzlos gewesen.

»Ist sein Chip defekt?«, wollte der Commander wissen und stellte sich direkt vor ihn.

Montgomery trat neben ihn. »Nein, den habe ich überprüft.«

Hallgreen kniff die Lider zusammen. »Liegt vermutlich an seiner besonderen mentalen Kraft. Wenn er meine Befehle verweigern kann, kann er uns auch gefährlich werden. In meiner Einheit sehe ich deshalb keinen Nutzen mehr für ihn.«

Seine innere Anspannung wuchs ins Unermessliche. Würden sie ihn wegbringen? In eine normale Warrior-Einheit vielleicht? Sicher nicht. Das Projekt »PSI-Men« war streng geheim. Sie würden ihn töten.

Die Ärztin hob erneut eine Braue. »Soll ich ihn ausmustern? Oder kann ich noch ein paar Tests mit ihm machen?«

»Er gehört Ihnen, Alice«, antwortete Hallgreen. »Was Sie mit ihm vorhaben, ist mir egal.«

Ein bösartiges Lächeln stahl sich auf Montgomerys sinnliche Lippen. Drei wusste genau, was sie von ihm wollte.

Eine Stunde später befand er sich in ihrem »Labor«, nackt festgegurtet an einem quadratischen Gestell, und Arme sowie Beine wie ein X gespreizt. Die Ledermanschetten umschlossen so fest seine Gelenke, dass sie ihm fast das Blut abschnürten.

Auf seinem Kopf saß die verhasste Haube mit Elektroden, die schwache, für ihn unangenehme, aber ungefährliche elektrische Impulse abgaben. Diese sollten die Ausübung seiner mentalen Kraft verhindern. Die Ärzte und Wissenschaftler hatten herausgefunden, dass die leichten Stromstöße seine Fähigkeiten störten. Auf diese Weise konnten sie ihn »ruhigstellen«, solange sie an seinem Chip herumbastelten. Doch nicht heute. Bevor Montgomery ihm die Haube aufgesetzt hatte, war es ihm gelungen, ihr unter Aufbietung all seiner Konzentration den mentalen Befehl zu schicken, das Gerät nicht anzuschalten. Sie dachte jedoch, es sei aktiviert. Leider hatte es ihn sehr viel Anstrengung gekostet, gegen seine Programmierung zu rebellieren, sodass er sich erst wieder sammeln musste.

»Du hast mir schon immer von allen am besten gefallen«, säuselte die Ärztin. »Es wäre eine Schande, nicht dein volles Potential zu nutzen.« Ohne ihren gierigen Blick von ihm zu nehmen, ging sie um das Gestell herum. »Wenn du unserem Unternehmen nicht mehr nützlich sein kannst, würde ich gerne deinen Chip neu konfigurieren und dich als Sexroboter an Reiche vermieten.«

Nein!

Drei schrie innerlich, tobte und versuchte, an seinen Fesseln zu reißen. Nach außen hin blieb er ruhig wie immer, nur seine Augen verrieten seine Angst. Panisch verfolgten sie jede von Montgomerys Bewegungen.

Drei wusste: Dieses Monster im weißen Kittel konnte seinen Implantat-Chip so einstellen, dass er völlig willenlos wurde und selbst mit aller Macht nicht mehr dagegen ankam. Sie steuerte ihn ja jetzt schon wie einen Roboter, aber ein bisschen Selbstbestimmung hatte er sich bewahren können. Im Laufe der Zeit hatte er gelernt, seine Naniten mental zu lenken, sodass er mit ihnen gewisse Zuleitungen des Chips zum Gehirn blockieren und sich Befehlen verweigern konnte. Ihm war immer bewusst gewesen, dass er sofort eliminiert werden würde, sobald seine Macher auch nur ahnten, wozu er fähig war. Jetzt, da sein Schicksal beschlossene Sache war, musste er aufs Ganze gehen und seine Macht offenbaren. Er würde auf keinen Fall als seelenloser Sexsklave enden!

Montgomery tippte auf ihrem Tablet herum und murmelte etwas von »Nanobots beauftragen, Gehirnareale zu veröden, mit denen er seine Kräfte kontrolliert.«

Die Panik in ihm wuchs. Noch spürte er keine Veränderung, alles war gleich beschissen wie immer. Wahrscheinlich nicht mehr lange.

Montgomery blickte ihn stirnrunzelnd an. »Wir könnten dich für viel Geld an exklusive Kunden verleihen, um so die weiteren Forschungen zu finanzieren. Es gibt schließlich genug Leute mit sehr außergewöhnlichen Fantasien, denen normale Menschen nicht gewachsen sind.«

Ja, wer wusste das besser als er.

Montgomery holte ein Skalpell aus ihrem Kittel und zog die scharfe Schneide einmal quer über seine Brust. Dabei grinste sie, als wäre sie in ihre neue Idee verliebt.

Dank der Naniten spürte er nur einen kurzen Schmerz, danach fingen sie sofort an, das beschädigte Gewebe zu reparieren. Zurück blieb nichts als makellose Haut.

Seinen Körper konnte Drei keinen Millimeter bewegen, aber seine Gedanken gehörten ihm. Er verkroch sich tief in seinen imaginären Gedankenpalast, in dem alles glänzte, ruhig und friedlich war, weil er nicht zusehen wollte, was ihm diese Hexe antat, und damit er sich konzentrieren konnte, um einen Ausweg zu finden. Vor vielen Monaten war die Ärztin das erste Mal in seine Schlafkammer geschlichen, hatte sich neben ihn auf die Pritsche gelegt und an ihm herumgespielt.

Zuerst hatten ihm ihre Streicheleinheiten sogar gefallen. Sanfte Berührungen kannte er kaum und etwas in ihm sehnte sich danach, es ihr gleichzutun und zu ertasten, ob ihre Haut so weich war, wie sie aussah. Doch das wollte sie gar nicht. Gnadenlos hatte sie über das Tablet seinen Naniten befohlen, ihn reglos zu halten, ihm aber eine pralle Erektion zu bescheren, die sie befingert und geleckt hatte.

Danach wurden ihre Spielchen immer rücksichtsloser und perverser. Entsetzt musste Drei feststellen, dass sogar seine Zunge gelähmt war und er sich noch nicht einmal mit Worten wehren konnte. Schließlich hatte sie ihn wild geritten, bis sie zum Höhepunkt gekommen war, während er wie tot unter ihr gelegen hatte. Die Erleichterung, als sie ihn endlich allein ließ und sein Körper wieder ihm selbst gehörte, war allerdings nicht von Dauer. Doch von ihr auf diese Weise missbraucht zu werden, war noch harmlos gewesen. Später hatte sie ihn dabei verletzt, ihm die Lippen blutig gebissen, sein Blut geleckt oder ihn mit einem Umschnalldildo, der mit Metalldornen bestückt war … Nein, daran wollte er nicht denken.

Als sie fragte: »Was geht in deinem hübschen Kopf vor?«, und ihm dabei ans Kinn fasste, schrak er innerlich auf. Hatte sie mitbekommen, dass das Störgerät auf seinem Kopf nicht funktionierte?

»Ich weiß, dass du die gefährlichste Macht von allen besitzt und sie außergewöhnlich gut im Griff hast. Deshalb rate ich dir, keine Dummheiten zu machen, mein Hübscher. Oder …« Sie tippte erneut auf ihrem Computer herum und schon füllte sich sein Penis mit Blut.

Als er hart von seinen Lenden abstand, zog sie einen Kabelbinder direkt über der Wurzel darum und schnürte ihn so fest zu, dass es schmerzte.

»Oder …«, säuselte sie lieblich, »ich werde nicht nur einen kleinen Teil von dir abschneiden …« Sie zog mit zwei Fingern gewaltsam seine Vorhaut über die pralle Eichel und schnitt ein Stück davon mit dem Skalpell ab. Anschließend ließ sie es einfach fallen. »Dann werde ich tiefer schneiden und den Nanobots befehlen, diesen Schaden nicht mehr zu reparieren.«

Im inaktiven Zustand hielten sich die winzigen Roboter meistens in der Leber auf, um sich dort mit neuer Energie aufzuladen – diese Information hatte Drei einmal zufällig aufgeschnappt. Wegen der Verschnürung schafften es die Nanobots diesmal nur langsam, durch die Blutbahnen zu seiner Penisspitze vorzudringen und die abgeschnittene Haut neu aufzubauen. Doch er brauchte die meisten Roboter jetzt ohnehin bei den Leitungen, die vom Chip in sein Gehirn führten. Deshalb biss er die Zähne zusammen, versuchte, die Schmerzen zu ignorieren, und schickte seine mentalen Befehle an die Naniten. Einen Teil sandte er in die Armmuskeln, damit sie ihnen mehr Kraft gaben, den anderen Teil zu den Leitungen.

»Ah, du bist wiederhergestellt, mein Süßer«, raunte Montgomery und umschloss mit einer Hand seine Erektion, um kurz daran zu reiben. »Vielleicht sollte ich mir zum Abschluss noch mal meinen Spaß mit dir gönnen?« Sie schob das Tablet in die breite Tasche ihres Kittels, zog ihn aus und legte ihn auf den nächsten Stuhl.

Das war seine Chance, freizukommen!

Solange sie ihre cremefarbene Bluse aufknöpfte, sammelte er all seine mentalen und körperlichen Kräfte, wartete auf den Moment, an dem die Nanobots seine Befehle ausführten, und zerrte mit aller Gewalt an den Ledermanschetten. Fast mühelos rissen sie entzwei. In Blitzgeschwindigkeit zog er sich die Haube vom Kopf und löste auch seine Fußfesseln, während Montgomery wie erstarrt zusah. Anschließend packte er die Ärztin an den Armen, damit sie nicht zum Tablet greifen konnte, und knurrte fuchsteufelswild: »Noch einen letzten Kuss, Alice?«

Sein Herz hämmerte gegen seinen Brustkorb und er bekam kaum Luft. Er hatte es geschafft, die Blockaden zu überwinden! Jetzt durfte nichts mehr schiefgehen, er musste sich weiterhin konzentrieren, auch wenn ihm das sehr schwer fiel. Niemals war er zorniger gewesen.

Die Ärztin starrte ihn angsterfüllt an und stammelte etwas Unverständliches. Drei beugte sich zu ihr, und in ihren riesigen Pupillen spiegelte sich sein Löwengesicht, bevor er ihr die Lippen aufdrückte, um ihr ein paar seiner Naniten zu schicken.

Fresst sie von innen auf!, befahl er den Robotern; danach ließ er Montgomery abrupt los, als würde sie in Flammen stehen. Es ekelte ihn, ihr nahe zu sein, aber nur auf diese Weise hatte er ihr am schnellsten seine Naniten übertragen können.

Schreiend ging sie in die Knie, doch niemand würde sie in diesem isolierten Raum hören. Blut lief ihr aus Mund, Nase, Ohren und schließlich auch aus den Augen.

Drei fühlte weder Mitleid noch Genugtuung. Sein rationaler Kriegerverstand arbeitete auf Hochtouren, während er durch das Labor wanderte und nach einem Fluchtweg suchte. Ohne Montgomerys Netzhautscan kam er nicht weit; er sollte ihr das Auge rausreißen, bevor die Naniten es zerstörten.

Kurz erschrak er über seinen Gedanken, doch der Überlebensinstinkt überdeckte alles. Deshalb wirbelte er zu ihr herum und sah, dass sie es geschafft hatte, das Tablet aus ihrem Kittel zu ziehen. Schon blinkten rote Lichter auf und ein schriller Alarm ertönte. Montgomery kippte vornüber und rührte sich nicht mehr.

Verflucht!

Sekunden später stürmten seine Brüder mit Commander Hallgreen den Raum. Obwohl er sich verzweifelt wehrte, musste er sich schließlich ihrer Überzahl beugen. Gemeinsam zwangen sie ihn zu Boden und stellten ihn mit einer Injektion in den Hals ruhig, die auch seine Naniten nicht neutralisieren konnten. Wieder einmal verspürte er das verhasste Gefühl, hilflos in seinem eigenen Körper gefangen zu sein, doch es kam noch schlimmer: Es folgte ein scharfer Schnitt an seinem Nacken, dann ein höllisches Ziehen, das bis tief in sein Gehirn drang. Drei wusste: Jemand hatte ihm gewaltsam den Implantat-Chip herausgerissen, wahrscheinlich einer der Ärzte. Ohne den Chip funktionierten die Naniten nicht mehr; gleichzeitig bedeutete die Entfernung des Senders sein Todesurteil. Das Gehirn erlitt zu viel Schaden, wenn die feinen Drähte mit herausgezogen wurden.

Drei versuchte noch mit aller Kraft, seinen Naniten zu befehlen, die Verletzungen seines Gehirns zu reparieren, bevor sein Immunsystem die winzigen Roboter absorbierte – dann verschwand alles in schwarzem Nebel.

Wie im Traum bekam er mit, dass ihn jemand durch die Gänge der geheimen Forschungsanlage zerrte. An den harten, gleichmäßigen Schritten, die von den kahlen Wänden hallten, erkannte er, dass es einer seiner Brüder sein musste.

Als Drei das nächste Mal aus seiner Bewusstlosigkeit auftauchte, fand er sich nackt und blutend auf der Ladefläche eines ruckelnden Jeeps wieder, und über ihm leuchteten die Sterne an einem pechschwarzen Himmel. Sein Bruder fuhr mit ihm tief in die Wüste, wahrscheinlich, um ihn dort zu vergraben.

Drei müsste ohnehin längst tot sein, doch wie durch ein Wunder lebte er noch. Aber er war viel zu geschwächt, um gegen seinen Bruder etwas ausrichten zu können. Während dieser ihn von der Laderampe zog, sah er, dass es sich um Sieben handelte. Sieben würde ihn verbrennen! Er konnte unglaublich heiße Flammen erschaffen, die von Drei nur noch ein Häuflein Asche zurücklassen würden.

Sieben legte ihn bäuchlings in den Sand, in dem noch die Wärme das Tages hing, und sagte mit kühler Stimme: »Du wirst nicht leiden, Bruder. Ich werde dir einen schnellen Tod schenken.«

Drei nahm all seine Kräfte zusammen, grub die Finger in den Sand und flüsterte: »Bitte, lass mich am Leben.«

Er spürte bereits die Hitze in seinem Rücken, die von Sieben ausging, und die Umgebung erhellte sich. Mit letzter Muskelkraft drehte sich Drei auf den Rücken und kniff kurz die Lider zusammen. Die Flammenbälle in Siebens Händen glühten mittlerweile grell.

»Dann erweise mir die letzte Ehre, indem du mich ansiehst, Bruder«, befahl Drei eindringlich. »Schau mir in die Augen!«

Er sammelte nun all seine verbliebenen mentalen Kräfte, um eine Verbindung zu seinem Bruder herzustellen und seinen eigenen Tod vorzutäuschen. Sieben sollte glauben, er hätte ihn verbrannt. Danach robbte Drei schwerfällig aus der Schusslinie.

Sieben richtete seine Handflächen auf den Wüstenboden, woraufhin zwei Feuersäulen den Sand in flüssiges Glas verwandelten. Dabei krächzte er unter Tränen: »Es tut mir leid, Bruder …«

Bis hierhin spielte sich Verox' Albtraum, der eher eine Erinnerung an die damaligen Geschehnisse war, immer gleich ab. Doch heute war etwas anders: Sieben richtete die Flammensäulen nicht auf den Sand, sondern vor ihm lag Skye und schirmte ihr Gesicht schreiend vor Schmerzen mit den Armen ab. Sieben hörte nicht auf, sein Feuer auf sie zu schießen, bis Skyes Fleisch regelrecht wie Papier von den Knochen blätterte. Ihr Skelett glühte noch einmal orangefarben auf, dann zerfiel es zu Asche.

»Nein!«, brüllte Verox, da richtete Sieben die Flammen auf ihn.

»Skye!« Verox schreckte panisch aus dem Traum hoch. Da er sie nicht in seiner Nähe spürte, rollte er sich herum, auf die andere Seite des Bettes, wobei er mit dem Arm einen Stapel Bücher umstieß, sodass sich diese auf der Matratze verteilten. Sein Herz hämmerte gegen die Rippen und das Blut rauschte so stark in seinen Ohren, dass er sich für einen Moment orientierungslos fühlte.

Okay, beruhige dich, alles ist gut, du bist in deinem Versteck, in Sicherheit, ermahnte er sich und ließ den Kopf auf die Matratze plumpsen, sodass sich seine Nase hineingrub. Der intensive Duft erdete ihn ein wenig. Es roch nach Skye und ihrem Liebesspiel.

Oh Mann, es war einzigartig gewesen! Erfüllend und befreiend zugleich.

Langsam beruhigte sich sein rasender Puls, während er vor seinem inneren Auge Skyes geschmeidigen Körper sah, der sich ihm entgegen bog.

Mit ihr hatte er beim Sex zum ersten Mal er selbst sein dürfen und nicht an Montgomery gedacht. Skye wusste, wer er war und was er war, und er hatte sie hinterher nichts vergessen lassen. Bei ihr fühlte er sich leicht, zu Späßen aufgelegt, beinahe schwerelos und mutig, ihr seinen Körper zu zeigen, sich ihr nackt zu präsentieren und sie mit seinen Vorzügen um den Verstand zu bringen. Sie ließ ihn all das Grauen aus seiner Vergangenheit vergessen und machte einen völlig neuen Mann aus ihm.

Sie hatte das Abbild seines inneren Biestes gesehen und sich nicht davor gefürchtet. Das wollte er von nun an jeden Tag erleben. Er verdankte Skye so wahnsinnig viel. Einst hatte sie ihm das Leben gerettet, nun schenkte sie ihm neue Hoffnung.

Aufatmend drehte er sich herum, wobei er sich von den Büchern in seinem Rücken nicht stören ließ, und öffnete die Augen. Der Raum lag in völliger Dunkelheit, doch durch den Lüftungsschacht hinter dem Bild drang ein wenig Helligkeit hinein. Skye war nicht hier.

Verox setzte sich auf und band sein Haar ordentlich im Nacken zusammen. Vielleicht war sie zu Marisa gegangen? Doch der Riegel befand sich vor der Tür.

»Skye?«, rief er erneut.

Wo war sie, verdammt?

Ihre Kleidung fehlte und … die Spiegeltür stand einen winzigen Spaltbreit offen!

Er sprang auf, krallte sich seine Hose und lief in den Nebenraum. Dort registrierte er sofort, dass die Armbrust nicht mehr an ihrem Platz lag und das Schloss an der Luke offen stand. Schnell griff er in die linke Tasche, in der er den Schlüsselbund aufbewahrte, und erstarrte. Er war weg!

Keuchend ließ er die Hose fallen, sodass die Messer klirrten, und ging in die Hocke. Skye hatte sich einfach davongeschlichen!

Übelkeit bemächtigte sich seiner, und er sank auf die Knie, weil sämtliche Kraft aus seinen Muskeln wich.

Hatte sie deswegen mit ihm geschlafen? Um ihn noch mehr zu schwächen?

Fuck, er war nach diesem geilen Akt, der mentalen Verausgabung und ihren Gesprächen halb ins Koma gefallen! Und er hatte sich neben ihr sicher gefühlt …

Wegen Dr. Alice Montgomery hatte er Sex als etwas Abartiges kennengelernt, etwas Erzwungenes, und deshalb das Thema nach seiner Flucht durch die Wüste auf Eis legen wollen. Erst als er auf Skye getroffen war, hatte er erfahren, dass es zwischen Mann und Frau auch anders ablaufen konnte. Skye hatte sein wahres Verlangen geschürt und ihm nie wehgetan.

Heute hatte sie ihm das Herz aus der Brust gerissen.

Er hatte ihr vertraut, hatte sich zum ersten Mal einem anderen Menschen komplett geöffnet – und wurde verraten.

Verox fühlte sich hundeelend. Skye hatte ihn auf widerlichste Weise hintergangen und redete sicher gerade mit seinen Feinden. Sie hatte ja unbedingt mit ihm zurückgehen wollen! Doch er würde sich nicht gefangen nehmen und steuern lassen. Nie wieder!

Verox krümmte sich zusammen, denn jede einzelne Zelle seines Körpers schmerzte höllisch. Es fühlte sich an, als würde er sterben.

Ihretwegen hatte er sich den Bart abrasiert, weil er dachte, eine Tarnung sei nun unnötig. Schließlich hatte er in ihren Kopf gesehen und dort die Wahrheit gefunden!

Aber was, wenn sie es irgendwie geschafft hatte, ihre Gedanken und Erinnerungen zu manipulieren? Immerhin sprang sie auf seine Beeinflussung auch nicht richtig an …

Verox wusste nicht mehr, was er glauben sollte. Aber Skyes Flucht sagte ihm alles.

Knurrend richtete er sich auf und riss sich den Verband vom Arm, den ihm diese Heuchlerin angelegt hatte. Er warf ihn in eine

Ecke und wischte sich energisch die angesammelte Feuchtigkeit aus den Augenwinkeln. Dieser verlogenen Ziege würde er garantiert keine Träne nachweinen! Nun schämte er sich dafür, dass er geglaubt hatte, er könne mit ihr ein neues Leben beginnen.

Resolut schlüpfte er in seine Hose; dabei hieß er die Wut in seinem Bauch willkommen. Sie gab ihm neue Kraft.

Verox wusste, was er jetzt tun musste, denn er hatte geahnt, dass dieser Tag kommen würde. Wieder einmal würde sich für ihn einiges ändern.

Kapitel 12 – Skye – Zurück

Die meiste Strecke des Weges rannte Skye, als wäre ihr ein Raubtier auf den Fersen. Sie wollte so schnell wie möglich zu June, um anschließend sofort zu Flynn zurückzukehren. Sie betete, dass er noch schlief!

Ihre Lunge brannte, sie hatte höllisches Seitenstechen und bekam kaum Luft, dennoch hörte sie nicht auf, zu laufen. Zum Glück ging die Strecke nur über die Brücke und danach immer geradeaus. Sie würde direkt bei der Siedlung herauskommen. Flynn hatte sich das perfekte Versteck ausgesucht. Es lag in der Nähe von Oasis und befand sich dennoch weit genug weg an einem Ort, an dem ihn niemand vermuten würde.

Nach ungefähr einer Meile konnte Skye nur noch gemächlich joggen, und ein paar hundert Meter später schaffte sie es gerade noch, einen Fuß vor den anderen zu setzen. Normalerweise brachte sie nichts so leicht aus der Puste, doch sie hatte ständig Hindernissen ausweichen oder über sie klettern müssen. Außerdem strahlte die Morgensonne heute besonders heiß.

Als sie in ein dichtes Wäldchen stolperte, dachte sie: *Oasis … Dem Himmel sei Dank!*

Endlich hatte sie den unteren Rand der Siedlung erreicht. Doch bis in die Mitte des Parks und zu der kleinen Burg, in der June wohnte, lag immer noch eine Meile Wegstrecke vor ihr! Bei jedem Atemzug gab sie pfeifende Geräusche von sich und ihre Kehle fühlte sich staubtrocken an.

Komm schon, Skye, du hast es bald geschafft!

Heftig atmend schlug sie sich durch die Büsche bis zum East Drive. Auf dem brüchigen Teer humpelte sie weiter, weil sich noch ein Krampf in den Oberschenkeln dazugesellte, und vorbei am ehemaligen Zoo, der ihnen aktuell als Gefängnis diente. Dabei wurden ihre Beine immer schwerer und die Muskeln schmerzten. Sie hätte nicht wie eine Irre losrennen, sondern die Strecke lieber im Laufschritt zurücklegen sollen, dann hätte sie ihr Ziel wohl schneller erreicht. Aktuell wusste sie nicht, wie sie das letzte Stück bewältigen sollte. Am liebsten würde sie sich jetzt unter einem Baum ins Gras legen und schlafen.

Na los, stell dich nicht so an!, schalt sie sich – da sah sie plötzlich zwei Leute auf der Straße: einen großen und einen etwas kleineren Mann. Anhand der einheitlichen, hellen Hemden mit den kurzen Ärmeln und den dunkelblauen Hosen erkannte sie, dass es Wachen waren.

Skye winkte, weil sie keine Luft mehr übrig hatte, um zu rufen, danach sackte sie auf die Knie und stützte sich mit den Händen auf dem warmen Boden ab. Schweißtropfen malten dunkle Sprenkel auf den porösen Teer.

Shit, sie konnte wirklich keinen Zentimeter mehr weitergehen.

Der breitschultrige schwarzhaarige Mann lief sofort auf sie zu, und sie erkannte Pyro erst, als er fast vor ihr stand.

»Bist du verletzt?« Er musterte sie besorgt, nachdem er sie erreicht hatte.

»Nur … außer … Atem«, keuchte sie. »Muss zu … June. Jetzt!«

»Ich bringe dich zu ihr. Ich muss nur schnell Flame anfunken. Er versucht seit zwei Stunden, deiner Spur zu folgen, konnte sie aber nicht finden.«

Weil es eher Flynns Spur ist, dachte sie zerknirscht, während Pyro durch einen kleinen Kommunikator an seinem Handgelenk

Flame informierte. Diese Geräte schienen jetzt die meisten Wachen zu besitzen. Wahrscheinlich hatte Clint sie ihnen aus Royal City mitgebracht. Sie funktionierten auch wesentlich besser als die alten Walkie Talkies.

»Ja, ich habe sie«, gab Pyro durch. »Ich bringe sie zu June.«

»Gott sei Dank! Ich bin in spätestens einer halben Stunde dort. Over.«

»Over and out.« Pyro hängte sich ihre Armbrust über die Schulter und hob Skye hoch. »Geht es dir wirklich gut?«

Sie legte einen Arm um seinen Nacken und antwortete: »Gut«, froh, keinen weiteren Schritt mehr selbst laufen zu müssen. Dafür wurde sie schon wieder einmal von einem großen, starken Kerl durch die Gegend getragen. Das schien ja langsam zur Gewohnheit zu werden.

Er trug sie an der anderen Wache vorbei – einem blonden Jüngling, den Skye nur vom Sehen kannte –, und rief dem Mann zu: »Ich bringe sie zu June, dreh du weiter deine Runden und sag jedem, den du triffst, dass Skye wieder aufgetaucht ist!« Er legte an Tempo zu und rannte mit ihr den East Drive entlang, weil das der schnellste Weg zur Burg war. »Wo warst du denn? Die halbe Siedlung sucht nach dir!«

»Ist … vertraulich.«

»Wir haben uns alle große Sorgen gemacht. Als Enzo heute Morgen deine Armbrust gefunden hat und von dir weit und breit keine Spur zu sehen war, dachten wir, die Slasher hätten dich gekidnappt!«

Tja, was sollte sie darauf antworten …

»June hat alle mobilisiert und sogar Clint angefunkt. Er würde zwar ohnehin später mit dem Shuttle kommen, aber jetzt will er zusätzlich bei der Suche helfen.«

Oh Mann, sie hatte nicht erwartet, dass ihr Verschwinden für so viel Trubel sorgte. Zum Glück hatte sie jetzt schon zurückkehren können!

»Clint muss dringend noch was aus Royal City mitbringen«, erklärte sie, froh, wenigstens wieder normal reden zu können. »Ich brauche unbedingt Vitamine für …« Verdammt, wie viel durfte sie

Pyro verraten? Fürs Erste wollte sie sich nur June und Flame anvertrauen. Schnell setzte sie hinzu: »Du hast gesagt, Enzo hat meine Bessy gefunden? Wo ist sie?«

»Falls du deine Armbrust meinst, die ist bei June.«

Skye atmete tief durch. Das lief ja alles besser, als geplant!

»Du bist wirklich seltsam«, murmelte Pyro und schüttelte den Kopf, während er unbeirrt weiterlief, kaum aus der Puste geriet und jedem, an dem sie vorbeikamen, zurief: »Skye ist wieder da! Es geht ihr gut!«

Sie erwiderte seine Worte mit einem Grinsen, schließlich war ihr bewusst, anders als andere Frauen zu sein. Deshalb machte es sie überglücklich, von Flynn gemocht zu werden. Begehrt! Und er hatte ihr sogar gesagt, dass ihm keine andere je so viel bedeutet hatte wie sie.

***

Als sie nur Minuten später die Burg erreichten, setzte Pyro sie vor dem Eingang ab und gab ihr die Armbrust zurück.

Skye bedankte sich bei ihm für den ungewöhnlichen Transport; dann stieß sie die Tür auf und joggte über eine schmale Wendeltreppe nach oben in Junes Zimmer. In der über zwanzig Quadratmeter großen Wohnkammer befanden sich ein Tisch mit zwei Holzsesseln, ein bequem wirkender Ledersessel, ein breites Bett, eine Waschgelegenheit und ein Metallständer mit ordentlich aufgehängter Kleidung. Außerdem ein Bücherregal mit Schätzen aus der alten Welt, von denen Skye die meisten gefunden hatte.

Das Tageslicht schien durch hohe Fenster mit Rundbögen, und vor einem davon stand June, gekleidet in ein langes burgunderfarbenes Gewand, das sie wie ein mittelalterliches Burgfräulein aussehen ließ.

»Skye!« Ihre Freundin riss die Augen auf und wollte sie umarmen, aber Skye stürzte an ihr vorbei auf den Tisch zu. Dort legte sie ihre Waffe ab und nahm den Wasserkrug an sich. Gierig trank sie mehrere große Schlucke. Das kühle Nass befeuchtete ihre ausgetrocknete Kehle.

»Wo warst du?« June beobachtete sie mit offenem Mund und spielte nervös an ihrem langen braunen Zopf. »Ich muss sofort Flame informieren!«

»Das hat Pyro schon getan.« Während des Herweges hatte sich Skye ununterbrochen ausgemalt, was sie ihr erzählen sollte, aber nun existierte in ihrem Kopf bloß ein einziges Durcheinander. Deshalb trank sie langsamer weiter, um mehr Zeit zu gewinnen. Am besten begann sie mit ihrem Traum. »Weißt du noch, dass ich mal einen verrückten, sehr detaillierten Traum erwähnt hatte, den ich immer wieder habe?«

»Ich erinnere mich schwach.«

»Das war kein Traum!«, rief Skye, setzte den Krug ab und zog June an der Hand zu einem der beiden Holzsessel am Tisch. Danach machte sie es sich auf dem anderen Platz gemütlich und schilderte die Kurzversion ihres Traumes, bevor sie berichtete, wie sie Flynn vor ein paar Stunden auf ihrem nächtlichen Spaziergang »begegnet« war. Dass er sie mehr oder weniger gekidnappt hatte, verschwieg sie vorerst. Auch wo er sich versteckte und dass er im Grunde die Slasher anführte, behielt sie lieber für sich. Skye musste sich erst überlegen, wie viel sie sagen durfte. Zuerst sollte Flame erfahren, dass Flynn alias Nummer drei lebte und er Medizin brauchte.

June sprang auf. »Flame wird überglücklich sein, das zu hören. Einer seiner Brüder hat überlebt!«

»Und das ist für Flynn das Problem«, erklärte Skye zerknirscht. »Er hat immer noch große Angst, seine Vergangenheit könnte ihn einholen. Er wollte nicht mit mir gehen, weil Flame schließlich einer von den Bösen sein könnte.«

»Verständlich«, murmelte June und setzte sich wieder. »Hoffentlich kommt Flame bald. Er muss davon erfahren!«

»Es tut mir leid, dass ich euch solchen Kummer bereitet habe.« Schuldbewusst blickte sie ihre Freundin an. June sollte jetzt glücklich sein und ihre Zeit mit Flame genießen. Schließlich hatten sich die beiden erst vor Kurzem wiedergefunden. Doch die Sorge der vergangenen Stunden stand ihr deutlich ins Gesicht geschrieben.

Sorgen um sie, um Skye! Dabei ahnte June noch nicht einmal die ganze Wahrheit.

»Kann ich dich bei einer Sache um Hilfe bitten?«, fragte Skye vorsichtig.

»Natürlich.« June lehnte sich interessiert vor. »Aber sag: Wieso bist du denn so plötzlich mit Flynn verschwunden? Du hättest doch schnell Bescheid geben können.«

»Es war noch so früh am Morgen und ich wollte euch nicht wecken.« Das war schließlich nur halb gelogen.

»Und wo seid ihr so lange gewesen? Wo ist Flynn jetzt?«

Skye hatte geahnt, dass June sie mit Fragen löchern würde. »Erzähle ich dir gleich«, antwortete sie schnell, »zuerst benötige ich ganz dringend Medizin. Flynn geht es nicht so gut. Er hat sich lange Zeit versteckt und leidet nun an der Bunkerkrankheit.«

»Er braucht Vitamin D.«

Skye nickte eifrig.

June erhob sich und holte ein Kommunikationsgerät aus dem Regal. Es sah so ähnlich aus wie das an Pyros Handgelenk, nur ein bisschen größer. »Ich rufe Clint an. Vielleicht kann er das Vitamin mitbringen. Er wollte ohnehin kommen.«

Das wusste Skye bereits von Pyro. Aufatmend sagte sie: »Ich weiß gar nicht, wie ich dir danken soll.«

June zwinkerte. »Mir fällt schon was ein.«

Auf ihrer nächsten Tour würde Skye nach etwas ganz Besonderem für ihre Freundin Ausschau halten.

Während June mit Clint redete, hörte Skye kaum zu, sondern überlegte fieberhaft, was sie Flame erzählen sollte. Sie wollte ihre Freunde nicht anlügen, doch sie verspürte das dringende Bedürfnis, Flynn zu schützen. Aber er war der Anführer der Slasher! Würden ihre Freunde ihr auch noch helfen, wenn sie das erfuhren?

»Clint wird ein paar Warrior-Aufbaupräparate mitbringen«, erklärte June, nachdem sie das Gespräch beendet hatte. »Er kommt in einer Stunde mit den vierzehn Kriegern an.«

»Ich danke dir.« Sie stand auf, um ihre Freundin zu umarmen.

Innerlich nagte das schlechte Gewissen an ihr. Die Warrior kamen extra aus Royal City, um Oasis im Kampf gegen die Slasher zu unterstützen. Im Kampf gegen Flynn … Verox!

Gerade, als sich Skye von June löste, stürmte Flame in den Raum. Er trug eine dunkelgrüne Armeehose, Stiefel, ein eng anliegendes T-Shirt und eine Sonnenbrille, die er in sein schwarzes Haar schob.

»Skye!« Als er sie sah, blieb er abrupt stehen und atmete tief durch. »Gott sei Dank! Wo hast du gesteckt? Wir haben gedacht, die Slasher hätten dich mitgenommen!«

Lächelnd ging June zu ihm und schlang ihre Arme um seinen Oberkörper. »Es geht ihr gut, und sie hat Neuigkeiten für dich!« Über ihre Schulter schaute sie zu Skye. »Erzähl du es ihm.« Dann nahm sie Flame an die Hand und führte ihn zum Bett. »Vielleicht setzt du dich lieber.«

Alarmiert blickte er abwechselnd von June zu Skye, während er sich auf der Matratze niederließ. »Was ist los?«

»Etwas Wunderbares ist passiert«, erklärte June, nahm neben ihm Platz und nickte Skye zu, damit sie begann.

»Also …« Unruhig marschierte sie im Zimmer auf und ab, denn vor Nervosität konnte sie jetzt auf keinen Fall sitzen. »Ich hatte jahrelang einen Traum von einem jungen Mann, den ich schwer verletzt gefunden und gepflegt habe. Gestern wurde mir bewusst, dass es kein Traum war, sondern alles wirklich passiert ist, denn ich habe den Mann wiedergetroffen. Es ist …« Sie drehte sich zu Flame und stieß hervor: »Es ist Nummer drei. Er lebt.«

»Was?« Flame sprang auf und stellte sich vor sie. »Aber … er ist tot! Ich habe ihn verbrannt! Er starb vor meinen Augen!«

»Du hast ihn nicht getötet. Dank seiner besonderen Gabe hat er dich nur glauben lassen, du hättest ihn verbrannt.«

Flame sah aus, als könnte er jetzt einen Stuhl gebrauchen, aber er hielt sich tapfer auf den Beinen und begann nun selbst, hin und her zu laufen. Dabei wirkte sein Gesicht völlig blutleer. »Bist du dir auch ganz sicher, dass es Drei ist?«

»Ganz sicher. Er ist putzmunter.« Und wahnsinnig heiß! »Na ja, ihm fehlen ein paar Vitamine, aber sonst scheint es ihm gut zu gehen.«

Flame fasste an ihre Schultern und starrte Skye eindringlich an. »Wo steckt er? Ich will sofort zu ihm!«

»Also er … lebt im Verborgenen, weil er niemandem vertraut.« Sie konnte Flame kaum in die Augen sehen. Dazu musste sie auch den Kopf in den Nacken legen, weil er so groß war. Flynn war ein bisschen kleiner, aber immer noch ein Riese gegen sie.

Abrupt kniff er die Lider zusammen und stemmte die Hände in die Hüften. »Habe nur ich das Gefühl, dass du uns etwas Wichtiges verschweigst?«

Skyes Puls geriet aus dem Takt, woraufhin Flame sie noch argwöhnischer betrachtete.

Mist, konnte er etwa ihren Herzschlag hören?

Seine Brauen schoben sich weit zusammen. »Du bist nicht freiwillig mit ihm gegangen, oder?«

»Deine Waffe!« June drückte sich eine Hand auf die Brust und stellte sich neben Flame. »Du würdest sie nie zurücklassen!«

Fuck!

»Wo ist sie?«, fragte Skye schnell, um von dem Thema abzulenken, das sie nicht genauer ausführen wollte.

June deutete unter das Bett. »In der Truhe.«

Ihr fiel ein Stein vom Herzen. »Danke, dass du auf sie aufgepasst hast.«

»Und woher hast du diese hier?«, wollte Flame wissen und zeigte auf den Tisch, auf dem die Armbrust lag, die sie aus Flynns Lager mitgenommen hatte.

»Von Flynn.«

Flame runzelte die Stirn. »Wem?«

»So habe ich Nummer drei getauft.«

»Und so nennt er sich jetzt?«

»Ähm …« Flame konnte nicht wissen, wie der Anführer der Slasher hieß, oder? Nein, gewiss nicht. Also sagte sie: »Er nennt sich jetzt Verox.«

»Du bist vor ihm weggelaufen – nachdem er dich entführt hat.«

Mist! Warum waren diese Krieger bloß so verdammt schlau?

Flame nahm einen tiefen Atemzug, als könnte er anhand ihres

Geruches die letzten Stunden in ihrem Leben analysieren. Verdammt, sie war völlig verschwitzt! »Zwingt er dich, etwas gegen deinen Willen zu tun?«

»Seine Kraft funktioniert bei mir nicht.« Oh Gott, er konnte doch nicht riechen, dass sie Sex mit Flynn gehabt hatte? »Zumindest nicht, wenn ich mich dagegen sperre.«

»Du weißt also, wozu er fähig ist?«

»Ja, er kann andere mental beeinflussen. Sie Dinge tun und Sachen vergessen lassen.« Zitternd holte sie Luft. »Und er hat mir nichts getan, wirklich! Außerdem bin ich nicht vor ihm weggelaufen, denn ich will gleich wieder zu ihm zurück. Er ist einer von den Guten, genau wie du.«

Flames angespannte Miene glättete sich nur ein wenig. Unendlich ruhig fragte er: »Und warum ist er dann nicht hier?«

Sanft berührte June seinen Arm und blickte ihn mitfühlend an. »Er hat dieselben Ängste, die du hattest.«

Skye nickte. »Er befürchtet, dass seine … eure Schöpfer noch leben. Aber wenn du mit mir kommen und mit ihm reden könntest, um ihm zu sagen, dass er wirklich keine Angst mehr zu haben braucht …« Ja, was wäre dann? Gab es überhaupt eine Zukunft für Flynn und sie?

Flame zog June an sich und starrte für ein paar Sekunden, die sich für Skye endlos ausdehnten, ins Leere, bevor er resolut sagte: »Dann bring mich zu ihm, Skye.«

»Das werde ich.« Ein Gespräch von Bruder zu Bruder war sicher das Beste. Sie würde die beiden an einem neutralen Ort zusammenbringen, denn wenn sie Flame mit ins Versteck brachte, würde das Flynn garantiert nicht gefallen. Und Flame würde sofort das ganze Ausmaß der verzwickten Situation begreifen. Dass Flynn der Anführer der Slasher war und … Eins nach dem anderen.

»Ich komme auch mit.« June löste sich von Flame und zog die Kiste unter dem Bett hervor, in dem sie ein paar Messer aufbewahrte und … eine kleine Pistole!

»Nein!«, riefen Skye und Flame gleichzeitig, woraufhin Skye von ihm erneut einen skeptischen Blick erntete.

»Da draußen ist es gefährlich, June«, erklärte er. »Ich habe Naniten, du nicht.«

»Genau, er hat seine Roboter.« Skye betrachtete interessiert die Pistole in der Truhe. »Woher hast du die?«

»Von Acid.« June senkte die Stimme. »Er hat sie mir gegeben, weil die Bedrohung durch die Slasher immer größer wird.«

Skye schluckte schwer. »Ich werde es keinem verraten.«

Jeder hier fürchtete die Plünderer und wollte sie am liebsten tot sehen. Und sogar June musste Angst haben, wenn sie sich als Oberhaupt der Siedlung nicht an das Waffengesetz hielt! Normalerweise durften nur die Wachen Schusswaffen mit sich führen. Skye besaß für ihre Armbrust eine Sondergenehmigung, weil sie sich schließlich verteidigen können musste, wenn sie auf Sachensuche ging.

Sie zog Bessy aus der Truhe und inspizierte sie genau. Zum Glück sah sie unversehrt aus. Die andere Armbrust würde sie Flynn zurückbringen.

»Ich sollte sowieso besser hierbleiben«, sagte June, wirkte aber nicht glücklich darüber. Skye merkte, wie gerne sie mit ihnen gehen wollte. »Clint kommt gleich mit den anderen Kriegern.«

Skye war froh über Junes Posten als Oberhaupt von Oasis und den damit verbundenen Pflichten. Sie wollte auf keinen Fall, dass ihre Freundin in Gefahr geriet, auch wenn von Flynn keine ausging. Doch da gab es schließlich immer noch die anderen Plünderer.

Ach, verdammt, seine Freunde zu belügen, fühlte sich ziemlich beschissen an.

Kapitel 13 – Skye – Aus und vorbei

Die ausgeliehene Armbrust hatte sich Skye umgehängt, Bessy trug sie in der Hand, während sie mit Flame die Straße entlang marschierte. Das Schweigen zwischen ihnen zerrte an ihren Nerven. Er wusste genau, dass sie ihm etwas verheimlichte, fragte aber nicht weiter nach. Ob er an Flynn dachte? Oder war er damit beschäftigt, die Gegend im Auge zu behalten?

Zügig ging er voran, wich geschickt den Hindernissen aus, die den Weg versperrten, und half Skye über verrostete Fahrzeuge sowie Schutt. Sie nahmen dieselbe Route, die sie hergeführt hatte und sie direkt zur Brücke bringen würde. Dort wollte Skye Flame bitten, zu warten, während sie Flynn holte. Schließlich konnte sie Flame nicht mit in den Unterschlupf nehmen. Ein neutraler Ort in der Nähe, an dem sich die beiden aussprechen konnten, erschien ihr am geeignetsten.

Als sie die Auffahrt zur zweistöckigen Brücke erreichten, sagte Skye: »Können wir mal eine Pause machen?«

Nickend blieb Flame stehen und legte den Kopf schräg, als würde er etwas hören.

Skye vernahm nichts außer dem leisen Pfeifen des Wüstenwindes zwischen den Hochhäusern und dem Schreien eines Möwenschwarms, der über dem nahe gelegenen Fluss kreiste. Flame konnte natürlich sehr viel mehr wahrnehmen, weshalb sie sich in seiner Anwesenheit ziemlich sicher fühlte, auch wenn er bloß ein Messer bei sich trug. Er brauchte jedoch keine Waffen, denn genau wie Flynn war er selbst die Waffe.

Sie trank einen Schluck aus ihrem Wasserschlauch, den June ihr mitgegeben hatte, und überlegte, wie sie Flame nun davon überzeugen konnte, allein hier zu bleiben, bis sie Flynn geholt hatte.

Ob er noch schlief oder gerade ihren Brief las? Skye musste zugeben, dass sie ihn vermisste und sich jetzt am liebsten an ihn kuscheln wollte.

In Oasis hatten Flame und sie nicht mehr abgewartet, bis Clint mit den Vitaminen ankam, denn Skye wollte so schnell wie möglich zu Flynn zurück. Außerdem hatte er dann einen Grund, mit ihr nach Oasis zu gehen, und konnte sich mit eigenen Augen von den vielen positiven Veränderungen überzeugen.

Skye räusperte sich leise und befestigte den Wasserschlauch wieder an ihrem Hosenbund. »Ähm, Flame … Könntest du … hier warten und ich …« Verdammt, sie wusste nicht, wie sie ihm ihr Anliegen beibringen sollte!

Er drehte sich zu ihr und stemmte die Hände in die Hüften. »Was ist los? Warum soll ich hier warten?« Sein düsterer Blick ging ihr durch und durch. »Ich habe June versprochen, auf dich aufzupassen. Das kann ich aber nicht, wenn du mir wesentliche Details verschweigst!«

»Also …« Tief atmete sie durch, um ihm endlich die Wahrheit zu sagen, als er sie am Arm packte und hinter ein Busgerippe zog.

»Still! Da kommen Leute!«

Von ihrem Versteck aus erkannten sie, wie zahlreiche Menschen die Abfahrt der Brücke heruntergingen. Sie waren bepackt mit Taschen und Rucksäcken und einige sogar mit Waffen. An der Spitze der ersten Gruppe, die aus mindestens zwei Dutzend Männern und ein paar Frauen bestand, marschierte ein breit gebauter, hoch gewachsener Glatzkopf.

»Slasher!«, knurrte Flame, und ein Flammenball materialisierte sich in seiner rechten Handfläche. »Den beiden dort bin ich schon mal in der Nähe von Oasis begegnet. Sie führten nichts Gutes im Schilde.« Er deutete mit dem Finger der anderen Hand auf zwei Männer. Vom Altersunterschied könnten sie Vater und Sohn sein, denn der eine war schon ergraut, der andere höchstens halb so alt. Sie trugen beige Kleidung und an ihren Gürteln hingen Revolver.

Sofort spannte Skye einen Bolzen in ihre Armbrust. Diese Gruppe machte den Eindruck, als würde sie etwas aushecken. Besonders der Glatzkopf und seine zwei Klone an der Spitze; allein ihr Auftreten weckte Furcht. Sie hatten ärmellose Shirts sowie durchlöcherte Armeehosen an, und der Anführer war der größte und kräftigste von ihnen. An seinem Gürtel baumelten eine Machete, diverse kleinere Messer und eine Zwille.

Wo hatten sie bloß die ganzen Waffen her? Sofort kam ihr Flynns Nebenzimmer in den Sinn …

Noch mehr Menschen folgten, wie bei einer Völkerwanderung. Auch einige Kinder befanden sich unter ihnen, aber keine Aussätzigen. Denn diese bildeten die Nachhut. Die kranken und zum Teil humpelnden Menschen blieben unter sich, als würden sie plötzlich nicht mehr dazugehören. Es waren jedoch nicht so viele, wie Skye in Erinnerung hatte.

Was war bloß geschehen? Und wo steckte Flynn? Auch Marisa hatte sie bisher nicht entdeckt.

Fuck, sie hatte plötzlich ein ganz übles Gefühl bei der Sache.

»Und jetzt reden wir mal Klartext«, sagte Flame düster und zerdrückte seinen Feuerball, während sie sich immer noch in Deckung befanden. »Was ist hier los?«

»Ich weiß es nicht. Zumindest habe ich keine Ahnung, wo die alle hinwollen.« Diese Straße führte von der Brücke weg, aber auch nach Oasis.

Verdammt!

»Ich gebe lieber in der Siedlung Bescheid.« Flame aktivierte das Funkgerät an seinem Handgelenk und hielt es sich nah vor den Mund. »Pyro«, flüsterte er. »Erhöhte Alarmbereitschaft. Eine Horde Slasher marschiert gerade die Sechzigste entlang. Haltet die Augen offen.«

»Aye«, antwortete Pyro. »Passt auf euch auf. Over.«

»Over and out.« Flame blickte abwechselnd von ihrem Versteck aus zu den Leuten, die sich weiterhin von ihnen entfernten, und zu Skye. »Mir fällt nur ein Grund für deine Verschwiegenheit ein: Nummer drei ist der Anführer der Slasher, oder?«

Zögerlich nickte sie und schluckte den harten Kloß in ihrem Hals hinunter, ohne Flame anzuschauen.

»Shit«, zischte er.

»Es tut mir leid. Ich wollte es euch sagen, wusste aber nicht, wie. Flynn ist wirklich einer von den Guten. Er hat dafür gesorgt, dass diese Leute nichts Dummes anstellen.«

»Hat aber wohl nicht immer funktioniert«, murmelte Flame.

»Anscheinend nicht. Es sind einfach zu viele Menschen.« Vorsichtig lugte sie um den Bus herum. »Und was jetzt los ist, weiß ich wirklich nicht. Heute Morgen waren die noch alle im Versteck!«

»Bring mich dorthin, Skye. Ich muss wissen, was hier gespielt wird!«

»Ich auch«, sagte sie und trat hinter dem Buswrack hervor, weil nun die letzten Slasher aus ihrem Blickfeld verschwunden waren. »Wir müssen über die Brücke.«

***

Nachdem sie ein paar Minuten lang über die Brücke geschlichen waren und sich möglichst immer hinter herumstehenden Fahrzeuggerippen bewegt hatten, hielt Flame sie erneut am Arm zurück. »Etwa zwanzig Meter vor uns befinden sich zwei bewaffnete Kerle.«

Skye spähte über den nächsten Wagen. Ein großer kräftiger Mann und ein hagerer Kerl schlenderten in ihre Richtung. Sie redeten angeregt miteinander, und auch sie trugen Rucksäcke. Die Schusswaffen hingen an ihren Gürteln.

»An den beiden habe ich mich heute Morgen schon vorbeigeschlichen«, erklärte Skye. »Außerdem kenne ich sie vom Sehen, sie waren früher ein paar Mal in Oasis und haben einen friedlichen Eindruck gemacht. Ich glaube, sie heißen Maus und Bär.« Je näher sie kamen, desto besser verstand Skye, was sie sagten.

»Jetzt hab ich mich gerade an den Unterschlupf gewöhnt und plötzlich gehen alle weg?«, fragte Maus und kratzte sich am Kopf.

»Ist mir nur recht. Ich muss zum Doc, mein Bein macht mir wieder zu schaffen.« Der schwarzhaarige Riese humpelte leicht.

»Aber so schlecht war es hier gar nicht.«

»Hm«, brummte Bär, wobei er sich über seinen Bauchansatz strich. »Das Essen war lecker.«

»Allerdings …«

Skye drehte sich zu Flame um. »Ich rede mal mit ihnen.«

»Tust du nicht!«, zischte er und hielt sie fest.

»Falls sie mich verletzen, kannst du mich ja wieder heilen, oder?«

Seufzend verdrehte er die Augen. »So einfach ist das nicht, Skye. Außerdem habe ich noch keine Übung.«

»Lass mich mal machen.« Sie hob die Hände und winkte den Männern über das Autodach zu. »Hallo, ihr beiden! Darf ich euch mal was fragen?«

Sofort griffen Maus und Bär an ihre Schusswaffen, ließen sie jedoch in den Holstern stecken.

»Wer bist du?«, rief Bär zurück.

»Skye. Ich komme aus Oasis und möchte zu Verox.«

Bärs buschige Brauen zogen sich zusammen. »Ich glaub, der ist nicht mehr hier.«

»Was?« Sie wollte um den Wagen herumlaufen, doch Flame, der zu ihren Füßen kniete, hielt sie am Bein zurück.

Sie warf ihm einen so ungeduldigen und energischen Blick zu, dass er seinen Klammergriff löste, und ging um das Fahrzeug herum. Ihre Armbrust ließ sie dabei gesenkt. »Was ist passiert?«

Als Maus zu Bär sagte: »Das is nur ein kleines Mädchen«, biss sie sich auf die Zunge. Ja, sie war klein, aber kein Mädchen mehr! Doch ihr unscheinbares Äußeres weckte wenigstens keine Furcht bei diesen Männern. Nur gut, dass sich Flame nicht zeigte. Jeder erkannte ihn auf den ersten Blick als Warrior.

»Was ist denn hier los?«, fragte Skye erneut. »Wo gehen die alle hin?«

Bär runzelte die Stirn. »Keine Ahnung. Wir wissen nicht einmal wirklich, was wir überhaupt hier gesucht haben. Die Leute, die an uns vorbeigekommen sind, haben gemeint, dass wir jetzt frei sind. Und danach wollten wir plötzlich auch nicht mehr hierbleiben.«

»Dann gehen wir doch jetzt einfach?«, meinte Maus.

Die beiden schauten sich an, zuckten mit den Schultern und schritten an Skye vorbei. »Vielleicht läuft man sich ja mal wieder in Oasis über den Weg.« Maus warf ihr noch einen kurzen Blick über die Schulter zu, dann verschwanden die zwei hinter den Fahrzeugen.

Erst jetzt trat Flame zu ihr. »Ich weiß, was Nummer drei gemacht hat: Er hat sie alle aus seinem mentalen Bann entlassen.«

Skye nickte. »Ich frage mich nur, was geschehen ist?«

Sie zeigte Flame den Abstieg, lief mit ihm geduckt durch die Straßen und führte ihn zur Luke im Schutthaufen des Hauses, über die sie nach draußen geklettert war. Sie war geschlossen, aber nicht abgesperrt, und weit und breit war niemand zu sehen.

Skyes Herz ratterte mittlerweile vor Sorge, aber auch Neugier, und permanent stellte sie sich eine Frage: Das ganze Chaos war doch nicht etwa ihre Schuld? Und falls ja: Warum?

»Lass mich vorangehen.« Flame zog die Luke auf, horchte kurz in die Dunkelheit und kletterte nach unten.

Als ein gelbliches Licht aufflackerte, hängte sich Skye ihre Armbrust ebenfalls über die Schulter und folgte ihm.

Flame hielt einen Feuerball in den Händen, der den Raum erhellte. Fast alle Waffen fehlten, und auch von den anderen angesammelten Dingen schien nicht mehr alles hier zu sein. Außerdem war die Tür zum Flur aufgebrochen worden, was Skye am zersplitterten Holzrahmen erkannte.

Sie schluckte ein ungutes Gefühl hinunter und verdrängte ein schreckliches Bild: Die Slasher, die sich gegen Flynn gewandt, ihn überwältigt und die Waffen genommen hatten. Doch was hatten sie mit Flynn angestellt?

Schnell zeigte sie Flame den Durchgang zu seinem Zimmer und sie betraten es durch die Spiegeltür. Dann erstarrte sie. »Was ist hier passiert?«

Flame schüttelte den Kopf. »Ich weiß es nicht.«

Es herrschte ein heilloses Durcheinander; seine Bücher und anderen Sachen lagen im ganzen Raum verstreut. Entweder hatte Flynn schnell packen müssen oder jemand hatte sein Zimmer durchsucht.

Skye hoffte Letzteres und wünschte sich, endlich auf ihn zu treffen.

»Ist denn keiner mehr hier?«, fragte sie Flame, der zur offenen Tür starrte, die in den Flur führte.

»Doch. Ich höre Stimmen.«

Sie wollte an ihm vorbeilaufen, aber wieder stoppte er sie. Skye zwang sich, hinter ihm zu bleiben, während sie die Treppe nach unten schlichen, was ihr wirklich nicht leicht fiel. Flame hielt die Hände vor sich, wahrscheinlich, damit er im Notfall gleich »losschießen« konnte; sie hob ihre Armbrust. Die andere trug sie immer noch über ihrer Schulter.

Als sie in der unteren Etage ankamen, herrschte dort ein fast genauso großes Durcheinander wie in Flynns Zimmer. Überall lagen Dinge herum und ein paar Leute liefen hin und her. Keiner beachtete sie; jeder war nur darauf bedacht, noch etwas mitzunehmen, was ihm nützlich sein konnte. Dann liefen die Leute in Richtung Treppenhaus, das noch eine Etage tiefer und zur U-Bahn führte, vollbepackt mit geschnürten Decken und Vorräten. Wahrscheinlich gab es dort auch einen Ausgang nach oben.

Als Marisa an Skye vorbeihuschte, hängte sie sich an ihre Fersen und rief: »Marisa, warte!«

Sofort drehte sie sich zu ihr um. »Skye!«

»Warum verschwinden alle?«, fragte sie. »Und wo ist Verox?«

»Er ist auch längst gegangen.«

»Wohin?« Panik wallte in ihr hoch, denn sie verstand das alles nicht.

Marisa schwieg und musterte Skyes Gesicht. Dann blickte sie über ihre Schulter auf Flame, der schräg hinter ihr stand, und begutachtete ihn durch zusammengekniffene Lider. »Ist dein Begleiter etwa ein Warrior?«

Skye nickte langsam. »Er ist auf unserer Seite und du hast nichts vor ihm zu befürchten.« Offensichtlich hatte sie nicht gewusst, dass Flynn auch ein Krieger gewesen war. Sicher hatte er das alle, die es vermuteten, vergessen lassen. »Was ist denn passiert, Marisa?«

Sie zuckte mit den Schultern. »Ich weiß es nicht so genau, aber plötzlich hat sich alles verändert. Verox ist hier durchmarschiert, vollbepackt mit Waffen, einem großen Rucksack und anderen Sachen, und hat gebrüllt: Ihr seid jetzt frei! Ihr müsst euch nicht länger verstecken!« Verwirrt schaute sie Skye an. »Es hat sich angefühlt, als ob jemand in meinem Kopf eine Tür aufgestoßen hätte. Jetzt verspüre ich das dringende Bedürfnis, nach oben zu laufen, an die Sonne, denn die Dunkelheit macht uns müde. Es sind schon fast alle weg bis auf die ganz Kranken und Koch Lasi, der versprochen hat, die Zurückgebliebenen weiter zu verpflegen, solange es geht.«

Wehmütig blickte sich Marisa um. »Eigentlich würde ich gerne nach Oasis aufbrechen, denn ich habe gehört, dort kann man gut leben. Nahrungsmittel haben wir auch kaum noch, weil die anderen fast alles mitgenommen haben, und es sind keine Jäger hier. Ich habe gerade noch ein Huhn und ein paar Konservendosen verstecken können. Das wird aber nur wenige Tage für uns reichen. Doch solange Dannika nicht richtig laufen kann, bleibe ich.«

»Dannika?«, fragte Skye.

»Meine Partnerin.« Marisa führte sie in ein Zimmer, in dem eine junge schwarzhaarige Frau auf einer Matratze lag. Eine Schiene stützte ihr Bein. Wahrscheinlich war es gebrochen. Es befanden sich aber auch noch sieben andere Menschen im Raum, Aussätzige und Leute, die unruhig schliefen oder schwer atmeten.

Skye versuchte, diese armen Menschen für einen Moment auszublenden, denn in ihrem Kopf häuften sich immer mehr Fragen an. Sie wusste bisher nur eines: Flynn hatte sie alle aus seinem Bann entlassen, genau wie Flame zuvor bereits festgestellt hatte. Er zwang die Slasher nicht mehr, sich hier unten mit ihm zu verstecken. Aber warum nur?

Skye fasste an Marisas Arm. »Hat Verox denn gar nichts zu dir gesagt?«

Marisa biss sich auf die Unterlippe. »Ich bin ihm ein Stück hinterhergelaufen und habe ihn gefragt, was in ihn gefahren ist. Er war bitter enttäuscht und extrem wütend, dass du ihn verlassen hast«, erklärte sie vorsichtig.

Skye keuchte auf. »Aber … das habe ich doch gar nicht!«

»Ich habe es in seinen Augen gesehen, Skye«, sagte sie sanft. »Er wirkte unendlich verzweifelt, als ob sein Herz gebrochen ist.«

Schnell wischte sie sich eine Träne aus dem Augenwinkel. »Ich habe ihm sogar einen Brief geschrieben und ihm alles erklärt, auch dass ich zurückkomme!« Sie machte auf dem Absatz kehrt, hörte, wie Flame ihr fluchend hinterherlief, und eilte nach oben in Flynns Zimmer, in der Hoffnung, das alles nur zu träumen.

Während Flame an der Tür stand, durchwühlte sie die Bücher, die sich auf der Matratze verteilt hatten, bis sie das eine mit ihrer Nachricht fand. Skye riss die Seite heraus, drängte sich an Flame vorbei und lief zurück zu Marisa.

»Siehst du! Den hier habe ich geschrieben!« Skye hielt ihr das Blatt vor die Nase.

Stockend las Marisa vor: »Flynn, ich gehe nach Oasis, damit meine Freundin nicht vor Sorge umkommt. Dich oder dieses Versteck werde ich niemals verraten. Noch vor Sonnenuntergang bin ich zurück, versprochen. Und dann wird alles gut. Vertrau mir. Deine Wüstenpr…«

Schnell entzog Skye ihr den Zettel und Marisa runzelte die Stirn. »Warum nennst du ihn Flynn?«

»Lange Geschichte«, murmelte Skye.

»Vielleicht hat er die Nachricht nicht gesehen? Oder er kann nicht lesen?«

»Er kann lesen«, warf Flame ein, der bisher nichts dazu gesagt hatte.

»Wohl wahr, sein Zimmer ist voller Bücher.« Marisa seufzte leise und wandte sich an Skye. »Ich habe natürlich bemerkt, wie du Ver angeschaut hast. Du bist ihm sehr zugetan, Skye. Aber Männer sind oft ziemlich dumm, sie verstehen uns nicht und deuten sämtliche Signale falsch.« Sie warf einen kurzen, unsicheren Blick auf Flame, der mit verschränkten Armen neben ihnen stand, als hätte sie Angst, er würde sie für diese Aussage töten. »Mit Dannika ist es viel einfacher. Ihr muss ich nicht immer alles haarklein erklären.«

Skye faltete die Seite zusammen und schob sie in ihre Hosentasche. »Weißt du denn wirklich nicht, wo er ist?«

Sie schüttelte den Kopf. »Er wollte einem Freund helfen, mehr hat er nicht gesagt.«

Einem Freund? Flynn hatte niemanden erwähnt!

Sie drehte sich zu Flame, der sie mit fragenden Blicken bombardierte, doch Skye konnte auch nur den Kopf schütteln. »Was machen wir denn jetzt?«

»Ich muss melden, dass wir das Versteck der Slasher gefunden haben«, antwortete er.

Als Marisa ängstlich die Augen aufriss, setzte er hinzu: »Keine Sorge, euch wird nichts geschehen.«

»Wem muss er das melden?«, fragte sie und zog Skye auf die Seite.

»Oasis.«

Erneut knabberte Marisa an ihrer Unterlippe. »Ich habe gehört, dass Warrior die Siedlung verteidigen sollen.«

Skye nickte und hörte zu, wie Flame durch sein Kommunikationsgerät den Standort übermittelte. Offenbar verfügte das Teil auch über einen Sender. »Wir haben das Versteck der Slasher gefunden, doch es sind nur noch ein paar Kranke und Verletzte hier. Sie brauchen Hilfe.«

Skye war ihm dankbar, dass er sich vage ausdrückte und nicht verriet, dass sie ihn hierher geführt hatte.

Nachdem er das Gespräch beendet hatte, erklärte er Skye: »Clint ist schon in Oasis und bietet seine Hilfe an.« Und zu Marisa sagte er: »In einer halben Stunde kommen ein paar Krieger mit dem Shuttle vorbei, um euch alle einzusammeln. Die Schwerkranken werden ins Krankenhaus nach Royal City gebracht, die anderen in Oasis versorgt.«

Marisa blickte unsicher zwischen ihnen hin und her. »Bisher haben uns die Siedler immer verjagt.«

Überraschend sanft nahm Flame ihre Hand in seine Rechte und legte seine Linke darüber. »Ich schwöre dir, dass sich die Dinge geändert haben. Noch vor ein paar Monaten habe auch ich mich versteckt. Aber jetzt habe ich in Oasis ein echtes Zuhause gefunden.«

Marisa legte den Kopf in den Nacken und mustere Flame mit großen Augen. Was auch immer sie in seinem Blick sah, schien sie zu beruhigen.

»Danke.« Ehrlich lächelte sie ihn an. »Ich habe das Gefühl, dass nun alles gut wird.«

Skyes Magengrummeln sprach eine andere Sprache. Hoffentlich wurde jetzt wirklich alles gut.

Flame wandte sich erneut an Marisa. »In welche Richtung ist Drei ... Verox verschwunden?«

»Dort entlang.« Sie deutete in den Flur, in dem das Treppenhaus lag, das in den Keller führte.

Skyes ungutes Gefühl nahm zu. »Dann ist er vielleicht durch den Tunnel gegangen, über den er mich hergebracht hat.«

»Ich werde versuchen, seine Fährte aufzunehmen.« Flame verabschiedete sich schnell von Marisa und rannte los.

»Wir sehen uns bestimmt in Oasis«, sagte Skye.

»Ich hoffe, du findest ihn!«, rief ihr Marisa noch hinterher, dann stieß Flame auch schon die Stahltür zum Treppenhaus auf.

Eine Etage tiefer hüpften Insekten durch den Gang; anscheinend hatten sich ein paar Leute auch daran bedient. Die Holzboxen standen offen, wie Skye beim Vorbeilaufen erkannte, die Pilze waren gepflückt worden und kein Huhn gackerte mehr.

»Welchem Freund könnte er denn helfen wollen?«, fragte Flame, als sie durch das Loch in der Mauer stiegen. Die Plakatwand war bereits auf die Seite geschoben worden.

»Soweit ich weiß, hatte er niemanden, den er näher an sich herangelassen hat. Seine engste Vertraute war Marisa.« Skye blieb im dunklen Zugangsbereich zur Subway stehen, weil sie nicht mal mehr die Hand vor Augen erkannte. Erst als Flame eine Flamme in seiner Handfläche erscheinen ließ, konnte sie weitergehen.

»Wo ist er hin?«, wollte sie wissen.

Flame nahm einen tiefen Atemzug und deutete in die Richtung, aus der sie am Morgen mit Flynn gekommen war. »Er hat definitiv die maroden Rolltreppen nach unten genommen.«

Ah, so hießen diese fahrbaren Stufen. Die gab es bestimmt auch in einigen Gebäuden unter den Kuppeln von Royal City.

Sie folgte Flame in die Tiefe und sprang nach ihm vom Bahnsteig ins Gleisbett; dann joggten sie die Schienen entlang durch den Tunnel. Skye lauschte dem Geräusch ihrer Schritte, das unheimlich von den Wänden hallte, sodass es sich anhörte, als würden sie von einer Armee Schattenwesen verfolgt werden.

»Was würdest du an seiner Stelle tun?«, fragte sie schwer atmend, während sie hinter Flame herlief. Dieses Tempo würde sie nicht lange durchhalten.

»Mir einen neuen, geeigneten Unterschlupf suchen, am besten mit einer Wasserquelle in der Nähe.« Er griff in eine seiner Hosentaschen und holte etwas heraus, das Skye im Halbdunkel nicht erkennen konnte. Kauend setzte er hinzu: »Und Nahrung.«

Er aß wohl gerade etwas. Die Fähigkeiten der PSI-Warrior verbrauchten viel Energie. Das wusste sie von June.

»Wenn Drei nicht gefunden werden will, werden wir ihn auch niemals aufspüren.«

Verflucht! Sie mussten Flynn finden! Er musste erfahren, dass sie ihn nicht verlassen hatte!

Trotzdem war sie froh, als Flame endlich das Tempo verlangsamte – wahrscheinlich ihretwegen –, und sofort konnte sie besser nachdenken. Sie rief sich all ihre Gespräche in den Sinn und suchte nach einem Hinweis.

Plötzlich stand alles glasklar vor ihr. »Er will den Gefangenen befreien!«

»Was?« Abrupt blieb Flame stehen, sodass sie beinahe gegen ihn prallte. Seine Flamme erhellte sein Gesicht und ließ es ein wenig dämonisch wirken.

Schwer atmend stützte sie die Hände auf ihren Oberschenkeln ab. »Ich hatte ihn gefragt, warum er nach Oasis gekommen ist, und er sagte, er wollte nach seinem Mann sehen. Dem Gefangenen!«

Flame stieß einen Fluch aus. »Ich muss die anderen warnen!« Seine Flamme erlosch, völlige Dunkelheit hüllte sie ein, doch gleich darauf gab sein Gerät am Handgelenk ein grünes Licht ab. Er tippte darauf herum und rief: »Shit!«

Skyes Herz machte einen schmerzhaften Satz gegen ihre Rippen. »Was ist los?«

»Ich habe hier unten keinen Empfang.«

Kein Wunder, bei den unzähligen Wassermassen über ihren Köpfen. *Nicht daran denken!*

Zischend sog Flame die Luft ein. »Verdammt, wir werden es nie rechtzeitig zurück schaffen. Sein Vorsprung ist zu groß!«

»Ohne mich bist du schneller.« Skye gefiel ganz und gar nicht, was sie jetzt sagen würde, aber es ging nicht anders: »Lauf weiter, ich komme schon klar.« Kam sie nicht, aber sie durfte nur an Oasis denken. »Du musst versuchen, ihn einzuholen!«

»Das schaffe auch ich nicht mehr. Und ich lasse dich ganz sicher nicht hier unten allein in der Finsternis zurück. Spring auf!« Im grünen Lichtschein seines Kommunikators erkannte sie, wie er sich umdrehte und in die Hocke ging.

Skye nahm das Angebot dankend und vor allem unendlich erleichtert an. Sie klammerte sich an seinen breiten Rücken, während er sie an den Kniekehlen packte, und ließ sich wieder einmal von einem starken Mann zu ihrem Ziel tragen. Bloß war es ihr fast ein wenig unangenehm, an einem Kerl zu hängen, den sie noch nicht lange kannte, genau wie bei Pyro zuvor.

Mit einer Ausnahme: Bei Flynn hatte es ihr gefallen. Sehr sogar.

Kapitel 14 – Verox – Neue Pläne

Verox hatte auf seiner überstürzten Flucht nur Dinge in seinen großen Rucksack gepackt, die ihm zum Überleben wichtig erschienen: Konservendosen, Wasser für zwei Tage, so viele Waffen, wie er tragen konnte, Munition und … seine Lieblingsgitarre. Selbst in all dem Trubel hatte er es nicht über sich gebracht, sie zurückzulassen, und sie außen an der schweren Tasche befestigt. Das Instrument hatte ihm neben dem Lesen seine einsamen Stunden erträglicher gemacht. Seine Bücher musste er schweren Herzens zurücklassen. Vielleicht konnte er irgendwann einmal nachschauen, ob sie noch da waren oder ob man sie als Brennmaterial missbraucht hatte.

Verox deponierte seine Sachen in einem Hauseingang und

schlich zwischen den Gebäuden weiter auf die Außenbezirke von Oasis zu. Er wusste, wo der Gefangenentrakt lag, und plante, Tyron zu befreien. Deshalb hielt er auch einen alten Revolver in der Hand, den er einst einem Slasher abgenommen hatte.

Die Sonnenstrahlen prickelten angenehm auf seiner Haut, und er erlaubte sich, für einen Moment die Augen zu schließen, die getönte Brille abzunehmen und den Kopf in den Nacken zu legen. Doch leider sah er dann Skye vor sich, ihr wunderschönes Gesicht, ihre perfekte Figur, ihre geschmeidigen Bewegungen. Als ihr Lachen durch seinen Kopf schallte, riss er die Lider wieder auf. Wie konnte ihn solch ein bezauberndes Wesen hintergehen? Er konnte sich nicht vorstellen, dass sie ihm nur etwas vorgespielt hatte, und dennoch war es so.

Geschichten über Hexen und Dunkelelfen, die er während seiner einsamen Stunden regelrecht verschlungen hatte, kamen ihm in den Sinn. Sie täuschten ihre Opfer, bezirzten sie, lullten sie ein … um dann gnadenlos zuzuschlagen.

Er konnte Skye nicht einmal richtig böse sein. Er war ein Freak, ein Monster, das sich lieber versteckte, als sich seinen Feinden zu stellen, um sie zu vernichten. Doch dazu war er zu feige. Ja, er traute sich nicht einmal nachzusehen, ob Nummer sieben wirklich hier lebte. Einen Bruder, einen Seelenverwandten, zu haben, wäre wundervoll. Doch was, wenn Sieben immer noch für ihre Erschaffer arbeitete? Die Enttäuschung wäre unerträglich.

Verox wusste nicht mehr, wem er noch glauben oder trauen konnte. Skyes Verrat hatte ihn zu sehr getroffen. Für einen kurzen Moment war endlich einmal alles perfekt gewesen, doch als er nach seinem Nickerchen die Augen aufgeschlagen hatte, war der alte Albtraum weitergegangen.

Jetzt wollte er nur noch Tyron holen und danach untertauchen. Verox schuldete ihm die Freiheit, schließlich war der Mann seinetwegen eingesperrt worden. Verox hatte ihn gebeten, in Oasis herumzuschnüffeln und ihm Bericht zu erstatten. Tyron war jemand, der sich in New York auskannte, hervorragend Sachen beschaffen und Wache halten konnte. Verox konnte sich auf ihn verlassen. Außerdem wollte der Löwe in ihm nicht mehr allein sein. Er hatte das Bedürfnis nach einem Reise- und Jagdgefährten, der die Einsamkeit erträglicher machte, und wollte ein neues Rudel aufbauen. Dem Tier in ihm gefiel der Gedanke, jemanden an seiner Seite zu wissen, mit dem er sein Revier verteidigen konnte.

Sein Biest hätte so gerne Skye in seinem Rudel gehabt.

Erneut ermahnte sich Verox, nicht länger an sie zu denken, sondern sich strikt auf die Rettungsaktion zu konzentrieren. Mittlerweile hatte er das Gebiet der Siedler erreicht und schlich zwischen Bäumen und Büschen auf den ehemaligen Zoo des Parks zu. Die Umgebung machte einen völlig verwilderten Eindruck und bot ihm beste Bedingungen, sich zu verstecken. Er wusste, dass Tyron nur hier sein konnte, denn die alten Käfige und Gehege des Zoos gaben ein hervorragendes Gefängnis ab.

Verborgen hinter einem dicken Baumstamm, checkte Verox die Lage. Vor den gemauerten Rundbögen des Eingangs patrouillierte bloß eine Person: eine große, bewaffnete Frau. Er könnte bei ihr sein, bevor sie ihn überhaupt richtig bemerkte. Dennoch wäre es ungünstig, sie auf die Seite zu räumen, denn das würde jeden Vorbeikommenden alarmieren. Verox wusste nicht, wo genau Tyron steckte und wie lange er brauchen würde, ihn zu befreien. Also zog er sich wieder in die Schatten zurück und schlich um die hohe Umgrenzung der Anlage herum. An einer passenden Stelle kletterte er auf einen Baum, sprang von dort auf die Mauer und verschaffte sich einen schnellen Überblick. Zwischen den Pflastersteinen und geteerten Wegen des Zoos hatte sich die Natur ihren Lebensraum zurückerobert, doch die alten Gebäude und Gehege waren teilweise gut erhalten. Verox sah niemanden in unmittelbarer Nähe, vernahm jedoch entfernte Stimmen. Drei Leute. Männer. Sie lachten und unterhielten sich angeregt.

Er schloss die Augen und aktivierte seine anderen Sinne, um herauszufinden, ob sich hier noch mehr Leute aufhielten. Aktive Gehirne sonderten leichte elektrische Impulse ab, die er orten konnte, wenn er sich hart genug konzentrierte und sich die Leute in unmittelbarer Nähe befanden. Er hörte jedoch nur das wilde Gezwitscher von Vögeln, das Summen von Insekten und das Rascheln kleinerer Tiere im Gras. Außerdem roch es nach Obst und Honig. Wenige Meter entfernt hing eine Bienentraube in einem Apfelbaum.

Verox verlor sich im Anblick der Natur. Bisher hatte er bloß in Gebäuden gehaust und war in den letzten Jahren fast ausschließlich nachts nach draußen gegangen. Zwar atmete die Ruinenstadt selbst im Dunkeln, aber sie tagsüber in all ihrer Farbenpracht zu erleben, war etwas völlig anderes.

Erneutes Männerlachen schreckte ihn aus seinem Trancezustand. Vermutlich steckte Tyron dort, woher auch die Stimmen kamen.

Verox sprang von der Mauer, landete im Gras und blieb ein paar Sekunden lang reglos zwischen den hohen Halmen knien. Nachdem sich nichts rührte, lief er geduckt weiter, nutzte überwiegend die alten Wege und verbarg sich hinter einem halb zerbröckelten Steinbrunnen, der längst kein Wasser mehr führte. Von hier aus erkannte er ein großes Gehege mit künstlichen Felsen, unbezwingbaren Mauern – zumindest für einen Menschen – und mit einem staubigen Graben. Ein breites Brett führte darüber bis zu einer Gittertür im hohen Zaun. Dahinter saß Tyron auf einem Stuhl, während auf der anderen Seite zwei Wachmänner an einem Tisch Platz genommen hatten: ein großer blonder Kerl und ein kleinerer mit schwarzen Haaren. Die drei spielten Karten!

Tyron war also in ein Freigehege gesperrt worden und konnte sich bei Regen oder zu viel Sonne sogar in ein kleines Haus zurückziehen. Es schien ihm also nicht schlecht zu gehen und sie behandelten ihn anständig, was Verox' Sorge ein bisschen eindämmte.

Im Gegensatz zu Keith und seinen Spießgesellen gefiel Verox, wie mutig und draufgängerisch Tyron war, ohne sich bei jemandem anzubiedern. Vielleicht mochte er ihn so sehr, weil er in dem jungen Mann eine verwandte Seele erkannte. Der Junge wirkte ein wenig wie ein einsamer Wolf, genau wie Verox.

Unwillkürlich grinste er in sich hinein. Natürlich würde zu ihm selbst besser ein einsamer Löwe passen, aber sie beide hatten etwas von einem starken Raubtier, das problemlos allein überleben konnte, obwohl es sich instinktiv nach Gesellschaft sehnte.

Rein objektiv betrachtet sah Tyron gut aus, stets mit einem freundlichen Lächeln im Gesicht und kurzen, frech verstrubbelten dunkelbraunen Haaren, nur etwas klein gewachsen für einen Mann Mitte zwanzig. Trotzdem hatte er ihn noch nie mit einer Frau zusammen gesehen.

»Acid, du schummelst!«, rief Tyron und warf seine Karten durch die Gitterstäbe auf den Tisch. »So macht das keinen Spaß.«

»Tristan hat gesagt, das Spiel geht so«, verteidigte sich Blondie grinsend.

Der Kerl war definitiv ein Warrior, denn für einen gewöhnlichen Menschen war er zu groß und zu kräftig. Aber abgelenkt genug, um seine Anwesenheit nicht zu bemerken. Sehr gut.

»Hab ich nicht!« Der junge schwarzhaarige Mann lachte. Der war definitiv kein Superkrieger. Also würde sich Verox diesen Acid zuerst vornehmen. Mit der halben Portion würde er auch ohne mentale Fähigkeiten locker fertig werden.

Verox zweifelte nicht wirklich daran, gegen die beiden zu gewinnen, falls es zu einem Handgemenge käme. Aber er hatte sich geschworen, nie mehr zu kämpfen.

Nachdem er damals am Rand der Wüste auf Skye getroffen war, war das ein einschneidendes Erlebnis für ihn gewesen. Skye hatte ihm unter die Arme gegriffen, als er Hilfe am dringendsten benötigte. Er war zu geschwächt gewesen, um sie zu manipulieren, also hatte sie selbstlos gehandelt und das, obwohl er ihr Feind gewesen war. Zum ersten Mal im Leben hatte er erfahren, wie wichtig gegenseitige Unterstützung war und wie gut sie sich anfühlte.

Während seiner Ausbildung zum PSI-Warrior war es ihm streng verboten gewesen, jemandem zu helfen, obwohl das eher seinem Instinkt entsprochen hatte. Doch die Befehle lauteten stets: gefangen nehmen, festhalten, töten.

In seinem neuen Leben fühlte sich Verox schrecklich bei dem Gedanken an seine Taten. Er klammerte sich an die Hoffnung, dass er einen Teil seiner Schuld wiedergutmachen konnte, indem er anderen Menschen half.

Zuerst hatte er hin und wieder einem Bedürftigen etwas zu Essen oder Kleidung überlassen. Bei den Slashern hatte er angefangen, Alte, Kranke und Schwache einzusammeln und ihnen ein sicheres Versteck zu bieten, später brachte er auch seine Leute … seine *ehemaligen* Leute dazu, dasselbe zu tun.

Vielleicht würde er sogar eines Tages das bekommen, wonach er sich am meisten sehnte: die Freiheit, sich nicht verstecken zu müssen, mit einer Frau an seiner Seite, die ihn und sein Biest gleichermaßen liebte.

Heute hatte er allerdings keine Lust mehr, einer von den Guten zu sein, und es machte ihn zornig, als Warrior eine weiche Seite zu besitzen. Wohin hatte ihn all das gebracht?

Seine Wut loderte plötzlich wieder so stark auf, dass er am liebsten sein Biest freilassen wollte, um sie alle, bis auf Tyron, zu töten.

Kapitel 15 – Skye – Zu spät?

»Irgendwie ist es doch seltsam, wie sich die Geschichte wiederholt«, erklärte Flame kaum außer Atem, während er mit ihr auf dem Rücken weiterhin durch den dunklen Tunnel lief. »Ich war der Flammendämon und Drei … Verox wird nun der nächste Buhmann sein.«

»Das baut mich jetzt ungemein auf«, murmelte Skye und registrierte erleichtert, dass es endlich nach oben ging. Schwach erkannte sie im grauen Lichtschein eine breite Treppe, die zu einem ehemaligen Ausgang der Subway führte. »Wir müssen es ja nicht gerade jedem auf die Nase binden.«

Als Flame sie auf den Stufen absetzte, warf sie ihm einen eindringlichen Blick zu, der besagte: *Du bewahrst Flynns Geheimnis, ich bewahre deines.*

Er nickte zustimmend. Dann aktivierte er sofort sein Handycom, um Pyro zu informieren. »Habt ihr genug Wachen im Gefängnis? Wir haben die Vermutung, dass jemand den eingesperrten Slasher befreien möchte.«

»Eine Person?«, drang Pyros Stimme aus dem Gerät.

Flame schaute sie kurz fragend an, bevor er hinzufügte: »Er ist ein ehemaliger Warrior.«

»Fuck, ich warne Acid! Er passt mit Tristan auf den Gefangenen auf und Anka steht am Eingang. Ich werde gleich ein paar zusätzliche Leute dorthin beordern! Over.«

Skye packte Flames Arm und rief ins Handycom: »Bitte bringt ihn nicht um!« Doch sie wusste nicht, ob Pyro sie noch gehört hatte, denn er hatte die Verbindung bereits getrennt.

Verdammt, hoffentlich stellte Flynn nichts Dummes an!

Sie nahm die Beine in die Hand und rannte so schnell sie konnte durch die staubigen Straßen. Flame blieb immer an ihrer Seite, obwohl er wahrscheinlich hin und her gerissen war zwischen dem Wunsch, sie zu beschützen, und so schnell wie möglich bei seinen Freunden zu sein. Skye musste den ehemaligen Zoo erreichen, bevor Pyro und seine Leute dort eintrafen. Zum Glück war Oasis riesengroß. Falls sie sich im entgegengesetzten Teil aufhielten, konnte sie vor ihnen dort sein.

***

»Keine Wache am Eingang und nichts zu hören«, knurrte Flame und zog Skye an der Schulter zurück. »Lass mich vorangehen. Hier stimmt was nicht!«

Oh nein, hoffentlich kamen sie nicht zu spät!

Nur unter Aufbietung all ihres Willens schaffte sie es, sich hinter Flame zu halten und nicht loszustürmen, während er in den Zoo schlich. Die Umgebung kam ihr unnatürlich ruhig vor. Kein Vogel sang, kein Wind wehte – die Luft schien zwischen den Häusern zu stehen. Das Atmen fiel ihr schwer.

Bitte, bitte, Flynn, hab keinen Mist gebaut!, betete sie im Stillen.

Als eine große Frau in Sicht kam, die reglos auf dem Rücken im

Gras lag, atmete Skye zitternd ein. Sie trug die Uniform der Wachen. »Das ist Anka!« Diese hatte sich erst vor Kurzem der Einheit angeschlossen.

Hinter ihr stand die Käfigtür eines großes Geheges offen. Davor lag … »Acid!« Und Tristan saß noch halb auf einem nach hinten gekippten Stuhl, als wäre er damit umgefallen. Um die zwei Männer herum verteilten sich Spielkarten.

Oh nein!

»Sind sie tot?« Skye sackte neben Tristan auf die Knie, um seinen Kopf zu untersuchen, konnte aber kein Blut oder eine Verletzung ausmachen. Vielleicht sah sie auch nur deshalb nichts, weil ihr Tränen die Sicht verschleierten.

War Flynn ein Mörder? Hatte sie sich in ihm getäuscht? Oder war all das ihre Schuld, weil sie ihn verlassen hatte?

»Tristan?«, wisperte sie mit erstickter Stimme und presste das Ohr auf seinen Brustkorb.

Er durfte nicht tot sein! Sie hatte doch erst heute Morgen mit ihm geredet und ihm versprochen, ein Geschenk für seine Freundin zu besorgen!

Da spürte sie seinen Atem an ihrem Gesicht. »Er lebt!«

Flame kniete sich neben ihn und checkte seine Vitalzeichen. »Ja, und er scheint nicht verletzt zu sein.« Schnell machte er sich daran, auch bei Anka und Acid nachzusehen. »Alle am Leben!«

»Gott sei Dank!« Skye fiel ein riesiger Stein vom Herzen. Sie blieb weiterhin bei Tristan sitzen, weil sie keine Kraft hatte, aufzustehen, und hielt seine Hand. »Was fehlt ihnen?« Sanft rüttelte sie an seiner Schulter, doch er zeigte keine Regung.

»Ich weiß es nicht.« Flame tätschelte Acid ordentlich die Wange – da drehte sich der große Krieger auf die Seite, zog die Beine an und murmelte: »Noch fünf Minuten, Pyro.«

Skye atmete durch. »Flynn muss sie betäubt oder mental in einen Schlafzustand versetzt haben.«

»Sieht so aus.« Flame stellte sich hin und checkte die Umgebung. »Er ist längst weg und der Gefangene au…« Sein Kopf schnellte nach rechts. »Wir bekommen Besuch!«

Er sprang vor sie, und Skyes Herz hüpfte vor Schreck fast aus der Brust – doch es waren nur Pyro, Enzo und ein großer Kerl, den Skye noch nie gesehen hatte. Alle drei stürmten mit gezogenen Waffen auf sie zu.

Als Pyro seinen Partner am Boden liegen sah, flog er regelrecht zu ihm und warf sich vor ihm auf die Knie. »Acid!«

»Noch ein bisschen«, murmelte der erneut.

Mit weit aufgerissenen Augen blickte Pyro zu Flame auf. »Was ist mit ihnen allen?«

»Sie sind nur betäubt«, erklärte Flame.

Pyro senkte den Kopf und strich Acid über den Rücken. »Verflucht, ich wünschte, wir hätten eher hier sein können, aber in der Siedlung geht es drunter und drüber!« Fürsorglich untersuchte er seinen Partner noch einmal persönlich, als müsste er sich mit eigenen Händen davon überzeugen, dass es ihm gut ging. Parallel berichtete er ihnen, was sich in der Zwischenzeit ereignet hatte. »Wir haben den Krankentransport vorbereitet, und ein paar der neuen Warrior sind gleich zum Versteck mitgeflogen. Fast der ganze Rest ist den umherziehenden Slashern entgegengegangen, um sie in Empfang zu nehmen, bevor sie die Siedlung erreichen. Einige von ihnen, vor allem Frauen, Kinder und Kranke, erbitten den Schutz von Oasis. Es gibt jetzt viel zu tun und wir wissen nicht, ob alle gute Absichten hegen.«

Während Pyro erzählte, kümmerte sich Enzo um Tristan und der neue Mann im Overall – offensichtlich ein Warrior – um Anka. Sie versuchten, die am Boden Liegenden aufzuwecken.

»Das ist übrigens Chaz«, sagte Pyro und nickte dem Neuen im Team zu.

»Hi.« Der breitschultrige Hüne fuhr sich durch sein kurzes schwarzes Haar und deutete so was wie ein Lächeln an.

Ja, er war unverkennbar ein genmanipulierter Superkrieger, das verrieten Skye nicht nur die vielen Muskeln, sondern vor allem seine Augen. Wie bei den meisten Warrior besaßen auch sie eine seltene, ungewöhnlich intensive Farbe. Die von Chaz erinnerte Skye an einen tiefblauen See. Erstaunlich zärtlich strich er Anka eine

Haarsträhne aus dem Gesicht und drückte anschließend ihre Hand.

»Was ist passiert?« Tristan rieb sich gähnend über die Stirn. »Warum habe ich auf dem Boden geschlafen?«

Flame war sofort bei ihm. »Ihr seid betäubt worden. An was kannst du dich erinnern?«

»Nur noch, dass wir Karten gespielt haben.«

»Was ist denn los?« Acid kam nun auch zu sich und setzte sich langsam auf. Verwirrt schaute er sich um. Als sein Blick auf die offene Gehegetür fiel, rief er: »Verdammt, Tyron ist weg!«, und sprang auf.

Pyro erhob sich ebenfalls und legte ihm eine Hand auf die Schulter. »Woran erinnerst du dich?«

»Wir haben mit dem Gefangenen Karten gespielt, danach scheint alles in einem undurchdringlichen Nebel zu liegen.« Er kniff die Lider zusammen und rieb sich hart über die Schläfen. »Die Erinnerungen scheinen da zu sein, aber ich kann sie nicht greifen!«

»Fuck«, fluchte Pyro. »Du weißt auch nicht mehr als Tristan.« Dann befahl er: »Enzo, Chaz, bringt Anka und Tristan zum Doc und gebt in der Siedlung Bescheid, dass der Gefangene befreit wurde. Um Acid kümmere ich mich!«

Die zwei nickten. Während Enzo seinem Freund Tristan auf die Beine half, hob der Krieger die immer noch schlafende Anka auf die Arme. Dann gingen sie davon.

Verzweifelt schaute Skye zu Flame, der unruhig vor dem Gehege auf und ab schritt und sich ständig über das Gesicht fuhr. Es sah nicht gut aus für Flynn. Doch was sie aktuell am meisten interessierte war, ob sie ihn jemals wiedersehen und den Grund für sein seltsames Verhalten erfahren würde.

Während sie grübelte, hörte sie, wie Pyro Acid zuflüsterte: »Darf ich nachsehen, ob ich etwas herausfinden kann?«

Acid nickte, und die beiden verzogen sich in eine schattige Ecke.

Auch wenn Skye so tat, als würde sie weiterhin in Gedanken versunken sein, behielt sie die zwei im Auge. Pyro küsste Acid sanft, danach blickten sie sich eine Weile an und Pyro küsste ihn noch einmal. Nein, eigentlich leckte er zärtlich über Acids Lippen, als würde er etwas aufschlecken. Anschließend schloss er die Lider und sein Gesicht verfinsterte sich.

»Was hast du gesehen?«, fragte Acid leise, woraufhin sich Pyro zu ihm beugte und sich flüsternd mit ihm unterhielt.

Acids Brauen hoben sich überrascht – dann lief Pyro schlagartig auf Flame zu und packte ihn an den Schultern. »Ich dachte, von deiner Sorte gäbe es keine mehr und du wärst der letzte Überlebende!«

»Das dachte ich bis heute auch!«, rief Flame und schüttelte Pyros Hände ab. »Ich habe erst im Versteck der Slasher erfahren, dass ich noch einen Bruder habe.«

Pyros finsteres Gesicht richtete sich mit einem Schlag auf Skye. Dabei hatte sie gerade nachfragen wollen, was Pyro mit Acid gemacht hatte. Er würde es ihr vermutlich nicht sagen; jetzt schon gar nicht mehr.

Besaß er etwa die Fähigkeit, anderen in die Köpfe zu schauen?

Pyro schnaubte und bombardierte sie und Flame weiterhin mit düsteren Blicken. »Ihr habt mir nicht gesagt, dass der Kerl ein PSI-Warrior ist und mentale Kräfte hat!« Pyro machte den Eindruck, als würde er Flynn sofort töten wollen, sollte er ihn zwischen die Finger bekommen. »Ist er vielleicht einer der Krieger, der meine Eltern umgebracht oder mich gefangen gehalten hat?«

Skye drückte seinen Arm. »Ich weiß nicht, wozu er gezwungen wurde.« Sie wollte sich auch nicht ausmalen, durch welche Hölle Pyro gegangen war. Sie wusste zu wenig über seine Geschichte. Vorsichtig sagte sie: »Flynn konnte schon vor vielen Jahren seinen Erschaffern entkommen und hat sich seitdem versteckt.«

Pyros dunkle Brauen schoben sich weit zusammen. »Flynn?«

»Eigentlich heißt er Drei«, warf Flame ein.

Pyro wirkte noch verwirrter. »Wie jetzt?«

»Ich nenne ihn Flynn«, erklärte sie. »Flame kennt ihn als Drei, und er selbst hat sich den Namen Verox gegeben.«

Pyro starrte sie und Flame an, als hätten sie nicht mehr alle Tassen im Schrank. »Nennt ihn, wie ihr wollt, aber dafür muss dieser

Bastard büßen!« Pyro warf einen ungehaltenen Blick auf Acid und die geöffnete Gehegetür.

»Für all die Taten, die er begehen musste, kann er doch nichts!«, rief Skye.

»Ich weiß«, knurrte Pyro und sagte etwas weniger zornig: »Aber für den Überfall kann er sehr wohl etwas.«

»Hey …« Acid legte ihm beruhigend eine Hand auf die Schulter. »Es geht mir gut.«

»Ja, ihnen geht es gut!« Skye nickte resolut. »Flynn hat keinen umgebracht. Er ist einer von den Guten, wie ihr!« Allen in der Runde schenkte sie ihren flehentlichsten Augenaufschlag. »Bitte, ihr dürft ihm nichts tun und keinem verraten, dass er ein PSI-Krieger ist.« Wenn herauskam, was Flynn allein durch Gedankenkraft vermochte, würde ihm nie wieder jemand vertrauen und wahrscheinlich würde man ihm sogar nach dem Leben trachten.

So wie sich Pyro und Acid gerade anschauten, verbargen sie wohl noch mehr vor den anderen. Flame betrachtete seine Einsatzstiefel und kratzte sich am Nacken. Ja, sie alle trugen mächtige Geheimnisse mit sich herum, das war in diesem Augenblick deutlich spürbar.

»Also sind wir uns einig?« Ihr Herz klopfte vor Sorge und Aufregung so heftig, dass ihr ganz schlecht war.

»Er stellt ein immenses Sicherheitsrisiko dar«, knurrte Pyro. »Wir kennen ihn nicht.«

Skye hoffte sehr, sich nicht in Flynn zu täuschen. »Habt Vertrauen.«

Als wäre das sein Stichwort gewesen, straffte sich Flame und erklärte entschlossen: »Ich werde ihn aufspüren und mit ihm reden, um seine wahren Absichten herauszufinden.«

Skye war wirklich froh, dass er auf ihrer Seite stand. »Ich komme mit!«

Er seufzte theatralisch. »Dich davon abzuhalten, würde ich wahrscheinlich ohnehin nicht schaffen.«

»Richtig.«

»Und was machst du«, fragte Pyro ihn grollend, »wenn er doch nicht so gut ist, wie Skye behauptet?«

»Dann … fällt mir schon was ein.«

Acid schüttelte den Kopf. »Denkt dran, er kann euch manipulieren, und ihr merkt es nicht einmal!«

»Aber nur, wenn er direkt bei einem steht … glaube ich.« Skye war sich wirklich nicht sicher, doch Flame setzte hinzu: »Als wir noch in derselben Einheit dienten, musste er die Personen, die er mental beeinflussen sollte, immer berühren oder ihnen so nah wie möglich sein.«

Mittlerweile könnte er dazugelernt haben, dachte Skye, erinnerte sich aber daran, dass er ihre Stirn berührt hatte, um ihre Erinnerungen sehen zu können.

Pyro schnaubte. »Er hat Acid mit Leichtigkeit überwältigt!«

Dessen Wangen röteten sich leicht und er nahm einen tiefen Atemzug, bevor er zähneknirschend zugab: »Ich hatte echt keine Chance gegen den Kerl.«

»Mich kann er nicht manipulieren«, gestand Skye. »Ich bin irgendwie immun gegen seinen Hokuspokus.«

Als Pyro und Acid kopfschüttelnd zu ihr herunter starrten, stemmte sie die Hände in die Taille und sagte schnippisch: »Könnt ihr euch wohl nicht vorstellen, was? Dass es so eine halbe Portion wie ich mit einem Warrior aufnehmen kann.«

Flame umklammerte ihr Handgelenk, um sie von den beiden wegzuziehen. »Wir müssen los, oder die Spur wird kalt.« Pyro und Acid rief er zu: »Sagt June, dass ich spätestens heute Abend zurück bin!«

Gute Idee! Nur schnell weg von hier, bevor es sich die Herren Krieger noch anders überlegen.

Skye folge Flame auf den halb überwucherten Pfaden aus dem ehemaligen Zoo, und prompt regte sich ihr schlechtes Gewissen. Sie hielt ihn schon viel zu lange von June fern. Zwar hatte ihre Freundin tagsüber diverse Aufgaben und Pflichten zu erledigen, doch bestimmt machte sie das lieber mit Flame an ihrer Seite. Frischverliebte waren nur ungern getrennt. Auch Skye würde jetzt Flynns Anwesenheit bevorzugen.

Er ihre ebenfalls?

Ihr Herz sank. Offenbar wollte er nicht mit ihr zusammen sein, sonst hätte er auf ihre Rückkehr gewartet und nicht die Gemeinschaft der Slasher aufgelöst sowie den Gefangenen befreit. Oder? Wahrscheinlich war er längst über alle Berge.

Was, wenn sie sich in ihm täuschte? Er war ein PSI-Warrior, der immer noch glaubte, seine Peiniger wären hinter ihm her. Er hatte eine ganze Gruppe manipuliert, um unentdeckt unter ihr zu leben – was Skye nachvollziehen konnte, weil sie einen Teil seiner Geschichte kannte. Deshalb musste sie es aber nicht gutheißen.

Doch er hatte unter den Slashern auch für Frieden gesorgt. Skye erinnerte sich daran, wie er die alte, schimpfende Frau beruhigt hatte. Außerdem hatte er Kranke und Ausgestoßene aufgenommen.

Es steckte Gutes in ihm!

Musste …

Ihre Gefühle für ihn waren so stark, dass sie es nicht überleben würde, falls sie sich in ihm getäuscht hätte.

Kapitel 16 – Verox – Wiedersehen

Verox atmete tief durch und streckte sein Gesicht der Sonne entgegen. Die Hitze stand zwischen den Häusern, weil kein Wind wehte, trotzdem wollte er jetzt nirgendwo anders sein. Die Strahlen gaben ihm Kraft und luden seine Batterien auf. Der mentale Kampf mit den drei Wachen hatte ihn doch einiges an Energie gekostet, aber der Apfel, den er auf seiner Flucht noch im Zoo gepflückt und sofort verspeist hatte, gab ihm zusätzliche Power. Zum ersten Mal seit Ewigkeiten fühlte er sich tatsächlich einigermaßen fit.

Wie sehr er das Tageslicht vermisst hatte! Aber lange durfte er es nicht genießen, denn er musste ein neues Versteck finden.

Tyron, der neben ihm herlief, dachte, er hätte sich angeschlichen und die Wachen mit seinem berühmten Betäubungsgriff außer Gefecht gesetzt – was nicht ganz falsch war. Er hatte diesen Kniff zusätzlich benutzt und anschließend allen dreien mental die Erinnerungen an seinen Überfall genommen. Zuvor hatte er jedoch schon aus der Ferne versucht, zumindest den Warrior zu beeinflussen, damit der ihn nicht wahrnahm. Es hatte besser geklappt, als gedacht. Seine Fähigkeit hatte sich auch in dieser Beziehung weiterentwickelt.

Er zog sein verstecktes Gepäck aus dem Hauseingang, schulterte es und marschierte mit Tyron an seiner Seite weiter. Verox wusste noch nicht genau, wohin es gehen sollte oder wo sie vorerst Unterschlupf finden konnten. Sein Reisegefährte hatte ihm einen kleinen Park vorgeschlagen, der ein paar Meilen von hier entfernt lag und in dem es eine Frischwasserquelle geben sollte.

Nachdenklich betrachtete Verox ihn. Tyron schien tief in Gedanken versunken zu sein und nur auf seine Füße zu starren, während er einen Schritt nach dem anderen machte. Bereits zwei Mal hatte Verox ihn auf ein Hindernis hinweisen müssen, gegen das er sonst gerannt wäre.

Verox seufzte schwer, denn die bedrückte Stimmung seines Wegbegleiters schlug auch auf ihn über. »Du siehst irgendwie nicht glücklich aus, dafür, dass ich dich gerade gerettet habe.«

»Alles gut«, sagte Tyron schnell und blickte ihn aus großen Augen an, »ich bin dir wirklich dankbar.«

Das klang nicht sehr überzeugend. »Warum haben sie dich eigentlich eingesperrt?«

»Sie haben mich beim Stehlen erwischt.«

Verox schüttelte den Kopf. »Für so dumm habe ich dich nicht gehalten.«

»Es war auch nicht wirklich so, dass ich etwas mitnehmen wollte.« Tyron biss sich auf die Unterlippe, zögerte einen Moment und sprach stockend weiter: »Also … Ich wollte mich ausruhen und an einem der Seen frischmachen. Aber mein geheimer Platz, zu dem ich mich schon öfter zurückgezogen habe, war besetzt. Am Ufer stand dieser schwarzhaarige, junge Kerl in seiner Wachuniform … und ich bin dahingeschmolzen.« Seine Augen nahmen einen verträumten Ausdruck an. »Er streifte sich das Hemd über den Kopf und hat nicht bemerkt, dass ich mich ihm von hinten nähere.«

»Wieso bist du überhaupt auf ihn zugegangen?«

Tyron grinste schief. »Ich wurde magisch von ihm angezogen.«

Erneut kam ihm Skye in den Sinn. Er hatte sie gesehen und ihr auch nicht widerstehen können. Das war erst wenige Stunden her …

»Als er sein Hemd ins Gras fallen ließ«, erzählte Tyron weiter, »musste ich es einfach an mich nehmen, um … daran zu riechen. Da hat er sich umgedreht, ich bin erschrocken und mit seinem Hemd davongelaufen, doch er hat mich zu Boden gerissen und … sich auf mich gestürzt.« Seine Augen leuchteten. »Ich wollte mich nicht mehr wehren und hab mich einfach von ihm fesseln lassen!« Nun sah er ein wenig zerknirscht aus. »Okay, das klingt jetzt wirklich dumm, aber der Kerl hat mich vollkommen überwältigt.«

Verox konnte sich das Gefühl vorstellen. Es hatte ihn ebenfalls überwältigt, als Skye halb nackt und mit geöffneten Schenkeln auf ihm gesessen hatte. Danach hatte er sie unter sich geworfen und sich in ihrer süßen, engen Spalte verloren … Als sein Penis zuckte, konzentrierte er sich schnell wieder auf Tyrons Worte.

»Ich weiß schon ewig, dass ich mich zu Männern hingezogen fühle, doch nie bin ich einem begegnet, von dem ich behaupten kann: Der ist es! Aber bei Tristan wusste ich es auf Anhieb.«

Tyron meinte bestimmt diesen jungen Wachmann, mit dem er Karten gespielt hatte. Verox hatte seinen Namen aufgeschnappt.

Unwillkürlich musste er schmunzeln, denn die Gespräche mit Tyron erschienen ihm so normal.

Abrupt erstarb sein Lächeln. Dasselbe hatte er auch gedacht, als er Skye einen kleinen Blick in sein Innerstes erlaubt hatte.

Verdammt, er konnte diese Frau einfach nicht vergessen! Sie schien überall zu sein: in seinem Kopf, seiner Seele und in seinem Herzen. Außerdem umgab ihn immer noch ihr Geruch, der überall auf seinem Körper klebte!

Tyron seufzte schwerfällig. »Leider hat Tristan ein Mädchen, wie ich aus ihm herausgekitzelt habe. Trotzdem bin ich froh, dass du ihn nicht umgebracht hast.« Erneut stieß er die Luft aus. »Ich werde nie den Richtigen finden.«

Das Thema hat sich auch für mich erledigt, dachte Verox.

»Es ist sicher besser für mich, wenn ich Tristan nicht mehr sehe. Ich würde mir nur unnötige Hoffnungen machen.« Nun schaute Tyron ihn zum ersten Mal richtig an. »Danke, dass du mich rausgeholt hast, Mann. Keith hätte das nie für mich getan. Der hat mich ohnehin nicht ausstehen können, weil ich auf Männer abfahre.« Er grinste schief. »Keine Sorge, du hast nichts zu befürchten. Mein Herz hängt noch an dem schnuckligen Kerl, und dich mag ich eher als Freund. Du bist nicht so mein Typ. Zu viele Muskeln und so.«

Bei diesen Worten musste Verox lachen und ein Teil seiner Melancholie wich schlagartig von ihm. Vielleicht konnte die Zukunft mit seinem neuen Wegbegleiter ganz amüsant werden. »Wieso hast du eigentlich immer noch hinter Gittern gesessen? Nur wegen dem einen Hemd?«

»Na ja, sie wollten mich erst freilassen, wenn ich den Standort unseres Verstecks verrate – was ich natürlich nicht gemacht habe.«

Verox nickte schmunzelnd. »Damit du mit Tristan weiterhin Karten spielen konntest.«

»Natürlich nicht deswegen!«, rief Tyron grinsend. »Nicht nur. Aber ja, es war ein positiver Nebeneffekt, oder?«

»Still!« Plötzlich fühlte Verox ein Kribbeln im Nacken – und seine gute Laune erstarb abrupt. Seine Sinne meldeten ihm, dass sie bald nicht länger allein sein würden. Er hörte Schritte, die kaum wahrnehmbar von den Häuserwänden hallten. Mindestens zwei Personen, eine davon nur halb so schwer wie die andere. Noch etwa zweihundert Meter entfernt. Doch sie kamen rasch näher.

»Wir werden verfolgt!«, knurrte er und wirbelte herum. Ihre Spuren im Staub waren deutlich zu erkennen, solange der Wind sie nicht zerstreute. Zwar waren ihre Jäger nicht zu sehen, weil zu viele Fahrzeuggerippe die Straße verstopften, doch sie würden in wenigen Momenten auf sie treffen.

»Bist du sicher?«, wisperte Tyron.

Nein, das war er nicht, schließlich konnte es sich auch einfach nur um Zufall handeln, dass zwei Menschen in dieselbe Richtung liefen wie sie. Doch sein über Jahre eingesperrtes Tier brüllte innerlich auf, aus Angst, von seinen alten Peinigern aufgespürt und erneut in einem geistigen Käfig gehalten zu werden.

»Bestimmt suchen die mich!« Tyron sah unentschlossen aus, als ob er einerseits zurück zu Tristan gehen, andererseits weglaufen wollte.

»Ich glaube eher, sie suchen uns beide.« Schnell legte Verox den schweren Rucksack ab und holte eine Wasserflasche aus Metall heraus sowie einen Stoffbeutel mit Brot und anderen Nahrungsmitteln, die er aus der Küche der Slasher mitgenommen hatte. Er drückte Tyron alles in die Hand, gab ihm noch eine Machete, eine Pistole sowie Munition, und flüsterte ihm zu: »Wir treffen uns später in dem Park, den du vorgeschlagen hast.«

Tyron verstaute die meisten Dinge im Beutel, am Hosenbund oder in seinen Taschen, nur die Schusswaffe hielt er fest. »Was hast du vor?«

»Nachsehen, wer uns an den Hacken klebt, und falls sie hinter uns her sind, locke ich sie auf eine falsche Fährte.«

»Ich könnte dir im Falle eines Angriffs Feuerschutz geben.«

»Ich habe dich nicht befreit, damit du jetzt wieder eingefangen oder verletzt wirst.« Er wollte Tyron unbedingt aus dem Schussfeld haben, falls er seine Kräfte anwenden musste. Keine Zuschauer waren ihm immer am liebsten. Außerdem würde sein Weggefährte nicht überleben, sollte es sich um seine ehemaligen Peiniger handeln. Sie hinterließen niemals Zeugen. »Nun geh schon!«, setzte er hinzu und schickte einen mentalen Befehl hinterher.

»Sei vorsichtig.« Tyron machte ohne weitere Fragen zu stellen auf dem Absatz kehrt und verschwand in einer zugewucherten Querstraße.

Verox wollte ihm am liebsten hinterher rennen, doch er musste zumindest einen Blick auf die Verfolger werfen. Diese federleichte Person, deren Schritte ihm vertraut vorkamen, schien ihn magisch anzuziehen, genau wie Tyron von Tristan angezogen worden war. Ob es sich tatsächlich um Skye handelte?

Er deponierte den schweren Rucksack zwischen zwei verrosteten Autos, stopfte sich die Hosentaschen mit Munition voll und steckte noch eine Zusatzpistole in den Bund. Den Revolver hielt er in der einen, ein Messer in der anderen Hand. Dann überquerte er geduckt und fast geräuschlos die Straße, um sich auf der anderen Seite hinter einer großen Mülltonne zu verstecken. Diese bot ihm den besten Schutz vor möglichen Geschossen.

Vorsichtig lugte er darüber und erspähte in etwa siebzig Metern Entfernung nur eine Person: einen großen, breitschultrigen Mann, der eine dunkelgrüne Armeehose und ein T-Shirt trug. Die Sonnenbrille hatte er sich ins schwarze Haar geschoben; wachsam glitt sein Blick über die Autodächer, sodass Verox schnell den Kopf einzog.

Sein Herz raste plötzlich wie verrückt. Auch wenn er diesen Krieger ewig nicht mehr gesehen hatte, erkannte Verox ihn sofort: Es war Nummer sieben! Der Bruder, der ihn verbrennen sollte.

Skye hatte nicht gelogen. Er lebte tatsächlich! Aber war er nun Freund oder Feind?

Es gab bloß eine Möglichkeit, das herauszufinden, und Verox entschuldigte sich jetzt schon tausend Mal im Geiste bei Sieben, falls dieser keine bösen Absichten hegte.

Noch kann ich abhauen, dachte er und warf trotzdem einen Blick auf die Trommel seines Revolvers. Sie war voll bestückt.

Er musste sich nun entscheiden: Sollte er vor seinen Feinden weglaufen oder sie bekämpfen?

Verox wollte sich nicht länger in dunklen Löchern verstecken. Es wurde Zeit, sich seinen Ängsten und Dämonen zu stellen, oder zumindest einem: Sieben.

Nein, so hieß er nicht mehr. Er nannte sich nun Flame, und dieser Name passte perfekt zu einem PSI-Krieger, der aus seinen Handflächen Feuer schleudern konnte.

Erneut spähte Verox über die Tonne und dachte: *Freund oder Feind. Was bist du?*

Er erinnerte sich an die Gespräche mit Skye. Als er sie gefragt hatte, ob Flame noch Naniten besaß, war sie zusammengezuckt und hatte sich nicht weiter dazu geäußert.

Also hat er, war seine Antwort gewesen. Und jetzt konnte er auch Skyes Schweigen deuten: Flame besaß die winzigen Roboter noch, weil er den Chip trug. Ohne Chip keine Kontrolle. Und nur die Ärzte und Wissenschaftler hatten Zugriff auf das Implantat und somit auf Flame. Sein Bruder konnte also unmöglich frei sein, falls er sich wirklich noch regenerieren konnte!

Flame schlich in seine Richtung, und als tatsächlich Skye hinter ihm zum Vorschein kam, machte sein Herz einen kräftigen Doppelschlag. Sie hatte ihr Haar im Nacken zusammengebunden, sodass ihr herzförmiges Gesicht und ihre leicht schräg gestellten Augen besonders gut zur Geltung kamen. Sie sah so schön aus, dass es Verox den Atem verschlug und sein Herz noch heftiger klopfte. In ihrer Hand hielt sie die Armbrust, die sie während der Entführung am Rand von Oasis zurücklassen musste. Eine weitere hing über ihrer Schulter, und Verox wusste genau, wo sie diese herhatte.

»Ich hoffe, wir finden Flynn«, hörte er sie leise sagen. »Bist du sicher, dass das seine Fußabdrücke sind?«

»Ganz sicher«, antwortete Flame. »Und ich kann riechen, dass hier vor Kurzem zwei Leute entlanggelaufen sind. Außerdem habe ich vorhin Stimmen gehört. Er kann nicht mehr weit sein.« Flame streckte einen Arm aus, wobei die Handfläche in Verox' Richtung zeigte, und kleine Flammen züngelten darüber. Flame bereitete sich auf einen Angriff vor.

Schwer atmend verbarg sich Verox hinter der Tonne. Die beiden waren keine zwanzig Meter mehr entfernt.

Wieso wussten sie, dass diese Spuren zu ihm führten? Hatten sie die Befreiung von Tyron mitbekommen und ihn daraufhin verfolgt? Wie konnten sie denn Kenntnis davon haben, dass er nach Oasis zurückgegangen war?

Er verdrängte die verwirrenden Gedanken, um sich auf sein erstes Ziel zu konzentrieren: Flame. In wenigen Sekunden würde sich herausstellen, auf welcher Seite sein Bruder stand.

Blitzschnell erhob sich Verox, streckte den Waffenarm aus, zielte genau auf Flames Handfläche und drückte ab.

Der ohrenbetäubende Knall zerriss die Stille, scheuchte eine Vogelschar auf und hallte extrem laut von den Gebäudefassaden. Skye stieß einen Schrei aus, Flame fluchte und starrte für den Bruchteil einer Sekunde auf das Loch in seiner Hand, das sich langsam mit Blut füllte. Dann riss er Skye zu Boden. Beide verschwanden hinter einem hüfthohen Fahrzeug und somit aus seinem Gesichtsfeld.

»Flynn!«, hörte er Skye rufen. »Hör auf, zu schießen!«

»Erst will ich Flames Hand sehen!«, rief er zurück und blieb aufrecht hinter der Tonne stehen.

Nach einem Moment des Schweigens, antwortete Skye aufgebracht: »Warum?«

»Ich muss wissen, ob ich ihm trauen kann«, grollte er. »Du, Prinzessin, hast meine Loyalität bereits verspielt!«

Er vernahm, wie sie aufkeuchte. »Was habe ich dir denn getan?«

»Du hast mich hintergangen«, knurrte er, »bist einfach verschwunden!«

Als sie plötzlich hinter dem Fahrzeug aufsprang und ihn ehrlich verletzt anstarrte, spürte er einen immensen Druck in der Brust.

Spielte sie ihm etwas vor? Waren das echte Tränen, die ihre Augen füllten?

Sein Löwe brüllte innerlich auf, aus Wut, Enttäuschung und Unsicherheit gleichermaßen, und Verox wusste, dass Skye sein Biest nun sehen konnte. Dennoch starrte sie ihn weiterhin unverwandt an. Sie schüttelte den Kopf, ballte die freie Hand zur Faust, legte sie auf ihr Herz und murmelte erstickt: »Flynn …«

Von ihr würde er sich nicht beirren lassen! Diese Weibsbilder waren allesamt hervorragende Schauspielerinnen. Doch keine Frau sollte je wieder Macht über ihn erlangen!

Weil ihm ihr Anblick dennoch mit Schmerz erfüllte, setzte er schnell hinzu: »Warum verfolgt ihr mich? Lasst mich doch einfach in Ruhe!« Und wo war Flame überhaupt? »Hey, Sieben, zeig dich endlich oder verschwindet beide!«

Skye sah zutiefst gekränkt aus und ihre Stimme bebte, als sie fragte: »Was ist denn nur los mit dir, Flynn? Warum hast du die Slasher gehen lassen und bist abgehauen? Die Kranken waren völlig auf sich gestellt! Marisa und der Koch wollten helfen, solange es ging. Zum Glück kümmert sich jetzt Oasis um diese Leute!«

Diesmal keuchte er vor Überraschung. »Du warst noch mal im Versteck?«

»Natürlich bin ich zurückgekommen!«

»Ja, um Flame zu holen und was weiß ich, wen noch!« Gewissensbisse nagten an ihm; seine Finger zogen sich um die Griffe seiner Waffen zusammen. Er hatte nur an sich und nicht mehr an die Menschen gedacht, die unter seiner Obhut gestanden hatten. Schließlich hatte er all die Aussätzigen und Kranken ins Versteck gebracht oder seinen Leuten diesen Auftrag gegeben. Hoffentlich stimmte es, was Skye sagte, und es wurde sich um sie gekümmert.

Plötzlich schlug ihre Enttäuschung in Wut um. »Ich habe dir einen Brief geschrieben und dir meine Beweggründe erklärt! Ich kann nichts dafür, dass du so dämlich bist und ihn nicht gesehen hast!« Sie griff in ihre Hosentasche und hielt ein Stück zusammengefaltetes Papier in der Hand. »Der lag unter deinen ganzen Büchern!«

»Ich will ihn sehen!« Sein Herz vollführte wilde Sprünge und ein Funken Hoffnung züngelte in ihm. Sein Biest flackerte.

»Soll ich dir ein Papierfliegerchen basteln und es rüberwerfen?«, rief sie trotzig. »Oder kann ich zu dir gehen, ohne durchlöchert zu werden?«

Wie sehr er sie bei sich haben wollte! Doch er traute dem Frieden nicht. »Leg deine Waffen ab, dann kannst du kommen!«

Kurz huschte ihr Blick durch die Gegend, dann biss sie sich auf die Unterlippe und murmelte einen leisen Fluch. »Ich schieß ihn rüber!«

Verox' Finger um Revolver und Messer zuckten, weil sie den bereits eingespannten Bolzen aus ihrer Armbrust nahm, ihn durch das Papier stieß und den Pfeil erneut einlegte. Dann hob sie ihre Waffe, zielte und drückte ab. Der Bolzen schlug etwa zwei Meter neben ihm in einen Baumstamm.

Nun musste er die Deckung verlassen und wäre ein leichtes Ziel für das Flammeninferno seines Bruders. »Wieso zeigt sich Flame nicht? Was ist mit ihm?«

Skye warf einen Blick nach unten zu ihren Füßen, die Verox wegen des Fahrzeugs nicht erkennen konnte, und rief: »Der verbindet gerade seine Hand.«

Verflucht! Es tat ihm wirklich leid, seinen Bruder verletzt zu haben. Dann besaß er also auch keine Naniten mehr und wurde nicht von jemandem gesteuert. Verox wollte am liebsten selbst nach ihm sehen, doch seine Sinne befanden sich in höchster Alarmbereitschaft. Irgendetwas stimmte hier nicht. Doch was?

Eins nach dem anderen. Zuerst musste er den Brief lesen, denn seine Neugier über Skyes Zeilen überwog, und von Flame war immer noch nichts zu sehen. Während er Skye nie aus den Augen ließ, steckte er das Messer in seinen Gürtel, sodass er nur noch den Revolver in der Hand hielt. Anschließend sprintete er mit wenigen Schritten zum Baum, riss den Pfeil heraus und brachte sich erneut hinter der Tonne in Stellung. Dort zog er das Papier ab und faltete es auseinander. Es handelte sich dabei um eine unbedruckte Buchseite, auf der in fein geschwungenen grauen Lettern geschrieben stand:

Flynn, ich gehe nach Oasis, damit meine Freundin nicht vor Sorge umkommt. Dich oder dieses Versteck werde ich niemals verraten. Noch vor Sonnenuntergang bin ich zurück, versprochen. Und dann wird alles gut. Vertrau mir. Deine Wüstenprinzessin.

Vertrau mir. Dann wird alles gut … Diese Sätze hallten sekundenlang in ihm nach und er starrte wie gelähmt auf das letzte Wort: *Wüstenprinzessin*.

Den Namen hatte er ihr gegeben.

Sein Widerstand schmolz bei ihren Zeilen, doch sein Biest witterte trotzdem Gefahr, Lügen, Intrigen.

Nein! Er wollte lieber seinem Herzen glauben als seinem Löwen, selbst wenn der ihn noch nie enttäuscht hatte.

»Hast du nichts dazu zu sagen?«, rief sie und klang aufgewühlt. Er spürte ihre Nervosität bis zu sich, konnte sie riechen.

Leise knurrend zerknüllte er die Seite und ließ sie fallen. »Das beweist gar nichts! Du hättest den Brief auch später schreiben können! Ich habe ihn nicht gesehen, die Luke stand offen und du warst weg!«

»Ich habe dir doch deine Schlüssel zurückgegeben! Hätte ich das getan, wenn ich fliehen wollte?«

»Ich habe keinen Schlüsselbund gefunden!« Erneut griff er in die linke Hosentasche, weil er immer noch hoffte, dass Skye recht hatte, doch da befanden sich nur Patronen.

»Vielleicht habe ich ihn auch in eine andere Tasche gesteckt, Dämlack!«, rief sie erzürnt. »Hast du genau nachgesehen?«

Nun klang sie wieder wie der wütende kleine Kobold, den sie schon öfter herausgekehrt hatte. Er mochte es, dass sie sich nicht vor ihm fürchtete. In seinem Leben hatten ihn schon zu viele Augen voller Todesangst angeblickt.

Verox legte den Revolver auf der Tonne ab, schob die Hand in die rechte Tasche und erstarrte. Unter all den Patronen erspürte er mit den Fingerspitzen seinen Schlüsselbund.

Fuck! Skye hatte ihn wirklich in die falsche Tasche gesteckt.

Tränen liefen über ihre Wangen. »Ich habe alles ernst gemeint, was ich gesagt habe, Flynn.« Zitternd holte sie Luft. »Wir wollen dir helfen, niemand wird dir etwas tun, ich schon gar nicht und Flame auch nicht. Er hat doch dasselbe durchgemacht wie du!«

Dasselbe nicht, dachte er, *aber Ähnliches.*

Verox fühlte sich wie der weltgrößte Idiot und hatte keine Ahnung, was er jetzt sagen oder tun sollte. Vielleicht mit einer Entschuldigung anfangen?

Die Entscheidung wurde ihm abgenommen, als sich von hinten ein Arm um seinen Hals legte und ihn jemand zurück riss, sodass er seinen Revolver auf der Tonne nicht mehr erreichen konnte. Die Zusatzpistole wurde ihm aus dem Hosenbund gezogen und flog in hohem Bogen davon.

Als er Skye schreien hörte: »Flame! Sein Messer!«, wusste er, dass ihre Gespräche nur der Ablenkung gedient hatten; sein Bruder hatte sich von hinten angeschlichen. Skye hatte ihn getäuscht, wieder einmal!

Kapitel 17 – Verox – Kampf bis zum Tod

Verox verstand nicht, was Flame sagte, weil sein innerer Löwe wütend aufbrüllte. Seine Überlebensinstinkte übernahmen und sein Verstand hatte dem wenig entgegenzusetzen. Mit voller Wucht rammte Verox die Klinge, nach der er längst automatisch gegriffen hatte, hinter sich in die Flanke seines Feindes.

»Ich will dir nichts tun, Bruder!«, knurrte Flame, und Verox spürte eine immense Hitze in seinem Rücken.

Der Messerangriff hatte Flame in keinster Weise beeindruckt, er hatte nicht einen Laut von sich gegeben oder gezuckt. Und jetzt würde Flame ihn verbrennen.

»Du hast Naniten!« Erneut stach er mit der Klinge zu, bohrte sie diesmal in Flames Unterarm, doch der ließ nicht locker.« Du gehörst immer noch zu ihnen!« Seine abgrundtiefe Angst vor einer möglichen Gefangennahme und das Zusammentreffen mit seinen ehemaligen Peinigern mobilisierte sämtliche seiner Energien. Verox hatte nur einen Wunsch: zu entkommen. Deshalb feuerte er all seine mentalen Kräfte auf Flame ab, wobei dessen Gehirn im Zentrum seiner Aufmerksamkeit stand.

»Mein Chip ist deaktiviert!«, rief Flame. »Niemand kann mich kontrollieren. Ich bin frei, wie du!« Er brüllte vor Schmerzen auf, als Verox tief in dessen Kopf vordrang. Sofort löste sich der Griff um seinen Hals und sein Bruder ging hinter ihm zu Boden.

Plötzlich stand Skye an seiner Seite und zerrte an seinem Arm. »Flynn! Hör auf!«

Er beachtete sie nicht, sondern starrte hinunter auf Flame, der sich mit verzerrtem Gesicht hin und her wälzte und beide Handflächen gegen die Schläfen drückte. Nicht mehr lange, und sein Gehirn wäre Mus. Am besten, er rammte ihm noch die Klinge in den Nacken und holte den Chip heraus, damit ihn die Naniten nicht mehr wiederherstellen konnten.

»Deine Hand!«, knurrte Verox. »Sie ist vollständig geheilt! Genau wie die Wunden, die ich dir gerade zugefügt habe! Du arbeitest immer noch für *sie*!«

»Das tut er nicht, Flynn!« Skye riss an seiner Hand, in der er das Messer hielt. »Hör bitte auf!«

Erneut ignorierte er sie und kniete sich neben Flame, um ihn herumzudrehen. Dessen Nacken lag nun schutzlos vor ihm, während er sich ununterbrochen vor Schmerzen krümmte.

Als Verox gerade die Klinge ansetzen wollte, traf etwas Hartes mit voller Wucht auf seinen Hinterkopf. Kurz verschwamm seine Sicht, er fasste sich an die Stelle und spürte warme Feuchtigkeit durch sein Haar sickern. Gleichermaßen überrascht und schockiert drehte er Skye das Gesicht zu, während sich das Blut einen Weg über seine Kopfhaut bahnte und hinter seinem Ohr herunterlief. Skye hatte ihm den Griff seines Revolvers übergezogen!

»E-es tut mir leid!«, stammelte sie, riss die Augen auf und ließ die Waffe fallen. »I-ich wusste nicht, wie ich dich stoppen sollte. Flame gehört zu uns. Er ist dein Bruder und würde dir nie schaden!«

Ihr Angriff hatte die mentale Verbindung zu Flame getrennt, doch der stellte noch kein Problem für ihn dar, denn er wand sich weiterhin auf dem Boden.

Skye warf einen erschrockenen Blick auf Flame, der ihr mühsam zunickte und ihr wahrscheinlich damit zu verstehen gab, dass seine Naniten bereits dabei waren, die Schäden zu beheben.

Verox wollte ihn erneut mental beschießen, stattdessen taumelte er leicht und ging auf die Knie. Fuck, alles drehte sich vor seinen Augen! Skye besaß einen ordentlichen Schlag, das musste er ihr lassen.

»Flynn, es tut mir so leid!« Zitternd stand sie neben ihm und kaute an ihrer Daumenkuppe herum. »Ich wollte nicht so hart zuschlagen, aber … du bist ein Warrior und ich nur eine kleine Frau! Ich habe nicht gedacht, dass ich dich ernsthaft verletzen könnte!« Unzählige Male entschuldigte sie sich bei ihm, wobei sie vorsichtig seine geflochtenen Haarsträhnen zur Seite schob, um die Platzwunde zu betrachten. »Flame hatte nur Angst, dass du auf mich schießt. Er wollte dir nichts tun, sondern dir den Revolver wegnehmen.«

Sie ging in die Hocke, riss ihm einfach das Messer aus der Hand und beugte sich über Flame.

Der bekam große Augen, als sie fragte: »Darf ich?«, und ohne seine Antwort abzuwarten ein sauberes Stück aus seinem T-Shirt schnitt. Danach ließ sie das Messer neben ihm liegen, um den Stoff zu falten.

Verox ignorierte das dumpfe Pochen in seinem Schädel und hatte nur Blicke für Skye übrig, die behutsam die provisorische Kompresse auf seine Platzwunde legte. Dann griff sie nach seiner Hand und befahl: »Drück da drauf!«

Ihre Sorge um ihn war nicht gespielt. Er nahm ihren Kummer als düstere, pulsierende Welle wahr.

Verox wollte ihr sagen, dass es ihm gutging, allerdings wollte er ihr bloß zuhören und mehr von ihren süßen Entschuldigungen aufsaugen.

»Ich konnte nicht zulassen, dass du zum Mörder deines Bruders wirst, dem einzigen Familienmitglied, das du noch hast.« Zärtlich strich sie über sein Kinn, wobei eine weitere Träne über ihre Wange perlte. »Es tut mir leid, du verfluchter Dickschädel. Ich liebe dich, aber es musste sein!«

Skye liebte ihn?

Er war so baff, dass er sogar Flame ignorierte, der sich mittlerweile hingesetzt hatte und sie beide abwechselnd finster anstarrte. »Ihr seid doch nicht mehr ganz dicht«, murmelte der, wobei er an seinem zerschnittenen, blutigen T-Shirt zupfte. »Das war ganz neu!«

Weder Verox noch Skye beachteten ihn weiterhin, denn sie hatten nur Augen füreinander.

Sein Mädchen weinte um ihn. Ihre Tränen waren echt.

Sie wäre zu ihm zurückgekehrt, und er hatte alles falsch gemacht, bloß weil er sich immer noch vor den Dämonen seiner Vergangenheit fürchtete. Skye besaß sehr viel mehr Mut als er. Wie schwer musste ihr die Entscheidung gefallen sein, ihn zu verletzen, weil sie auch Flame gegenüber loyal war.

Skye stand auf seiner Seite. Daran hegte er nun keine Zweifel mehr. Außerdem war er heilfroh, dass er seinen Bruder nicht umgebracht hatte.

»Ich hätte niemals auf dich geschossen, Skye«, beteuerte er ihr und erntete von Flame ein ungläubiges Schnauben. »Nie«, setzte er hinzu, »weil …«

Weil er sie liebte.

Diese Erkenntnis traf ihn wie ein erneuter Schlag auf den Kopf.

Er grinste befreit, ließ die Kompresse los und fasste mit beiden Händen an Skyes Wangen, um mit den Daumen die feuchten Spuren wegzustreichen. Doch dann erstarb sein Lächeln abrupt. »Ich bin ein Idiot.«

Nun musste sie lächeln. »Der größte, den ich kenne. Aber auch der liebenswerteste.«

Sie kam mit ihrem Gesicht näher, und er hatte nur noch Augen für ihre sinnlichen Lippen, wollte sie küssen und von ihnen kosten.

Gerade, als er die Lider schließen wollte, zischte Flame: »Wir sind nicht länger allein!«

Plötzlich nahm Verox eine düstere Präsenz wahr. Er fühlte schwarzen, bitteren Hass, doch der kam weder von Skye noch von Flame, sondern von Menschen, die er nur zu gut kannte.

»Keith«, knurrte er, schnappte sich seinen Revolver vom Boden und sprang auf.

Flame stand sofort an seiner Seite, und beide schirmten sie Skye von den drei glatzköpfigen Männern ab, die sich kaum zehn Meter von ihnen entfernt hinter einer massiven Eingangstreppe verschanzten und ihre Pistolen auf sie richteten.

Fuck! Wahrscheinlich hatte der Schuss sie angelockt. Wie viel hatten sie gesehen?

Er flüsterte: »Bleib immer hinter mir, Skye«, und zielte genau auf Keith' Kopf. Der Drang, abzudrücken, war übermächtig, doch er hatte gerade erst Flame töten wollen, weil er dessen Motive völlig falsch eingeschätzt hatte. Er sollte wenigstens die Chance nutzen, zuerst mit Keith zu reden.

»Verox«, säuselte dieser mit schmieriger Stimme. »Ich störe euer Drama ja nur ungern, aber mit dir habe ich noch eine Rechnung offen.«

»Ich weiß nicht, was du meinst.« Er griff mit einem Arm nach hinten, damit Skye dicht in seinem Rücken blieb, und wollte mit ihr zur Seite ausweichen, um irgendwo Schutz zu suchen – da rief Keith: »Keine Bewegung, oder wir schießen!«

»Ein alter Freund von dir?«, knurrte Flame, der seine Hände zwar ausgestreckt, seine Flammen jedoch noch nicht aktiviert hatte. Anscheinend sollte niemand wissen, was für eine Fähigkeit er besaß.

»Hm«, brummte er. »Das offizielle Oberhaupt der Slasher.«

Keith kniff die Lider zusammen; sein Finger lag auf dem Abzug. »Du hast mich die ganze Zeit irgendwie beeinflusst! Uns die Waffen abgenommen und herumkommandiert! Ich habe zwar keinen Schimmer, wie du das angestellt hast, aber du wirst es auch nie wieder tun!«

Verox sammelte all die Konzentration und mentale Kraft, die er noch übrig hatte, und sandte Keith einen Befehl direkt ins Gehirn: *Lass die Waffe fallen!* Da die drei Mistkerle zu weit weg standen, musste er sich jeden einzeln vornehmen.

Keith' Mund klappte auf, er ließ die Pistole fallen und rief seinen Handlangern zu: »Habt ihr das gesehen? Er hat es schon wieder getan!«

Noch bevor Verox einen zweiten Befehl losschicken konnte, holte Keith einen Revolver hinter seinem Rücken hervor und feuerte auf ihn. Zeitgleich drückten seine Lakaien ab.

Verox fühlte einen scharfen Schmerz an seinem Oberarm, ignorierte ihn und zielte auf Keith' Hand. Mehr war von dem Mistkerl auch nicht mehr zu sehen, weil er sich hinter der breiten Treppe verschanzt hatte.

Flame knurrte wütend auf und schickte einen gewaltigen Feuerball zum Gebäude, der auf den Stufen explodierte. Steine und Schutt regneten bis zu ihnen herab.

Keith und seine Männer schrien auf – dann rannten sie hinter das nächste Autogerippe, wobei sie weiterhin auf sie schossen.

»Ihr kranken Bastarde!«, brüllte Keith. »Was für Freaks seid ihr eigentlich?«

»Bleib hinter mir, Skye!«, rief Verox, doch Flame befahl: »Nein, ihr bleibt beide hinter *mir*!«, und stellte sich vor sie. Er diente ihnen als lebender Schutzschild, wobei er zuckte und jedes Mal einen halben Schritt zurück stolperte, wenn eine Kugel ihn traf. Gemeinsam versuchten sie, auf einen Mauervorsprung zuzusteuern.

Die drei Slasher feuerten blind in ihre Richtung, denn sie streckten nur die Arme über das verrostete Auto. Verox kam sich ein wenig hilflos vor, weil er Skye nicht so beschützen konnte wie Flame. Andererseits wollte er weder die Naniten noch den Chip in seinem Körper haben. Das würde ihn ständig an die Ärzte, Wissenschaftler und Commander Hallgreen erinnern.

Ein Bolzen zischte von hinten an Verox' Ohr vorbei und durchbohrte die Hand eines Lakaien, sodass der schreiend die Waffe fallen ließ und davonrannte.

»Jeah! Und da waren's nur noch zwei.« Skye jubelte hinter ihm, woraufhin Verox knurrte: »Bleib in Deckung!« Er würde es sich nie verzeihen, wenn sie verletzt würde. Lieber fing er sich eine Kugel ein. Den Streifschuss am Oberarm bemerkte er ohnehin kaum. Zu sehr rauschte das Adrenalin durch seine Adern.

Plötzlich zog Keith eine Flinte mit einem besonders langen und dicken Lauf hervor. Er lud sie durch und drückte ab.

Flame prallte mit voller Wucht gegen Verox, kurz bevor sie den Mauervorsprung erreichten. Zeitgleich fühlte Verox einen heftigen Schlag in die Magengrube.

Abrupt krümmte sich Flame zusammen, seine Flammen erloschen. Entsetzt bemerkte Verox, dass das T-Shirt seines Bruders am Rücken in Fetzen hing. Er hatte ein Loch im Körper, war schwer verletzt! Dessen Blut und Gewebestücke klebten an Verox' Bauch.

»Sieben!«, rief er, weil er vor Aufregung nicht mehr an den neuen Namen dachte. Die alten Übungen in der Ruinenanlage in der Wüste standen ihm plötzlich vor Augen, als ihre Einheit auf Befehl des Commanders Verbrecher, Rebellen oder völlig unschuldige Menschen töten musste. Er und seine Brüder waren oft verletzt worden, auch absichtlich von den Wissenschaftlern, um zu prüfen, wie effizient die winzigen Roboter in ihrem Körper arbeiteten. Deshalb sollte ihn diese Wunde nicht schockieren, dennoch tat sie es.

»Das wird wieder«, murmelte Flame, wobei er sich tapfer auf den Beinen hielt. Jedoch wurde er von Handlanger Nummer zwei ununterbrochen beschossen, während Keith die Flinte nachlud.

Wie viele Verletzungen konnte sein Bruder vertragen? Würden die Naniten alle Wunden schnell genug heilen können, bevor er verblutete? Arbeiteten die Roboter immer noch so wirkungsvoll wie damals?

Verox sammelte sämtliche verbliebene Konzentration, obwohl er sich seit dem Schlag in den Magen schwindelig und schwach fühlte, richtete den Revolver auf Keith und traf den grinsenden Bastard genau zwischen den Augen. Sofort kippte er nach hinten um, woraufhin sein verbliebener Lakai ebenfalls das Weite suchte.

Flame hatte sich bereits wieder gestrafft und schickte dem Flüchtigen brüllend einen Feuerball hinterher, doch leider verfehlte der sein Ziel. Durch die massiven Angriffe war er anscheinend immer noch zu geschwächt.

Skye trat mit ihrer Armbrust neben sie und durchbohrte mit einem Pfeil die Schulter des fliehenden Mannes, sodass dieser aufschrie, stolperte und hinfiel. Er rappelte sich jedoch schnell auf und rannte davon.

Eine bedrückende Stille machte sich breit, und Verox vernahm lediglich schnelle, keuchende Atemzüge.

Es war vorbei.

Erleichtert wollte er tief Luft holen, aber er konnte nicht; etwas blockierte ihn. Stattdessen sackte er auf die Knie.

Fuck, wieso fühlte er sich auf einmal so hundeelend? Woher kamen diese verdammten Schmerzen in seinem Magen?

»Flynn!« Skye hockte plötzlich neben ihm und starrte mit aufgerissenen Augen auf seinen Bauch.

Flame ging ebenfalls in die Hocke. »Verflucht, du bist getroffen!«

Ungläubig schaute Verox an sich hinunter auf das daumendicke Loch oberhalb seines Nabels. Dort klebte nicht allein Flames Blut. Es war sein eigenes, das dort heraus sickerte! Die Kugel war durch Flame hindurchgegangen und in seinem Körper eingeschlagen.

Skye blickte erst ihn, dann Flame gequält an. Mit zitternder Stimme fragte sie: »Wie schlimm ist es?«

Hektisch inspizierte Flame seinen Rücken. »Keine Austrittswunde. Das Geschoss steckt noch drin!«

Blut lief weiterhin aus einigen Verletzungen seines Bruders; er schien regelrecht durchsiebt worden zu sein. Flame heilte langsamer, wahrscheinlich, weil es einfach zu viele Blessuren waren oder den Naniten mittlerweile die nötige Energie fehlte. Sie mussten sich erst wieder aufladen.

Wie in Trance starrte Verox auf ein Einschussloch in Flames Oberarm, aus dem sich langsam das eingedrungene Projektil schob, herausfiel und klirrend auf dem Boden landete. Dann verschloss sich die Wunde, und nicht einmal eine Narbe blieb übrig.

Jetzt wünschte sich Verox doch seine Naniten zurück.

Flame half ihm, sich auf den Rücken zu legen, riss sich die Fetzen seines T-Shirts vom Körper und presste das Stoffknäuel auf seine Bauchwunde. »Drück da drauf, Skye! Ich werde Oasis anfunken. Wir brauchen ein Shuttle! Er muss sofort ins Krankenhaus!«

Als Verox hustete, weil ein Blutschwall seine Speiseröhre hinaufgekrochen war, wusste er, dass er es nicht schaffen würde.

»Skye«, flüsterte er. »Es tut mir leid, dass ich so dumm war und nicht auf dich gewartet habe.«

»Pst«, machte sie, beugte sich über ihn und drückte das zusammengeknüllte T-Shirt fest auf seine Wunde. Dabei fielen ihre Tränen auf seine Brust. »Du wirst nicht sterben. Das darfst du nicht!«

Fluchend zog sich Flame seinen Kommunikator vom Handgelenk. »Fuck, eine Kugel hat mein Handycom getroffen! Ich kann niemanden anfunken! Ich versuche, es zu reparieren.«

»Du musst nach Oasis laufen!«, rief sie. »Bitte, er braucht einen Arzt!«

Flame schenkte ihr einen Blick, der besagte, dass Verox nicht mehr so viel Zeit hatte. Tatsächlich spürte er, wie das Leben rasend schnell aus ihm herausfloss.

»Es tut mir leid, dass ich dich verletzt habe, Bruder«, murmelte er, und frisches Blut lief über seine Unterlippe. Er musste sich bei

Flame entschuldigen, bevor es für immer zu spät war. »Ihr seid nur meinetwegen in dieser beschissenen Lage.« Dieses Ende hatte er wohl verdient.

Wenigstens war er bei der Frau, die er liebte, und starb nicht allein oder in Gefangenschaft.

Seine Augen blieben ununterbrochen auf Skye gerichtet. Er wollte sich jedes Detail ihres hübschen Gesichtes einprägen und wünschte, er hätte noch mehr Zeit mit ihr gehabt.

Nur ganz kurz huschte sein Blick zu Flame. »Tut mir leid … dich … geschossen«, brachte er gerade noch hervor, dann fielen ihm die bleischweren Lider zu. Verdammt, diese Müdigkeit war einfach stärker als sein Wille.

»Flynn, sieh mich an!«, hörte er Skye und fühlte, wie sie leicht auf seine Wange schlug. »Nicht die Augen schließen, hörst du!«

Er strengte sich wirklich an, doch er schaffte es nicht mehr, sie zu öffnen. Sprechen funktionierte noch ein bisschen. »Skye, ich …« Ein erneuter Blutschwall hinderte ihn daran, ihr endlich seine Gefühle zu gestehen. Wenn seine Zunge bloß nicht so schwer wäre!

Ich liebe dich. Du bist das Beste, das mir in diesem Leben passiert ist, dachte er und versuchte, ihr diese Botschaft mental zu schicken. Aber selbst dazu fand er keine Kraft mehr.

»Nein! Flynn! Bitte!« Wie aus weiter Ferne hörte er, wie Skye weinte und flehentlich rief: »Flame, tu doch was! Er darf nicht sterben!«

Mit seinem letzten Atemzug stieß Verox noch einmal ihren Namen aus, der wie ein kaum hörbares Wispern über seine Lippen huschte – dann fühlte er, wie sämtlicher Schmerz verblasste und sich die Umgebungsgeräusche zu einem monotonen Rauschen mischten.

Kapitel 18 – Skye – Neuanfang

»Nein!« Skye ließ das T-Shirt los und bettete Flynns Kopf vorsichtig auf ihrem Schoß, um ihn sanft zu wiegen. Sie fühlte sich unendlich hilflos und ihre innerliche Qual zerriss sie beinahe. Jetzt konnte nur noch ein Wunder ihren Krieger retten.

Behutsam berührte Flame ihre Schulter, während er neben Flynn kniete und das T-Shirt weiterhin mit einer Hand auf die Bauchwunde drückte. Voller Sorge starrte er auf ihn. »Ich kann probieren, ihm meine Naniten zu übertragen. Noch bin ich nicht gut darin, andere zu heilen, aber …«

»Was ist mit deinen Wunden?«, unterbrach ihn Skye. »Du bist doch auch immer noch verletzt!« Tatsächlich sah er aus, als würde er gleich auseinanderfallen, so durchsiebt war sein Oberkörper!

»Die Blutungen sind gestoppt, der Rest kann bis später warten«, knurrte Flame, während mehrere Projektile wie von Zauberhand aus seiner Haut gepresst wurden und zu Boden fielen. »Ich muss es versuchen!« Er wischte mit dem T-Shirt über Flynns Bauch und leckte direkt über das Einschussloch, aus dem immer noch Blut sickerte.

Skye fand das weder appetitlich noch hygienisch, aber er würde schon wissen, was er tat. »Hast du ihm deine Naniten übertragen?«

Nickend fuhr er sich mit dem Handrücken über die Lippen. »Ja, einen Teil. Zum Glück habe ich genug.« An Flynns Hals fühlte er den Puls. »Verdammt, er ist kaum noch am Leben!«

Skyes Herz verkrampfte sich. »Bitte, Flynn, halte durch! Für dich … für uns!« Sanft strich sie ihm über die Wange. Sein Gesicht wirkte entspannt, als würde er schlafen. Wahrscheinlich war er bewusstlos. Es beruhigte sie ein bisschen, dass sein Atem gegen ihre Finger stieß, wenn auch kaum spürbar. »Bleib bei mir, Flynn!«

»Komm schon, Kumpel«, feuerte ihn nun auch Flame an und starrte genauso gebannt wie Skye auf die Schusswunde am Bauch. »Macht schon, Nanos«, setzte er leiser hinzu, wobei er beide Daumen in seiner Faust einschloss.

Skye schickte ihren größten Wunsch ans Universum: dass Flynn seine schwere Verletzung überlebte. Die winzigen Roboter mussten es einfach schaffen, ihn zu heilen!

Als Flames Augen groß wurden und er rief: »Es scheint zu klappen!«, zuckte sie vor Nervosität zusammen.

»Bist du sicher?« Angestrengt fixierte sie das Einschussloch, aus dem nun kein Blut mehr sickerte, aber die Pfütze darin verschwand auch nicht. Brauchten die Naniten die dunkelrote Flüssigkeit, um neues Gewebe zu bilden?

Flame beugte sich über ihn, sah aber nun nicht mehr ganz so sicher aus. »Ich denke schon.«

»Was ist, wenn er stirbt, bevor die Naniten ihn geheilt haben?«, fragte sie erstickt. »Können sie ihn wieder zum Leben erwecken?«

»Falls er selbst welche hätte, wäre das möglich. Ich konnte ihnen leider nur den Befehl erteilen, diese schwere Verletzung zu reparieren. Mehr Energie haben sie auch nicht mehr übrig, und in seinem Körper können sie sich nicht aufladen.«

Skye blickte zwischen den beiden Männern hin und her. Während sich Flames Schusswunden ganz langsam schlossen, schien sich bei Flynn nichts zu tun.

Sie beugte sich auch weiter nach vorne – da erkannte sie plötzlich, wie sich in der Wunde eine Blutblase bildete. Nein, das war keine Blase … Das Projektil schob sich quälend langsam nach draußen!

Flame zog mit den Fingerspitzen das fingerdicke Metallstück heraus und hielt es vor ihr Gesicht. »Das nenne ich mal ein Kaliber.«

Oh Gott, dieses Riesenteil musste immensen Schaden angerichtet haben! Skye schluckte schwer. »Es ist auch durch deinen Körper gegangen.«

»Hm«, brummte Flame. »Hat meine halbe Leber zerfetzt.«

Himmel, zum Glück besaß er die Naniten! Jeder andere hätte schon die ersten Schüsse nicht überlebt.

Er warf das Geschoss hinter sich, sodass es mit einem blechernen Laut über den Boden hüpfte, und überprüfte noch einmal

Flynns Vitalzeichen. »Er erholt sich langsam.«

Gebannt wartete Skye darauf, dass er die Augen aufschlug. Doch selbst als die Wunde geschlossen war und die Haut wieder völlig unversehrt aussah, rührte er sich nicht. Neben seinem Nabel glitzerte ein silberfarbener, münzgroßer Fleck.

Sie deutete darauf. »Was ist das?«

»Meine Naniten.« Flame leckte sie auf, als wäre es das Normalste auf der Welt, und schloss die Augen. Dann rieb er sich seitlich über die Rippen.

»Alles okay?«, fragte Skye.

Sofort blickte er sie an. »Ja, es juckt, drückt und kitzelt bloß ein bisschen, wenn mich die Naniten wiederherstellen. Und meine Leber ist für sie wichtig, dort holen sie sich neue Energie.«

Zum Glück ging es Flame gut und die Naniten hatten ihre »Ladestation« reparieren können. Skye hatte keine Ahnung, wie das alles in seinem Körper funktionierte und sie würde wahrscheinlich nicht einmal die Hälfte verstehen, falls er es ihr erklärte. Sie kannte bloß ein Leben ohne Hightech und es interessierte sie jetzt nur noch, ob Flynn gesund wurde.

Als er plötzlich tief Luft holte, hustete und Blut spuckte, stieß sie einen Schrei aus. »Flynn!«

Schwer atmend drehte er sich zur Seite und erbrach noch mehr Blut.

Ihr Herz raste vor Angst. »Flame, er erstickt!«

»Das ist sicher nur noch etwas Flüssigkeit, die in seiner Luftröhre und im Magen war.« Kraftvoll klopfte er seinem Bruder auf den Rücken, bis sich dieser beruhigt hatte.

Langsam setzte sich Flynn auf, starrte Skye geistesabwesend an und befühlte vorsichtig die Wunde an seinem Kopf. Wahrscheinlich schmerzte sie noch, was ihr sehr leid tat.

»Flynn?«, wisperte sie. »Wie fühlst du dich?«

Flame hatte mit den Naniten nur die Bauchwunde heilen können, schließlich besaßen die Roboter nicht unendlich Energie. Flynns Streifschuss am Arm und die Platzwunde unter seinem Haar mussten sich auf natürliche Weise schließen. Sie wirkten immer noch roh und wund. Skye überlegte, ob sie einen Verband anlegen sollte, doch die Blutungen hatten aufgehört und sauberer Stoff stand nicht zur Verfügung, also verzichtete sie darauf.

Flynns Blick schweifte zu Flame, danach wieder zu ihr. Mehr und mehr Panik zeichnete sich in seinen Zügen ab. »Was macht ihr hier?«

Behutsam berührte sie ihn am Arm. »Wir haben gebangt, ob du es schaffst. Denkst du, wir hätten dich allein hier liegen gelassen?«

Allmählich verschwand die Angst aus seinen Augen. »Wir sind nicht im Jenseits?«

Skye schüttelte den Kopf und lächelte zittrig. »Du bist nicht tot.«

»Nicht?« Sichtlich überrascht fuhr er sich über den Bauch und murmelte: »Wie kann das sein?« Dann schaute er verwundert zu Flame. »Du hast mich gerettet.«

»Ja, das hat er«, antwortete Skye, bevor Flame es tun konnte, und hätte am liebsten beide Männer gleichzeitig an sich gedrückt. Neue Tränen liefen über ihre Wangen, aber diesmal weinte sie vor Freude. Kurzerhand hockte sie sich auf Flynns Schoß, schloss fest die Arme um seinen Nacken und küsste ihn auf den Mund. Das Blut an seinen Lippen störte sie im Moment absolut nicht, denn … er lebte!

Flynn hielt sie fest, erwiderte den Kuss und murmelte an ihrer Wange: »Ich liebe dich, meine kleine Wüstenprinzessin.«

Ihr Herz stolperte vor Glück. »Wirklich?«

»Schon seit du mich damals im Keller gesund gepflegt hast.«

»Ich liebe dich auch.« Sie musste ihn gleich noch einmal auf seine wundervollen Lippen küssen und fühlte sich wie die glücklichste Frau der Welt.

Flame hob angesichts ihrer Liebesschwüre leicht die Augenbrauen, kommentierte sie aber nicht. Sein Blick suchte in bester Warriormanier die Umgebung nach Feinden ab. Beherzt biss er dabei in einen Energieriegel, den er aus einer Hosentasche gezogen hatte. Offensichtlich brauchte er neue Kraft, um seine Naniten aufzuladen, oder neue Energie für seine PSI-Fähigkeiten. Hier draußen lauerten überall Gefahren, das durften sie niemals vergessen. Er hielt Flynn auch einen Riegel hin, den Skye nahm und aufriss.

»Hier, du musst auch etwas essen.«

Als sie ihm den Riegel an die Lippen legte, schloss er sanft ihre Hand in seiner ein, wobei er immer noch Flame anstarrte: »Wie hast du das gemacht?«

»Ich habe dir meine Naniten übertragen.«

Seine Augen wurden groß. »Sind sie noch in mir?«

»Nein«, antwortete Flame. »Ich habe sie mir zurückgeholt, bevor ihnen die Energie ausging. Ansonsten hätte dein Körper sie abgebaut.«

Skye merkte Flynn an, dass er vielleicht doch gerne die kleinen Roboter besitzen würde. Sie waren auch ungemein praktisch.

»Danke, Bruder.«

»Immer wieder gern.« Leise räuspernd senkte er den Blick.

Skye betrachtete abwechselnd die beiden starken Männer, während sie schweigend auf ihren Riegeln herumkauten. Etwas Besonderes passierte gerade zwischen ihnen, etwas, für das sie anscheinend keine Worte brauchten. Skye konnte förmlich spüren, wie alter Zorn und unausgesprochene Schuldgefühle schrumpften und sich auflösten. Zurück blieben zwei Krieger, die unter schwierigen Bedingungen gemeinsam aufgewachsen und zu Brüdern geworden waren, bis man sie grausam auseinandergerissen hatte. Das aktuelle Drama schien vor allem Flame ein Stück weit mehr Frieden mit sich selbst gebracht zu haben. Es bedeutete ihm sichtlich viel, Flynn vor dem Tod bewahrt zu haben, nachdem er all seine anderen Brüder nicht hatte beschützen können. Aber auch Flynn wirkte, als wäre endlich eine schwere Last von seinen Schultern genommen.

Er räusperte sich hörbar, nachdem er aufgegessen hatte. »Es tut mir so leid, dass ich euch beiden nicht vertraut habe.«

»Ich musste das auch erst lernen.« Flame deutete auf das rostbraune Tattoo an seiner Brust. In geschwungenen Lettern stand dort das Wort Trust – Vertrauen. »Das soll mich immer daran erinnern, dass es Menschen gibt, die mir helfen wollen, und nicht jeder automatisch mein Feind ist.«

»Diese Tätowierung hat dir also dabei geholfen?«

»Nicht nur.« Flame lächelte sanft. »Den Großteil meiner Rehabilitation habe ich June zu verdanken und neuen Freunden, die ich durch sie kennengelernt habe.« Auch Skye schenkte er ein Lächeln, und sie nickte zurück. Ohne Flame wäre Flynn nicht mehr am Leben.

Sie rutschte von seinem Schoß, damit sich die Männer besser unterhalten konnten, und behielt die Gegend im Auge. Sie glaubte zwar nicht, dass einer von Keith' Lakaien zurückkommen würde, aber das ganze Blut und die Leiche von Keith könnten Raubtiere anlocken.

Mit dem Wasser aus ihrem Schlauch reinigte sie sich notdürftig die Hände, und sie hielt ihn auch den Männern hin, damit sie sich ebenfalls das Blut abwaschen konnten. Den Rest gab sie Flynn zu trinken, schließlich musste er den Flüssigkeitsverlust ausgleichen.

»Ich bin heilfroh, noch einen Bruder zu haben«, sagte er und reichte Skye den Schlauch zurück. Dann wandte er sich wieder an Flame. »Ich wünschte nur, ich hätte selbst gesehen, wie unsere Peiniger gestorben sind, damit ich es auch endlich begreifen kann.«

»Vielleicht kann Flame dir einen kurzen Blick in seinen Kopf erlauben?«, schlug sie vor.

Flame betrachtete Flynn einen Moment lang abschätzend, bevor er nickte. »Ich habe nichts zu verbergen.«

»Okay.« Flynn kratzte sich am Kopf. »Du musst bloß ein bisschen näher heranrücken, ich bin noch nicht so fit.«

Flame hockte sich ihm im Schneidersitz gegenüber und Flynn holte ihn am Nacken zu sich, sodass sie sich an der Stirn berührten. Dann schlossen beide die Augen.

Gebannt betrachtete Skye die beiden starken Krieger, die sich so nahe waren wie vielleicht noch nie. Während Flame kaum die Miene verzog, zeigten sich auf Flynns Gesicht zahlreiche Emotionen. Er presste die Lider zusammen, als würde er Schmerzen leiden, zuckte leicht oder öffnete staunend den Mund.

Es war ein riesiger Vertrauensbeweis von Flame, dass er Flynn in seinen Kopf blicken ließ. Schließlich hatte Flynn ihn einst manipuliert, um seinen Tod vorzutäuschen und so die Freiheit zu erlangen. Flame hatte bestimmt noch eine Menge Schuldgefühle deswegen und wollte auf diese Weise noch mehr Vertrauen aufbauen.

»Sie sind alle tot«, murmelte Flynn, als er sich zurücklehnte und die Lider öffnete. Sämtliche Anspannung schien aus seinem Körper zu weichen und er atmete tief ein. Offensichtlich war eine weitere große Last von ihm abgefallen.

»Was hast du alles gesehen?«, wollte Flame wissen.

»Du hast das Labor in die Luft gesprengt«, antwortete Flynn und setzte leiser hinzu: »Du wolltest sterben.«

Flame nickte langsam. »Ich hatte keine Ahnung, wie ich mit all der Schuld leben sollte. Jetzt weiß ich jedoch, dass es immer Gründe gibt, um weiterzumachen.« Kameradschaftlich klopfte er Flynn auf die Schulter, erhob sich und reichte ihm die Hand, um ihn auf die Beine zu ziehen. »Man muss sie nur finden.«

Kapitel 19 – Verox – Heldenhafter Schurke

Schwankend stand Verox auf, denn durch den Blutverlust fühlte er sich schwächer als zuvor. Trotzdem dankte er seinem Schutzengel, dass die Kugel anscheinend keine Hauptarterie verletzt hatte. Sonst wäre das Leben innerhalb von Sekunden aus ihm gewichen, statt Flame und seinen Naniten die Zeit zu geben, ihn zu heilen. Ob er seinem Schutzengel auch gleich noch für Flames Anwesenheit danken sollte?

»Soll ich einen Arzt rufen?«, fragte dieser und spielte an seinem Handycom herum. »Ich glaube, mein Kommunikator geht wieder, war nur ein Knopf verklemmt.«

»Kein Arzt.« Verox nahm von Skye seinen Revolver entgegen und steckte ihn ein, während Flame ihm zunickte. Sein Bruder hatte schließlich auch albtraumhafte Erfahrungen mit Ärzten hinter sich und verstand seine Bedenken daher. »Es geht mir den Umständen entsprechend gut.« Tatsächlich hatte er sich seelisch nie besser gefühlt und war erleichtert wie nie. Nun könnte wirklich alles gut werden.

Er schenkte Skye, die dicht bei ihm stand, ein Lächeln, und als sie es erwiderte, kribbelte sein gerade erst verheilter Magen. Oder waren das noch die Nachwirkungen seiner Verletzung?

Flame schmunzelte. »Ich glaube, ihr habt eine Menge zu bereden.«

Schlagartig wurde Verox bewusst, dass sie die dunkelsten Geheimnisse seiner Vergangenheit noch gar nicht kannte, und das leichte Gefühl in seinem Bauch löste sich abrupt auf.

Flame legte einen Arm um seine Schultern und zog ihn ein Stück zur Seite, damit Skye ihre Unterhaltung nicht verstand. Kaum hörbar sagte sein Bruder: »Erzähle ihr, wie es in dir aussieht.«

Verox versteifte sich. »Was meinst du?«

»Das von Montgomery.«

»Du weißt davon?« Verox wich einen halben Schritt zurück und starrte Flame schockiert an. Plötzlich fühlte er sich nackt und verwundbar. All die langen Jahre war er sich sicher gewesen, dass niemand mitbekommen hatte, welche perversen Spielchen dieses Monster mit ihm getrieben hatte!

Er warf einen kurzen Blick zu Skye, die so tat, als würde sie ihre Armbrust inspizieren. Garantiert würde sie später wissen wollen, warum Flame ihn zur Seite genommen hatte.

Fuck!

Die Sonne brannte plötzlich noch viel heißer und Schweiß drang ihm aus allen Poren.

»Ich weiß nicht, was genau passiert ist«, flüsterte Flame ihm zu. »Aber ich habe gefühlt, wie groß dein Hass auf sie war, und sie hat dich oft in ihr Labor befohlen.«

Als Verox schwieg, setzte sein Bruder hinzu: »Es wird sonst immer zwischen euch stehen.«

Tief atmete Verox durch und nickte. Er wollte schließlich nicht mehr feige sein. Doch in die Augen schauen konnte er gerade weder Skye noch seinem Bruder.

Gemeinsam kehrten sie zu ihr zurück, und Verox war heilfroh, dass sie nicht fragte, was sie besprochen hatten.

»Dann gehe ich mal zu June«, erklärte Flame.

Skye musterte seinen blutverschmierten Körper. »Vielleicht solltest du dich waschen, bevor du ihr unter die Augen trittst?«

»Ich habe keine Geheimnisse mehr vor ihr«, antwortete er milde lächelnd und zwinkerte. »Womöglich kann sie mir mit der Seife zur Hand gehen.«

Skye lachte und schlug ihm spielerisch auf die Schulter, doch Verox schluckte hart.

Keine Geheimnisse ... Er wollte Skye so gerne ebenfalls alles anvertrauen, aber konnte er für sie seine Rüstung ablegen, die ihn all die Jahre widerstandsfähiger gemacht hatte?

Flame überreichte ihr den Kommunikator und deutete auf den Knopf an der Unterseite. »Hier kannst du ein Notrufsignal aktivieren, und dein Standort wird sofort an Pyro übermittelt.«

»Den braucht sie nicht«, murmelte Verox. »Sie ist bei mir sicher.«

»Das weiß ich. Aber hier treiben sich immer noch Slasher herum.«

Das stimmte allerdings. Er traute zwar Keith' Handlangern nicht zu, dass sie sich erneut in seiner Nähe blicken ließen, aber es gab schließlich noch genug andere Gefahren hier draußen.

Skye nahm das Handycom dankbar entgegen und versuchte, es an ihrem Unterarm festzumachen. Das Gerät war viel zu groß für ihr zierliches Handgelenk. Im Gegensatz zu ihm und Flame war sie ein Winzling.

Das weckte sofort wieder seinen Beschützerinstinkt, dabei war sie nicht so harmlos, wie sie aussah, und konnte sehr gut auf sich achtgeben. Er würde ihr trotzdem nicht mehr von der Seite weichen.

Verox half ihr, das Band des Kommunikator fester zu ziehen, und spürte ihre Blicke in seinem Gesicht.

»Du hast viel Blut verloren«, sagte sie leise. »Vielleicht brauchst du doch noch einen Arzt oder ...«

»Es geht mir wirklich gut.« Verox freute sich, dass sie sich um ihn sorgte, deshalb unterdrückte er schnell ein Gähnen, bevor sie noch mit ihm nach Oasis zurückmarschieren wollte. Doch er musste zuerst Tyron treffen. Er hatte es ihm versprochen.

»Ich muss zu Tyron, dem Mann, den ich aus dem Gefängnis geholt habe«, sagte er deshalb. »Begleitest du mich?«

Ihre Augen strahlten. »Natürlich!«

Flame erklärte er: »Tyr hat nur ein Hemd mitgenommen, und das nicht einmal absichtlich. Ich glaube, dafür hat er seine Strafe längst verbüßt.«

Sein Bruder nickte. »Ich werde in Oasis berichten, dass Skye in Sicherheit ist, und die Leiche von Keith mitnehmen.«

Verox war froh, nicht mit ihm zurückgehen zu müssen. Er brauchte noch Zeit für sich, Zeit allein mit Skye, und war noch nicht bereit, unter Massen von Menschen zu treten. »Was wirst du den anderen über mich erzählen?«

»Dass du uns vor dem Anführer der Slasher gerettet hast.«

»Das war wohl eher umgekehrt.« Er fühlte sich ein bisschen unwohl mit dieser Geschichte, schließlich sollte Flame die Lorbeeren erhalten. Er freute sich jedoch, dass sein Bruder hinter ihm stand. Wie hatte er ihn jemals für einen Verräter halten können? »Und wie rechtfertigst du meine Befreiung von Tyron?«

»Die beruhte auf einem Missverständnis.«

Verox hatte keine Ahnung, wie Flame das genau meinte, und im Moment war ihm auch zu schwindelig, um zu denken. In den letzten Minuten war so wahnsinnig viel passiert. Doch eines wusste er mit Sicherheit: »Ich hoffe, wir sehen uns bald wieder.«

»Das hoffe ich auch, Bruder.« Flame klopfte ihm auf die Schulter und wandte sich anschließend an Skye: »June will bestimmt regelmäßig etwas von dir hören wegen der restlichen Slasher, die jetzt die Stadt unsicher machen.«

Sie hielt den Arm mit dem Handycom hoch und nickte. »Ich werde mich melden.«

Verox seufzte. Das alles war nur seine Schuld. »Tut mir leid für das Chaos.«

Sofort griff Skye nach seiner Hand und lächelte ihn aufmunternd an. »Ich bin froh, dass Menschen wie Marisa nicht mehr im Dunkeln hausen müssen und sie jetzt die Chance bekommen, ein neues Leben in Oasis zu beginnen. Und du hast immerhin die Bösen in Schach gehalten, bis Oasis stark genug war, sich selbst zu verteidigen. Den unvermeidbaren Angriff hast du damit lange genug herausgezögert.«

Flame nickte. »Oasis hat nun militärische Verstärkung aus Royal City. Die ganzen Warrior brauchen schließlich auch was zu tun. Wir schaffen das.« Dann drehte er sich um und marschierte auf die Leiche zu.

»Ach, Skye?«, rief er, nachdem er sich Keith über die Schulter geworfen hatte.

»Was ist?«

»Sei nachsichtig mit meinem Bruder. Wir haben nie gelernt, mit Frauen umzugehen.«

Verox schluckte schwer und schaute Flame noch eine Weile hinterher, bis er zwischen den Fahrzeuggerippen nicht mehr zu sehen war. Jetzt gab es nur noch ihn und Skye. Die Stunde der Wahrheit rückte unaufhaltsam näher.

»In welche Richtung müssen wir?«, fragte sie.

»Da entlang.« Er deutete hinter sich. »Ich hole noch schnell meine Sachen.« Zügig schritt er zu den zwei verrosteten Fahrzeugen, zwischen denen er seinen Rucksack versteckt hatte, und schulterte ihn. Danach sammelte er die Pistole ein, die Flame ihm aus dem Hosenbund gezogen und weggeschleudert hatte. Er wollte die Waffe auf keinen Fall zurücklassen.

Skye behielt ihre Armbrust in der Hand, die andere hing über ihrer Schulter. Die Sonne stand nun tiefer, die Schatten wurden länger, deshalb konnten sie zwischen den Hochhäusern überwiegend im Schatten weitergehen.

Schweigend marschierte sie neben ihm her und er spürte ständig ihre Blicke auf sich, sodass er sich noch verwundbarer fühlte als zuvor bei Flame. Was sie wohl von ihm dachte?

Er war ein Sonderling, ein Freak, nicht fähig, Frauen zu verstehen oder überhaupt andere Menschen. Durch sein Misstrauen hatte er die Slasher entfesselt.

Wenn er schon ehrlich zu Skye sein wollte, musste er es zuerst zu sich sein. Deshalb holte er tief Luft, sammelte all seinen Mut und sagte leise: »Ich bin kein Held, Skye. Ich bin ein feiger Versager.«

»Jetzt hör aber auf!«, rief sie ehrlich empört und blieb abrupt stehen. Dabei machte sie den Eindruck, als würde sie ihm gleich gegen das Schienbein treten wollen. »Das sehe ich ganz anders. Für mich bist du ein Held.« Sie musterte ihn mit leicht zusammengekniffenen Lidern und setzte hinzu: »Zumindest ein heldenhafter Schurke.« Dann grinste sie.

Ihr schelmisches Lächeln berührte etwas tief in seinem Inneren. »Wie meinst du das?«

»Nun … ich würde dich als *Schurke mit Ehre* bezeichnen. Du bist zu den Slashern gekommen, als dort Sodom und Gomorrah herrschte. Die brutale Macht des Stärkeren. Schwache haben in dieser Welt keine Chance oder werden ausgenutzt und gequält. Du hast bei den Slashern dafür gesorgt, dass auch diese Menschen ihren Teil abbekommen und die Gewalt gegen uns Siedler nicht zu sehr ausartet.«

Ihre Worte überraschten ihn. »Dann glaubst du mir, dass ich die Slasher daran hindern wollte, einen von euch zu verletzen?«

Eifrig nickte sie. »Ja, seit ich dich besser kenne, schon.« Erneut lächelte sie. »Du hast versucht, den Slashern beizubringen, nur das zu nehmen, was sie brauchen. Natürlich sind aus ihnen keine zahmen Kätzchen geworden und die Gewaltbereitschaft war immer noch da, wie man an Keith und seinen Lakaien gesehen hat. Also blieb dir nichts anderes übrig, als deine Gabe einzusetzen, um ein paar Irre unter Kontrolle zu halten.«

»Wow.« Verox fühlte unendliche Erleichterung, dass sie seine wahren Absichten erkannt hatte. Am liebsten wollte er sie umarmen und stürmisch küssen, doch sie war noch nicht fertig.

»Wir Outsider müssen ständig ums Überleben kämpfen, vor ein paar Jahren noch mehr als heute. Doch dank unserer neuen Verbündeten aus Royal City hat sich die Situation entspannt. Aber wenn man in der Geschichte ein wenig zurückgeht, wurden Schwache, Kranke oder Menschen mit Handicap ausgegrenzt und mussten ihr Leben als Bettler und Gauner fristen. Du hast ihnen ein Heim gegeben. Eine Gemeinschaft gebildet. Hoffnung gesät.«

Skye hielt so wahnsinnig viel von ihm und sah ihn als Ritter in strahlender Rüstung. Beinahe hätte er vergessen, dass er ihr noch sein finsterstes Kapitel offenbaren musste, damit nichts mehr zwischen ihnen stand. Doch das musste noch ein bisschen warten, denn als sie plötzlich ihre zweite Armbrust ebenfalls schulterte und die Finger in seinem Nacken verschränkte, konnte er nur noch in ihre wunderschönen, leicht schräg gestellten Augen blicken.

»Du bist mein heldenhafter Schurke. Ich liebe dich«, wisperte sie an seinen Lippen und hauchte einen Kuss darauf.

Da schloss er die Arme um ihre zierliche Taille, öffnete den Mund – und nachdem er die Kontrolle übernommen hatte, wurde der zuerst zögerliche Kuss zunehmend leidenschaftlicher. Er eroberte Skye und kostete von ihrer süßen Zunge.

Skye glaubte an ihn. Er war ihr Held.

Und sie liebte ihn.

Glücksgefühle durchströmten ihn vom Scheitel bis zur Sohle; seine körperliche Schwäche verblasste. Am liebsten wollte er sie auf der Stelle vernaschen, und auch sein Tier in ihm brüllte vor Erregung auf. Aber sie waren voller Blut, verschwitzt und standen mitten auf einer staubigen Straße, in der überall Gefahren lauerten. Er würde warten, bis sie an einem sichereren Ort waren.

Als er sich Minuten später atemlos von ihren Lippen löste, raunte er: »Verdammt, Skye, was hast du bloß an dir, dass ich in deiner Gegenwart nicht mehr ich selbst bin?«

Zärtlich strich sie ihm über die Wange, wobei sie ihn verträumt anblickte. »Ich glaube, du bist bei mir mehr du selbst, als du es jemals warst.«

Verflucht, sie hatte recht. Endlich war er nach Hause gekommen.

Kapitel 20 – Skye – Geständnisse

»Wieso hast du eine Gitarre dabei?« Skye spähte auf das Musikinstrument, das Flynn außen an seinem Rucksack befestigt hatte. Die riesengroße Tasche sah ziemlich schwer aus; die Träger drückten sich deutlich in seine Haut. Wahrscheinlich hatte er sein halbes Waffenarsenal dabei.

»Ich spiele ab und zu«, erklärte er ihr, ohne sie anzusehen. Wachsam behielt er die Gegend im Auge. »Die Gitarre und meine Bücher haben mir die langen, einsamen Stunden erträglicher gemacht.« Ein Schweißtropfen perlte über seinen Nasenrücken und tropfte nach unten. Flynn schwitzte stark, obwohl sich die Sonne mittlerweile hinter den großen Gebäuden versteckte und die Temperaturen erträglicher wurden. Nach dem Blutverlust sollte er sich nicht anstrengen. Hoffentlich erreichten sie bald ihr Ziel.

»Kennst du Lieder aus der alten Zeit?« Sie wollte ihn gerne spielen hören. So vieles wusste sie noch nicht von ihm, doch sie konnte es kaum erwarten, all seine Geheimnisse zu entdecken.

Er schüttelte den Kopf und murmelte: »Ich habe nur ein bisschen vor mich hingezupft«, wobei er den Blick nachdenklich in die Ferne gerichtet hielt.

Etwas beschäftigte ihn noch sehr stark, das spürte sie deutlich. Vermutlich war es dasselbe, über das er in seinem Zimmer nicht mit ihr hatte reden wollen.

Weiterhin drängte sie Flynn zu nichts; er würde es ihr erzählen, wenn er dazu bereit war.

Entschlossen griff sie nach seiner Hand und schenkte ihm ein aufmunterndes Lächeln, das besagte: *Ich bin für dich da, wenn du mich brauchst.*

***

Als sie einen ehemaligen Park erreichten, der so extrem zugewuchert war, dass es kein Durchkommen zu geben schien, stand die

Sonne bereits am Horizont. Sie hatten nicht mehr lange Tageslicht.

»Müssen wir uns durch dieses Gestrüpp kämpfen?«, fragte Skye.

»Das hat Tyron sicher schon erledigt.« Flynns Nasenflügel blähten sich, als er vor der grünen Wand auf und ab schritt und dabei tief Luft holte. Dann zeigte er nach rechts. »Hier entlang.«

An einer völlig unscheinbaren Stelle zog er abgeschnittene, aufgestellte Äste zur Seite, die Skye nicht aufgefallen wären. Ihnen offenbarte sich ein hüfthoher »Tunnel«, der aussah wie ein dunkles Loch, denn es drang kaum Helligkeit durch die Blätter.

Nachdem Flynn den Eingang hinter ihnen wieder verborgen hatte, krabbelten sie durch die Büsche, bis sie auf einer Lichtung herauskamen. Dort stand ein junger Mann mit dunkelbraunen Haaren und richtete eine Pistole auf sie.

»Hey, alles gut!«, rief Flynn.

Sofort ließ der Mann die Waffe sinken und stieß erleichtert die Luft aus. »Ich dachte schon, du kommst nicht mehr.«

»Wurde aufgehalten«, erklärte Flynn und zog Skye an der Hand zu sich. »Ich möchte dir Skye vorstellen, meine …« Für den Bruchteil einer Sekunde blickte er sie nachdenklich an und sagte schließlich lächelnd: »Gefährtin.«

»Hi.« Grinsend hob sie die Hand. Irgendwie klang es seltsam, wenn ein Mann sie »Gefährtin« nannte, aber verdammt schön. Es kribbelte in ihrem Magen. »Ich freue mich, dich kennenzulernen, Tyron.«

»Du kannst mich Tyr nennen.« Er nickte ihr zu und sein Gesicht verfinsterte sich sofort, als er das viele Blut identifizierte, das noch an Flynns Körper und seiner Kleidung klebte. »Was ist passiert?«

»Keith hat uns überrascht.« Flynn deutete auf den Streifschuss an seinem Arm und die Krusten in seinen Haaren. »Sind nur Lappalien. Uns geht es gut.«

»Und Keith?«

»Ist tot«, knurrte Flynn. »Er wollte uns erschießen.«

»Scheiße. Der Typ war schon immer irre. Ich bin froh, dass ihr lebt.« Tyr sammelte hektisch ein paar seiner Sachen ein, die vor ihm im hohen Gras lagen: eine Wasserflasche aus Metall, eine Machete und einen Stoffbeutel. Er wirkte nervös. »Ich habe in der Nähe einen ausgetretenen Pfad und Raubtierspuren gesehen. Anscheinend haben sich ein paar Wildkatzen im Park eingenistet. Wir sollten unseren Smalltalk später fortsetzen und uns dringend ein anderes Nachtlager suchen.«

»Weise Entscheidung.« Flynn klopfte ihm auf die Schulter, wobei er leicht schwankte.

Sein Zustand gefiel Skye gar nicht. Deshalb fragte sie sofort: »Kennt ihr einen Unterschlupf in der Nähe?« Flynn musste sich endlich ausruhen. »Mit Bademöglichkeit?«

Tyr zögerte einen Moment und sagte schließlich: »Ich habe nicht weit von hier eine sichere Unterkunft für die Nacht.«

***

»Seid ihr schon mal einem größeren Raubtier begegnet?«, erkundigte sich Skye bei Tyr und Flynn, während sie eine Seitenstraße in Richtung Harlem River entlang marschierten. Hier kannte sich Skye nicht so gut aus, dafür aber Tyr, der ebenfalls Sammler war, wie sie erfahren hatte. Außerdem sollte er – nach Flynns Erzählungen – ein hervorragender Jäger sein.

»Ich habe schon Löwenrudel gesehen«, antwortete Flynn, »doch das ist ewig her. Sie scheinen mich zu meiden.« Als er ihr zuzwinkerte, wusste sie, dass er von seinem Löwen sprach. Ob die Tiere das Biest in ihm wittern konnten?

»Mich hat mal so ein Vieh verfolgt«, sagte Tyr. »Ich glaube, es war ein Puma.«

»Was hast du gemacht?«, fragte Skye.

»Bin in ein Gebäude gelaufen und das Treppenhaus rauf, aber es hat mich weiterhin verfolgt.«

»Und dann?« Gespannt hielt sie die Luft an.

»Ich hatte zu der Zeit zwar eine Pistole, aber keine Munition mehr. Als es mich knurrend und fauchend in die Ecke gedrängt hat, habe ich mein Messer gezogen und gewartet, bis es mich anspringt. Dann habe ich ihm die Klinge in den Hals gerammt.« Er zog sein T-Shirt am Kragen über eine Schulter, und vier parallele Narben kamen zum Vorschein. »Hat mich zum Glück nur gekratzt, dafür hatte ich Fleisch für einen Monat.«

So viel Courage hatte sie dem jungen Mann nicht zugetraut. »Ganz schön mutig.«

Als Tyr zerknirscht zugab: »Ich hab mir in die Hosen geschissen«, mussten sie alle lachen.

Skye mochte diesen Slasher.

Ex-Slasher, korrigierte sie sich.

Er schien ein ehrlicher Kerl zu sein und hatte tolle Geschichten auf Lager.

»Und du, Skye?« Flynn nahm ihre Hand und schaute ihr gebannt in die Augen. »Du hast bestimmt auch schon mal die eine oder andere gefährliche Situation auf deinen Touren erlebt.«

Die Sonne war nun endgültig hinter den Ruinen verschwunden, deshalb wurde es zwischen den Hochhäusern immer düsterer. Ihre Schritte hallten unnatürlich laut von den Fassaden, und sie glaubte, glühende Blicke auf sich zu spüren. Wahrscheinlich waren es nur die Blicke von Flynn. Er schien sie geradezu verschlingen zu wollen. Sie konnte es kaum erwarten, mit ihm allein zu sein. Aber zuerst mussten sie den sicheren Unterschlupf erreichen.

Normalerweise hielt sich Skye zu dieser Zeit nicht mehr draußen auf, denn nun begann die Stunde der dämmerungs- und nachtaktiven Jäger. In der Mitte der beiden Männer – und vor allem neben ihrem starken Krieger – fühlte sie sich jedoch sicher. Trotzdem hatte sie vorsorgehalber einen Bolzen in ihre Armbrust gespannt.

»Letztes Jahr«, erzählte sie, »hat ein Rudel Großkatzen Oasis terrorisiert und mehrere Menschen angefallen. Zwei starben an Bissverletzungen. Die Wachen haben fast alle Tiere töten müssen, die restlichen sind nie wieder aufgetaucht.«

Flynn drückte ihre Hand. »Wurdest du verletzt?«

»Nein, aber ich habe das Rudel gesehen. Als ich nachts kurz mein Zimmer verlassen habe, um Luft zu schnappen, streunten die Tiere unter den Baumhäusern herum, als würden sie auf eine günstige Gelegenheit warten, uns anzugreifen. Zum Glück sind die Häuser so konstruiert, dass sie nicht eindringen können, falls sie es schaffen, die Stämme hochzuklettern.« Immer noch fühlte sie sich beobachtet. »Aber ja, auf meinen Touren habe ich auch schon zwei Mal den Weg eines Rudels gekreuzt. Das erste Mal waren noch meine Eltern dabei, beim anderen Mal war ich allein unterwegs und konnte mich gerade noch auf mein Boot flüchten und mit der Strömung entkommen.«

»Deine Eltern?«, fragte Flynn.

»Hm.« Skyes Gedanken schweiften in die Vergangenheit. »Wir dachten erst, es wären Hunde, die auf uns zugelaufen kamen, aber es waren Wölfe. Bestimmt zehn Stück. Dad hat sofort seine Pistole gezogen, und als er einen Warnschuss abgegeben hat, sind die Tiere weggelaufen. Sunny stand Todesängste aus und hatte monatelang Albträume deswegen.«

Flynn hob die Brauen. »Wer ist Sunny?«

»Mein kleiner Bruder«, antwortete sie mit rauer Stimme.

»Wo lebt er?«

Sie räusperte den Kloß aus ihrem Hals und lächelte Flynn zittrig an. »Er ist schon lange tot, genau wie meine Eltern.«

»Das tut mir sehr leid.« Er klang ehrlich bestürzt.

»Ich war acht, als meine ganze Familie an einem Virus starb. Für mich sah es auch schlecht aus, aber ich habe überlebt. June hat sich anschließend um mich gekümmert.« Sie hatte außer mit June und nun mit Flynn noch nie mit jemandem über ihre Familie gesprochen, und es tat nach all den langen Jahren auch immer noch weh, über sie zu reden. Doch in Flynns Gegenwart schaffte sie es. »Ich vermisse sie furchtbar.«

»Ich bin nicht deine Familie«, sagte er vorsichtig, »aber ich möchte mein Bestes geben, um sie zu ersetzen.«

Skye lächelte ihn dankbar an. »Das hast du schön gesagt.«

»Ich bin sehr glücklich, dass du überlebt hast«, raunte er, blieb stehen und zog sie in seine Arme. Dann flüsterte er ihr ins Ohr: »Ich kann es kaum ertragen, dich traurig zu sehen. Wenn du willst, kann ich dir den Schmerz für immer nehmen.«

Sie verlor sich für einen Moment in seinen unergründlichen Pupillen, die im Dämmerlicht riesengroß wirkten. »Das will ich gar nicht, denn der Schmerz hilft mir, meine Familie niemals zu vergessen.«

Liebevoll strich er mit dem Daumen über ihre Wange. »Du bist eine wahnsinnig starke Frau.«

Es machte sie völlig verrückt nach ihm, wenn er so zärtlich zu ihr war. Sie wollte ihn auf der Stelle küssen, aber sie hatten Zuschauer, auch wenn Tyr so tat, als würde er ihnen nicht zuhören, und ein Stück vorausging. »Kannst du auch stark sein, Flynn?«

Fragend runzelte er die Stirn.

»Es ertragen, mich ab und zu traurig zu sehen?«, setzte sie hinzu.

Er schmunzelte. »Für dich kann ich alles ertragen, meine kleine Wüstenprinzessin.«

Als er die Lippen behutsam auf ihren Mund drückte, blieb ihr trotz aller Sanftheit für ein paar Sekunden die Luft weg. Niemals zuvor war sie derart zärtlich geküsst worden. Die dezente Berührung entfachte in ihr einen Flächenbrand ungeahnten Ausmaßes, brachte all ihre Nerven zum Glühen und erhitzte ihren Schoß. In diesem muskelbepackten Krieger steckten so viele Emotionen und wahnsinnig viel Einfühlungsvermögen, dass sie sich verdammt glücklich schätzen durfte, diesen Mann an ihrer Seite zu haben. Er würde sie zur freudestrahlendsten und zufriedensten Frau auf der ganzen Welt machen, das wusste sie einfach.

»Ich liebe dich so sehr«, wisperte sie an seinen Lippen und hatte noch nie etwas so ehrlich gemeint.

Als sich Tyr vor ihnen hart räusperte, wich Skye sofort einen Schritt zurück. Sie hatte völlig vergessen, dass er sie begleitete, so abgelenkt war sie durch Flynns Kuss gewesen!

»Und trotz all der Gefahren, die da draußen lauern, gehst du immer noch auf Sachensuche?« Flynns offensichtlicher Versuch, das Thema zu wechseln, brachte Skye beinahe zum Lachen. Anscheinend war es ihm ein bisschen peinlich, in Anwesenheit seines Freundes die Umgebung völlig vergessen zu haben.

»Ich kann eben nicht anders. Wenn ich zu lange an einem Ort

bin, befällt mich eine innere Unruhe«, erklärte sie, während er sie an der Hand weiterzog.

»Das kenne ich auch«, warf Tyr ein und deutete auf einen alten Hafen, in dem mehrere kleine Schiffsskelette auf der Seite lagen. »Wir sind übrigens gleich da.«

Sie hatten die Häuserzeilen hinter sich gelassen und ein betoniertes Ufer erreicht. Hier war es noch etwas heller als zwischen den himmelhohen Gebäuden.

Während sie am Kai entlangliefen, warf ihnen Tyr abwechselnd Blicke zu. »Ich habe euch vorher noch nie zusammen gesehen. Seit wann kennt ihr euch denn?«

»Eigentlich schon ewig«, sagte Skye schnell und drückte Flynns Hand, »aber wir haben uns gerade erst wiedergefunden.«

Verträumt schaute Tyr in die Ferne, als würde er auch an jemanden denken, den er liebte, und blieb dann vor einem massiven Pier stehen. Die stabilen Fundamente hatten jahrzehntelang Wasser und Wetter getrotzt, sodass sie gut erhalten waren. Nur das Gebäude darauf, eine Halle, glich einem Trümmerfeld.

»Dort liegt einer meiner Unterschlüpfe.« Tyr deutete auf einen grauen Container, der direkt neben der eingestürzten Halle ebenfalls auf dem Pier stand. Allerdings war die Plattform nicht mehr mit dem Ufer verbunden, als hätte ein Erdbeben das massive Betonfundament ein Stück ins Meer geschoben. Vielleicht war es aber auch über die Jahrzehnte abgesunken.

»Wie kommen wir dort rüber?«, wollte Skye wissen. Mindestens zwei Meter Abstand trennten sie vom Pier.

»Wir balancieren.« Tyr zog eine Metallleiter aus einem Müllstapel hervor, und Flynn half ihm, sie über den Abgrund zu legen. Mehrere Meter unter ihnen schwappte das Flusswasser gemütlich gegen die Betonwand.

Skeptisch betrachtete Skye die Sprossen. »Kann die Leiter nicht brechen?«

Flynn schüttelte den Kopf. »Nicht bei deinem Fliegengewicht.«

Grinsend antwortete sie: »Ich meinte wegen des uralten Materials.«

»Die Leiter ist aus Aluminium. Die hält noch ein paar hundert Jahre.« Flynn machte erst ein paar vorsichtige Schritte auf den Sprossen, lauschte dem leisen Knacken unter seinen Füßen und hielt Skye schließlich eine Hand hin. »Die hält euch aus.«

Tyr nickte. »Mein Container da drüben ist auch aus Aluminium. Fantastisch erhalten.«

Skye nahm Flynns Hand und ließ sich über den provisorischen Steg helfen. Tyr folgte leichtfüßig und zog die Leiter anschließend auf ihre Seite. »Jetzt sind wir zumindest vor gefräßigen Raubtieren sicher.«

Sie gingen mit ihm zu dem großen Frachtcontainer und klappten gemeinsam eine der Türen zur Seite, sodass die Scharniere leise quietschten.

Flynn pfiff durch die Zähne. »Schick hast du es hier.«

Skye konnte gar nichts erkennen; das Innere gähnte ihr wie ein schwarzer Schlund entgegen.

»Warum haben wir uns nicht gleich hier getroffen?«, wollte Flynn wissen.

Tyr grinste schief, ging hinein, und als eine Kerze aufleuchtete, folgte auch Skye den Männern. Tyr hatte den rechteckigen Container wie eine kleine Wohnung eingerichtet, und als Erstes fielen ihr die zahlreichen Bilder von halbnackten Männern an der Wand auf, die er aus irgendwelchen Zeitschriften gerissen hatte.

Nun kannte sie die Antwort, warum er den Park gewählt hatte. Anscheinend war ihm die sexy Dekoration peinlich. Des Weiteren gab es hier einen Tisch mit zwei Stühlen, Regale, in denen ein paar Konservendosen standen, eine zerschlissene Couch mit halb zerfallenen Kissen und zwei aufeinandergestapelte Matratzen auf dem Boden. Außerdem verteilten sich im ganzen Container allerhand weitere Fundstücke, zum Beispiel Ölgemälde. Tyr war eben auch ein waschechter Sammler. Am witzigsten fand Skye die Stehlampe mit dem kugelrunden Schirm aus Glas, in dem ebenfalls eine Kerze steckte. Sie verbreitete ein warmes Licht.

Sie ließen die Türen offen stehen, damit die Hitze des Tages entweichen konnte, und Skye ging noch einmal kurz nach draußen, um Oasis anzufunken. Pyro meldete sich, und sie bat ihn, June auszurichten, dass sie die Nacht in einem sicheren Unterschlupf am Fluss verbringen würden.

»Wo hast du die Möbel her, Tyr?«, fragte Skye, nachdem sie das Gespräch beendet hatte.

Sie lehnte ihre Armbrüste gegen die Wand und ließ sich neben Flynn auf die Couch sinken. Der hatte seinen Rucksack in eine Ecke gestellt und jetzt den Kopf in den Nacken gelegt. Er sah erschöpft aus. Sie wunderte sich ohnehin, wie er sich nach dem Blutverlust überhaupt auf den Beinen halten konnte.

Tyr begann, seine Utensilien aus dem Beutel zu holen und auf dem Tisch aufzureihen. »Die Couch habe ich gleich hier nebenan aus den Trümmern der Halle gezogen, alles andere in naheliegenden Gebäuden gefunden und die Bilder aus einem Museum. Die waren früher angeblich Millionen wert.«

Skye kannte kein Geld als Zahlungsmittel, hatte aber davon gelesen. Sie konnte sich nicht vorstellen, Waren gegen Geld einzutauschen. Was wollte sie mit Münzen? Die konnte man weder essen noch sonst irgendwie nutzen. Höchstens zum Dekorieren verwenden.

»Kann man sich hier irgendwo frischmachen?«, fragte sie.

Tyr deutete zur Tür hinaus. »Seitlich des Piers führen Treppen nach unten zum Fluss. Passt aber auf, ich habe letztens ein Krokodil gesehen und mir deshalb eine Wanne zugelegt.«

»Dann nehme ich lieber Bessy mit.« Sie schnappte sich ihre Armbrust und zog an Flynns Hand. »Dich nehme ich auch mit.«

Er war auf der Couch eingedöst und blickte sie schlaftrunken an. »Was?«

»Wir gehen zum Fluss, bevor die Nacht endgültig hereinbricht.« Noch konnte sie draußen genug erkennen, aber in einer halben Stunde würde sie nichts mehr sehen. »Hast du Kleidung zum Wechseln dabei?«

»Eine Hose«, murmelte er und stand schwankend auf. »Im Rucksack.«

Skye öffnete ihn und fand sie ganz oben. Es war eine ähnliche

Armeehose, wie Flame eine trug. Die nahm sie mit, genau wie das Stück Seife, das in einen sauberen Lappen eingewickelt war, und verließ mit Flynn den Container.

Die Treppen führten sie nach unten auf eine kleinere Plattform, die etwa einen Meter über dem Wasserspiegel lag. Dort stand eine Metallwanne, in der ein Mann wie Flynn niemals Platz finden würde. Sie könnte sich allerdings hineinsetzen. Darin befand sich ein Eimer mit einem dünnen Seil am Griff. Damit konnte sie Wasser schöpfen.

Während sich Flynn Stiefel und Hose auszog, legte sie Bessy und die restlichen Utensilien beiseite, füllte die Wanne mit ein paar Litern Flusswasser und hielt die Augen offen. Das Hafenviertel wirkte völlig ausgestorben, nur zwei Möwen drehten am beginnenden Sternenhimmel noch ihre letzten Kreise auf der Suche nach einem Happen.

Als Flynn nackt neben ihr stand, verlor sie sich einen Moment in der Betrachtung seiner Muskeln und des perfekt geformten Körpers – doch das Blut auf seinem Bauch erinnerte sie an die schlimmsten Minuten ihres Lebens, sodass kaum romantische Gefühle aufkommen mochten. Solch einen Schrecken wollte sie nie wieder erleben.

Einst hatte sie sich geschworen, sich nie mehr an einen anderen Menschen binden zu wollen, weil sie es nicht noch einmal überstehen würde, ihn zu verlieren. Aber nun war es geschehen, sie hatte sich unwiderruflich in ihren PSI-Warrior verliebt.

Als er gähnte, dirigierte sie ihn auf eine der unteren Stufen. »Setz dich. Ich wasche dir gleich das Blut aus den Haaren.«

»Ich würde mich ja selbst waschen, aber ich kann kaum die Augen offen halten«, raunte er und schenkte ihr ein verruchtes Lächeln. Dieses verriet ihr, dass er nur halb so schwach war, wie er vorgab, zu sein.

»Mein heldenhafter Schurke muss sich heute um nichts mehr kümmern.« Vorsichtig teilte sie die blutverkrusteten Strähnen und murmelte: »Verdammt, das ist alles so sehr verklebt, dass ich die Wunde nicht sehen kann.«

Entschlossen blickte er zu ihr auf. »Schneide sie ab.«

»Was?«

»Meine Haare.« Flynn deutete zu seiner Hose auf dem Boden. »Nimm ein Messer und verpasse mir eine neue Frisur.«

Grinsend entschied sie sich für eine mittelgroße Klinge, weil die am schärfsten aussah. »Sicher, dass ich aus dem Wikinger wieder Flynn machen soll?«

»Ganz sicher, meine Wüstenprinzessin. Die Hitze unter diesem Teppich hat mich fast umgebracht. Ich muss mich nicht mehr verstecken oder ein anderer sein. Ich will wieder dein Flynn sein.«

Ihr Herz quoll über vor Zuneigung, und sie drückte ihm einen festen Kuss auf die herrlichen Lippen, bevor sie die ersten geflochtenen Haarsträhnen in die Hand nahm und sie etwa zwei Zentimeter über seiner Kopfhaut absäbelte. Dann warf sie diese ins Wasser. Einen besonders langen und ordentlich geflochtenen Zopf behielt sie allerdings und schob ihn in ihre Hosentasche.

Flynn hob eine Braue. »Offenbar vermisst du den Wikinger jetzt schon.«

»Ein bisschen.« Schmunzelnd schnitt sie ihm alle Strähnen ab und korrigierte hier und da die Länge, bis er wirklich fast wieder wie der alte Flynn aussah. Nur ein bisschen älter.

Erinnerungen an die erste Zeit mit ihm schossen ihr in den Kopf, als sie ihn halb tot in der Wüste gefunden hatte. Das schien Äonen her zu sein und doch lag beinahe alles zum Greifen nah.

»Und jetzt Augen zu«, befahl sie, woraufhin sie ihm einen Eimer Wasser über den Kopf goss.

»Fuck, ist das kalt!«, rief er und wirkte plötzlich hellwach.

Sie lachte. »Davon kommt noch mehr. Aber zuerst die Seife.«

Ein zarter Orangenduft stieg ihr in die Nase, als sie behutsam sein weiches Haar einschäumte. Dabei sparte sie vorsichtig die Platzwunde aus. Zum Glück nässte sie nicht mehr; außerdem sah sie kleiner aus als erwartet. Wunden am Schädel bluteten immer besonders stark, und Skye war froh, Flynn nicht schlimmer verletzt zu haben.

Während sie seine Kopfhaut massierte, schloss er die Augen und legte den Kopf in den Nacken.

»Hmm, das tut gut«, raunte er.

»Weißt du, woran ich gerade denken muss?« Sie ließ die Finger in seinen Nacken gleiten, massierte ihn auch an dieser Stelle und spürte die sanfte Erhebung der alten Narbe. Dort hatte sie ihn einst genäht.

»Ja, ich weiß genau, woran du denken musst.« Träge öffnete er die Lider einen Spalt weit. »Daran, als wir zusammen im Fluss gebadet haben.«

»Genau.« Sie seufzte verträumt bei diesen Erinnerungen. »Du hast meine Seife gerettet.«

Erst schmunzelte er, aber dann wurde sein Gesicht ernst. »Ich konnte etwas anderes nicht vergessen.«

»Was?«, fragte sie, als er nicht weitersprach.

»Ich habe mich jahrelang verflucht, weil ich dich damals nicht geküsst habe.« Seine Miene verfinsterte sich zunehmend. »Mit uns wäre vielleicht alles anders gekommen, wenn …«

Als er den Blickkontakt abbrach, füllte sie schnell den nächsten Eimer mit Wasser, um sein Haar auszuspülen. Dabei sagte sie leise: »Es sah aus, als hättest du Angst gehabt.«

»Ja«, grollte er, »aber das lag nicht an dir.«

»Dort in der Forschungseinrichtung«, begann sie behutsam, »haben sie dir etwas Furchtbares angetan.«

»Viele furchtbare Dinge«, erklärte er stockend und ließ die Augen geschlossen. »Doch eine Ärztin war besonders grausam.«

Skye sah, wie er schwer schluckte, und griff schnell zum sauberen Lappen, um sein Gesicht abzutupfen.

Leider erzählte Flynn nicht weiter, deshalb bat sie ihn, aufzustehen, damit sie auch seinen Bauch einseifen konnte. Mit dem Lappen rieb sie über seine steinharten Muskeln, bis keine Blutspuren mehr zu sehen waren.

»Es gab eine Zeit, da hätte ich deine Berührungen nicht ertragen«, knurrte Flynn und klang dabei so wütend, dass ihr kalte Schauder über den Rücken krochen. Zum Glück entspannten sich seine Züge, und er raunte: »Jetzt kann ich sie genießen.«

Wie sehr er sie genoss, erkannte sie an seinem leicht geschwollenen Penis.

Flynn nahm den Eimer, ließ ihn am Seil zum Fluss hinunter, um ihn zu füllen, und schüttete den Inhalt anschließend über seinen Oberkörper. Dabei hielt er Skyes Blicken stand. »Diese Ärztin … Sie hat mich angefasst. Ich meine … überall angefasst und … zu allen möglichen Sachen gezwungen.« Er fuhr sich mit der Hand über den Nacken, als wollte er sichergehen, dass dort wirklich kein Chip mehr saß, der ihn kontrollieren konnte. »Sie wollte einen Sexroboter aus mir machen, ein willenloses Spielzeug, und hat all ihre kranken Fantasien an mir ausgelebt, mich … dabei verletzt und gedemütigt.«

Er erschauderte, und Skye unterdrückte ein erschrockenes Keuchen. Tief in ihrem Bewusstsein hatte sie geahnt, dass ihm etwas in der Richtung widerfahren war.

Zitternd holte sie Luft. »Du bist nackt vor mir ins Wasser spaziert, scheinbar völlig ungeniert.« Deshalb hatte sie immer gehofft, sich zu irren.

Sanft fasste er an ihre Schultern und zog sie an sich, sodass ihre Kleidung feucht wurde. »In deiner Gegenwart habe ich für einen Moment vergessen, was dieses Monster mir angetan hat. Ich war ich. Dank dir. Du hast mir gezeigt, wie es zwischen Mann und Frau sein könnte: liebevoll und unbeschwert. Doch als meine Erregung zunahm und mein Biest fast zum Vorschein kam, hatte ich Angst, du könntest davor erschrecken und mich für eine Missgeburt halten.«

»Ach, Flynn …« Liebevoll legte sie eine Hand auf seine Wange und ließ ihren Tränen freien Lauf. Sie konnte sich kaum vorstellen, durch welche Hölle er gegangen war. Sie weinte lautlos, ohne zu schluchzen, und sah, dass auch Tränen auf seinen Wimpern schimmerten. Oder waren das noch Wassertropfen?

Flynn wischte sich mit dem Handrücken über die Lider, nahm aber weiterhin nie den Blick von ihr. »All die schlimmen Erinnerungen standen auf einmal wieder vor meinen Augen und ich befürchtete, dass du mich genauso sehen könntest, wie *sie*.«

Bebend holte Skye Luft und versuchte, sich zu beruhigen. »Deshalb hast du heute gedacht, ich hätte dich hintergangen, weil du Frauen nur als böse und berechnend kennengelernt hast.«

Er nickte, dann räusperte er sich hart. »Montgomery war ein geistesgestörtes Monster. Ich habe sie … umgebracht.«

Flynn unterbrach den Blickkontakt und wandte sich von ihr ab, um neues Wasser aus dem Fluss zu holen. Wahrscheinlich hatte er Angst, dass sie ihn für den Mord verurteilen würde, aber sie war so wütend auf diese Frau, dass sie grollte: »Zum Glück lebt sie nicht mehr, sonst hätte ich sie getötet. Hoffentlich musste sie leiden.«

Abrupt drehte er sich zu ihr um, wobei er den vollen Eimer an seine nackte Brust drückte. »Leider nicht lange genug.« Dann schüttete er sich das Wasser über den Kopf und schaute zum Himmel. »Es ist fast dunkel. Wir sollten zu Tyr zurückgehen. Er hat Essen gekocht.«

Sicher konnte er das riechen, für Skye duftete es nur nach Orangenseife. »Ich mach mich eben auch noch schnell frisch.«

Sie schlüpfte aus ihren Sachen, löste das Band in ihrem Haar und ließ sich von Flynn mit Flusswasser übergießen. »Verdammt, das ist ja wirklich saukalt!« Sofort zogen sich ihre Brustwarzen zusammen und auf ihrem Körper bildete sich eine Gänsehaut. Deshalb seifte sie sich hastig ein, während Flynn schmunzelnd neben ihr stand und neues Wasser schöpfte.

»Schnell, ich brauche Nachschub, bevor ich zum Eiszapfen mutiere!«, rief sie, woraufhin er prompt die Wanne hochhob, um den gesamten Inhalt über sie zu schütten.

Skye schrie auf und holte prustend Luft. »Du verrückter Kerl!« Dann grinste sie und rieb sich über die zitternden Arme. »Das Wasser ist viel kälter als aus anderen Flüssen. Normalerweise bin ich nicht so eine Memme.«

Lachend schloss Flynn sie in die Arme und zog sie an seinen warmen Körper, der herrlich frisch nach Seife roch. Skye schmiegte ihren Kopf an seine Brust und fühlte sich unendlich geborgen.

Der Moment war eigentlich perfekt, nur eine kleine Stimme in ihrem Unterbewusstsein fragte sorgenvoll: Würde sie in Zukunft unbeschwerten Sex mit Flynn genießen können, nachdem er solch ein Martyrium hinter sich hatte?

Vorsichtig streichelte sie über seinen Rücken und seufzte leise an seiner Brust. Würde sie doch bloß seine Fähigkeit besitzen! Dann könnte sie ihn alles Schlimme vergessen lassen.

Als hätte er ihre Gedanken gelesen – was er bestimmt nicht getan hatte, das würde sie schließlich merken –, sagte er: »Ich mag es, wenn du mich berührst. Bei dir vergesse ich, was mir früher widerfahren ist, weil sich mein ganzes Ich auf dich konzentriert.«

Sie war wirklich froh, das zu hören, und sie glaubte ihm. Der Beweis drückte sich zunehmend härter an ihren Bauch.

Selig lächelnd schaute sie zu ihm auf. »Und was ist mit deinem Löwen?«

»Der hat ohnehin nur Augen für dich und bereits so fest die Krallen in dich geschlagen, dass er dich nie wieder loslassen kann.«

Skye zwinkerte eine Freudenträne weg. »So eine schöne Liebeserklärung hat mir noch keiner gemacht.«

»Du bist komplett anders als alle Frauen, die ich kennengelernt habe, kleine Wüstenprinzessin, und dafür liebe ich dich.« Grübchen bildeten sich in seinen Wangen, als er lächelte, und ihr Herz vollführte Freudensprünge.

»Du bist auch völlig anders als andere Männer und vor allem kann ich mich mit dir streiten, ohne dass ich dich einschüchtere, mein heldenhafter Schurke, und dafür liebe ich dich.«

Er lachte, und es war das schönste Geräusch an diesem Abend. »Du schüchterst andere Männer ein?«

»Ich sage zumindest nie das, was sie hören wollen.«

»Schüchtere ruhig weiter alle anderen Männer ein und halte sie auf Abstand, sonst muss ich sie verjagen!«

»Aye, mein Schurke.«

Sie pressten ihre feuchten Körper aneinander, küssten sich zärtlich und genossen für einen langen Moment die Nähe des anderen, bevor sie sich in schweigendem Einverständnis voneinander lösten und ihre Sachen aufsammelten. Flynn zog seine frische Hose an, blieb jedoch barfuß, während Skye leider wieder in ihre getragenen Kleidungsstücke schlüpfen musste. Doch das war ihr im Augenblick egal. Sie freute sich darauf, bei Flynn zu sein und sich die ganze Nacht an ihn zu kuscheln. Ob sie nach seinem aufwühlenden Geständnis Ruhe finden konnte, bezweifelte sie.

Vorhin, auf dem Weg zu Tyrs Unterschlupf, hatte sie unbedingt mit Flynn schlafen wollen. Doch seine spürbare Erschöpfung und sein herzzerreißendes Geständnis brachten eine ganz andere Art von Intimität mit sich. Heute Nacht hatten sie ihre Seelen geöffnet und sich so aneinander gebunden. Gewiss kam auch irgendwann der passende Moment, in dem sie heißen Sex genießen würden. Sie hatten alle Zeit der Welt. Skye zweifelte nicht länger daran, eine gemeinsame Zukunft mit Flynn zu haben, und war gespannt darauf, was sie erwartete.

Kapitel 21 – Skye – Die Tage danach

Gleich am nächsten Morgen schlug Flynn vor, mit Skye nach Oasis zu gehen, was sie ungemein freute. Er wollte sich noch einmal bei Flame bedanken und dessen Partnerin June kennenlernen. Außerdem hatte er sich von Skye breitschlagen lassen, weil er dort das Vitaminpräparat bekam. Er hasste es, sich schwach zu fühlen, das sah sie ihm deutlich an.

Also packten sie alle ihre Sachen, Skye gab schnell über das Handycom June Bescheid und sie zogen los. Noch am frühen Vormittag erreichten sie die kleine Burg, und Tyr und Flynn stellten beim Siedlerrat den Antrag, um in Oasis aufgenommen zu werden.

Nachdem ihm Flame in Junes Turmzimmer die erste Injektion des Aufbaupräparates verpasst hatte, fanden sie sich alle eine Etage tiefer bei einer Ratssitzung wieder, in der um einem großen runden Holztisch besprochen wurde, ob Tyron und Flynn neue Siedler werden durften.

Zum Glück hatte Flame die Leiche von Keith mitgenommen.

Marisa und andere Slasher, die in Oasis Zuflucht suchten, hatten ihn identifiziert und erzählt, dass er der Anführer der Plünderer gewesen sei und Verox stets versucht hatte, ihn und seine Männer im Zaum zu halten. Dank Marisas überschwänglichem Einsatz und Erzähltalent kam Flynn sehr gut beim Rat weg. Er hatte für Frieden gesorgt, Kranken und Aussätzigen Schutz geboten und nie jemandem ein Leid angetan.

Keiner hegte auch nur den Verdacht, Flynn könnte über außergewöhnliche Fähigkeiten verfügen; die Wenigen, die Bescheid wussten, hielten den Mund. Stillschweigend waren die Eingeweihten sich einig, das Geheimnis auch in Zukunft zu bewahren. Das Wissen darum würde alle bloß verrückt machen und niemand würde mehr in Flynns Anwesenheit seinen eigenen Entscheidungen trauen.

Weil wegen der zahlreichen Neuankömmlinge noch viele weitere Punkte auf der Tagesordnung standen, war ihre Sitzung schnell abgehandelt, und ohne dass der Rat näher auf Flynns Lebensgeschichte einging – da sie ihn für einen »gewöhnlichen Warrior« aus Royal City hielten –, durften sich sowohl er als auch Tyron nun »Einwohner von Oasis« nennen.

Skye war froh über das rasche Ende, denn sie hatte schon von Versammlungen gehört, die sich über Tage hingezogen hatten. Sie vermisste ihr Nomadenleben, und Flynn hatte jetzt schon genug von all dem Trubel um seine Person. Er hasste es, im Mittelpunkt zu stehen. Auf die Siedlung war er aber neugierig, und Skye fand Spaß daran, ihm alles zu zeigen. Sie stellte ihm ein paar Siedler vor, und danach aßen sie mit einigen von ihnen unter schattenspendenden Bäumen zu Mittag.

Natürlich drehten sich alle Gesichter in ihre Richtung und Skye hörte, wie getuschelt wurde: »Schon wieder ein neuer Warrior … Früher war alles besser … Die Krieger und Slasher werden uns alles wegessen!«

Letzteres war natürlich Quatsch, denn Royal City unterstützte die Siedlung mit Lebensmittellieferungen.

Skye kam es so vor, als würde sich in Oasis langsam Widerstand gegen die Politik von June regen. Die Spannungen hatten bereits angefangen, als Pyro und Acid zu ihnen gestoßen waren. Die zusätzlichen Warrior aus der Kuppelstadt und die asylsuchenden Slasher verschärften die Situation. Da würden noch einige neue Aufgaben und Probleme auf June und den Rat zukommen. Zum Glück hatte ihre Freundin Flame an ihrer Seite.

Aber es gab auch Siedler, die mit freundlicher Miene auf Skye zutraten und sie fragten, wann sie wieder auf Sachensuche ging.

»So bald wie möglich«, antwortete sie und ließ sich von ihnen Listen mit Dingen in die Hand drücken, die sie sich wünschten.

Flynn schmunzelte, als sie mit vollem Bauch zurück zum Siedlerwäldchen schlenderten. Es hatte ein Fischragout mit wilden Kräutern gegeben. »Du musst ja die Geheimnisse aller Einwohner kennen.«

»Das tue ich«, antwortete sie grinsend. »Und die habe ich alle fest in meiner Schatzkiste verschlossen.« Sie tat so, als würde sie mit einem imaginären Schlüssel ihren Mund zusperren, denn auch wenn sie Flynn über alles liebte, würde sie nicht gegen ihren Ehrenkodex verstoßen und gewisse Vorlieben der Siedler ausplaudern.

»Warum suchst du Dinge für andere Menschen?«, wollte er wissen und nahm ihre Hand. »Da steckt doch mehr dahinter als der Tauschhandel und deine ständige Unruhe, oder?«

»Das hat mich noch niemand gefragt.« Sie dachte einen Moment darüber nach, bevor sie antwortete: »Es hat mich all die Jahre erfüllt und glücklich gemacht, in ihre strahlenden Augen zu blicken. Ich hatte eine Aufgabe, einen Grund, nach dem Tod meiner Familie weiterzumachen.«

»Das ist ein schöner Grund.« Er hielt sich die andere Hand vor den Mund, weil er gähnen musste.

Skye betrachtete sein viel zu blutleeres Gesicht und die Schatten unter seinen Augen. Flynn sollte sich ausruhen. Deshalb beschloss sie als Nächstes, ihm ihr Zimmer zu zeigen.

Im Wäldchen angekommen, stiegen sie eine der herunterfahrbaren Treppen nach oben und liefen über die hölzernen Wege und

Hängebrücken, die die einzelnen Baumhäuser miteinander verbanden, zu ihrer Unterkunft.

»Liv, meine Mitbewohnerin, ist um diese Zeit nicht da«, erklärte Skye, als sie die Tür öffnete. »Sie arbeitet als Gärtnerin in einem Gewächshaus hinter dem Speichersee. Dort hält sie auch ihren Mittagsschlaf, damit sie den weiten Weg nicht vier Mal am Tag zurücklegen muss.«

»Ist sie in deinem Alter?«, wollte Flynn wissen, während er sich aufmerksam umsah.

»Ich befürchte, du musst auf einen Dreier verzichten«, erklärte sie süffisant. »Sie ist schon eine alte Frau.«

Abwehrend hob er die Hände und grinste. »Ich hatte bei der Frage keinerlei Hintergedanken.«

»Das weiß ich doch, ich habe nur Spaß gemacht.« Schnell stellte sie sich auf die Zehenspitzen, um ihm einen Kuss zu geben, und raunte: »Außerdem sind wir schon drei.« Sie zwinkerte, weil sie sein Biest meinte, und führte ihn durch den Gemeinschaftsraum in ihr chaotisches Zimmer.

»Ich habe nicht aufgeräumt«, entschuldigte sie sich, als Flynn auf dem schmalen Weg zwischen ihren Ramschbergen auf ihr Bett zusteuerte.

»Ich hätte jetzt auch Lust auf einen Mittagsschlaf.« Er strich sich über seinen nackten Bauch und gähnte erneut. »Fischragout macht müde.«

»So was von.« Einem Nickerchen wäre sie nicht abgeneigt.

Also zogen sie sich aus, kuschelten sich nackt unter dem dünnen Laken aneinander und schliefen fast auf der Stelle ein.

***

Vogelgezwitscher vor dem Fenster weckte Skye, doch sie fühlte sich zu träge, um ihre Augen zu öffnen. Schweiß klebte überall an ihr, denn es war wie immer viel zu warm in dem kleinen, vollgestopften Zimmer. Deshalb strampelte sie das dünne Laken vom Körper und streckte sich.

Als eine sehr sexy Stimme neben ihr raunte: »Guten Morgen«, grinste sie. Hatte sie also doch nicht geträumt. Flynn lag bei ihr.

»Guten Morgen.« Sie drehte ihm den Kopf zu und blinzelte. Anstatt ihren Blick zu erwidern, betrachtete er unverhohlen ihre splitternackte Gestalt.

Sofort schoss glühende Hitze zwischen ihre Schenkel, und sie fragte mit fast genauso rauer Stimme: »Wie geht es dir, mein süßer Schurke?«

»Mir ging es noch nie besser.« Er legte eine Hand auf ihre Taille, zog sie daran an seinen gestählten Leib, der nicht weniger verschwitzt war als ihrer, und küsste sie zart auf den Mund. »Ich fühle mich wie neu geboren. Hab lange nicht mehr so gut geschlafen.«

Sie hatte auch geschlafen wie ein Murmeltier.

Es schien noch sehr früh am Morgen zu sein, da lediglich etwas graues Licht durch das Fenster fiel. Also lagen die meisten Siedler noch in ihren Betten, aber Skye war hellwach. Kein Wunder, sie hatten seit gestern Mittag durchgeschlafen!

»Was machen wir heute?«, fragte sie und konnte weder aufhören, ihn anzusehen, noch ihre Hände davon abhalten, seine prachtvollen Muskeln unter der warmen, glatten Haut zu erkunden. Falls sie nämlich immer noch träumte, wollte sie keine Sekunde verpassen.

Als er lächelte, hüpfte ihr Herz beim Anblick seiner Grübchen wie verrückt. Und was für schöne, gerade Zähne er hatte! Dazu diese traumhaften Kusslippen, das männlich-markante Kinn, die gerade Nase, die perfekt geschwungenen Augenbrauen … Skye musste sich jedes Detail ganz genau anschauen. Sanft strich sie mit dem Daumen über eine winzige Narbe an seiner Stirn.

»Am liebsten«, murmelte er, »würde ich entweder den ganzen Tag mit dir im Bett verbringen oder durch die Gegend streifen.«

»Das klingt beides klasse.« Grinsend schmiegte sie ihren Unterleib an seine gewaltige Erektion und konnte es kaum erwarten, sie erneut in sich zu spüren. »Ich bin jedoch fürs Herumstreifen, weil wenn wir hier loslegen, wecken wir alle auf. Außerdem stürzt wahrscheinlich das Haus ein.«

Ein leises Knurren vibrierte in seiner Kehle, woraufhin er sie unter sich warf und wie ein Raubtier auf sie herabblickte. »Ich werde dich bei der nächstbesten Gelegenheit vernaschen«, raunte er, drückte ihr noch einen harten Kuss auf, der ihr diesmal den Atem raubte, und sprang aus dem Bett. Sein Biest flackerte kurz auf und seine Erektion zuckte. Er musste unglaublich erregt sein. Ihr ging es nicht anders. Doch sie wollte ihr zweites Mal mit ihrem sexy Schurken voll auskosten und losgelöst stöhnen dürfen – ohne Zuhörer. Flynn von oben bis unten ablecken und sein wildes Tier bis zum Äußersten reizen. Oh ja!

Schnell zogen sie sich an, bevor sie wirklich noch übereinander herfielen, und verließen das Zimmer – Skye jedoch nicht ohne Bessy.

Auf dem Tisch im Gemeinschaftsraum lag ein roter Apfel. »Wenn ich in Oasis bin«, flüsterte Skye, »bringt mir Liv immer etwas aus der Gärtnerei mit. Wollen wir uns das Frühstück teilen?«

Flynn nickte lächelnd und zog eins der Messer aus seinem Gürtel, um die Frucht zu halbieren. Er reichte Skye das kräftiger gefärbte Stück und verschlang das andere mit drei Bissen.

Mhh, der Apfel schmeckte süß und saftig. Doch der würde so einem kräftigen Mann wie Flynn nicht lange reichen, deshalb plante sie in ihrem Hinterkopf bereits das zweite Frühstück.

Leise verließen sie das Haus und schlichen zum nächsten Abgang.

»Ich habe vor zwei Jahren einen geheimnisvollen Ort entdeckt, den ich mich nie getraut habe, zu erforschen«, erklärte sie ihm, als sie über die Hängebrücken gingen. »Wollen wir uns den gemeinsam angucken?«

»Das klingt spannend. Wo müssen wir hin?«

»Lower East Side«, antwortete sie. »Aber erst will ich mich von June verabschieden, bevor sie mich wieder als vermisst meldet.«

Bis auf ein paar kleine Vögel, die in den Ästen saßen und wie verrückt zwitscherten, war es noch sehr ruhig im Wäldchen. Doch das würde nicht mehr lange so sein. Langsam brach der neue Tag an und es wurde zunehmend heller.

An der hochgezogenen Treppe fand sie wieder Tristan vor, allerdings hatte er Gesellschaft. Tyron saß bei ihm! Die beiden spielten Karten und unterhielten sich leise.

Als Tristan sie bemerkte, kniff er argwöhnisch die Lider zusammen und stellte sich vor Flynn. »Du bist doch derjenige, der Tyron aus dem Gefängnis geholt und uns alle betäubt hat, oder?«

Flynn schaute mit solch einer Unschuldsmiene auf ihn herunter, dass Skye beinahe lachen musste. Dann sagte er todernst: »Wer Karten spielt, anstatt Wache zu schieben, kann froh sein, bei einem Überfall nur betäubt zu werden.«

Sofort wich Tristan vor ihm zurück und stolperte rückwärts in seinen Stuhl.

Tyron grinste. »Vor Flynn brauchst du keine Angst zu haben. Er tut nur so böse. Lass uns weiterspielen.«

»Wegen diesem Kerl habe ich wieder Dienst an der Treppe«, maulte Tristan, betätigte dann aber im Sitzen die Handkurbel, um die Stufen nach unten zu lassen. Dabei musterte er skeptisch die ganzen Messer an Flynns Gürtel. Die Schusswaffen hatte er in der Burg abgeben müssen.

»Darfst du die überhaupt alle tragen?«, fragte Tristan.

Eigentlich waren so viele Messer innerhalb von Oasis pro Person nicht erlaubt, deshalb sagte Skye schnell: »Wir verlassen gleich die Siedlung.«

»Wo wollt ihr hin?« Tyr blickte sie beide zum ersten Mal mit wirklichem Interesse an.

»Sachen suchen«, antwortete Flynn. »Willst du mitkommen?«

Bestimmt fragte er aus reiner Höflichkeit, denn eigentlich wollten sie beide etwas Zeit allein verbringen. Deshalb atmete Skye auf, als Tyr erwiderte: »Danke, aber es gefällt mir hier aktuell ganz gut«, und Tristan ein schiefes Grinsen zuwarf.

Der schien die Anspielung nicht zu bemerken oder vielleicht doch? Denn er fragte Skye: »Denkst du an das Geschenk für Enja?« Wobei er den Namen seiner Freundin besonders betonte.

Skye grinste. »Nur, wenn du mein Dach reparierst.«

»Ja, ja, mache ich gleich nach meiner Schicht.«

Tyr schien plötzlich Schmerzen zu leiden, doch Sekunden später grinste er schon wieder dämlich und wollte von ihnen wissen, ob sie länger wegblieben.

Schulterzuckend antwortete Flynn: »Vielleicht ein paar Tage.«

»Bringt mir auch was Schönes mit.«

»Klar!« Skye winkte den beiden zum Abschied, dann stieg sie mit Flynn die Treppe hinunter.

Unten angekommen, fragte sie ihn leise: »Kann es sein, dass Tyr auf Tristan steht?«

Er nickte. »Hoffnungsloser Fall. Normalerweise lässt er sich ein Abenteuer nicht entgehen.«

»Ich glaube eher, Tristan ist sein neues Abenteuer.«

Flynn hob die Brauen. »Und? Hat er Aussicht auf Erfolg?«

»Ich denke nicht.« Armer Tyr. Chancenlos verliebt zu sein war beinahe so schlimm wie Folter.

***

Skye holte ihren Leiterwagen, den sie in der Nähe im Lager von Irits Kräuterladen untergestellt hatte, und kurze Zeit später erreichten sie die Burg. Skye war froh, dass Licht in Junes Turmzimmer brannte und sie die zwei nicht wecken musste.

Oben angekommen, überreichte Flame ihnen den kleinen Koffer mit den Aufbauinjektionen, damit sich Flynn unterwegs die Vitamine spritzen konnte. Diese würden auch dafür sorgen, dass er schneller neues Blut bildete, um den Verlust durch die lebensbedrohliche Verletzung auszugleichen. Auch die Gitarre sowie die Schusswaffen, die Flynn mitnehmen wollte, bekam er ausgehändigt. Der Rest lagerte weiterhin unter der Burg, sicher verstaut im Keller.

Flame behandelte Flynn, als wären sie echte Brüder. Er blickte ihn mit einer Mischung aus Vertrauen, Stolz und ein wenig Sorge an und erklärte ihm nun schon zum zweiten Mal, wann Flynn die Injektionen setzen sollte, welche Gefahren außerhalb von Oasis drohten und dass er ihn so schnell wie möglich zurück erwartete.

Flynn wirkte zuerst ein wenig irritiert, dann umarmte er Flame kurz und rau. Das Grinsen der beiden Männer sagte mehr als tausend Worte. Sie waren einfach froh und dankbar, einander nach all den Jahren wiedergefunden zu haben. Syke teilte die Freude und ihr wurde ganz warm ums Herz, weil Flynn endlich nicht mehr allein war.

Nachdem sie sich von June und Flame verabschiedet hatten, machten sie sich schnell beim Speichersee frisch und füllten sämtliche Wasserflaschen, die sich in ihrem Wagen befanden, für die Reise auf. Skye flocht sich zwei Zöpfe, stattete Flynn und sie mit Sonnenbrillen aus und zog noch zwei Tücher aus ihrem Karren, die sie vor dem Staub, den der Wind durch die Straßen blies, schützen sollten. Alle wichtigen Dinge ließ sie immer in ihrem Vehikel, damit sie jederzeit abmarschbereit war.

Anschließend liefen sie los, wobei Flynn ihren Wagen zog. Mindestens fünf anstrengende Meilen lagen vor ihnen, um in das andere Stadtviertel zu kommen, und die würden sich unendlich in die Länge ziehen. Es galt, viele Hindernisse zu überwinden und ein paar eingestürzte Blocks zu umgehen. Zuerst mussten sie jedoch Oasis verlassen und dazu am ehemaligen Zoo alias Gefängnis vorbeifahren.

»Skye!«, rief ihnen aus näherer Entfernung Inessa zu, die Bäckerin der Siedlung. Die große, kräftige Frau mit den kurzen Haaren, die gute fünf Jahre älter war als Skye, stand jeden Tag sehr zeitig auf, um ihren Backofen anzufachen, damit die Arbeiter nicht mit leerem Magen in den Tag starten mussten. Deshalb wurde sie auch oft liebevoll »Heldin des Morgens« genannt.

»Gehst du wieder los?«, fragte Inessa, als sie sich auf selber Höhe begegneten. Sie zog einen ähnlichen Handkarren hinter sich her, nur dass dieser mit frischen Broten beladen war. An ihrer Seite befand sich einer der neuen Warrior und gab ihr schwer bewaffnet Geleitschutz.

So weit war es schon gekommen, aber seit sich die Gruppe der Slasher in zwei Lager gespalten hatte und ein Teil davon nun ungehindert sein Unwesen treiben konnte, herrschte höchste Alarmbereitschaft. Flynn und der andere Krieger begrüßten sich mit einem

Nicken und hielten weiterhin die Gegend im Auge.

»Brauchst du was, Inessa?« Skye lugte auf die zahlreichen Brote, die fantastisch nach Hefe rochen. Sofort lief ihr das Wasser im Mund zusammen.

»Wenn du Backbleche auftreiben könntest, wäre das fantastisch. Meine alten machen es nicht mehr lange.«

»Backbleche, ist notiert«, sagte Skye lächelnd, woraufhin sie von Inessa zwei große Brotlaibe geschenkt bekam.

»Proviant für unterwegs«, erklärte sie, wünschte ihnen eine sichere Reise und zog mit der Wache an ihrer Seite weiter.

»Zweites Frühstück!«, rief Skye, als sie außer Hörweite waren, und brach einen Laib Brot durch und teilte diese Hälfte noch einmal. Eine davon reichte sie Flynn. »Es ist noch warm.«

Herzhaft biss sie in den weichen Teig und stöhnte leise vor Wonne. Der Tag wurde einfach immer besser.

Fynn betrachtete sie schmunzelnd, während er genüsslich sein Stück verspeiste. War das Leben jemals schöner gewesen? Skye fühlte sich rundum zufrieden.

***

Sie ließen sich Zeit und gingen gemütlich voran, damit sie sich in Ruhe unterhalten und ihre ungestörte Zweisamkeit genießen konnten. Noch hatte es die Sonne nicht über die Hochhäuser geschafft, deshalb war die Temperatur gut auszuhalten. Flynn ließ die Umgebung nie aus den Augen und lauschte ab und zu.

»Ist jemand in der Nähe?«, fragte Skye schließlich, nachdem er immer öfter den Kopf schräg legte und sich umsah.

»Ich habe das Gefühl, wir werden verfolgt. Es ist kein Mensch.« Tief holte er Luft und schnüffelte. »Noch rieche ich nichts.«

»Dann spanne ich mal lieber einen Bolzen in Bessy.« Skye nahm ihre Armbrust von der Schulter und hielt sie von nun an schussbereit in der Hand.

»Wieso hast du deiner Waffe einen Namen gegeben?«

Skye schmunzelte. »Einfach so, ich habe sie angesehen und

wusste, ihr Name ist Bessy.«

»Du bist und bleibst ein verrücktes Mädchen.« Grinsend zog er den Handkarren um einen alten Bus herum, wobei er sich erneut umblickte. »Kennst du jemanden, der wirklich so heißt?«

»Allerdings. Als kleines Mädchen habe ich mit meiner Familie öfter die Siedlung am Fluss besucht. Dort gab es eine Messerwerferin namens Bessy, die mich fasziniert hat. Als Kind wollte ich so werden wie sie.«

»Und meinetwegen ist aus dir eine Armbrust-Lady geworden.«

Skye lachte. »Ja, ich erinnere mich. Du hast mir mental befohlen, mit der Armbrust zu trainieren, die ich damals gefunden hatte.« Sie gab ihm einen schnellen Kuss auf die Wange und raunte: »Ich finde meine Waffe sowieso viel cooler.«

Er griff sich gespielt dramatisch ans Herz und stieß einen tiefen, erleichterten Seufzer aus. »Dann muss ich ja keine Rache befürchten.«

Es tat so unglaublich gut, Flynn endlich locker und losgelöst zu sehen, auch wenn er wegen des unsichtbaren Verfolgers leicht angespannt wirkte. »Spielst du mir später was auf deiner Gitarre vor, oder hast du sie nur zum Spaß mitgenommen?«

»Wenn du brav bist, singe ich sogar dazu.« Als er ein bisschen rot um die Nase wurde, wusste sie, dass es ihm wohl ein bisschen peinlich war, ihr zu viel versprochen zu haben.

»Was ist aus Bessy geworden?«, fragte er schnell, und Skye ging auf den Themawechsel ein.

»Sie war schon über achtzig und ist eines Morgens einfach nicht mehr aufgewacht.«

»Der perfekte Tod«, murmelte er, dann ließ er abrupt den Griff des Wagens los, zog seine Pistole und wirbelte herum. »Bleib hinter mir, Skye!«

Sie hörte zuerst das bedrohliche Knurren, bevor sie den kleinen schwarzen Wolf sah. Er stand wenige Meter von ihnen entfernt auf dem Dach eines Autowracks und sträubte sein Nackenfell. Den Kopf hielt er gesenkt, die Zähne hatte er gefährlich gefletscht.

Skye legte ihre Armbrust an und wollte gerade abdrücken, als

Flynn aufbrüllte. Sein Löwe materialisierte sich um seinen Kopf herum; sie erkannte von hinten die wallende Mähne.

Der junge Wolf winselte, legte die Ohren an, zog den Schwanz ein und sprang seitlich auf die Straße. Geduckt lief er davon.

Als sich Flynn zu ihr umdrehte, war sein Löwe verschwunden.

»Warum hast du nicht geschossen?«, fragte sie, wobei ihre Stimme leicht zitterte. Sie hatte wirklich gedacht, das Vieh würde sie anfallen.

»Er ist noch ein halbes Baby, und ich habe seine Angst gewittert.« Nachdenklich schaute er in die Ferne, als würde er den kleinen Wolf suchen, doch er war nicht mehr zu sehen. »Er hat mich ein bisschen an mich erinnert. Das war ein Omegawolf, ein vom Rudel verstoßenes Tier.«

Flynn hatte Mitleid mit ihm?

Das zeigte ihr erneut, dass ihr PSI-Warrior kein eiskalter Killer, sondern ein Mann mit einem riesengroßen Herzen war. »Wird er wiederkommen?«

»Ich weiß es nicht.« Flynn atmete tief durch und steckte die Pistole zurück in den Hosenbund. »Ich hoffe, er hat meine Botschaft verstanden, denn sollte er sich noch einmal in deine Nähe wagen, werde ich ihn töten müssen.«

***

Die Sonne stand bereits hoch am Himmel und brannte mit gnadenloser Härte auf sie herab, als sie endlich ihr Ziel erreichten. Zwar hatte Skye die Lower East Side schon vor Jahren ausführlich erkundet, sich aber nie getraut, in den Untergrund zu gehen.

»Da ist es«, sagte sie und deutete auf den riesigen Abgrund, der sich nur wenige Meter vor ihnen auf der breiten Straße auftat. Anscheinend gab es an dieser Stelle einen unterirdischen Hohlraum, denn die ehemalige mehrspurige Fahrbahn war verschwunden, stattdessen ragten Palmen und andere tropische Pflanzen aus der Tiefe empor.

Flynn stellte den Wagen im Schatten eines Baumes ab, der direkt neben einem Hauseingang aus dem porösen Teer wuchs, und bat Skye, nicht zu nah an die Abrisskante zu treten. »Das sieht hier nicht sehr stabil aus.«

»Was hältst du davon?« Sie deutete auf einige Satellitenschüsseln, die überall entlang der Straße auf dicken mannshohen Säulen verteilt standen.

Flynn besah sich eine dieser Schüsseln genauer und holte mit den Händen den Wüstenstaub heraus, der sich über die Jahrzehnte darin angesammelt hatte. Eine silber-glänzende Oberfläche, die Skye an einen Spiegel erinnerte, kam zum Vorschein.

»Das sind Hohlspiegel«, erklärte Flynn und wischte den ganzen Staub heraus, sodass sie grell in der Sonne glänzten.

Schnell wandte Skye den Blick ab. »Und was machen die?«

»Sie bündeln Sonnenstrahlen.«

Gewaltsam riss er die verrostete Abdeckung, die sich unterhalb des Spiegels befand, heraus, und murmelte: »Das sind Glasfaserkabel.« Er inspizierte den Inhalt des Kastens sorgfältig, runzelte die Stirn und lächelte schließlich. »Die Kabel leiten das Sonnenlicht unter die Erde. Genial!«

»Was glaubst du, war früher dort unten?«

»Keine Ahnung, aber es macht mich jetzt auch verdammt neugierig. Lass uns nachsehen.«

Ihr Herz pulsierte wild vor Aufregung und Vorfreude. »Wie kommen wir runter?«

»Wenn ich allein wäre«, erklärte er gespielt überheblich, »würde ich Anlauf nehmen, auf diese Palme da drüben springen und am Stamm runterklettern.«

»Aber?« Skye machte eine bedeutungsvolle Pause und schmunzelte. »Denkst du, ich bekomme das nicht hin?«

»Ich wette sogar, du würdest das schaffen. Aber es ist einfach zu gefährlich.«

Er hatte recht. Zwar lebte es sich jetzt ein wenig ruhiger, wenn man wusste, dass ihnen im Notfall ausgebildete Ärzte aus Royal City und Medikamente zur Verfügung standen, aber sie mussten die Gefahr nicht unbedingt herausfordern. Schließlich wollte sie noch ganz lange ein Leben an Flynns Seite führen.

Der holte gerade seinen Rucksack aus dem Karren und steckte zwei Wasserflaschen ein, bevor er das Gefährt hinter den halb zerfallenen Aufgang eines Hauses rollte. Schließlich schob er noch eine verrostete Tonne davor, sodass zufällig vorbeiziehende Leute ihn nicht sofort entdecken würden.

Skye reichte er ihren »Sammlerbeutel«, eine großzügig geschnittene Tasche, in der sie viele Dinge unterbringen konnte.

»Lass uns nachsehen«, sagte er, »ob der Eingang zu einer U-Bahn in der Nähe liegt und wir von dort unten an diesen Ort gelangen können.«

»Okay, ich bin dabei.« Sie wusste ja nun, dass Flynn sehr gute Ohren hatte und es mitbekommen würde, bevor etwas einstürzte.

»Da hinten habe ich vorhin einen Treppenabgang gesehen.« Skye deutete in die Richtung, aus der sie gekommen waren, und erstarrte. In mehreren Metern Entfernung hatte sie eine Bewegung wahrgenommen. Ihr Herz pulsierte gleich noch heftiger. Sie waren nicht mehr allein.

»Flynn …«, wisperte sie.

»Ich habe den Schatten auch gesehen«, flüsterte er ihr zu, während er seine Pistole zog. »Da ist schon wieder der kleine Wolf.«

Diesmal würde Flynn ihn wohl nicht davonkommen lassen.

Als das Tier den pelzigen Kopf um die Ecke steckte und aus großen schwarzen Augen zu ihnen blickte, legte Flynn an, doch erneut drückte er nicht ab.

»Er schaut jetzt gar nicht mehr böse aus«, sagte Skye. Tatsächlich zeigte er keinerlei aggressives Verhalten, sondern schlich mit gesenktem Kopf hinter das nächste Fahrzeug, um sich dort zu verstecken. Als er kurz hervorlugte, ließ er die Zunge heraushängen und hechelte. Sicher war ihm in seinem schwarzen Fell viel zu heiß.

»Vielleicht wollte er vorhin nur etwas zu trinken?« Ihre Kehle fühlte sich plötzlich staubtrocken an, deshalb schraubte sie eine Flasche auf und nahm ein paar Schlucke.

Sofort hob der Wolf den Kopf und betrachtete sie genau, blieb aber auf Abstand.

Flynn ließ die Waffe sinken, woraufhin Skye aufatmete – was verrückt war, denn seit dem Beinahe-Überfall durch das Wolfsrudel auf ihre Familie und Sunnys Albträumen mochte sie diese Tiere nicht. Aber der Kleine sah richtig süß aus. »Du hast ihm vorhin wohl ziemlich viel Respekt eingejagt.«

»Den soll er ruhig haben.« Flynn schob sich die Sonnenbrille ins Haar, dann kniff er die Lider zusammen und betrachtete das Tier argwöhnisch. »Wahrscheinlich hat sein Rudel ihn verstoßen, weil er schwarz ist.«

»Hm«, machte sie. »Er ist schon sehr auffällig und könnte dadurch andere auf das Rudel aufmerksam machen.« Die graubraunen Wölfe waren so gut getarnt, dass ihr Dad sie damals erst sehr spät bemerkt hatte.

»Der arme Kleine«, murmelte Skye. »Ist ganz allein. Jetzt tut er mir leid.« Sie quetschte sich an der Tonne vorbei, zog eine Metallschüssel aus ihrem Wagen, in der sie unterwegs ihr Essen zubereitete, füllte sie bis zum Rand mit Wasser und stellte sie ein paar Meter von ihnen entfernt auf die Straße. »Vielleicht möchte er jetzt unseren Schutz?« Er sah ein bisschen dünn aus, aber sein Fell besaß einen gesunden Glanz.

Neugierig reckte der kleine Wolf die Schnauze in die Höhe, traute sich aber nicht, näherzukommen.

»Denkst du, er ist auf der Suche nach einem neuen Rudel?«, wollte Flynn wissen.

»Möglicherweise sieht er dich als seinen neuen Alpha.«

Er warf noch einen abschätzenden Blick auf den kleinen Streuner, wobei Skye glaubte, ein leises Knurren aus Flynns Kehle zu hören, und fasste nach ihrer Hand. In der anderen hielt er die Waffe. »Lass uns gehen.«

Während er sie in Richtung U-Bahn-Station zog, schaute er ständig über seine Schulter, aber das Tier folgte ihnen nicht.

»Was hat dein Knurren bedeutet?«, fragte sie neckend. »Hast du dem Wölfchen etwas mitgeteilt?«

»Ich habe ihm gesagt, dass er sich in deiner Nähe zu benehmen hat«, antwortete er schmunzelnd. »Ansonsten ziehe ich ihm das Fell über die Ohren.«

Sie lachte. »Denkst du, er hat dich verstanden?«

»Ich hoffe es. Wäre besser für ihn.«

Skye glaubte nicht, dass er dem kleinen Wolf etwas antun könnte. Wahrscheinlich hatte er den Streuner bereits genauso in sein Herz geschlossen wie sie.

Flynn führte sie die Treppen ins Untergeschoss der Subway, und sie genoss die kühle Luft, die ihre verschwitzte Haut umschmeichelte. Bloß konnte Skye kaum etwas sehen. Sie steckte die Sonnenbrille in ihren Beutel und ließ sich von Flynn weiterführen.

»Hier ist eine eingestürzte Wand oder es könnten sogar Teile der Straße sein«, berichtete er ihr. »Ich suche einen anderen Weg.«

Er zog sie weiter durch die Finsternis, und diesmal verspürte Skye nicht das kleinste bisschen Angst. Sie vertraute Flynn und seinen Sinnen vollkommen.

»Verdammt, es ist alles verschüttet. Scheint kein Durchkommen zu geben.«

Schade. Ihre Neugier brachte sie fast um! »Dann müssen wir uns doch als Palmenspringer versuchen.«

»Keine Chance, Süße, aber ich erkenne hinter einer Betonplatte eine Tür.« Er drückte ihre Hand, bevor er sie losließ. »Kannst du kurz hier stehen bleiben?«

»Ja«, hauchte sie, wobei ihr Herz Tango tanzte. Flynn hatte sie *Süße* genannt! Das hatte bisher noch keiner zu ihr gesagt! Ob er es überhaupt bemerkt hatte?

Sie hörte, wie er in der Nähe Steine auf die Seite schob und rief: »Ich glaube, ich kann die Tür ein Stück aufziehen! Vielleicht kommen wir doch weiter.«

Es quietschte laut, dann drang etwas Helligkeit zu ihr, sodass sie Flynn vor der halb geöffneten Tür sehen konnte. Während er dahinter verschwand, lauschte sie angestrengt und hüpfte fast in die Luft, als sie ihn rufen hörte: »Ja, hier kommen wir durch!«

»Was siehst du?«, wollte sie wissen. Himmel, sie war doch so gespannt! »Flynn, nun sag schon!«

»Lass dich überraschen«, antwortete er süffisant, als er zu ihr zurückkehrte. Dann nahm er sie wieder an der Hand, um sie weiterzuführen.

»Das ist Folter!«, beschwerte sie sich, wobei sie den Blick nicht von der Tür nehmen konnte. Ein grünlicher Lichtschein schimmerte durch den Spalt und verbreitete eine geheimnisvolle Atmosphäre.

Das war ja wie in einem Märchenbuch! Sie hatte vor Ewigkeiten eine Geschichte von einem Mädchen gelesen, das auf einem Dachboden durch eine Tür geschritten und in einer völlig anderen Welt herausgekommen war. Jetzt fühlte Skye sich genau wie dieses Mädchen!

Sie drückte sich durch den Spalt, erkannte aber leider nur einen schmalen Gang und noch mehr Helligkeit. Dann wartete sie brav auf Flynn, der die Tür hinter ihnen zuzog und erklärte: »Damit uns Wölfchen nicht folgt.«

Allem Anschein nach wollte er mit ihr ungestört sein; nichts und niemand sollte sie hier unten überraschen. Skye sehnte sich auch nach etwas Ruhe. Der lange Marsch durch die Hitze hatte sie ein bisschen müde gemacht, doch als Flynn sie um die Ecke führte und sie sah, was vor ihr lag, war sie schlagartig hellwach.

»Das ist hier ja der reinste Dschungel!«, rief sie und duckte sich instinktiv, als plötzlich Vögel dicht über ihre Köpfe hinwegflogen. Nein, das waren … »Fledermäuse!«

Sie quiekte, als sich eins der Tiere in ihren Haaren verfing, und Flynn setzte neckend hinzu: »Und ein Schweinchen«, während er heldenhaft den Flattermann von ihrem Kopf entfernte. Der verirrte sich mit ein paar seiner Artgenossen durch das gewaltige Loch in der Decke nach draußen, doch die meisten verzogen sich tiefer in den Untergrund.

Der Schreck währte nur kurz, denn Skye konnte kaum den Blick von dem Dschungelszenario nehmen. Allerhand tropische Pflanzen wucherten hier unten dem Sonnenlicht entgegen, Schmetterlinge flogen von einer bunten Blüte zur anderen und ein schmaler Bach schlängelte sich gemütlich durch das kleine Paradies.

»Was ist das hier?«, fragte sie verzückt, während sie mit Flynn näher an den Urwald heran schritt. Lianen, Schlingpflanzen und Wurzeln überzogen den Boden und hatten ihn teilweise aufgebrochen.

»Das war früher wohl ein unterirdisches Biotop«, erklärte er. »Das erklärt die Hohlspiegel und Glasfaserkabel. Die haben das Sonnenlicht unter die Erde gebracht.« Er deutete an die Decke auf die kreisrunden Lampen, die jetzt nicht leuchteten, aber einige schwache Lichtflecken erkannte Skye.

»Wenn wir die Spiegel saubermachen, müssten wir hier unten viel mehr sehen können, oder?«

»Vermutlich«, antwortete er.

»Das ist wie ein fremdes Land unter der Erde. Können wir es erforschen?«, fragte sie.

Flynn nickte. »Lass mich einfach vorgehen.«

Verrostete Parkbänke, halb zerfallene Verkaufsstände und abgeblätterte Hinweisschilder versteckten sich zwischen Büschen und Bäumen, weshalb es Skye langsam dämmerte, was das hier einst gewesen war: »Ein Kaufhaus!«

»Hm«, brummte Flynn. »Eine unterirdische Shopping Mall, und was für eine.« Er deutete auf einen ausgeblichenen Lageplan. »Das Areal ist riesig!«

Sie kamen zu einer Stelle, an der das Wasser des Baches zwischen kaum noch erkennbaren Gittern und Wurzelwerk im Boden verschwand. Wo es herkam, war nicht mehr auszumachen, so zugewachsen war hier bereits alles. Wahrscheinlich floss es aus einem Rohr. Das hier war kein natürlicher Wasserlauf.

Flynn schaute nicht weniger erstaunt aus als sie und studierte eine noch gut erhaltene Hinweistafel an einer Säule, auf der alle möglichen Geschäfte aufgeführt waren.

»Du warst bestimmt schon öfter in einem echten Kaufhaus, oder?«, wollte sie wissen.

Traurig schüttelte er den Kopf. »Wir haben uns nie in Royal City bewegen dürfen, waren unser Leben lang entweder in einer der Kommandozentralen oder Forschungseinrichtungen eingesperrt oder mussten auf Einsätze fliegen, um Menschen zu entführen.«

Ihr Herz verkrampfte sich, und sie sagte sanft: »Dann lass uns zusammen einkaufen.« Sie holte die verschiedenen Zettel aus ihren Hosentaschen, auf denen die Wünsche der Siedler standen, und überlegte kurz. »Hm, da du ja nun fest zu mir gehörst und quasi mein Mitarbeiter bist, darf ich dich in die Geheimnisse, die auf diesen Papierstücken stehen, einweihen.«

Er grinste, sodass sich schon wieder diese unwiderstehlichen Grübchen in seinen Wangen bildeten. »Ich fühle mich sehr geehrt, Chefin.«

Sie könnte ihn jetzt küssen! »Aber zuerst musst du den Ehrenkodex schwören. Du darfst all die Wünsche meiner Kunden niemals jemandem verraten.«

Er legte die linke Hand auf sein Herz und hob feierlich die rechte. »Ich schwöre hoch und heilig, niemals gegen den Kodex zu verstoßen.«

»Der Vertrag muss jetzt mit einem Kuss besiegelt werden.« Sie stellte sich vor ihn, hielt sich an seinen Schultern fest und spitzte die Lippen.

»Machst du das mit jedem Mitarbeiter so?«, raunte Flynn und zog sie an der Taille fest an sich.

»Nur mit denen, die ihre Klauen in mich geschlagen haben«, antwortete sie und ließ sich von ihm küssen.

Ein leises Knurren drang über seine Lippen und brachte ihren Körper zum Vibrieren. Wie von selbst drängte sich ihr Körper fester an ihn, und sie fühlte seine wachsende Erektion an ihrem Bauch. Skye konnte es kaum erwarten, sie wieder in sich zu spüren.

»Sobald ich ein Bett finde, lege ich dich flach«, murmelte er an ihrem Mund. »Das schwöre ich dir.«

Befand sich die Bettenabteilung in der Nähe?

Skyes Herzschlag beschleunigte sich schwindelerregend. Sie öffnete ein Auge und spähte auf die Tafel des Kaufhauses, aber Flynns Zunge lenkte sie zu sehr ab. Sofort schmolz sie an seiner Brust dahin und es pochte sanft zwischen ihren Schenkeln. Sie wurde allein von seinen wilden Zungenküssen feucht. War das zu fassen?

Abrupt unterbrach er den Kuss und ließ sie einfach atemlos stehen. Dann riss er ihr einen Zettel aus der Hand und tat so, als würde er ihn angestrengt lesen. »Okay, was steht auf der ersten Liste?«

Ihr entging nicht das schelmische Funkeln in seinen Augen. Flynn spielte mit ihr!

»Da möchte jemand neues Besteck«, murmelte er, den Blick immer noch auf das Blatt gerichtet. »Das finden wir in der Haushaltswarenabteilung.«

Sie versuchte, ihren erregten Puls zu bändigen, schwor sich für später bittersüße Rache und holte tief Luft. »Leider liegen die hinteren Areale der Mall völlig im Dunkeln. Ich brauche mehr Licht.«

»Soll ich schnell ein paar der Hohlspiegel saubermachen?«, fragte er. »Dann kannst du besser sehen.« Und sie beide ihren erhitzten Körper abkühlen.

Sie nickte. »Das wäre toll! Bin ich hier unten sicher?«

»Die Bausubstanz ist stabil, bleib bloß nicht direkt unter der Abbruchkante stehen, da bröckelt es hin und wieder.« Er legte den Kopf leicht schräg, schloss die Augen und schien zu lauschen. Dann sagte er: »Bis auf ein paar Insekten und kleinere Tiere ist aktuell niemand in der Nähe.«

»Das kannst du hören?«

»Nein, aber ich kann Gehirnwellen wahrnehmen.«

»Wow.« Flynn überraschte sie immer wieder. »Okay, dann fange ich schon mal an, nach Schätzen zu suchen. Du findest mich dort.« Sie deutete auf ein Schaufenster, auf dem in verblichenen Lettern »Little Secrets« stand. Das klang spannend und vielversprechend. Vielleicht entdeckte sie dort ein Geschenk für Tristans Freundin.

Er nickte, gab ihr einen Kuss und joggte los. Sie hörte noch, wie die Metalltür quietschte, dann drückte sie auch schon die milchige Glastür zum Laden auf, froh, dass Flynn sie nicht bemutterte, sondern es ihr zutraute, eine Weile allein klarzukommen. Schließlich war sie jahrelang auf sich allein gestellt unterwegs gewesen und wusste, auf sich aufzupassen.

Sie musste niesen, als feine Steinchen auf ihre Nase rieselten, und blinzelte sich den Schmutz aus den Augen. Zuerst konnte sie kaum etwas sehen, weil nur wenig Licht durch das halb zugeklebte Schaufenster drang, glaubte aber dann, auf einem drehbaren Metallständer ein paar Kleidungsstücke zu erkennen. Als sie diese berührte, zerfielen sie zu Staub.

Ob es hier noch etwas gab, das die Jahrzehnte überdauert hatte?

Als sich der große Raum plötzlich erhellte, weil an der Decke ein Licht aufleuchtete, wusste sie, dass Flynn den ersten Hohlspiegel gereinigt hatte.

»Danke!«, rief sie, obwohl sie nicht wusste, ob er sie wirklich hören konnte, und schlenderte weiter durch den Laden.

Ach du Schreck, wo war sie denn hier gelandet?

Sie riss die Lider auf, als sie in einem Regal fein säuberlich aneinandergereiht eine Menge verstaubter Penisse stehen sah. Pe-nisse! In allen Größen und Farben.

Ob das ein passendes Geschenk für Tristans Liebste war?

Sie grinste in sich hinein.

Oh, er würde ihr wohl den Kopf abreißen, wenn sie damit ankam.

Neugierig beäugte sie die seltsamen Kreationen. Ob es tatsächlich Männer gab, die solche Ausmaße besaßen?

Skye war nicht dumm und wusste, welchen Zweck diese »Toys« erfüllen sollten. Sie hätte sich vielleicht vor Flynns Erscheinen selbst damit Freude bereitet oder es zumindest einmal ausprobiert, doch ein bisschen befremdlich anzusehen war diese Penisparade schon.

Als sie eine besonders monströse Erektion in die Hand nahm, die sogar Flynns Prachtexemplar mächtig Konkurrenz machte, zerbröselte es zwischen ihren Fingern. So viel zur Standfestigkeit dieser Dinger – da vergnügte sie sich lieber an einem lebendigen Exemplar.

Sie schlenderte weiter und fand ein Regal mit gut erhaltenen Tassen, die nicht auseinanderfielen, während sie diese begutachtete. Nackte Paare in allen möglichen Stellungen, die Skye die Hitze ins Gesicht trieben, waren darauf abgebildet. Das hier war definitiv der versauteste Laden, in dem sie jemals gewesen war! Die Bilder sorgten außerdem dafür, dass sie nur noch größere Lust auf Flynn bekam. Irgendwann wollte sie diese ganzen Stellungen auch einmal mit ihm ausprobieren.

Schnell steckte sie eine Tasse ein, auf der lediglich ein schnuckliger Typ in Unterhose abgebildet war – aber nicht für sich. Die war das perfekte Geschenk für Tyr.

Als sie draußen Flynn rufen hörte: »Bin zurück!«, erwiderte sie: »Bin noch hier drin!«, und rüstete sich mit einem besonders großen Penis aus.

»Achtung, Angriff der fliegenden Killerschwänze!«, rief Skye lachend, während Flynn eintrat, und warf einen künstlichen Phallus auf ihn – der schon im Anflug auseinanderfiel.

»Was hast du während meiner Abwesenheit hier unten getrieben?«, fragte er grinsend und inspizierte nun selbst die Dildosammlung. »Großer Gott, sieh dir den hier an!« Er hielt einen Doppelpenis hoch, der ausnahmsweise nicht zerbröselte, und murmelte: »Völlig unrealistisch.« Dann warf er ihn hinter sich und verließ mit Skye den Laden.

»Lass mich schnell den ganzen Schniedelstaub von meinen Händen waschen.« Sie lief zum Bach, um sich zu reinigen, und Flynn hockte sich neben sie.

Übertrieben gekränkt sagte er: »Kaum mache ich dich ein bisschen heiß, siehst du dich schon nach anderen Penissen um.«

»Hey!« Lachend spritzte sie ihm Wasser ins Gesicht. »Erstens war es verdammt fies von dir, mich einfach so stehen zu lassen, und zweitens hatte ich absolut keine Ahnung, dass das so ein versauter Laden ist.«

»Jetzt hast du für die nächsten Jahre bestimmt erst mal genug geballte Männlichkeit gesehen.«

»Mich interessiert doch sowieso bloß ein Exemplar«, erklärte sie schelmisch grinsend, warf einen provozierenden Blick auf seinen Schritt und zog ihn an der Hand weiter. »Wohin jetzt?«

Vor dem Hinweisschild mit den Geschäften blieben sie stehen, und während sie im Stillen betete: *Bettenabteilung, Bettenabteilung …*, deutete Flynn auf einen ganz anderen Namen: The Pet Bar.

Fragend hob sie die Brauen. »Tiernahrung?« Aber dann dämmerte es ihr. »Hast du den kleinen Wolf gesehen?«

»Ja«, antwortete er wenig begeistert. »Er hat das Wasser getrunken, unser ganzes Brot aufgefressen und liegt jetzt unter dem Wagen und schläft selig.«

Skye lachte erneut. »Ich glaube, wir haben einen neuen Aufpasser, das ist doch perfekt! Niemand wird sich an unseren Sachen zu schaffen machen. Der Kleine hat auf jeden Fall eine saftige Belohnung verdient.« Zum Glück waren die meisten Konserven auch nach fast einem Jahrhundert noch genießbar, solange die Dosen luftdicht verschlossen waren, und Skye war sich sicher, dass sie hier unten eine Menge finden würden.

***

Tatsächlich konnten sie bereits eine halbe Stunde später nichts mehr tragen. Flynns Rucksack sowie ihr Beutel waren bis zum Rand mit allerhand Dingen gefüllt. Skye schleppte nun kiloweise Hundefutterkonserven und ein halbes Dutzend Backbleche für Inessa herum, während Flynn Dosenravioli, Bohnen und Nudelsuppe eingepackt hatte. Außerdem hatte sie in einem Baumarkt noch das perfekte Geschenk für Tristans Freundin gefunden: ein Set mit sieben verschiedenen Schnitzwerkzeugen. Darüber würde sich Enja bestimmt freuen. Oder dachte Skye zu praktisch? Mit Mädchenkram hatte sie sich noch nie wirklich auseinandergesetzt.

Sie stellten ihre Taschen in der Nähe des unterirdischen Dschungels ab, weil sie noch weiter auf Entdeckungsreise gehen wollten, und überlegten, wie sie all die Schätze abtransportieren sollten.

»Wir bräuchten dafür unzählige Shuttles«, sagte Skye. »Schade, dass ich Flame den Handcomputer zurückgeben musste, sonst könnten wir gleich eins bestellen.«

Sie hatte das eher scherzhaft gemeint, doch Flynn erklärte ernst: »Wir sollten Oasis auf jeden Fall so schnell wie möglich Bescheid geben. Die Vorräte könnten die Siedlung für lange Zeit versorgen.«

Er hatte recht; es war nicht richtig, die Fundstelle geheimzuhalten. Außerdem gab es hier mehr Sachen, als sie in ihrem restlichen Leben abtransportieren könnte.

»Aber dann erteilt mir niemand mehr Aufträge«, jammerte sie wehmütig. »Dann habe ich keinen Grund mehr, durch die Gegend zu ziehen.«

Flynn schloss sie in die Arme und drückte ihr einen Kuss auf die Stirn. »Nicht traurig sein, Prinzessin. Die unterirdische Mall war sicher nicht das letzte Geheimnis dieser Welt. Da draußen gibt es noch so wahnsinnig viel zu entdecken.«

»Da hast du auch wieder recht.« Sie stahl sich einen richtigen Kuss von ihm und schlang dabei die Hände um seinen Nacken. Sie wollte nicht mehr länger warten! Deshalb raunte sie an seinen Lippen: »Und jetzt will ich sofort die Bettenabteilung besuchen, oder ich schlage dich k. o. und schleife dich eigenhändig dorthin.«

»Das würdest du zweifelsohne tun«, raunte er, woraufhin er sie auf die Arme hob und mit ihr durch die ewig langen und düsteren Gänge des Einkaufszentrums lief, bis sie bei einem sogenannten »Bettenfachgeschäft« ankamen.

Mit dem Fuß stieß Flynn die Tür auf und marschierte mit Skye durch die Reihen von Betten. Sie konnte im Dämmerlicht gerade noch erkennen, dass hier alles mit Staub überzogen war, weshalb sie auch ständig niesen musste.

»Welches Bett willst du haben?«, fragte er, und sie deutete auf das nächstbeste Gestell mit einer dicken Matratze, auf der sich viele Kissen türmten.

Flynn ließ sich mit ihr hineinfallen, woraufhin es ordentlich staubte und die Beine des Bettgestells nachgaben, sodass es zusammenkrachte.

Lachend befreiten sie sich von ein paar Federn.

»Ich glaube, so wird das nichts«, sagte er und blickte sie verliebt an.

Sie gingen weiter nach hinten und fanden Berge von Matratzen vor, die in Folie eingeschweißt waren. Der Kunststoff zerbröselte teilweise unter ihren Fingern, aber die Matratzen schienen einigermaßen sauber und noch gut erhalten zu sein.

»Die will ich haben!«, befahl Skye und deutete auf ein besonders großes und dickes Exemplar. Es sah verdammt gemütlich aus. »Jetzt fehlt nur noch das passende Ambiente.« Der Laden wirkte nicht gerade sehr romantisch.

»Aye, Chefin.« Flynn schnappte sich die Matratze und trug sie zurück in die Dschungelhalle. Dort ließ er sie in der Nähe der »Oase« fallen, und wischte sich den Schweiß von der Stirn. Dabei zeichnete er Streifen in sein staubiges Gesicht. Jetzt sah er aus wie ein Indianer.

Skye musste plötzlich heftig lachen und verschluckte sich fast, als er sich mit einem diabolischen Grinsen splitternackt auszog und in den plätschernden Bach stieg. Genüsslich ließ sie den Blick über seinen perfekten Körper gleiten, während er sich vom Staub befreite, und konnte sich an dem Spiel seiner Muskeln nicht sattsehen. Das Verlangen, ihn zu berühren, wurde übermächtig. Schnell zerrte sie sich die Kleider vom Leib und ließ sie einfach am Ufer fallen, um sich zu ihrem Warrior zu gesellen.

»Das habe ich so lange Zeit vermisst.« Flynn stand mitten im knöchelhohen Wasser und schaute nach oben in den blauen Himmel. Tief atmete er durch. »Freiheit, Sicherheit und meine Traumfrau an meiner Seite.«

Skye schmiegte sich an ihn und wollte im Moment nirgendwo anders sein. Außerdem konnte sie jetzt wirklich nicht mehr länger warten; sie musste endlich alles von Flynn spüren, seinen Mund, seine Haut und dieses verlockende Stück Männlichkeit, das sich bereits beachtlich vergrößert hatte. Deshalb zog sie an seinem Nacken, damit er sich zu ihr herunterbeugte, und drückte ihm einen verlangenden Kuss auf. Flynn erwiderte ihn stürmisch, und sie küssten und streichelten sich minutenlang, bis ihre Haut getrocknet war. Doch sie standen immer noch im Bach, und Skye wollte ihn auf der Matratze haben.

Sie schielte hinüber zu ihrem Lager, was er offenbar mitbekam, denn sofort hob er sie auf die Arme und trug sie zu ihrem »Bett«.

Sanft legte er sie ab, aber in seinen Augen funkelte es wild. Sein Löwengesicht flackerte auf und wurde immer besser erkennbar.

Die Stunde der Rache war nun gekommen; Skye wollte Flynn verrückt vor Lust machen. Deshalb drückte sie ihn an den Schultern zurück, sodass er unter ihr lag, und setzte sich auf seinen Schoß.

Er drängte ihr die Hüften entgegen, und obwohl sie es selbst kaum erwarten konnte, ihn endlich in sich zu spüren, begann sie, ihn zärtlich zu küssen. Erst die Lippen, dann sein Kinn, seinen Hals … Ganz langsam bahnte sie sich einen Weg nach unten, leckte über seine harten Nippel und die sanft gewölbten Brustmuskeln.

Flynn knurrte leise und grub seine Hände in ihr Haar. Skye wollte ihn so gut verwöhnen, wie sie konnte, und hoffte, ihre bisherigen Erfahrungen würden ausreichen. Allerdings hatte sie mit ihm etwas vor, das sie bisher noch bei keinem Mann gemacht hatte. Deshalb bahnte sie sich küssend und streichelnd ihren Weg tiefer, bis seine purpurne Kuppe an ihr Kinn stieß.

Er zischte leise, als sie seinen harten Penis an der Wurzel umschloss, und sog scharf die Luft ein. Sie freute sich, dass er ihr vertraute und unter ihr liegen blieb. Weil er wusste: Sie stellte keine Gefahr für ihn dar? Oder weil sie ihn nicht steuern konnte?

Vielleicht aber auch deshalb, weil er ihre Liebkosungen genoss?

Skye spürte, wie sehr sie ihn erregte, denn seine Erektion zuckte heftig in ihrer Hand und ein dicker Lusttropfen perlte von der Spitze.

Wie er wohl schmeckte?

Vorsichtig flatterte sie mit der Zunge über die glänzende Kuppe und leckte den salzigen Tropfen ab.

»Skye!« Flynn grub die Finger noch fester in ihr Haar. »Was wird das?«

»Ich wollte dich mit meinem Mund verwöhnen«, gestand sie kleinlaut, wobei ihr Gesicht plötzlich vor Hitze brannte. »Aber wenn du das nicht willst, dann …«

»Doch!«, brüllte er, wobei sein Löwe fauchte. Sanfter setzte er hinzu: »Tut mir leid, du bringst mich noch um den Verstand.«

Das ist genau das, was ich beabsichtigt hatte, dachte sie triumphierend und stülpte ihre Lippen grinsend über seine pralle Männlichkeit. So tief sie konnte, nahm Skye sie auf, und noch mehr dieser salzigen Tropfen benetzten ihre Zunge. Außerdem roch und schmeckte Flynn an dieser Stelle nach Mann pur; sie konnte kaum genug davon bekommen. Immer heftiger pulsierte ihr Schoß, und wenn sie es recht bedachte, folterte sie sich eher selbst. Aber sie wollte ihrem Liebsten etwas Gutes tun, ihn verwöhnen. Und dass er immer noch unter ihr lag und es sichtlich genoss, wie sie an ihm saugte und lutschte, war ein gewaltiger Liebes- und Vertrauensbeweis, der ihr Herz erwärmte.

Als sie kurz den Kopf hob und ihn mit einer Hand weitermassierte, hielt Flynn die Lider geschlossen und atmete schwer. Sein Löwe betrachtete sie jedoch genau und wandte nie den Blick von ihr ab.

Großer Gott, machte sie das scharf!

»Genug gespielt, kleines Luder«, knurrte Flynn plötzlich, riss die Augen auf und brachte Skye unter sich.

Sie liebte es, wenn er sie dominierte und den Ton angab. Sein Biest war so deutlich zu sehen, dass Flynn wahrscheinlich kurz vor dem Höhepunkt gestanden hatte.

Er küsste sie fest, aber doch gerade noch so zurückhaltend, um ihr nicht wehzutun. Diesmal vergrub sie die Finger erst in seinem Haar, danach in seinem muskulösen Rücken. Hätte sie Krallen, würde sie diese nun in ihn schlagen, weil sie ihre überschüssige Energie irgendwie entladen musste. Sie drängte ihm ihren Unterleib entgegen, doch Flynn schien nicht daran zu denken, in sie stoßen zu wollen. Stattdessen quälte er sie mit fordernden Küssen und knetete behutsam ihre Brüste.

»Flynn …«, wimmerte sie. »Nimm mich endlich! Egal mit was! Zunge, Finger oder …«

»Oder?« Blitzschnell rutschte er an ihr herunter, drückte ihre Schenkel auseinander und hauchte auf ihre gespreizte Scham.

»Genau da!«, rief sie und zappelte, weil er sie einfach nicht berührte. Stattdessen grinste er nur lüstern.

»Flynn!«

Endlich senkte er den Kopf und schnappte mit den Lippen zu.

Skye stöhnte losgelöst, als er hart über ihren empfindsamen Nerv leckte, und drängte sich ihm weiter entgegen. Sie wollte mehr, noch mehr!

Da schob er zwei Finger in sie und raunte: »Du bist so weich und warm ... und nass!«

Er tastete sie langsam aus und leckte zwischendurch genüsslich seine Finger ab, was sie schier verrückt werden ließ.

»Flynn, jetzt mach schon!«, flehte sie. »Ich ärgere dich auch nie wieder, nur nimm mich endlich ganz!«

Er legte sich auf sie, wobei er sich mit den Armen abstützte, und knurrte erregt: »Ich mag es, wenn du mich ärgerst und mich provozierst.« Dann küsste er sie mit solcher Leidenschaft, dass ihr beinahe die Luft wegblieb, und drang im selben Moment in sie ein.

Endlich!

Sie liebte seinen gestählten Leib auf ihr, mochte es, wenn er sie damit bedeckte, sich an ihr rieb und kraftvoll in sie stieß. Dabei wunderte sie sich über ihren Körper, denn obwohl sie so klein war und Flynn ordentlich ausgestattet, passte sie perfekt für ihn. Seine Erektion dehnte köstlich ihr Inneres, und dieser Druck, dieser sanfte Lustschmerz, steigerte ihre Erregung ins Unermessliche.

Flynn packte sie mit einer Hand am Po, um sie festzuhalten und noch ein Stückchen tiefer in sie zu dringen.

Skye glaubte, zu zerspringen. Ihr Schoß krampfte sich um den gewaltigen Eindringling zusammen, ihr Lustnerv sandte prickelnde Wohlfühlimpulse durch ihren Körper.

»Flynn«, wisperte sie hilflos. »Halte mich fest!«

Als plötzlich ein so gewaltiger Höhepunkt durch sie hindurch fegte, dass sie sich unter Flynns mächtiger Gestalt zusammenkrümmte und sie die Fingernägel in seinen Knackarsch trieb, schrie sie auf. Dieser Tornado der Lust schien sie fast zu zerreißen und mit sich zu zerren, so intensiv war er.

Flynn drückte sie fest an sich, und Sekunden später brüllte sein Löwe zeitgleich mit ihm auf. Sie fühlte, wie er in ihr zuckte und sie mit seinem Samen füllte.

Sogar das machte sie an, und obwohl ihr Orgasmus schon beinahe abgeklungen war, verkrampfte sich ihr Schoß noch ein letztes Mal lustvoll.

Skye liebte es, wenn Flynn sie vollständig in Besitz nahm und dabei knurrte: »Du bist mein.«

»Für immer.« Sanft küsste sie ihn auf die Lippen und flüsterte: »Ich liebe dich, mein großer, starker Mann.«

Selig lächelnd drehte er sich auf den Rücken und zog sie auf sich.

Skye legte den Kopf auf seine Brust, um seinem kräftig schlagenden Herzen zu lauschen.

»Können wir das bitte möglichst bald wiederholen?«, fragte sie kraftlos und gähnte. Himmel, war sie müde, aber sie fühlte sich großartig!

»Darauf kannst du wetten«, murmelte er.

Das Leben war schön.

***

Als sie aufwachten, wuschen sie sich im Bach und zogen sich an, um die erste Ladung im Karren zu verstauen. Der Abend war bereits hereingebrochen und der kleine Wolf sprang schwanzwedelnd unter ihrem Wagen hervor.

»Du bist ja immer noch da«, sagte Skye freundlich, hielt jedoch Abstand.

Der Streuner entfernte sich ein paar Meter von ihnen und beobachtete neugierig, wie sie ihre Taschen leerten. Danach öffnete Skye eine Dose Hundefutter, schnupperte daran und beschloss, dass das gräulich aussehende Fleisch noch essbar war. Sie kippte die Dose auf dem Boden aus und füllte die Schüssel erneut mit frischem Wasser. Zuletzt schnappte sie sich noch Flynns Gitarre, schließlich hatte er ein Versprechen einzulösen.

Erst als sie sich vom Wagen entfernten, traute sich der kleine Wolf, näherzukommen.

»Wenn du auf unsere Schätze aufpasst, gibt es morgen Früh für dich auch wieder was zum Futtern«, erklärte sie ihm.

Er stellte den Schwanz auf, als würde er sagen wollen: *Geht klar, Frauchen*, und machte sich über seine Mahlzeit her.

Auch Skye und Flynn bereiteten sich, zurück in ihrem Versteck, Abendessen zu. Sie hatten zuvor im Supermarkt mehrere interessant klingende Dosengerichte gefunden. Als Vorspeise gab es Tomatensuppe und danach einen »Mexikanischen Feuertopf«, der eine Menge Fleisch, Bohnen und Peperoni enthielt. Beides erhitzten sie über einer Feuerstelle neben ihrer Matratze. Dabei summte Flynn eine ihr unbekannte Melodie leise vor sich hin.

Ob er sich dessen bewusst war? Er wirkte völlig entspannt und schien tief in Gedanken versunken zu sein. Zum ersten Mal, seit sie ihn kannte, strahlte er tiefe Zufriedenheit aus.

Skye lauschte ihm fasziniert, wobei sie kein Wort sagte, um ihn nicht davon abzulenken, woran auch immer er dachte. Wenn es nach ihr ginge, würde er von nun an immer so glücklich sein.

»Das erinnert mich total an damals«, erklärte er Minuten später, während er Skye einen nagelneuen Teller mit Blümchenmuster reichte, den sie sich in der Haushaltsabteilung ausgesucht hatte. »Wir beide im Keller. Weißt du noch? Wir saßen wie jetzt auf einer Matratze.«

»Das werde ich nie vergessen.« Sie musterte sein entspanntes Gesicht und ihr Magen kribbelte jedes Mal wie verrückt, wenn er sie anlächelte.

Langsam glitt ihr Blick tiefer über seine breiten Schultern, die kräftigen Muskeln in seinen Oberarmen und über den flachen Bauch. Sie konnte einfach nicht vergessen, was die Ärztin ihm angetan hatte und ihm noch antun wollte. Wie konnte jemand bloß auf die Idee kommen, einen sensiblen, großzügigen Mann in einen seelenlosen Sexroboter verwandeln zu wollen?

Übelkeit mischte sich zu dem leichten Gefühl in ihrem Magen und sie verdrängte schnell die finsteren Gedanken. Das Miststück war tot, Flynn ein freier Mann. Skye wünschte sich für ihn, dass sein restliches Leben von vielen wundervollen Momenten erfüllt sein würde.

***

Nachdem sie alles bis auf den letzten Krümel verputzt und das Geschirr gereinigt hatten, sagte Skye: »Etwas anderes habe ich übrigens auch nicht vergessen.«

Alarmiert hoben sich seine Brauen. »Was?«

Flynn schürte gerade das Lagerfeuer und verbrannte ein paar zerlegte Stühle, von denen einige ums Feuer herum standen. Rauch und Funken stoben zwischen den Dschungelbäumen nach oben in den Nachthimmel.

Schmunzelnd griff Skye hinter sich, um sein Instrument hervorzuholen. »Du wolltest mir etwas auf deiner Gitarre vorspielen.«

»Muss ich wirklich?« Er grinste schief und kratzte sich am Kopf.

Resolut hielt sie ihm das Instrument hin. »Versprochen ist versprochen.«

»Na gut.« Er setzte sich auf einen der noch nicht zu Kleinholz verarbeiteten Stühle vor das Feuer, und Skye streckte sich bäuchlings auf der Matratze aus, wobei sie ihr Kinn auf einer Hand abstützte.

Zuerst zupfte er an allen Saiten und drehte immer wieder leicht an den Schrauben am Kopf der Gitarre, bis er mit dem Klang zufrieden war. Dann schloss er die Augen und begann zu spielen, während er dazu summte.

Skye kam die Melodie vertraut vor. Es war dieselbe wie zuvor! Diese wirkte fröhlich und flott; ihre Füße wippten von ganz allein im Takt.

Als Flynn schließlich auch noch zu singen begann, erst leise, dann immer selbstbewusster, verliebte sie sich gleich noch einmal in ihn. Er besaß eine so wunderschöne, gefühlvolle Stimme, dass ihr fast die Luft wegblieb, weil sie sich nicht mehr traute, zu atmen, um auch kein Wort zu verpassen.

Schnell bemerkte sie, dass sein Lied von ihr handelte, und Freudentränen stiegen ihr in die Augen.

(Übersetzung siehe Anhang)

You are the princess of the desert,
The princess of my heart,
You are the queen of useful things,
No one can tear us apart.

I love you, love you, love you, little princess.
Love you, love you, love you, my dear sky blue.

You brought me sun, you brought me peace, you brought me freedom,
And my lion is hopelessly devoted to you.

Während er für sie sang und sie dabei immer wieder anlächelte, wobei sie einfach nur selig zurück grinsen konnte, stellte sie sich für einen winzigen Augenblick vor, wie er allein in seinem Versteck gesessen und eine traurige Melodie gesummt hatte – ihr Gitarre spielender Wikinger und heldenhafter Schurke, der nun wieder Flynn war. Ihr Flynn.

Sie wünschte, sie wären sich schon früher erneut über den Weg gelaufen, dann hätte er nicht so viele Jahre in Einsamkeit verbringen müssen.

»Das klingt wunderschön«, sagte sie, nachdem er geendet hatte, und räusperte sich den Kloß aus dem Hals. Dann stand sie auf, um sich auf Flynns Schoß zu setzen und ihn fest zu umarmen. »Ich hatte ja keine Ahnung, dass du so ein toller Sänger bist.«

»Den Song habe ich heute erfunden«, erklärte er rau, wobei er sie verträumt anschaute. »Hatte ihn schon seit Stunden im Kopf und mich erst nicht getraut, ihn dir vorzusingen.«

»Er ist traumhaft, Flynn!« Lächelnd küsste sie ihn, wobei ihr Herz hart vor Zuneigung klopfte. »Ich liebe ihn und ich liebe dich.«

Er legte die Gitarre auf dem Boden ab, damit er Skye in die Arme schließen konnte. Dann blickten sie sich einfach nur in die Augen und küssten sich hin und wieder, während das Feuer in Skyes Rücken leise knackte. Auf diese Weise könnte sie für alle Zeiten auf seinem Schoß sitzen.

Zärtlich strich sie ihm über das weiche Haar und musste ununterbrochen sein Gesicht studieren. Wie konnte ein Mann, der ein fremdgesteuertes Leben hinter sich hatte, bloß so viele Gefühle besitzen? Sicher hatte ihm die Musik geholfen, nach seiner Flucht die Einsamkeit und all seine Ängste ein wenig zu verarbeiten. Er hatte erst lernen müssen, mit seinen Emotionen umzugehen, und nun verstand sie seine Unsicherheit und viele seiner Entscheidungen noch besser als zuvor.

Trotz all der grausamen Umstände in seinem Leben war aus ihrem Krieger, ihrem Flynn, ein sensibler und gefühlvoller Mann geworden, dafür dankte Skye den Schicksalsmächten tausendfach.

Und er gehörte ihr. Nur ihr.

Kapitel 22 – Skye – Ein paar Wochen später

Tief holte Skye Luft, um die ungewöhnlichen Düfte des Dschungels in sich aufzusaugen. In den letzten Wochen war so viel passiert, dass sie manchmal das Gefühl hatte, kaum zu Atem zu kommen. Nun blickte sie auf solch ein intensives Grün und nahm so viele verschiedene Gerüche wahr wie nie zuvor in ihrem Leben. Der unterirdische Urwald war lediglich ein fader Vorgeschmack von dem gewesen, was sie hier, viele Meilen von New York entfernt, erwartete. Süßer Blütenstaub kitzelte ihre Nase, unzählige bunte Schmetterlinge vollführten anmutige Lufttänze, Vögel, die ihr völlig unbekannt waren, trällerten ihre Lieder, und die zahlreichen Farbtupfer auf den Büschen faszinierten sie. »Ist das schön hier!«

Seit Skye am frühen Nachmittag aus dem Shuttle gestiegen war, das ihre zehnköpfige Gruppe plus ihren Fährtenwolf hergebracht hatte, wusste sie nicht, wohin sie zuerst schauen sollte. Auch Shadow schnüffelte überall herum und wedelte aufgeregt mit dem Schwanz.

Flynn und sie hatten dem kleinen Streuner diesen Namen gegeben, weil er ihnen tagelang wie ein Schatten gefolgt war, bevor er sich getraut hatte, näherzukommen. Mittlerweile ließ er sich gerne streicheln und bestand auf seine täglichen Kuscheleinheiten, vor allem mit Flynn. Die beiden waren ein Herz und eine Seele und ein beinahe unzertrennliches Team. Deswegen war Skye kein bisschen eifersüchtig – im Gegenteil. Das Tier tat ihm verdammt gut.

Skye war glücklich, dass sie Shadow auf die Missionen mitnehmen durften. Zwar hatte Minister Clint Stevenson sie ganz seltsam angesehen, als Flynn ihm Shadow vorgestellt hatte – wahrscheinlich fand er die Idee, dass ein Wolf sie auf ihren Einsätzen begleitete, nicht sehr prickelnd –, aber zum Glück hatte er dann nichts gegen die tierische Verstärkung einzuwenden gehabt. Shadow gehörte mittlerweile zur Familie und war so etwas wie ihr Wachhund.

Der Minister hatte vor ein paar Wochen Freiwillige für einen Aufklärungstrupp gesucht, um entlegenere Gebiete zu erschließen, bisher isoliert lebende Menschengruppen zu finden, ihnen Hilfe anzubieten, sofern sie welche nötig hatten, oder um mit ihnen Handel zu treiben. Außerdem sollte ihr Team dringend benötigte Ressourcen aufspüren.

Skye und Flynn hatten sich sofort gemeldet, weil dieser Job genau ihrem Geschmack entsprach. Da Flynn das Leben in den Outlands kannte, Einsatzerfahrung besaß und Verhandlungsgeschick bei den Slashern gezeigt hatte, hatte der Minister ihm sogar die Leitung der Aufklärungsmissionen anvertraut.

Auch Flame war eine neue Aufgabe zugeteilt worden: Er scannte mit einem ganz besonderen Fluggerät – dem Stealth Explorer – die Gegend nach Lebenszeichen, um auszukundschaften, in welchem Gebiet sich eine bemannte Mission lohnte. Der vor Kurzem noch streng geheime Prototyp flog nahezu geräuschlos und war in der Luft fast unsichtbar.

Minister Stevenson hatte während seiner Zeit als Warrior auf dem Flugsimulator gelernt, den SE-3000 zu steuern, und es Flame beigebracht. Der Stealth Explorer glich einem riesigen Ei auf Kufen, das im Sonnenlicht wie Quecksilber schimmerte und für maximal vier Personen ausgelegt war. Mit modernster Technik ausgestattet, konnte er auch schwächste Lebenszeichen aufspüren.

Hatte Flame ein geeignetes Gebiet gefunden, besprach er sich mit Minister Stevenson, besorgte in Royal City die notwendige Ausrüstung, brachte anschließend ihre Expeditionsgruppe mit einem Transportshuttle an den Zielort und holte sie je nach Ausführung des Auftrages wieder ab. Zwischenzeitlich wertete er in Oasis ihre übermittelten Daten aus, las ihre Einsatzberichte und leitete die Ergebnisse an Minister Stevenson weiter. Außerdem suchte Flame je nach Gelände und Einsatzerfahrung weitere Mitglieder für die Missionen aus.

»Es ist doch wunderschön hier, oder?«, sagte Skye noch einmal und ging zu Flynn, der den anderen beim Ausladen half.

Flynn beugte sich zu ihr, um ihr ins Ohr zu raunen: »Nichts ist schöner als du«, bevor er mit dem kräftigen jungen Warrior Onyx die Rampe aufstellte. Zwei Metallschienen führten aus dem Laderaum des Shuttles, auf denen Onyx ihr solar- und batteriebetriebenes Forschungsmobil und den Technikwagen mittels Fernsteuerung herunterfuhr. Die beiden kleinen Begleitfahrzeuge mit den großen Gummireifen enthielten alles, was sie für ihre Expeditionen benötigten: Platz für Gepäck, eine Feldküche, Zelte, eine Funkanlage, mit der sie Royal City und Oasis erreichen konnten, Medizin und allerhand anderen technischen Krimskrams. Im Notfall konnte sogar eine Person auf dem Dach transportiert werden, ansonsten waren sie nicht zum Mitfahren gedacht. Die Mobile, die etwa so groß waren wie ein Viersitzer-Fahrzeug aus der Alten Zeit, erfüllten eher die Funktion eines modernen Handkarrens, nur dass sie von selbst fuhren.

Wie schon beim ersten Einsatz, platzierte Flynn als Letztes seine Gitarre auf einem der Wagen, während Skye ihre Bessy schulterte. Onyx, der Neue im Team, musterte das Instrument interessiert. Der Warrior stammte aus New World City und begleitete sie auf der aktuellen Mission, weil er mit dieser Art von Terrain bestens vertraut war. Alle Krieger aus der sehr weit entfernten Kuppelstadt hatten ihre Ausbildung im Dschungel absolviert und Erfahrung mit wilden Eingeborenen. Auf Skye wirkte er selbst wie ein Wilder. Onyx hatte sich an den Schläfen jeweils drei Streifen in sein kurzes schwarzes Haar rasiert und im linken Ohrläppchen steckte ein so großer Tunnel, dass Skye bestimmt ihren Zeigefinger hindurch stecken könnte. Ein kleiner Silberring funkelte in seinem Nasenflügel und um seinen Hals hing eine dicke Kette. Ansonsten trug er wie die meisten anderen ein dunkelgrünes T-Shirt und dünne lange Hosen sowie Stiefel in derselben Farbe.

Flynn, hingegen, sah mit seiner Kurzhaarfrisur wieder richtig zivilisiert aus, aber seinen sonstigen Look hatte er weitgehend beibehalten, nur Stiefel und Hose gegen das Missions-Outfit eingetauscht. Sein nackter Oberkörper glänzte in der Sonne – Skye hatte darauf bestanden, ihn während des Fluges ordentlich mit Sonnencreme einzuschmieren –, und sie konnte kaum den Blick davon abwenden. Seit er die Aufbaupräparate bekommen und sich vollständig erholt hatte, strotzte er nur so vor Kraft und Ausdauer.

Skye hatte wegen der schwülwarmen Hitze ihre Haare zu zwei Zöpfen geflochten, damit sie im Nacken nicht so stark schwitzte, trug einen breitkrempigen Sonnenhut, ein Top, Shorts und kniehohe Stiefel, die Flame für sie in Royal City geordert hatte. Sie bestanden aus einem dünnen, bequemen Material, waren nicht zu heiß und schützten sie vor Schlangenbissen, falls es hier welche von diesen gefährlichen Tieren geben sollte. Auf ihrer letzten Mission hatte Shadow sie zum Glück durch heftiges Knurren davor bewahrt, auf eine Klapperschlange zu treten.

»Alles ausgeladen!«, rief Flynn Flame zu, der letzte Checks am Shuttle vorgenommen hatte, und sie verabschiedeten sich von ihm. Er würde nun wieder nach Oasis zurückfliegen.

Vieles hatte sich innerhalb kürzester Zeit geändert. Nun musste Flynn nicht mehr im Verborgenen leben und führte ihre kleine Gruppe an. Zwar war das für ihn nach all den Jahren des Versteckens ungewohnt und er mochte es nach wie vor nicht unbedingt, im Mittelpunkt zu stehen, aber er lebte sich gut in seine neue Rolle ein, wie Skye fand. Sie war unglaublich stolz auf ihn.

Des Weiteren begleitete sie noch Tyr, der mitgekommen war,

um seinen Liebeskummer zu vergessen. Tristan hatte Enja nämlich einen Heiratsantrag gemacht.

Lasi, der ehemalige Koch der Slasher, war ebenfalls mit von der Partie und sorgte für das leibliche Wohl der Truppe; außerdem hatten sich ihnen auch Marisa und Dannika angeschlossen. Marisa kannte sich hervorragend mit Pflanzen aus und war auf der Suche nach neuen Heilkräutern; ihre Freundin konnte gut mit dem Bogen umgehen. Zusammen mit Tyr gingen sie während der Missionen auf die Jagd.

Die Siedlerin Anka, die in Oasis als Wachfrau gearbeitet hatte, und der neue Krieger Chaz schritten mit einer Machete voran, um eine Schneise in den Urwald zu schlagen. Skye vermutete, dass sich zwischen den beiden längst etwas angebahnt hatte, so verträumt wie sie sich ständig anblickten.

Skye freute sich für Anka. Die große Frau, die nicht dem gängigen Schönheitsideal der meisten Männer entsprach, hatte bisher noch in keiner Beziehung gelebt.

Neben dem Krieger Onyx begleitete sie noch ein weiterer ehemaliger Warrior, der das Schlusslicht bildete: Nuka. Er stammte aus White City, und Skye konnte ihn nicht richtig einschätzen, da er sehr verschlossen und still wirkte. Im Gegensatz zu den meisten anderen Kriegern besaß er eine eher schlanke Gestalt und könnte beinahe als gewöhnlicher Mensch durchgehen, wären seine spitzen Ohren und das kurze, frech in alle Richtungen abstehende silberweiße Haar nicht gewesen. Außerdem schimmerten seine Iriden wie dunkelgrüne Schmucksteine. Jetzt verbarg er seine Augen allerdings hinter einer Sonnenbrille. Nuka erinnerte Skye an einen Elfen, über den sie in einem Buch gelesen hatte. Nur die Einsatzkleidung passte so gar nicht zu seinem Äußeren. Nuka hatte sich zu Tyr gesellt, wahrscheinlich, weil der aktuell auch wenig gesprächig war und lieber seinen eigenen Gedanken nachhing.

Onyx steuerte ihr Forschungsmobil und ließ es voranfahren, wenn keine dichten Büsche im Weg standen, die mit Macheten entfernt werden mussten, Nuka lenkte den Technikwagen. Mit den Fahrzeugen zogen sie eine begehbare Schneise in den Dschungel.

Dabei hielt Onyx die Anzeigen auf seinem Tablet-Computer im Auge. Skye warf einen kurzen Blick darauf, konnte aber keine fremden Lebenszeichen erkennen.

Seltsam, wo versteckten sich all die Menschen, die Flame auf seinem Aufklärungsflug gesehen hatte? Er hatte von etwa dreißig Leuten gesprochen, die im Urwald lebten und nur ein paar Stofffetzen auf dem Leib tragen sollten.

Ihr Herz klopfte wild, denn das war erst ihre zweite Mission. Skye hoffte, dass sie wieder genauso erfolgreich und friedlich verlief wie die erste, als sie sich Outsidern in der fast völlig vom Krieg zerbombten Ruinenstadt Nashville angenähert hatten. Die ganze Mission hatte nur wenige Tage gedauert, und die Bewohner der kargen Wüstenregion waren über ihre Hilfe sehr dankbar gewesen. Ein Wunder, dass dort überhaupt noch jemand lebte.

Hier in Michigan gab es viele Seen und keine Wüste, sondern feuchtwarmes, tropisches Klima. Dieser gewaltige Dschungel war so völlig anders als das, was Skye kannte. Neu und aufregend. Sie war gespannt, worauf sie hier stoßen würden.

Die Warrior hielten moderne Maschinenpistolen in den Händen, die auf »Betäuben« eingestellt waren. Auch Flynn hatte solch eine Waffe von Minister Stevenson bekommen. Skye bevorzugte nach wie vor ihre Armbrust, blieb aber in Flynns Nähe, damit er im Notfall zuerst mit seinem Betäubungsgewehr schießen konnte.

Shadow sprang neben ihm her und wartete auf einen Befehl. Der Wolf fühlte sich bestimmt nicht weniger aufgeregt als sie. In den letzten Wochen war er ganz schön gewachsen. Kein Wunder, schließlich bekam er zwei ordentliche Mahlzeiten am Tag.

Flynn kniete sich hin, nahm Shadows pelzigen Kopf zwischen die Hände, kraulte ihn hinter den Ohren und sagte leise: »Schau dich mal um, Großer.«

Nur Skye wusste, dass die beiden gerade auf mentaler Ebene miteinander kommunizierten. Flynn hatte einen besonderen Zugang zu dem Tier gefunden, konnte mit ihm »sprechen« und sehen, was Shadow sah. Deshalb spähte der Wolf für sie die Umgebung aus, kam zu ihnen zurück, und Flynn holte sich alle Informationen, die er brauchte. Shadow schien vollkommen einverstanden mit seiner Rolle zu sein, denn er konnte es jedes Mal kaum erwarten, von Flynn losgeschickt zu werden.

Als dieser befahl: »Lauf, Junge!«, sprintete er auch schon davon und verschwand zwischen den grünen Blättern.

***

»Hier bauen wir das Basislager auf!«, rief Flynn eine halbe Stunde später und deutete auf eine leichte Anhöhe, auf der etwa ein Dutzend gerader, kräftiger Palmen standen.

Da der Hang nur wenig bewachsen war, besaßen sie von dort oben einen guten Rundumblick. In unmittelbarer Nähe lag außerdem ein Fluss, um Trinkwasser zu holen.

Skye begrüßte das Ende des Marsches, denn sie war das feuchtheiße Klima nicht gewohnt. Sich im Dschungel zu bewegen, war viel anstrengender als in der trockenen Wüste. Wenigstens gab es hier mehr Schatten.

Bisher hatten sie noch kein menschliches Lebenszeichen entdeckt, kein Haus oder sonstige Hinweise auf eine Bevölkerung gefunden, und auch ihr Gerät zeigte nichts an. Dabei war das Transportshuttle extra etwas außerhalb des Gebietes, in dem Flame Lebenszeichen geortet hatte, gelandet, um keine Einwohner zu ängstigen oder gar zu verscheuchen. Doch es schien, als würde hier außer Tieren und Insekten niemand leben. Hatte Flame sich vielleicht geirrt oder ihm der Explorer falsche Daten geliefert?

Während Anka und Chaz den Hügel umrundeten, um Wache zu halten, fuhren Onyx und Nuka die Mobile hinauf, und anschließend begann das Team mit dem Aufbau des Lagers.

Lasi kümmerte sich um die ausklappbare Küche, während die anderen große Zelte um die beiden Fahrzeuge errichteten. Die Streben und Planen bestanden aus einem speziellen Material, das sogar Tierangriffen oder Kugeln standhalten konnte. In einem dieser Zelte würde sich die Küche und Lasis vorübergehende Unterkunft befinden, im anderen die technische Ausrüstung. Dort würden

Skye und Flynn die Nächte verbringen, während der Rest des Teams um sie herum auf Baumzelten wohnte. Die Zwei-Mann-Behausungen wurden in etwa drei bis vier Metern Höhe mittels Spanngurten an den Baumstämmen befestigt, sodass sie nachts vor den meisten Tieren geschützt sein würden. Bewegungsmelder, die überall im Camp aufgestellt wurden, warnten rechtzeitig vor potentiellen Angreifern. Außerdem hatten sie auch noch ihren »Wachhund« Shadow dabei, der vor ihrem Zelt schlafen würde. Der Wolf war mittlerweile zu ihnen zurückgekehrt, beschnüffelte jeden Baum und ließ sich bereitwillig von allen streicheln, an denen er vorbeischwänzelte.

Eine Stunde später hatten sie sich eingerichtet. Skye saß im klimatisierten Zelt neben Flynn und behielt einen Monitor im Auge. Die Radarantenne, die sich auf dem Dach befand, sollte ihnen anzeigen, wenn Menschen in der Nähe waren, aber wieder blieb alles still.

»Wenn wir bis morgen Mittag nichts finden, funke ich Flame an, damit er uns wieder abholt«, beschloss Flynn.

Geplant war, heute das Basislager zu errichten, ein bisschen die nähere Gegend zu erforschen und morgen die Einheimischen zu kontaktieren.

Skye kam das alles sehr mysteriös vor. Sie hatte sich eigentlich auf ein neues Abenteuer gefreut. »Hast du auch keine fremden Gehirnwellen aufspüren können?«

Er schüttelte den Kopf. »Nichts in der näheren Umgebung. Mal sehen, was Shadow herausgefunden hat.« Leise pfiff Flynn durch die Zähne. »Komm mal rein, Junge!«

Hechelnd steckte Shadow den Kopf zwischen den Planen an der Tür durch und kam mit erhobenem Schwanz angetrabt. Skye füllte als Erstes seinen Napf mit frischem Wasser, solange er Flynns Streicheleinheiten genoss, danach warteten sie, bis er getrunken hatte.

Flynn kniete sich zu ihm auf den Boden, nahm Shadows Kopf zwischen die Hände und drückte seine Stirn gegen die des Wolfes. Dabei blieb Shadow ganz ruhig sitzen.

Etwa eine Minute später löste Flynn die mentale Verbindung und erzählte Skye, was er gesehen hatte, während er den Bauch des Wolfes kraulte. »Scheint so, als wären wir doch nicht allein.«

Nervös wippte Skye mit den Füßen. »Mach es nicht so spannend!«

»Er hat einen Jungen entdeckt. Vielleicht zehn Jahre alt. Er war nackt bis auf einen Lendenschurz, hatte langes, verfilztes Haar, sah schmutzig aus und roch nach Erde. Er hockte bei einem Busch und hat Beeren gepflückt.«

Shadow hatte den Auftrag erhalten, sich keinen fremden Personen zu nähern und diese aus sicherer Entfernung zu beobachten. Schließlich wollten sie nicht, dass ihr süßer Wolf im Kochtopf landete. Skye kniete sich neben ihn, um ihn ebenfalls zu streicheln. »Wo kam der Junge her?«

»Keine Ahnung, das hat Shadow nicht gesehen und ich weiß auch nicht, wo genau die Stelle liegt. Unser Streuner ist im Zickzack durch den Dschungel gelaufen.«

»Du Gauner, du«, schimpfte Skye ihn liebevoll und verstrubbelte das Fell hinter seinen Ohren. »Das müssen wir aber noch üben.«

Shadow leckte über ihre Hand, dann schaute er sie aus so großen, treuen Augen an, dass Skye ihn gleich noch einmal knuddeln musste.

Nachdenklich blickte Flynn zu den Computermonitoren. »Der Junge ist in einem Loch im Boden verschwunden. Shadow ist ihm, wie befohlen, nicht gefolgt.«

»Dann haben wir bisher niemanden entdeckt, weil diese Menschen unter der Erde leben?«

»Scheint so.« Flynn erhob sich und kontrollierte noch einmal die Aufzeichnungen des Radars. »Hier ist nichts drauf. Shadow muss den Jungen gefunden haben, bevor die Radarantenne aufgebaut war. Also geben wir mal den anderen Bescheid.«

Er versammelte seine Mannschaft vor dem Zelt und sagte: »Wir haben gerade alle Daten noch einmal ausgewertet und sind auf eine Idee gekommen.« Er konnte schließlich schlecht behaupten, im Kopf eines Wolfes herumgeschnüffelt zu haben. »Flame hat eindeutig Menschen geortet, wir haben keine Lebenszeichen gefunden. Vielleicht hausen die Eingeborenen unter der Erde. Haltet die Augen nach Höhlen, Bunkern oder versteckten Eingängen offen.«

Sie rüsteten sich im Versorgungszelt mit allem Notwendigen aus, wobei Flynn weitere Anweisungen gab. »Ich gehe mit Skye in Richtung Wasserfall, Anka und Chaz, ihr bewacht weiter das Camp. Onyx, du nimmst dir den Norden vor, Nuka, du marschierst nach Osten, Dannika und Tyr, ihr schaut euch mal im Westen um. Seid alle in spätestens einer Stunde wieder zurück.«

Lasi blieb mit Marisa im Lager und bereitete währenddessen mit ihr das Abendessen zu. Skye hatte noch keinen Hunger, denn die Freude über das bevorstehende Abenteuer überwog.

Als die anderen außer Hörweite waren und Skye mit Flynn und Shadow flussaufwärts ging, kniete er sich vor ihren Wolf ins Gras und blickte ihn konzentriert an. »Wo hast du das Kind gesehen?«

Shadow hechelte, dann trabte er schwanzwedelnd voran.

Aufmerksam folgten sie ihm, wobei Skye die Konzentration und Anspannung in Flynns Gesicht erkennen konnte. Er wollte den Einsatz wie immer zur vollen Zufriedenheit von Minister Stevenson ausführen und sein Bestes geben. Der Job war ihm wichtig, er verschaffte ihm Bestätigung und Ablenkung von seinem früheren Leben.

Ein handgroßer schwarzer Käfer kreuzte ihren Weg, und Shadow beschnüffelte ihn neugierig. Ob man den essen konnte? Seine oberen Kauwerkzeuge sahen aus wie ein Geweih, wodurch er sehr imposant wirkte.

Als der Riesenkäfer seine Mundwerkzeuge bedrohlich aufstellte und wie eine Schere zusammendrückte, zog Shadow schnell die Schnauze zurück und lief weiter.

»Du machst dich echt gut als Leiter dieses Teams«, sagte Skye, wobei sie ihren Krieger stolz anblickte. Er schien der geborene Anführer zu sein, auch wenn er das jetzt vielleicht noch nicht wusste. Außerdem sah er mit der neuen Sonnenbrille, die Flame ihm geschenkt hatte, ziemlich cool aus, und all die Muskeln, die verführerisch in der Sonne glänzten, ließen ihn wie einen Gladiator aus einer anderen Zeit erscheinen. Sie fand es sexy, wenn sich der Schweiß in seinen Muskeltälern sammelte.

»Danke«, raunte er lächelnd. »Ich genieße es, dass wir zusammenarbeiten.« Er blieb stehen, als Shadow an einem Baum schnüffelte, und hob sein Gewehr. »Ohne dich hätte ich all das nie erreicht.«

Ihr Wolf lief weiter, und Flynn entspannte sich. Anscheinend fühlte er niemanden in der Nähe, denn er ließ auch die Waffe sinken.

»Das hast du schon alles selbst geschafft«, erklärte sie. »Nicht mein Verdienst.«

»Von wegen.« Er blieb stehen und bedachte sie mit einem ernsten Blick, während Shadow ohne sie weiter trabte und an allem schnuppern musste, was ihm interessant erschien. »Du bist meine Retterin, Skye. Wenn du nicht den Mut gehabt hättest, zurück nach Oasis zu gehen, wäre ich nicht hier.«

»Ich wäre aber auch nicht mehr bei dir, wenn du mich gefesselt hättest.« Sie grinste süffisant. »Ich lasse mich nicht einsperren.«

»Zum Glück.« Gerade, als er sich zu ihr herunterbeugen wollte, winselte Shadow und drehte sich im Kreis.

Sofort war Flynn bei ihm. »Hast du was gefunden?«

Der Wolf schenkte ihm einen traurigen Blick und jaulte leise. Dann schüttelte Flynn den Kopf und flüsterte dem Tier zu: »Es ist nicht so schlimm, wenn du die Spur nicht mehr findest.«

Schade. Skye seufzte leise. Was war das nur für ein seltsames Völkchen, das so verdammt schwer aufzuspüren war?

»Alles gut, Junge, das hast du trotzdem prima gemacht.« Flynn gab ihm einen liebevollen Stupser, und Skye sah ihren Krieger für einen Moment mit einem Baby auf dem Arm. Er würde sich fantastisch als Vater machen.

»Lauf zurück ins Lager und lass dich von Lasi verwöhnen«, befahl Flynn und stand auf. Der Koch hatte, wie alle im Team, den Wolf längst liebgewonnen, deshalb fiel für ihn immer der eine oder andere Knochen ab.

Flynn kratzte sich an einer Augenbraue, wobei er Skye schief angrinste. »Wir üben beide noch, aber meine Verbindung zu Shadow wird immer besser.«

Schmunzelnd kraulte sie ihren Warrior unter dem Kinn und murmelte: »Guter Junge, bekommst im Camp auch ein Leckerli.«

»Sei nicht immer so frech, Kleine.« Er packte sie und hob sie auf die Arme, sodass sie vor Überraschung schrie, und knurrte: »Außerdem hätte ich lieber gleich meine Belohnung.«

»Und ich ein Bad!«, rief sie lachend. »Können wir uns vor dem Essen noch im Fluss baden? Ich meine … du spürst doch rechtzeitig, falls jemand kommt?«

»Wenn du mich nicht zu sehr ablenkst …«

»Ich?« Sie schenkte ihm einen verführerischen Augenaufschlag und raunte: »Niemals.«

***

Fünf Minuten später stand sie neben Flynn bei einem sanft rauschenden, schmalen Wasserfall, der von grünen Schlingpflanzen umrahmt wurde. Er mündete in ein natürliches Becken, in dem bunte Fische um die Wette schwammen. Das Wasser war so klar, dass man jeden einzelnen Stein am Grund erkennen konnte.

Flynn hatte sie den ganzen Weg im Laufschritt getragen, ohne außer Atem zu sein. Nun blieb ihnen beiden fast die Luft weg, so schön war dieser Ort. Skye konnte nicht anders – sie drückte Flynn einen leidenschaftlichen Kuss auf die Lippen, bevor sie einen Schritt zurücktrat und sich die Kleidung vom Leib riss. Mit einem übermütigen Schrei sprang sie in das natürliche Becken. Lachend folgte Flynn ihr nur Sekundenbruchteile später.

»Erfrischend!«, rief Skye, nachdem sie aufgetaucht war, »aber nicht so kalt wie der Harlem River.« Tatsächlich besaß es eine angenehme Temperatur, und sie konnte gerade noch in dem Becken stehen, während Flynn das Wasser bis zur Brust reichte. Schnell wusch sie sich und behielt dabei Flynn im Auge, der sich über den Penis strich.

»Kann ich dir irgendwie zur Hand gehen?«, fragte sie keck.

Provozierend streckte er ihr seinen Knackarsch entgegen. »Ja, da gibt es eine Stelle, die kann ich so schlecht erreichen.«

Skye tauchte und fuhr von hinten mit einer Hand zwischen seinen Schenkeln hindurch. Dann schloss sie die Finger um seine beginnende Erektion.

Verschwommen nahm sie wahr, wie er ihr seinen Hintern noch mehr entgegen drückte. Skye glitt über seine Hoden, den Damm und schließlich auch zwischen den Pobacken hindurch. Danach musste sie auftauchen, um Luft zu holen.

Sofort drehte Flynn sich um und knurrte erregt: »Ich kann es heute nicht langsam angehen lassen.«

Erneut hob er Skye auf die Arme, schritt mit ihr am Ufer entlang und durch den Wasserfall. Dahinter verbarg sich eine kleine Ausbuchtung, die bis auf etwas Spritzwasser relativ trocken war. Die niedrig stehende Sonne schickte ihre Strahlen direkt durch die rauschende Wand und brachte alles zum Glitzern.

»Wow!« Skye staunte nicht schlecht. »Der perfekte Ort, um ungestört zu sein.«

»Fast.« Er machte das Handycom von seinem Handgelenk ab, das alle im Team besaßen, damit sie immer erreichbar waren. Danach hob er ein paar Lianen zur Seite, die einen natürlichen Vorhang bildeten und den Eingang hinter dem Wasserfall verdeckten. Auf einem Stein vor der Höhle legte er den Kommunikator ab. »Das Handycom wird uns warnen, sollte sich uns jemand nähern – egal wer.«

Skye wollte jetzt auch keine ungebetenen Gäste, sondern einfach nur ein bisschen Wohlfühlzeit mit Flynn genießen. Im Camp konnten sie bloß miteinander kuscheln oder lautlosen Sex haben, was ihnen unwahrscheinlich schwerfiel. Das Temperament ging regelmäßig mit ihnen durch, wenn sie sich liebten – und Skye könnte Flynn ständig lieben. Weil es ihm nicht anders ging, seilten sie sich ab, wann immer es die Lage erlaubte.

»Wir haben nur ein paar Minuten«, raunte er und stellte sich breitbeinig vor sie. »Dann müssen wir zurück ins Lager.«

Seine Erektion ragte ihr so verlockend entgegen, dass sie nicht anders konnte, als in die Hocke zu gehen, um sie in den Mund zu nehmen.

»Verdammt, Mädchen«, knurrte Flynn. »Du machst mich fertig.«

Sie liebte es, ihn »schwach« zu machen und in ihrer Gewalt zu haben. Es existierte für sie kein größerer Vertrauensbeweis, als dass er sich in ihre Hände begab. Noch erregender fand sie es, wenn er sich beim Sex wie ein wildes Tier benahm, weil er schier verrückt vor Leidenschaft war.

Stöhnend lehnte er sich zurück an die Felswand und schaute zu, wie sie ihn leckte. Sein Biest verfolgte ebenfalls genau, was sie tat.

Als sie seine Erektion extratief aufnahm, stieß er ein Knurren aus und hielt ihren Kopf fest, um selbst das Tempo zu bestimmen. Langsam und genüsslich bewegte er seinen harten Penis in ihrem Mund hin und her.

Verflucht, machte sie das an! Ihr Schoß pochte wie verrückt und ihre Brustspitzen kribbelten, aber wie so oft ließ Flynn sie zappeln.

»Noch ein paar Bewegungen, und ich spritze dir die geballte Ladung in den Rachen«, grollte er. »Leider kann ich dich heute nicht ficken. Wenn ich deinen Schoß nicht haben kann, nehme ich eben deinen Mund.«

Dann hatte sie wohl ihre fruchtbaren Tage, schließlich konnte er das riechen. Er hatte ihr gestanden, dass sie dann noch intensiver und besser duftete, unglaublich anziehend, sodass er sich kaum zurückhalten konnte.

»Ich bin heute ohnehin so geil auf dich«, raunte er. »Ich stelle mir einfach vor, dass du mir dein süßes Hinterteil entgegenstreckst und ich dich von hinten nehme.«

Als sie besonders fest an ihm saugte, zog er sich hastig zurück, schloss die Augen und legte den Kopf in den Nacken. Seine Erektion zuckte, und ein dicker weißer Tropfen perlte aus dem Schlitz seiner prallen Eichel.

»Fuck, Süße, nicht so gierig!« Nachdem er wieder zu Atem gekommen war, drückte er ihr seine dicke Kuppe an die Lippen und ließ sie ganz langsam in ihren Mund gleiten.

Skye leckte den Vorboten seines Höhepunktes auf und ließ sich den herben Geschmack auf der Zunge zergehen. Dabei streichelte sie sanft Flynns Hoden, woraufhin er noch ein paar Tropfen in ihrem Mund entlud.

»Ich könnte dich auf der Stelle ficken«, raunte er.

»Dann tu es«, murmelte sie an seiner Härte.

Sofort zog er sich zurück und starrte beinahe erschrocken zu ihr herunter. »Aber …«

»Ich will es, Flynn.« Sie stand auf, um die Finger in seinem Nacken zu verschränken und sich an ihn zu schmiegen. Hart drückte sich seine Erektion gegen ihren Bauch. »Ich denke schon seit unserem Besuch bei Dr. Lamont darüber nach.«

Als sie vor zwei Wochen mit Flame nach White City geflogen waren, hatte er ihnen dort das »Team Feuersturm« vorgestellt. So nannten sich die Krieger, die für die Reparatur des riesigen Staudammes verantwortlich waren, der die Stadt mit Energie versorgte. Außerdem war es Flame gelungen, sie beide – oder besser gesagt: Flynn – zu überreden, bei Dr. Mark Lamont vorbeizusehen. Flame vertraute ihm vollkommen.

Der Arzt hatte Flynn Blut abgenommen und auch Skye untersucht. Ein paar Tage später erhielten sie das Ergebnis der Tests. Die PSI-Fähigkeiten waren in Flynns Fall wohl nur vererbbar, wenn beide Elternteile die Veranlagungen dafür in sich trugen. Das erleichterte ihn enorm, doch mit Sicherheit herausfinden würden sie es erst nach frühestens neun Jahren. Bei jüngeren Kindern zeigten sich die PSI-Fähigkeiten nicht.

Während Flynn am liebsten sofort mit dem Babymachen losgelegt hätte, wollte Skye eigentlich noch warten. Aber plötzlich war sie sich ganz sicher. Seit sie jeden Tag sah, wie er mit Shadow und allen anderen in ihrem Team umging, musste sie nicht mehr überlegen. Zu wissen, dass er unbedingt eine eigene kleine Familie mit ihr gründen wollte, erfüllte sie mit dem größten Glück.

»Mach mir ein Baby, Flynn«, wisperte sie an seinen Lippen und strich sanft mit der Zunge darüber. »Jetzt.«

Während sein Löwe besitzergreifend aufbrüllte, sah Flynn aus, als hätte ihn der Schlag getroffen. »Wirklich?« Doch dann strahlte er und küsste sie gierig. »Ich mache dir so viele Babys, wie du willst.« Er ging in die Hocke, wobei er sich mit dem Rücken an die Felswand lehnte, und zog Skye auf seinen Schoß. Dabei hielt er sie am Becken nach oben, als würde sie nichts wiegen, und befahl ihr rau: »Nimm ihn dir.«

Das ließ sie sich nicht zweimal sagen. Sie griff nach seiner Erektion, um sie an die richtige Stelle zu führen, und Flynn senkte sie langsam herab. Erst ließ er nur die Eichel in sie gleiten und biss sich dabei auf die Unterlippe, als würde er all seinen Willen aufbieten müssen, um nicht sofort zum Höhepunkt zu kommen. Sein Löwe knurrte ohne Unterlass, während Flynn sie auf seinem Schaft sanft auf und ab bewegte und ihn bei jedem Ab tiefer versenkte.

Die Dehnung und die köstliche Reibung erregten sie ungemein. Sie keuchte auf, ihr Herz klopfte wie wild und sie konnte es kaum noch ertragen. Sie brauchte nur ein winziges bisschen mehr Stimulation! Stöhnend rieb sie sich mit den Fingern über ihren heftig pochenden Kitzler.

»Nimm die Hand weg!«, befahl er.

Frech biss sie ihm ins Kinn, ohne ihre Bemühungen einzustellen.

»Ich bin der Einzige, der dir einen Orgasmus verschaffen darf«, knurrte Flynn, und sie gehorchte, weil sie seine besitzergreifende Art liebte. Davon konnte sie nie genug bekommen. Außerdem fühlte sich ihr Höhepunkt intensiver an, je länger sie – oder er – ihn herauszögerte.

Flynn leckte sich über die Lippen und zog die Nasenflügel nach oben. »Du riechst so verlockend, ich muss noch einmal von dir kosten.« Abrupt ließ er sie los, sodass seine Erektion tief in sie fuhr und Skye beinahe den Höhepunkt erreichte. Ihr Inneres kontrahierte bereits leicht um seine Härte; ihr Kitzler pulsierte noch wilder. Doch er bewegte sich nicht mehr in ihr, sondern griff nach ihrer Hand, um an ihren Fingern zu lecken.

»Ich brauche mehr«, knurrte er. »Mehr! Setz dich auf mein Gesicht.«

»Was?« Das hatte er noch nie von ihr verlangt!

Flynn legte sich auf den kühlen, harten Steinboden und streckte die Hand aus. Danach schloss er die Finger um ihren Knöchel, um sie zu sich zu ziehen. »Nun komm schon, meine Süße!«

Skye ging über ihm in die Hocke und schaute fasziniert auf seinen Löwen, der mit den Fängen nach ihr schnappte, während sich

Flynn über die Lippen leckte. Als ihre intimste, weit geöffnete Stelle auf seinen Mund traf, hob er den Kopf, um tief die Zunge in sie zu rammen.

Oh Himmel, das war primitiv und doch verdammt erregend!

Er leckte sie so hart, dass sie sich kaum noch zurückhalten konnte. »Flynn! Ich kann das nicht mehr lange ertragen!«

»Stell dich hin!«, befahl er als Nächstes, und schon stand er hinter ihr, drückte ihren Oberkörper nach vorne und versenkte sich von hinten in ihrem nassen Schoß. Dabei rieb er fest über ihren Kitzler, so wie sie es liebte – und wenige Sekunden später erreichte sie den Gipfel. Flynn katapultierte sie an einen anderen Ort, an dem es nur sie beide und ihre Lust gab. Ihre Umgebung verblasste, ihr Herz sowie ihr Schoß schlugen nur noch für ihren Liebsten. Ihr ganzer Körper schien zu pulsieren und in einem glühend heißen Feuer zu verbrennen. Am Rande nahm sie wahr, wie sie ihre Lust hinausschrie und fordernd ihren Schoß bewegte, um Flynn noch ein wenig mehr anzufeuern.

Während er mit einer Hand ihre Brust knetete und mit der anderen über ihren immer noch wild pochenden Nerv rieb, trieb er sich tief in sie und kam ebenfalls zum Höhepunkt.

»Oh … Skye«, stöhnte er und pumpte die ersten vier Schübe in sie. Danach zog er sich zurück, und sie spürte, wie er die letzten Portionen auf ihrem Hintern verteilte.

Als er »Einfach geil« raunte, musste sie beinahe lachen.

»Du bist so ein Tier.« Schwankend kam sie auf die Beine und verrenkte sich fast beim Versuch, auf ihre Pobacken zu schauen. »Du hast mich vollgekleistert.«

»Komm her.« Grinsend hob er sie hoch, sodass sie die Beine um ihn schlingen musste, küsste sie frech mitten auf die Nase und spazierte mit ihr durch den Wasserfall zurück in den See. Dort half er ihr bei der Beseitigung seiner klebrigen Spuren, aber aus ihrem Schoß holte sie den Samen nicht. Skye hoffte, dass er Früchte tragen würde.

Da sie leider nicht mehr viel Zeit hatten, zogen sie sich rasch an. Flynn band sich wieder den Kommunikator ans Handgelenk und sie marschierten zurück.

Ein köstlicher Essensduft durchzog das ganze Camp, und alle Sucher waren bereits heimgekehrt. Während Shadow genüsslich an einem dicken Knochen nagte, stellten sie sich mit ihren Schüsseln vor der mobilen Küche an, damit ihnen Marisa etwas von dem lecker aussehenden Eintopf hinein schöpfte. Er enthielt dicke Fleischstücke, Kartoffeln, Karotten und eine cremige Tomatensauce. Lasi hatte sich mal wieder selbst übertroffen, allerdings war er nun auch bestens ausgerüstet.

***

Anka und Chaz hatten auf ihrer Wachrunde Holz gesammelt, sodass sie sich nach Sonnenuntergang alle um ein loderndes Feuer setzen konnten. Tyr, der wusste, wie gut Flynn Gitarre spielte, überredete ihn, ein paar Lieder vorzutragen. Seine wundervolle Singstimme kannte bisher jedoch nur Skye. Sie liebte es, in der Runde zu sitzen und den anderen zu lauschen. Langsam wuchsen sie zu einer richtigen Familie zusammen, und die Neuen im Team hatten immer spannende Geschichten zu erzählen. Onyx berichtete von seinen Einsätzen im Dschungel vor den Toren von New World City, Chaz hatte ein paar Anekdoten aus Royal City auf Lager, bloß Nuka wirkte nach wie vor verschlossen. Das Einzige, was Skye bisher über ihn in Erfahrung bringen konnte, war, dass er einen Bruder namens Kian in White City hatte, der als Leibwächter für Präsident Pearson arbeitete. Nuka schielte hin und wieder zu Tyr, der seinen eigenen Gedanken nachhing. Wahrscheinlich vermisste er Tristan.

Als Flynn plötzlich abrupt das Gitarrenspiel unterbrach und nach seiner Waffe griff, spannte Skye schnell einen Bolzen in Bessy. Shadow, der zu seinen Füßen lag, knurrte und sträubte das Nackenfell; im Hintergrund heulte leise der Radar-Alarm und ein paar der Bewegungsmelder piepten. Auch die anderen im Team hielten ihre Betäubungsgewehre in der Hand, und Nuka löschte hastig mit Erde das Feuer.

Sofort lief Skye mit Flynn ins Zelt, und sie erkannten auf dem Monitor über zwanzig Punkte, die sich um den Hügel verteilten. Sie wurden regelrecht belagert!

»Sie kommen«, sagte Flynn leise zu ihr und reichte ihr ein Nachtsichtgerät, das sie sich vor die Augen schnallte. Dann versteckten sie sich mit den anderen hinter den Zelten und Transportkisten.

Skye schlug das Herz bis zum Hals. Angestrengt schaute sie durch den Restlichtverstärker und beobachtete, wie über ein Dutzend halbnackter Frauen und eine Handvoll Männer, die bis auf einen Lendenschurz keinen Fetzen am Leib trugen, den Hügel hinauf schlichen. Ein paar hielten Fackeln, weshalb Skye von dem Licht geblendet wurde und das Nachtsichtgerät nicht brauchte.

Schnell klappte sie die Gläser nach oben. »Was wollen die von uns?«

»Werden wir gleich herausfinden«, antwortete Flynn, der dicht neben ihr kniete. Beruhigend streichelte er Shadow, der immer noch leise knurrte.

Die wild aussehenden Männer und Frauen, die ihre Haare entweder ganz abrasiert oder zu verfilzten Strähnen gedreht hatten, bedrohten sie mit Holzspeeren und gaben wütende Zischlaute von sich, hielten jedoch Abstand.

Eine ältere Frau, auf deren Kopf bloß ein langer grauer Zopf wuchs – die anderen Haare hatte sie sich abrasiert –, trat nach vorne. Auffällig war, dass alle Wilden milchig-helle Haut besaßen, als hätten sie nie die Sonne gesehen, und sehr schlank waren.

»Noch nicht schießen«, befahl Flynn leise, fokussierte sich auf die Anführerin und sagte mit angenehm tiefer, einlullender Stimme: »Wir wollen euch nichts tun. Wir sind in friedlicher Mission unterwegs.«

Skye allein wusste, dass er nicht nur mit ihnen redete, sondern gleichzeitig mentale Impulse aussandte, um die Wilden zu beruhigen. Auch deshalb eignete er sich bestens für den Job. Er konnte Konflikte bereits vermeiden, bevor sie aufkamen.

Die Zischlaute ließen nach und die Alte trat einen Schritt näher. »Du nicht Feind?«, fragte sie.

»Nicht Feind«, antwortete Flynn und nickte zur Bekräftigung seiner Worte.

Als die Anführerin die Hand hob, kehrte auf einen Schlag Ruhe ein. »Ihr Leute aus alte Welt?«

»Wir haben überlebt, genau wie ihr«, erklärte ihr Flynn.

»Ihr gesund?«

Er nickte erneut. »Seid ihr krank? Wir können euch Hilfe anbieten.«

»Nicht krank werden, weil leben unter Erde und essen viel rohes Fleisch.«

Skye beobachtete die anderen Einheimischen, die neugierig durch das Lager schlichen, sich die Zelte und Kisten besahen und diese beschnüffelten. Sie sahen wirklich nicht krank aus, aber warum ernährten sie sich von rohem Fleisch? Feuer kannten sie schließlich.

Da erinnerte sie sich an eine Geschichte, die ihr ein alter Mann in der Fluss-Siedlung erzählt hatte, als sie noch ein kleines Mädchen gewesen war. Sie handelte von Eskimos, einer Völkergruppe der alten Welt. Diese kannten weder Obst noch Gemüse, bloß rohes Fleisch, und waren dennoch bei bester Gesundheit gewesen. Weil ein ungekochtes Tier eine wahre Vitaminbombe war. Das erklärte auch, warum diese Menschen hier nicht an der Bunkerkrankheit litten und Shadow so begierig betrachteten.

Der beäugte die Einheimischen misstrauisch und hörte nicht auf, leise vor sich hinzuknurren, als würde er ahnen, welches Schicksal ihm blühen könnte.

Skye griff in sein Nackenfell und murmelte beruhigende Worte, woraufhin er sich tatsächlich ein bisschen entspannte und neben ihr niederließ. Sie wollte ihren pelzigen Freund auf keinen Fall an diese Wilden verlieren.

»Ihr braucht euch nicht mehr zu verstecken«, erklärte Flynn der Alten. »Die Strahlung der Bomben kann euch nichts mehr anhaben.«

Die Frau deutete zum Himmel. »Sonne auch böse. Verbrennen unsere Haut.«

Er trat noch einen Schritt auf sie zu, wobei er den Lauf der Waffe auf den Boden richtete. »Da hast du recht, zu viel Sonne tut auch uns nicht gut, deshalb tragen wir tagsüber Kleidung.«

Eine hochgewachsene, wunderschöne Frau mit langem schwarzen Haar, das ihr bis über die festen Brüste reichte, näherte sich Tyr, um ihn zu beschnuppern.

Der starrte sie bloß mit aufgerissenen Augen an und wich mit dem Kopf zurück.

Nuka, der in seiner Nähe stand, zog die Frau am Arm sanft von ihm weg.

»Ich kann selbst auf mich aufpassen, Spitzohr«, knurrte Tyr.

Als ihm Nuka einen düsteren Blick schenkte, in dem Mordlust funkelte, setzte Tyr schnell freundlicher hinzu: »Hey, ich stehe auf deine spitzen Ohren. Die sind verdammt sexy!«

Kopfschüttelnd wandte sich Nuka von ihm ab, doch Skye erkannte das leichte Zucken seiner Mundwinkel.

Die Amazone ging nun mit schwingenden Hüften auf Onyx zu, schmiegte sich lasziv an ihn und lächelte anzüglich.

Hilfe, was passierte hier?

Skye hörte, wie er ein leises, erregtes Knurren von sich gab und die Frau verlangend musterte.

Du liebe Güte! Manche Kerle waren kaum besser als Höhlenmenschen. Eine nackte Frau, und schon wurden sie zum Tier. Zumindest Onyx schien zu viel Testosteron zu besitzen, denn alle anderen hatten sich im Griff.

Nachdem die heiße Amazone Onyx über die Wange geleckt hatte, lief sie kichernd davon und verschwand in der Dunkelheit.

»Du!« Resolut deutete die Alte auf ihn. »Machst meine Tochter gesunde Kind! Gleich morgen. Dann führen wir Gespräche weiter.«

Onyx klappte der Mund auf. Gegen Sex mit der heißen Tochter der Stammes-Mama hatte er sicher nichts einzuwenden, nur würde er niemals für Nachwuchs sorgen können. Die alte Diktatorin konnte ja nicht wissen, dass die meisten Warrior – mit Ausnahme der PSI-Krieger – nicht fähig waren, Kinder zu zeugen.

Wahrscheinlich gab es hier zu wenige Männer – zumindest sah Skye nur eine Handvoll älterer Eingeborener – warum auch immer. Ob diese Wilden vielleicht auch ihre eigenen Leute fraßen?

Skye schüttelte sich und war froh, als die Fremden ihr Lager verließen.

»Das war ja mal eine seltsame Begegnung«, murmelte sie.

Flynn nickte. »Ich werde das gleich Flame über Funk melden.«

Skye folgte ihm zu dem Zelt, das sie sich nachts teilten und in dem die technischen Ausrüstung gelagert wurde. Eine kleine Solarlampe spendete Licht.

»Willst du Verstärkung anfordern?« Onyx gesellte sich zu ihm, wobei er immer noch in die Richtung blickte, in der die hübsche Frau verschwunden war.

Flynn schüttelte den Kopf. »Vermutlich sind es nicht mehr Leute, wenn sie jemanden von außerhalb brauchen, um gesunden Nachwuchs zu zeugen. Flame hat auf seinem Aufklärungsflug auch nur dreißig Leute gesehen, wahrscheinlich waren dort noch Alte oder Kinder dabei.«

»Also ich stelle mich gerne für den Job zur Verfügung«, sagte Onyx todernst.

Nuka, der nun auch durch die offenstehende Tür ins Zelt trat, verdrehte die Augen. »Ich glaube nicht, dass du ihnen das geben kannst, was sie wollen.« Es war das erste Mal an diesem Abend, dass er sprach.

»Aber *du* kannst es, Spaghetti?« Onyx baute sich mit vor der Brust verschränkten Armen vor dem elfenhaften Krieger auf, doch der ging nicht auf die Provokation ein, sondern stellte sich zum Überwachungsmonitor.

»Nuka!« Flynn winkte ihn zu sich. »In deiner Akte steht, dass du ein hervorragender Späher bist.«

Nickend kam der Krieger wieder näher.

»Sieh nach, wohin die Eingeborenen verschwinden. Aber halte dich im Hintergrund.«

Der Warrior machte auf dem Absatz kehrt, verließ das Zelt und verschmolz mit der Dunkelheit.

Als er schon kurze Zeit später wieder zurückkehrte, hörten sie sich alle seinen Bericht an.

»Sie leben unter diesem Hügel«, erklärte er und deutete auf seine Füße. »Wir befinden uns also auf ihnen. Ihre Eingänge sind jedoch so perfekt mit Grasteppichen und Büschen getarnt, dass sie kaum zu erkennen sind. Wahrscheinlich ist das unter uns ein alter Bunker. Außerdem bewegen sie sich verdammt geschickt und hinterlassen kaum sichtbare Spuren.« Bewunderung schwang in seiner Stimme mit. »Die verstehen es, sich unsichtbar zu machen.«

Nachdem sich Nuka freiwillig bereiterklärt hatte, die Nachtwache zu übernehmen – wobei sich Tyr als Verstärkung anbot –, wünschten sich alle eine ruhige und gute Nacht.

Skye war gespannt, ob dieses Volk etwas besaß, damit sie Tauschhandel betreiben konnten, glaubte es aber eher nicht. Der morgige Tag würde vielleicht neue Erkenntnisse ans Licht bringen, jetzt sollten sie erst einmal schlafen.

In der Gemeinschaft der Gruppe fühlte sich Skye sicher, sie traute den anderen, aber allein Flynn vertraute sie mit jeder Faser ihres Wesens. In seiner Nähe fühlte sie sich immer behütet. Egal, was noch vor ihnen lag; er stand an ihrer Seite und sie an seiner.

***

Allmählich legte sich die Aufregung und alle, bis auf die Wachen, zogen sich zurück. Shadow rollte sich draußen vor dem Eingang zusammen und Skye sah noch, wie Anka zu Chaz ins Baumzelt kletterte, als sie ihn kurz streichelte. Rasch schlüpfte sie aus ihrer Kleidung und kuschelte sich neben ihren nackten Krieger auf die extrabreite Pritsche.

»Was für ein Buch hast du dabei?«, wollte Flynn wissen, während Skye die neuste Lektüre aus ihrem Beutel zog und eine Solarlampe am Kopfende aufstellte.

Auf jede Mission nahm sie einen anderen Roman mit, aus dem sie ihm vorlas. »Er heißt: Nick aus der Flasche. Handelt von einem Dschinn.« Auf dem verblichenen Umschlag erkannte sie das Gesicht eines jungen Mannes, der von einem etwa siebzehn Jahre alten Mädchen auf die Wange geküsst wurde. Neben dem Titel war noch eine orientalische Flasche abgebildet, aus der blauer Rauch stieg.

»Was ist ein Dschinn?«, murmelte Flynn, dem offenbar schon die Augen zufielen.

»Ein Flaschengeist. Ein böser Zauberer hat einen jungen Mann in eine Flasche gebannt, und wenn man sie öffnet, steigt er daraus empor und kann dir fast jeden Wunsch erfüllen.« Sie hatte schon ein bisschen in das Buch hineingelesen und sich köstlich über die Stelle amüsiert, als Nick in das rosa Puppenhaus seiner Herrin ziehen musste.

»Ich will auch einen Wünschegeist.« Gähnend drehte er sich auf die Seite, sodass seine Nase an ihre nackte Brust stieß.

Kurz ließ sie das Buch sinken, um Flynn über das weiche Haar zu streicheln. »Was würdest du dir dann wünschen?«

»Als Erstes ein schalldichtes Zelt.« Er züngelte an ihrem Nippel, und Skye schüttelte schmunzelnd den Kopf. »Unverbesserlich.« Danach schlug sie den Buchdeckel auf, hinter dem sich die geflochtene Haarsträhne befand, die sie Flynn abgeschnitten hatte. Diese diente ihr immer als Lesezeichen.

Während sie ihm leise vorlas, kuschelte er sich selig an ihre Brüste und strich über ihren Oberschenkel. Skye genoss ihr gemeinsames Gute-Nacht-Ritual, das sich einfach so ergeben hatte und jetzt nicht mehr fehlen durfte.

Auf Seite elf angekommen, dachte sie, er wäre längst eingeschlafen. Doch als sie las: »Ihre Rehaugen und diese wunderschön geschwungenen Lippen machten ihn irgendwie nervös«, murmelte Flynn: »Deine Nippel machen mich auch nervös.«

Spielerisch schlug sie ihm mit dem Buch auf die Schulter. »Dann dreh dich doch auf die andere Seite.«

»Nein«, raunte er. »Ich liege absolut perfekt.« Er zog ihr das Buch aus der Hand, klappte es zu und legte es neben der Lampe ab. Nachdem er das Licht gelöscht hatte, kuschelte er sich wieder fest an sie. »Träum was Schönes, Prinzessin.«

»Du auch, mein süßer Schurke.«

Sie küssten sich zart, und anschließend drehte sich Skye in seinen Armen um, damit sie ihren Po an seinen Bauch schmiegen konnte. In der Löffelchenstellung fühlte sie sich rundum aufgehoben, und es dauerte nie lange, bis sie in einen erholsamen Schlaf glitt.

***

Am nächsten Morgen weckten sie leise Gitarrenklänge und Flynns Summen. Der Eingang zum Zelt stand offen, doch der angebrochene Tag lag noch im leichten Nebel. Skye sah Flynn in einem Klappstuhl sitzen, Shadow zu seinen Füßen, und auf seinem Instrument spielen. Damit man ihn im Camp kaum hörte, hatte er ein zusammengerolltes Stofftuch unter die Saiten geschoben. Hin und wieder hob er eine Tasse vom Boden auf, um seinen heißgeliebten Kaffee zu schlürfen. Flynn war total süchtig danach, Skye schmeckte er nicht. Die Bohnen stammten aus White City, Nukas Heimatstadt, mit der Royal City eine Partnerschaft pflegte.

Flynn war ein Frühaufsteher; er konnte es immer kaum erwarten, den Sonnenaufgang mitzuerleben, während sie lieber noch ein wenig länger liegen blieb. Zumindest so lange, bis Lasi zum Frühstück rief. Skye genoss es, sich nicht mehr selbst um ihre Mahlzeiten kümmern zu müssen, solange sie mit dem Team unterwegs waren, und hatte manchmal sogar ein schlechtes Gewissen deswegen. Aber Lasi liebte es, alle mit seinen Kreationen zu erfreuen, genau wie sie es liebte, neue Gegenden zu entdecken und ihren Freunden in Oasis etwas mitzubringen.

Sie schloss noch einmal die Augen und drehte sich auf Flynns Seite, um ihr Gesicht in seinem Kissen zu vergraben, in dem sein unwiderstehlicher Geruch hing. Dann strich sie sich über den Bauch. Ob es gestern geklappt hatte? Ging das überhaupt so schnell?

Sie lächelte. Ein Baby mit Flynn … Das wäre wundervoll. Sie würde es sich in einem Tragetuch vor die Brust binden und überall mitnehmen, genau wie es ihre Mutter früher mit ihr und Sunny gemacht hatte.

»Süße, bist du schon wach?«, fragte Flynn ins Zelt.

»Noch nicht ganz«, murmelte sie träge.

»Wir gehen mal schnell für kleine Jungs.«

»Hm«, brummte sie und verkniff sich ein Lachen. Flynn verschwand jeden Morgen nach seiner ersten Tasse Kaffee mit Shadow in den Büschen, und Skye amüsierte sich jedes Mal köstlich darüber, wenn sie die beiden gemeinsam losziehen und wieder zurückkehren sah.

Sie döste tatsächlich noch einmal ein und erwachte erst wieder, als sie Flynn erneut spielen hörte. Offenbar komponierte er ein neues Lied für sie, denn sie glaubte, ihren Namen vernommen zu haben.

Skye fand es bezaubernd, wenn er sich »heimlich« Lieder für sie ausdachte und der Ansicht war, sie würde das nicht mitbekommen. Oder vielleicht wusste er auch ganz genau, dass sie lauschte, und traute sich nur, ihr schnulzige Lieder vorzuspielen, wenn sie so tat, als würde sie schlafen.

Egal, wie herum es war … Skye liebte ihren romantischen Ex-Schurken mit dem riesengroßen Herzen über alles.

HAPPY END

Noch ein paar Worte zum Schluss

Liebe Leserin, lieber Leser,

mit Verox wird die zwölfteilige Serie über die Warrior Lover, die mich viele Jahre lang begleitet hat, vorerst enden. Andere Charas heulen mir schon seit Ewigkeiten die Ohren voll, damit ich auch ihre Geschichten endlich einmal erzähle. Da wären Sue und Tyler aus der »Dich nicht zu lieben« Reihe oder Beast Lovers 3. Nicht zu vergessen meine Gargoyles, denn auf Teil 3 der Wächterschwingen wartet ihr ja schon sehr lange. Diese drei Titel habe ich gaaaaanz fest für 2018 eingeplant. Mal sehen, vielleicht verschlägt es mich danach ja wieder zu den genmanipulierten Superkriegern? Würdet ihr gerne noch mehr von ihnen lesen?

Weil ich mich selbst so schlecht von den Jungs trennen kann, habe ich Skye und Flynn ein ausgiebiges Happy End gegönnt, wie ihr vielleicht bemerkt habt, und noch zwei zusätzliche, extralange Kapitel angefügt. Ich fand es wichtig, dass sie noch ihr zweites »richtiges Mal« bekommen (Kapitel 21), und wollte auch einen Ausblick auf ihre Zukunft geben (Kapitel 22). Außerdem hat sich noch der kleine Wolf Shadow in mein Herz geschlichen, den ich euch nicht vorenthalten wollte.

Ursprünglich hatte ich ja geplant, nur Teil 1 »Jax« zu schreiben, dessen Story sich aus einer Idee meines Buches »Blue Moon Rising« gesponnen hat. Doch ihr wolltet unbedingt noch mehr über meine Warrior wissen, was mich riesig gefreut hat. Und da ich schon immer gerne Dystopien verfasst habe und immer noch gerne entwerfe, kann ich selbst nicht genug von dieser neuen Welt bekommen. Die Zukunft und die Weiterentwicklung der Technik interessiert und fasziniert mich gleichermaßen. Außerdem liebe ich es, Diktaturen zu stürzen, um den Weltfrieden herzustellen ;)

Mein Lieblings-Warrior? Hm, ich mag sie alle, aber Verox hat es mir neben Nitro besonders angetan. Ich stehe auf sexy Helden mit harter Schale und weichem Kern (und inneren Biestern ;), die ihre taffen Frauen auf Händen tragen und dennoch keine Weicheier sind.

Neben dem Schreiben macht mir auch das Recherchieren jede Menge Spaß, vor allem lerne ich dabei wirklich noch was fürs Leben :) Zum Beispiel, dass der Inhalt von Konservendosen selbst nach hundert Jahren noch essbar ist, solange die Dose unbeschädigt ist, oder dass die Mehrzahl von »Armbrust« tatsächlich »Armbrüste« ist, lach.

Ich freue mich auf jeden Fall sehr, dass du die Warrior Lover durch (vielleicht) alle 12 Teile begleitet hast. Womöglich habe ich dir ein paar schöne Stunden beschert, in denen du den Alltag eine Weile vergessen konntest. Dann habe ich mein Ziel erreicht, denn für mich gibt es nichts Entspannenderes, als der echten Welt für eine Weile zu entfliehen.

Falls du Lust hast, erzähle mir doch, wie dir dieser Roman gefallen hat oder ob du gerne noch mehr von den Kriegern lesen möchtest? Vielleicht mache ich mich ja irgendwann mit ihnen wieder auf zu neuen Abenteuern. Ich freue mich immer riesig über Feedback, egal wo. Du findest mich auf meiner Homepage, Twitter (inkaloreen) und Facebook (Books by Inka Loreen Minden).

Und falls du das Buch weiterempfehlen möchtest oder Zeit findest, zwei kurze Sätze in einer Rezension / Bewertung zu schreiben, ist das für uns Autoren wie der Applaus für einen Schauspieler. Darüber freuen wir uns am allermeisten.

Halte die Öhrchen steif und
make Love not War :)
Deine Inka

PS: Auf meiner Facebook-Seite hatte ich einen Aufruf gestartet und einen Namen für den kleinen Wolf gesucht. Ich habe mich schließlich für »Shadow« entschieden, weil der einfach perfekt passt. Auch wenn ich mich erst ein wenig gesträubt habe, ihn zu verwenden, schließlich ist das Clints Fighter-Name. Aber so konnte ich wenigstens noch einen kleinen Gag einbauen ;)
Der Namensvorschlag kam von Natascha L.. Vielen Dank dafür!

PPS:
Hier findest du die Übersetzung von Flynns Liebeslied an Skye:

You are the princess of the desert,
Du bist die Prinzessin der Wüste,
The princess of my heart,
Die Prinzessin meines Herzens,
You are the queen of useful things,
Du bist die Königin der nützlichen Dinge,
No one can tear us apart.
Keiner kann uns trennen.

I love you, love you, love you, little princess.
Ich liebe dich, kleine Prinzessin.
Love you, love you, love you, my dear sky blue.
Ich liebe dich, mein blauer Himmel (= Anspielung auf den Namen Skye und dass er endlich wieder Sonne sehen darf).

You brought me sun, you brought me peace, you brought me freedom,
Du brachtest mir Sonne, Frieden, Freiheit,
And my lion is hopelessly devoted to you.
Und mein Löwe ist dir hoffnungslos verfallen.

Lesehappen »Secrets of Lost Island«

Sammelband der vierteiligen Dystopie OUTCASTS von Monica Davis alias Inka Loreen Minden!

Herzschmerz, Liebe und atemberaubende Spannung in einer Welt voller Gefahren. New Adult Dystopie – Eine Romanserie über große Gefühle, Geheimnisse und eine düstere Zukunft. Enthält drei Happy Ends!

Die Polkappen sind geschmolzen, Landfläche ist knapp. Daher gibt es auf den wenigen Inseln strenge Regeln, um das Überleben der letzten Menschen zu sichern. Kate ist zufrieden mit ihrer vorherbestimmten Karriere als Senatorin. Die junge Frau fühlt sich sicher in dem diktatorischen System und alles könnte perfekt sein, wäre da nicht Ingenieursanwärter Liam, der ihr den Kopf verdreht hat.
Als der Staat ihn eines Verbrechens bezichtigt, wird er auf eine Insel voller Verbrecher deportiert. Kate, die beweisen muss, dass sie nicht auf der Seite der »Outcasts« steht, wird hinterhergeschickt, um Liam zu einer Aussage zu zwingen. Das ist für das Paar die einmalige Chance auf einen Neuanfang, aber auch für ihre Freunde Sarah, Finn, Prudence und Duncan. Wird es ihnen gelingen, das verhasste Regime zu stürzen?
Am Ende wollen sie alle dasselbe: die schützen, die sie lieben. Deshalb riskieren sie alles.

»Eine faszinierende Dystopie und eine spannende Romanze, nicht nur für junge Leser.«
(Ulla liebt Bücher)

»Gibt es heute noch Drachen?«, wisperte sein Sohn.

»Nein«, antwortete Duncan flüsternd. »Doch würde es welche geben, würde ich dich vor ihnen beschützen.« Er hauchte einen Kuss auf Micahs Scheitel und wollte weitererzählen, als sein Kopf von seiner Brust rutschte. Micah war tatsächlich von einer Sekunde auf die andere eingeschlafen. Sogar sein Plüschtier war ihm aus der Hand gefallen.

Vorsichtig drehte sich Duncan mit Micah in den Armen auf die Seite und ließ ihn auf das Lager gleiten. Dann legte er Hippo neben seinen Kopf, richtete die Zudecke und betrachtete sein Kind eine Weile; sein entspanntes Gesicht und die leicht geöffneten Lippen. Die hatte er von Prue, eindeutig. Ihr Mund besaß auch diesen frechen Schwung und das Grübchen in der Oberlippe.

Duncan würde ihn auf dem Boden liegen lassen, bis er tiefer schlief. Er strich ihm über das seidige Haar und erhob sich leise, um sich seine Stiefel und die Hose auszuziehen. Nur die Shorts ließ er an. Er hängte die Sachen auf seinen Kleiderständer und überlegte, ob er nach Prue sehen sollte. Nein, er würde lieber warten, bis sie aus dem Badezimmer kam; offenbar brauchte sie Abstand von ihm. Erst danach würde er die Kerzen löschen, um selbst zu Bett zu gehen. Solange würde er sich noch seiner Arbeit widmen. Also setzte er sich an den Schreibtisch und überflog eine Liste. Darauf stand, wer zu welcher Tageszeit an welchem Posten als Wache eingeteilt war. Mal überprüfen, wo er Ben unterbringen konnte.

Auf einem anderen Blatt hatte er sich die Orte notiert, die er gleich nach dem Sturm inspizieren musste, wie zum Beispiel die Warmwassermodule und Wasserräder, diverse Beete, Wohnungen und die Wasserleitungen. Sollte etwas zerstört sein, mussten sie es möglichst schnell wieder aufbauen. Des Weiteren führte Duncan Buch über sämtliche Waffen und die Munition, die er hier aufbewahrte. Aktuell könnte er mit den Pistolen, Revolvern, Gewehren und Messern gut hundert Leute ausrüsten, nur fehlte es ihnen an funktionstüchtiger Munition. Falls sie wirklich das Regime stürzen wollten, musste Duncan mehr Leute auftreiben, die Munition produzierten. Ein ehemaliger Chemiker befand sich unter ihnen. Vielleicht konnte er neues Schießpulver herstellen. Bloß nutzten ihnen genügend Waffen und

Munition wenig, wenn sie nicht genug Soldaten hatten.

Als die Tür aufging und Prue ins Zimmer trat, versuchte er sich weiterhin auf seine Dokumente zu konzentrieren. Er hatte einen kurzen Blick auf ihre langen, nackten Beine erhascht, die unter dem großen T-Shirt herausschauten, und wollte sich nicht davon ablenken lassen. Er würde sie bloß die ganze Nacht vor Augen haben und sich vorstellen, wie sie sich angefühlt hatten, als sie sich um seine Hüften geschlungen hatten.

»Erschrick nicht«, sagte sie. »Ghost sitzt auf einem Stuhl vor dem Raum, in dem dieser Mann eingesperrt ist.«

»Ja … Danke.« Er wusste, wie furchteinflößend sein Freund auf andere wirken konnte, doch ihn hatte sein Aussehen noch nie erschreckt.

»Kann dieser Cane denn ausbrechen?«

»Eigentlich nicht. Ghost geht gerne auf Nummer sicher.« Vermutlich hatte er eine Ausrede gebraucht, um Clovers Nähe zu entfliehen. Seit der Folter ließ er kaum jemanden an sich heran. Umso mehr wunderte es ihn, dass Ghost so etwas wie eine Beziehung mit Clover hatte. Nur wie die genau aussah, wusste Duncan nicht.

Prue tapste an ihm vorbei zu ihrem Sohn, und er widerstand dem Drang, sich umzudrehen. Sobald sie Micah ins Bett gehoben hatte und unter die Laken geschlüpft war, würde er das Licht löschen. Doch sie ließ ihren Sohn auf dem Boden liegen.

»Ist er schnell eingeschlafen?«, fragte sie leise.

»Hm«, brummte er. *Nicht umdrehen. Prue nicht ansehen*, ermahnte er sich. Wollte sie Micah nicht ins Bett holen? Verdammt, war das eine Einladung? Er wurde aus Prue nicht schlau.

Anstatt sich hinzulegen, stellte sie sich neben ihn, stützte eine Hand an seiner Schulter ab und beugte sich über ihn, sodass ihr Haar seine Wange kitzelte.

»Was machst du da?«, fragte sie.

»Papierkram«, raunte er geistesabwesend, weil er nichts anderes mehr fühlte außer ihre Hand auf seiner nackten Haut und ihr Haar in seinem Gesicht.

Er nahm allen Mut zusammen und legte seine Hand auf ihre Finger. Dabei spürte er, wie rau sie sich anfühlten.

Sofort drehte er sich auf dem Stuhl zu ihr, sodass sie nun vor ihm stand. »Das scharfe Putzmittel hat deine Haut ausgetrocknet.«

»Ach, nicht so schlimm.« Lächelnd entzog sie ihm die Hand. Dabei fiel ihm ein goldener Ring auf, den er schon an ihr bemerkt hatte.

Er brauchte endlich Gewissheit, daher fragte er mit bebendem Herzen: »Bist du … verheiratet?«

»Was?« Sie folgte seinem Blick und drehte den Ring an ihrem Finger. Dabei röteten sich ihre Wangen. »Nein, das ist der Ring, den du mir geschenkt hast.«

»Wirklich?« Er ergriff erneut ihre Hand, um sich das Schmuckstück im schwachen Kerzenschein genauer zu betrachten. Ja, er erinnerte sich an die s-förmigen Verzierungen. Der Ring hatte ihn damals ein halbes Vermögen gekostet. Normalerweise bestanden Schmuckstücke aus Silber, das hauptsächlich aus altem Besteck gewonnen wurde, auch Verlobungs- und Hochzeitsringe. Gold war sehr selten geworden. Doch für Prue hätte er sogar die Sterne vom Himmel geholt. »Die Familia hat ihn dir nicht weggenommen?«

»Ich habe ihn vor der Verhandlung abgezogen und all die Jahre in einem Socken aufbewahrt. Erst auf der Flucht habe ich ihn wieder angesteckt.«

Ihm war schwindelig vor Freude und er musste sich räuspern, um seine Stimme wiederzufinden. Das konnte nur bedeuten, dass er ihr all die Jahre wichtig gewesen war.

Er musste sich ablenken, oder er würde sie an sich reißen, um sie wild zu küssen. »Ich habe eine Paste für deine Hände. Soraja, die Heilerin aus der Siedlung, hat sie hergestellt. Ich benutze sie sonst nur, um meine Bogensehne zu fetten.« Er zog eine Schublade auf und holte einen dunkelbraunen Tiegel hervor, der eine dicke Paste enthielt.

Als Prue danach greifen wollte, zog er den Arm zurück und öffnete den Deckel. »Ich mache das.« Er gab sich eine ordentliche Portion auf die Handfläche und rieb damit Prues Finger ein. Dabei machte sie einen Schritt auf ihn zu, sodass sie zwischen seinen geöffneten Schenkeln stand. Ihre Beine berührten sich, und ein elektrischer Impuls raste bis in seine Lenden.

Verdammt, es würde nicht lange unentdeckt bleiben, was ihre Nähe bei ihm auslöste.

»Du bist hier wirklich nicht mehr mein Hausmädchen, Prue«, sagte er.

»Was kann ich denn sonst machen? Ich musste mich ablenken.«

»Von mir?« Er wüsste, wie er sie ablenken könnte …

»Nein, von der ungewissen Zukunft. Micahs Zukunft.«

Dann hatte ihre Flucht ins Badezimmer nichts mit ihm zu tun? Seine Hoffnung wuchs.

Nachdem ihre Finger ineinanderglitten wie Liebende, die sich umschlangen, zog er seine Hand zurück. Denn wenn er sie noch länger eincremte, würde von seiner Selbstbeherrschung bald nichts mehr übrig sein.

Prue grinste. »Jetzt werde ich alles fettig machen.« Sie legte die Hände an seine Schultern und wischte die überschüssige Paste an ihm ab. »Oh mein Gott, du bist total verspannt.«

Ja, wegen dir, wollte er sagen, da knetete sie bereits die Muskelstränge zwischen Schultern und Nacken, und die Worte blieben ihm im Hals stecken. Er keuchte, als er die Augen schloss und Prue an ihren Hüften näher zu sich holte. Sein Herz raste wie verrückt, denn ihre Berührungen verursachten bei ihm Gefühle, die er ewig nicht mehr gespürt hatte. Keine Frau hatte je diese Wirkung auf ihn gehabt wie Prue.

Er ließ die Hände tiefer wandern, vorbei an den sanften Rundungen ihres Beckens, bis seine Finger auf der nackten Haut ihrer Oberschenkel landeten.

Herrgott noch mal, sie waren immer noch so straff und samtig wie vor fünf Jahren. Sie nach so langer Zeit wieder zu spüren war, als würde er nach Hause kommen. »Bist du verheiratet worden?«

»Nein«, hauchte sie. »Lebenslanges Alleinsein sollte wohl meine Strafe sein, weil ich …«

Als sie nicht weitersprach, öffnete er die Lider und blickte nach oben in ihr gerötetes Gesicht.

»Weil du mit mir im Bett warst?«

Sie zuckte mit den Schultern und sah ihn verträumt an, bevor sie die Hände an seinem Nacken höher in sein Haar gleiten ließ.

»Das ergibt keinen Sinn.« Er ließ die Hände ebenfalls nach oben und unter ihr Shirt wandern. »Falls sie dich mit einem Senator verheiratet hätten, hätten sie dich noch besser unter Kontrolle gehabt.«

»Es gab … Überlegungen«, sagte sie zögerlich.

Duncan ertastete einen knappen Slip und fuhr mit den Fingern kurzerhand unter den Stoff, um ihre nackten Pobacken zu befühlen. »Was für Überlegungen?«

»Mich mit Malcolm Chambers zusammenzubringen.«

»Wer ist das?«, knurrte er.

»Der Leiter von Chambers Industries. Seine Firma entwickelt Medikamente und beschäftigt sich mit Genforschung. Er hat ebenfalls rote Haare, und die Familia meinte, wir beide könnten hübsche Kinder zeugen, die unser seltenes Erbgut weitertragen. Zum Glück haben sie ihr Vorhaben aus den Augen verloren, beziehungsweise habe ich gehört, dass Malcolm der Familia einen lukrativen Deal angeboten hat. Schlussendlich hat er eine andere Frau geheiratet.«

Duncan konnte sich lebhaft vorstellen, wie dieser Deal ausgesehen hatte. Wahrscheinlich entwickelte diese Firma Medikamente zur Leistungssteigerung oder Schwangerschaftsverhütung oder sie forschten an einer Möglichkeit, genetisch perfekten Nachwuchs im Reagenzglas zu erschaffen. Duncan hatte während seiner Zeit als Senator mitbekommen, wie das Thema im Gespräch gewesen war. Geplant war, eine neue Rasse zu züchten, die gesund, widerstandsfähig, arbeitswillig und der Obrigkeit hörig ist.

Die Familia war einfach nur widerlich.

»Niemand, aber auch wirklich niemand missbraucht dich als Gebärmaschine«, sagte er grollend. »Außerdem hast du bereits das hübscheste Kind, das dein Schoß hervorbringen konnte.«

Prue keuchte leise und drängte sich an ihn. Da hielt ihn nichts mehr, deshalb zog er sie an ihrem Hintern zu sich auf die Oberschenkel.

Sie umschlang ihn mit ihren langen Beinen und legte die Arme um seinen Nacken, sodass er den Ausschnitt ihres Shirts vor Augen hatte.

»Wie viele Männer hatten dich nach mir, Prue?« Auch wenn sie unverheiratet war, musste das nicht bedeuten, dass sie mit keinem anderen Mann zusammen gewesen war. Senator Warren hatte sie zu Duncans Geliebten gemacht; es war durchaus möglich, dass die Familia Prue gezwungen hatte, anderen Senatoren gefällig zu sein.

Falls das zutraf, würde er jeden, der sie angefasst hatte, töten.

»Ich hatte nach dir keinen Mann mehr«, wisperte sie. »Du warst immer der einzige für mich.«

Keuchend schloss er die Augen und riss sie sofort wieder auf, weil er Prue ansehen wollte. Ihr Gesicht kam immer näher, bis sie schließlich mit den Lippen über seine Wange fuhr.

»Und was ist mit dir?«, fragte sie zwinkernd. »Du hast sie bestimmt alle gehabt.«

»Ich hätte sie haben können«, sagte er schmunzelnd, wobei er eine Hand unter ihrem Shirt höher gleiten ließ und ihren nackten Rücken streichelte. »Aber ich wollte sie nicht.«

»Wirklich nicht, du Angeber?«

Er wollte ehrlich zu ihr sein. »Na ja, bei einer hätte ich vielleicht schwach werden können, doch sie wollte mich nicht.«

»Clover«, wisperte sie an seinen Mundwinkel.

»Woher weißt du das?«

Sachte strich sie mit den Lippen über seinen Mund. »Eine Frau sollte nicht alle Geheimnisse verraten.«

»Wenn du genug vom Putzen hast, kannst du für mich als Spionin arbeiten«, raunte er, griff in ihren Nacken und zog sie fest an sich.

Hart trafen ihre Lippen aufeinander, denn Duncan konnte sich nicht länger zurückhalten. Prue musste wissen, wie sehr er sie begehrte, und sie würde es an ihrem Schoß spüren können. Seine Erregung drängte sich an ihre Mitte.

Über die Autorin:

Inka Loreen Minden, die auch unter den Pseudonymen Ariana Adaire, Lucy Palmer, Mona Hanke, Loreen Ravenscroft und Monica Davis (Jugendbuch) schreibt, ist eine bekannte deutsche Autorin. Von ihr sind bereits über 50 Bücher, 9 Hörbücher und zahlreiche E-Books erschienen, die regelmäßig unter den Online-Jahresbestsellern zu finden sind. Sie schreibt u.a. für Bastei Lübbe, Blanvalet und Rowohlt.

Ihre Titel wurden in mehrere Sprachen übersetzt. Auf Englisch sind erhältlich: Hearts of Stone, Daniel Taylor – Demon Heart und Caprice.

Neben einer spannenden Rahmenhandlung legt sie Wert auf eine niveauvolle Sprache und lebendige Figuren. Romantische Erotik, gepaart mit Liebe und Leidenschaft, ist in all ihren Storys zu finden, die an den unterschiedlichsten Schauplätzen spielen.

Mehr über die Autorin auf ihrer Homepage:
www.inka-loreen-minden.de

Eine Auswahl ihrer Titel:

Amy & Jason
Penny & Logan
Malte & Fynn
Shadows of Love – Dunkle Leidenschaft (Inka Loreen Minden)
LoveTrip – Eine heiße Reise (Inka Loreen Minden)
Outcasts (Monica Davis)
alle Titel von Lucy Palmer
HOT HEROES

und falls es mit Fantasy sein darf:
Engelslust
Verteufelte Lust
Beast Lovers 1 & 2
Nick aus der Flasche (Monica Davis)

Ihr findet die Autorin auch auf Twitter (InkaLoreen) oder Facebook (Books by Inka Loreen Minden)

13009047R00171

Printed in Germany
by Amazon Distribution
GmbH, Leipzig